KATE FORSYTH

Der magische Schlüssel 6

Buch

Eileanan könnte endlich ein Reich des Friedens werden, denn die Gesetze gegen Magie sind aufgehoben. Doch sechzehn Jahre des Hasses und des Aberglaubens sind nicht so einfach abzuschütteln. Ein neuer Bürgerkrieg bricht aus, Maya belegt Lachlan mit einem Fluch, und die Glorreichen Soldaten verwüsten das Land. Inzwischen lernt Isabeau auf dem Rückgrat der Welt, ihr lange verborgenes Talent zu erkunden. Nach ihrer Unterweisung trifft sie auf Maya die Verhexerin und vereint sie wieder mit ihrer Tochter Bronwen. Als Gegenleistung soll Lachlan von seinem Fluch befreit werden …

Autorin

Kate Forsyth wurde 1966 in Sydney geboren, wo sie mit ihrem Ehemann und ihren beiden Kindern lebt. Sie ist als Journalistin für mehrere Magazine tätig und eine der erfolgreichsten Autorinnen in Australien. Ihr Fantasy-Reich Eileanan ist von der schottischen Heimat ihrer Vorfahren inspiriert.

Bereits erschienen:

DER MAGISCHE SCHLÜSSEL: 1. Der Hexenturm (24162), 2. Die Hexen von Eileanan (24174), 3. Der See der zwei Monde (24163), 4. Der Aufstand der Hexen (24175), 5. Der Palast der Drachen (24164), 6. Die verwunschenen Türme (24176)

Demnächst erscheint:

DER MAGISCHE SCHLÜSSEL: 7. Das verbotene Land (24254)

Weitere Bände sind in Vorbereitung.

Kate Forsyth

Die verwunschenen Türme

Der magische Schlüssel 6

Ins Deutsche übertragen
von Karin König

BLANVALET

Die Originalausgabe erschien unter dem Titel
»The Cursed Towers.
Book Three of The Witches of Eileanan« (Parts 3+4)
bei Arrow/Random House Australia, Sydney.

Umwelthinweis:
Alle bedruckten Materialien dieses Taschenbuches
sind chlorfrei und umweltschonend.

Blanvalet Taschenbücher erscheinen im Goldmann Verlag,
einem Unternehmen der Verlagsgruppe Random House GmbH.

1. Auflage
Deutsche Erstveröffentlichung 10/2003

Umschlaggestaltung: Design Team München
Umschlagillustration: Agt. Schlück/Bertolini
Satz: deutsch-türkischer fotosatz, Berlin
Druck: Elsnerdruck, Berlin
Titelnummer: 24176
Redaktion: Manuela Schomann
V. B. · Herstellung: Peter Papenbrok
Printed in Germany
ISBN 3-442-24176-6
www.blanvalet-verlag.de

Landkarten

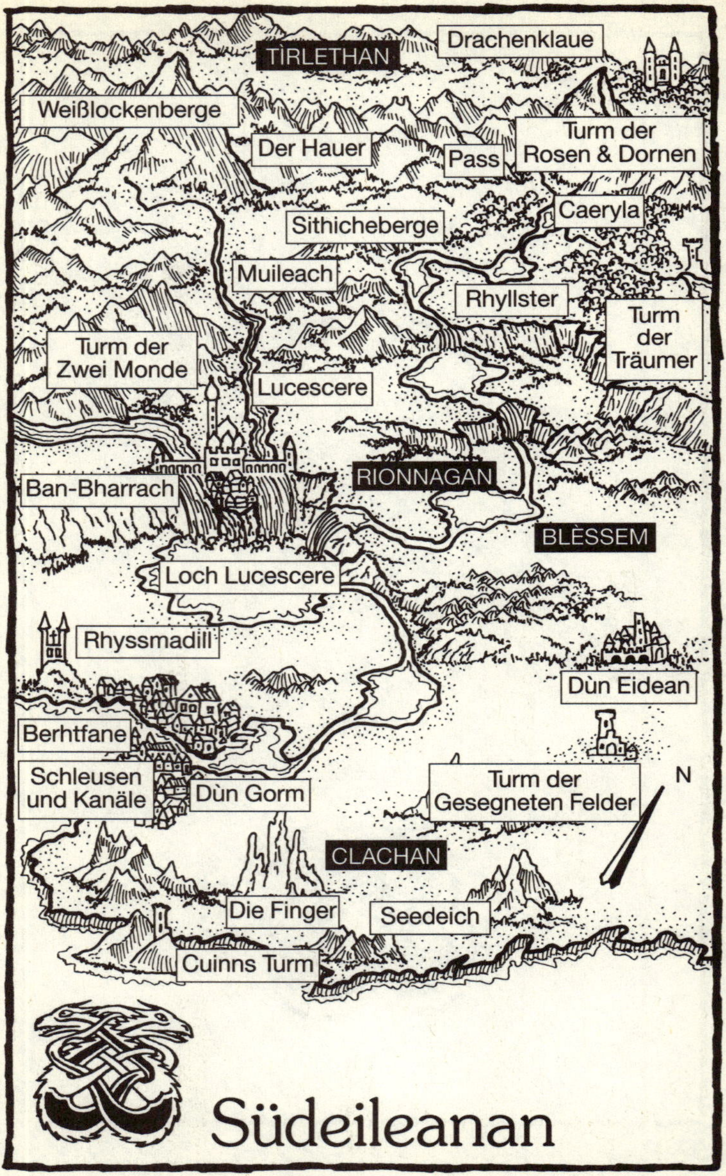
TÌRLETHAN
Drachenklaue
Weißlockenberge
Der Hauer
Pass
Turm der Rosen & Dornen
Caeryla
Sithicheberge
Muileach
Rhyllster
Turm der Träumer
Turm der Zwei Monde
Lucescere
RIONNAGAN
Ban-Bharrach
BLÈSSEM
Loch Lucescere
Rhyssmadill
Dùn Eidean
Berhtfane
Schleusen und Kanäle
Dùn Gorm
Turm der Gesegneten Felder
N
CLACHAN
Die Finger
Seedeich
Cuinns Turm
Südeileanan

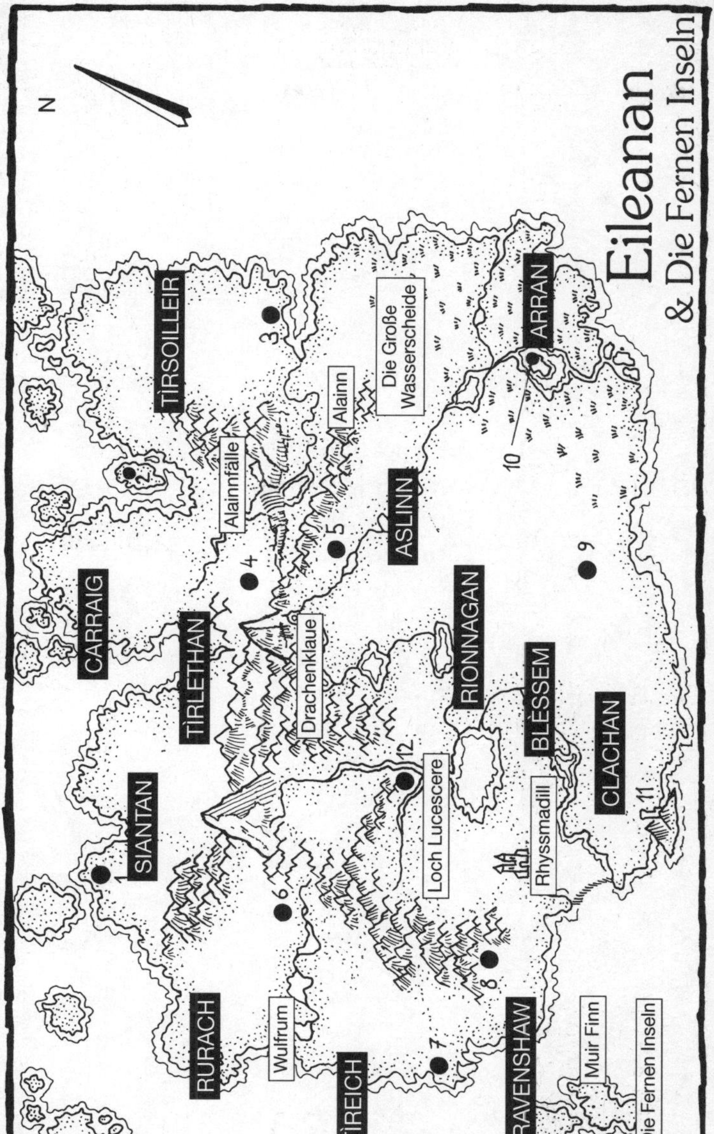

Bitte Rückseite beachten

Zur Karte auf Seite 7:

1 Turm des Sturms
2 Turm der Meersinger
3 Turm der Krieger
4 Türme der Rosen & Dornen
5 Turm der Träumer
6 Turm der Sucher
7 Turm der Pferde-Lairds
8 Turm der Raben
9 Turm der Gesegneten Felder
10 Turm der Nebel
11 Cuinns Turm
12 Turm der Zwei Monde

Das Durchschneiden der Fäden

Die Fluchhexe

Maya eilte durch die geschäftigen Straßen Dùn Eideans. Es war dämmerig, und die Klapperwache drehte ihre Runden und sang: »Die Sonne ist untergegangen, und alles ist still. Zeit nach Hause zu gehen und den Magen zu füllen.«

Die Steinmetze, welche die Häuser wieder aufbauten, packten ihre Werkzeuge ein, die Händler schlossen ihre Ladentüren, und das Gasthaus zum Grünen Mann machte gute Geschäfte, als sich die Menge auf die Bürgersteige ergoss, um die milde Abendluft zu genießen. Maya lächelte und nickte einigen der Soldaten zu, die sie kannte. Einer ergriff mit einer frechen Bemerkung ihren Arm, aber sie befreite sich nur achselzuckend, lächelte und sagte leichthin: »Ach, gönn mir eine Pause, mein Bürschchen, selbst Dirnen brauchen manchmal einen Abend frei.«

»Lass mich dir ein Ale spendieren, Morag«, bat der Soldat, »vielleicht steht dir der Sinn dann nach ein bisschen Spaß.«

»Danke für das Angebot, Bürschchen, aber ich habe heute Abend schon etwas vor.«

Er versetzte ihr einen Klaps auf die Kehrseite und ließ sie gehen, und sie eilte davon, weil sie befürchtete, er und seine Freunde könnten beschließen, ihr nachzusetzen. Sie ging um eine Ecke und sah vor sich die große Mauer des Schlosses, das inmitten der Stadt auf dem Kamm des Hügels erbaut worden war. Ihr Herzschlag beschleunigte sich, obwohl der Schönheitszauber, den sie trug, so bequem geworden war, dass sie kaum Mühe hatte, ihn beizubehalten. Es bestand immer die Gefahr, dass sie auf eine der Hexen traf, die im Schloss untergebracht waren und die Tarnung leicht durchschauen konnten, und so empfand sie stets einen leichten Anflug von Angst, wenn sie ein Treffen mit ihrer Spionin wahrnahm.

Das Mädchen stapfte ungeduldig im Hof auf und ab und rang die Hände. »Ihr kommt spät. Ich fürchtete schon, es sei Euch etwas zugestoßen, Eure Hoheit«, keuchte sie.

»Nenn mich nicht so, du Närrin«, fauchte Maya. »Ich wurde aufgehalten, als ich durch die Stadt kam. Rasch, erzähl mir deine Neuigkeiten, bevor uns jemand zusammen sieht. Es ist wirklich gefährlich, uns hier im Schloss zu treffen.«

»Es ist schwer für mich, fortzukommen«, erklärte das Mädchen. »Stets will irgendjemand, dass ich irgendetwas tue, und die Bewahrerin des Schlüssels scheint sogar hinten Augen zu haben. Ich dachte, Ihr würdet vielleicht wissen wollen, dass man glaubt, der Großsucher sei nach Arran geflohen und habe die kleine Banprionnsa mit sich genommen.«

»Nach Arran?«, rief Maya aus. »Bist du sicher?«

»So heißt es. Ich weiß nicht, ob es stimmt.«

»Renshaw wusste, dass ich mit Margrit von Arran zu tun hatte«, sann Maya. »Er hat einige Jahre als mein Mittelsmann fungiert, bevor ich ihn zum Großsucher beförderte. Es könnte wohl möglich sein.« Sie lächelte triumphierend. Es war ihr schwer gefallen, auf Neuigkeiten zu warten, und manchmal war sie so ungeduldig geworden, dass es sie Mühe kostete, nicht zu schreien oder zu weinen oder auf jemanden einzuschlagen. Ihre Enttäuschung über Lachlans Folge von Siegen war bedenklich gewesen. Wie sich das Geschick der Graujacken gewandelt hatte, so hatte sich auch ihre Stimmung gewandelt. Neuigkeiten über Niederlagen hatten sie schadenfroh und Neuigkeiten über Siege wiederum depressiv gemacht, und während dieser ganzen Zeit wusste sie nicht, wohin Renshaw ihre Tochter gebracht hatte. So war sie, trotz ihrer Enttäuschung, bei der Nachhut des Heers geblieben, wohl wissend, dass jegliche Neuigkeiten über den Großsucher augenblicklich Meghan und Iseult berichtet und so schließlich ihren Weg zu ihr finden würden.

Sie dankte ihrer Spionin herzlich, darauf bedacht, das Mädchen noch enger an sich zu binden, und wartete dann im dunklen Hof, bis alles ruhig war, während sie Pläne schmiedete. Sie würde gleich am nächsten Tag nach Arran aufbrechen und vorher einiges ihres hart erworbenen Geldes für ein Pferd und eine Kutsche und etwas vornehme Kleidung ausgeben. Sie durfte nicht wie eine Bettlerin auf Margrit von Arrans Schwelle erscheinen. Die NicFòghnan durfte auf keinen Fall erkennen, wie verzweifelt Maya bereits war. Sie waren zuvor Verbündete gewesen, aber Maya hatte niemals angenommen, dass Margrit ihr aus Freundschaft oder Freundlichkeit half. Die Banprionnsa von Arran hatte eigene Pläne. Maya würde wirklich vorsichtig sein müssen, denn wenn ihre Tochter in Margrits Händen war, wäre die Distel in einer Machtposition und Maya die Bittstellerin. Mayas Nasenflügel bebten bei dem Gedanken vor Verärgerung, und sie begann darüber nachzudenken, was sie Margrit im Gegenzug für ihre Hilfe anbieten könnte.

Tief in Gedanken verließ sie den Hof und eilte den schmalen Gang zum Lanzettentor hinab, durch das sie gekommen war. Plötzlich prallte sie unvermutet mit einer großen, weichen Gestalt zusammen. Sie stolperte rückwärts und zuckte zusammen, als eine Laterne angehoben wurde, die ihr Gesicht vollkommen ausleuchtete. Einen Moment konnte sie nichts sehen, und dann durchströmte sie blitzartig Entsetzen, als eine wohl bekannte Stimme rief: »Maya! Das kann nicht sein!«

Es war Latifa die Köchin. Ihr rundes, braunes Gesicht zeigte Entsetzen, und ihr kleiner Mund öffnete sich zu einem perfekten O des Erstaunens. Maya hatte Latifa seit dem Samhainabend, als sie sie in dem den Teich der Zwei Monde umgebenden Garten verlassen hatte, nicht mehr gesehen. Hätte Maya überhaupt an Latifa gedacht, dann hätte sie vermutet, sie sei wegen Verrats hingerichtet worden. Das hätte Maya an Lachlans Stelle getan. Sie hatte gewiss nicht erwartet, Latifa hier in Dùn Eidean vorzufinden.

Bevor Latifa Zeit fand, mehr zu tun, als nur diesen Ausruf auszustoßen, griff Maya in ihren Ärmel und zog einen scharfen Dolch hervor. Zähneknirschend stieß sie ihn in die Brust der alten Köchin. Latifa ergriff den Dolch mit beiden Händen, die Augen vor Entsetzen geweitet, taumelte dann und fiel zu Boden.

Maya lief den Gang hinab und in die Stadt hinaus, wobei ihr Herz vor Aufregung und Bestürzung hämmerte. Sie hatte die dicke, alte Köchin immer recht gern gemocht. Sie wünschte, es wäre jemand anderer gewesen, der ihren Schönheitszauber durchschaut hätte. Meghan von den Tieren zum Beispiel. Es würde Maya nichts ausmachen, einen Dolch in das Herz dieser alten Hexe zu stoßen. Latifa war jedoch freundlich zu Maya gewesen und hatte ihr kleine Delikatessen aus Seetang, Ryssamen und rohem Fisch gekocht, wohl wissend, wie sehr sie das vor Fett triefende Gebratene hasste, das üblicherweise am königlichen Tisch serviert wurde.

Als Maya an einer Straßenlaterne vorüberlief, sah sie, dass ihre Hand rot vor Blut war, und ihr wurde einen Moment vor Entsetzen schwindelig. Sie krampfte die Finger ineinander und lief weiter. Nichts durfte ihr in den Weg geraten, nicht einmal eine dicke, gütige, alte Köchin.

Das Spinnrad drehte sich beständig, Isabeaus Fuß trat rhythmisch das Pedal, und ihre Hände führten den Faden automatisch durch die Spindel. Vor ihr lehnte ein Buch, das sie aufmerksam las, wobei sich jede Seite von allein umwandte, wenn sie deren Ende erreicht hatte.

Es war ein sehr, sehr altes Buch namens *De Occulta Philosophia Libri Tres,* eines der vielen Bücher der Bibliothek, die der Hexensabbat aus der Anderwelt mitgebracht hatte. Manchmal runzelte Isabeau beim Lesen die Stirn, andere Male lächelte sie ungläubig, aber hin und wieder hielt sie auch im Lesen inne, um sich eine Zeile erneut vorzusprechen und einzuprägen.

Bronwen saß auf dem Boden hinter ihr und sang der Stoffpuppe, die Isabeau für sie gemacht hatte, etwas vor. Rund um sie herum lagen einige der wunderschönen und erstaunlichen Spielzeuge verstreut, die Isabeau in einem der Räume im Südturm entdeckt hatte. Er lag auf demselben Stockwerk wie der Hauptschlafraum und war wunderschön mit zwei kleinen Wiegen und einem Schaukelstuhl eingerichtet, der in der Form eines fliegenden Drachen geschnitzt war. Der Betthimmel aus Satin und die Quilts waren von Mäusen als Nester benutzt worden und waren zerrissen und schmutzig. Der Schaukelstuhl in Form des fliegenden Drachen war jedoch so vollkommen ausbalanciert wie je, schwang bei der kleinsten Bewegung vor und zurück und war erstaunlich realistisch bemalt. Er stand jetzt hinter Bronwen, die Flügel weit ausgebreitet, die Augen vor goldener Farbe schimmernd.

Auf dem Boden hinter dem kleinen Mädchen lagen ein in Regenbogenfarben bemalter Kreisel, zwei Rasseln in der Form von Drosseln, ein Pferd auf Rädern, das man an einer Schnur hinter sich herziehen konnte, ein mit Bändern geschmückter Reifen, eine Ansammlung bemalter Bauklötze, eine kleine Trommel und eine Flöte.

Trotz der Schönheit dieser Spielzeuge zog Bronwen die Stoffpuppe vor, die Isabeau gemacht hatte, nahm sie überallhin mit, summte ihr leise etwas vor und tat so, als füttere sie sie mit Brot-

und Käsestückchen. Ihr nächstliebstes Spielzeug war die Flöte, und das kleine Mädchen zeigte wirklich eine erstaunliche Begabung für das Instrument, was besonders überraschend war, wenn man bedachte, dass weder Feld noch Isabeau musikalisches Talent besaßen, sodass sie sie hätten anleiten können.

Plötzlich stockte das Spinnrad, und der Faden riss und trennte sich auf. Isabeau schaute leeren Blickes auf. »Latifa?«, flüsterte sie. »Oh, nein, Latifa!«

Meghan war beim Feuer eingenickt, Gitâ auf ihrem Schoß zusammengerollt, als sie jäh erwachte und ihre schwarzen Augen ruckartig öffnete. »Latifa?«, murmelte sie, während sie ihre Benommenheit abzuschütteln versuchte. Sie erhob sich steif und ging zur Tür. Sie konnte nichts hören, aber das unbehagliche Gefühl blieb. Sie rief einem der Wächter am Ende des Ganges zu: »Ist alles in Ordnung?«

»Ja, Mylady«, antwortete er. »Alles ist ruhig.«

Dann zögerte sie, stützte sich schwer auf ihren mit geschnitzten Blumen verzierten Stab und ging dann an den Wächtern vorbei die Treppe hinab. Sie durchquerte die große Halle und betrat das Gewirr schmaler Gänge, die auf die Küchen zuführten. Ein Küchenmädchen eilte den Gang herauf, einen Eimer dampfendes Wasser in einer roten, rissigen Hand, eine Schrubbbürste in der anderen. Meghan hielt sie mit einer verkrümmten Hand auf. »Elsie?« Das Mädchen nickte, während sich ihre helle Haut rötete. »Hast du Latifa gesehen?«

»Sie wollte gerade etwas aus den Vorratsräumen holen«, antwortete das kleine Küchenmädchen atemlos.

Meghan dankte ihr und eilte weiter, wobei das zunehmende Gefühl blieb, dass etwas nicht stimmte. Sie bekam Seitenstechen, aber sie ignorierte den Schmerz. Die höhlenartige Küche war von Dienstboten bevölkert, und sie fragte erneut nach Latifa. Ein anderes junges Küchenmädchen führte sie gerade zu den Vorratsräumen, als von draußen plötzlich Tumult erklang. Meghan stützte sich mit einer Hand auf dem Tisch ab. Sie zeigte keine Überraschung, als ein junger Schankgehilfe mit bleichen Wangen hereingelaufen kam.

»Mord!«, schrie er. »Latifa die Köchin – sie ist ermordet worden!«

Meghan erteilte barsch Befehle und folgte dem Jungen dann auf den inneren Hof, eine dunkle Seitengasse hinab und auf den Hinterhof. Selbst ihre alten Augen konnten die große, massige Gestalt der Köchin auf den Steinen erkennen. Die Zauberin kniete sich mühsam neben sie und tastete nach ihrem Puls. Ein schwaches, unregelmäßiges Flattern war unter ihren Fingern zu spüren. »Latifa!«, rief sie. »Kannst du mich hören, alte Freundin?«

Latifa öffnete schwach die Augen und blickte in Meghans Gesicht, ohne sie zu erkennen. Ganz leise sagte sie: »Maya ... die Banrìgh ... was tut sie hier?« Dann schloss sie die Augen, und ihr Puls erstarb. Tränen liefen über Meghans runzeliges Gesicht, während sie Latifas Herz wieder zu beleben versuchte, aber es reagierte nicht. Latifa war tot.

Der Mord an der alten Köchin stürzte den Bergfried ins Chaos. Die Zimmermädchen kauerten in Ecken und weinten, die Kochlehrlinge verdarben das Essen, und der Haushalter saß mit hängenden Armen da und murmelte: »Aber wer könnte Latifa töten wollen? Und warum?«

Meghan war bis ins Mark erschüttert. Latifa war eine der wenigen Freundinnen aus der alten Zeit gewesen, welche die Verbrennung überlebt hatten. Sie hatte sie schon als dickliches Baby mit dunklen Locken und dicken Händen gekannt und auch als freche junge Schülerin, die sich weigerte, sich auf ihren Unterricht im Turm der Zwei Monde zu konzentrieren, sondern stattdessen auf der Wiese herumliegen und Pfefferkuchen essen wollte.

Meghan hatte gewollt, dass die junge Latifa ihre Prüfungen ablegen und als Hexenlehrling in den Hexensabbat aufgenommen werden sollte, aber sie war lieber als Kochlehrling in die Küche gegangen und war in die Fußstapfen ihrer Mutter und Großmutter getreten. Die Folge war, dass sie Mayas Tag der Abrechnung überlebt hatte, während viele ihrer früheren Klassenkameraden starben. Maya hatte niemals Verdacht geschöpft, dass ihre Palastköchin eine begabte weise Frau mit einem *Talent* für die Feuermagie und engen Bindungen an den Hexensabbat war. Sechzehn Jahre lang hatte Latifa für die Rebellen spioniert und täglich ihr Leben riskiert, um Meghan über die Schritte und Absichten der Banrìgh auf dem Laufenden zu halten.

Obwohl Latifa sie letztendlich betrogen hatte, wusste Meghan doch, dass es nur deshalb geschehen konnte, weil Mayas Zauber langsam und heimtückisch auf Latifas Ängste und Unsicherheiten eingewirkt hatte, bis sie nicht mehr wusste, was sie denken oder tun sollte. Die alte Zauberin wusste, wie mächtig Mayas Zwang sein konnte. Die Fairge hatte immerhin Jaspar dazu gebracht, die Hexen niederzumetzeln, und Jaspar war weitaus mächtiger gewesen als Latifa. Also hatte Meghan sich bei Lachlan eingesetzt und die verwirrte alte Köchin vor dem Tod einer Verräterin bewahrt.

Latifa hatte die seitdem vergangenen zwei Jahre mit dem Bemühen verbracht, Lachlans Misstrauen zu zerstreuen und ihre Vertrauensstellung im Hexensabbat wieder einzunehmen. Sie war sehr stolz gewesen, als sie ihre Prüfungen bestanden hatte und als vollkommen anerkannte Hexe in den Hexensabbat aufgenommen wurde. Sie trug zum Zeichen, dass sie ihre Feuerprüfung ebenso bestanden hatte wie ihre Lehrprüfung, den Mondsteinring und die Granatringe an ihren dicken Fingern. Sie hatte sich unermüdlich bemüht, die unzureichenden Vorräte weit genug zu strecken, dass Tausende ernährt werden konnten, und hatte begonnen, einigen ihrer eifrigen Akoluthen in der Theurgia ihre Küchenmagie beizubringen. Meghan wusste nicht, wie sie ohne sie zurechtkommen sollte.

Die Stadtwachen durchsuchten jedes Gast- und Privathaus in Dùn Eidean, aber es war kein Zeichen von Maya der Verhexerin zu sehen. Und obwohl die Tore Dùn Eideans geschlossen waren und fast eine Woche lang nur jene hinein- oder hinausgelassen wurden, die mit Angelegenheiten des Rìgh beschäftigt waren, wurde Latifas Mörderin doch nicht gefunden.

Die Sonne brannte auf geschwärzte Felder herab, und der Himmel darüber war von einem harten, grellen Blau. Von einigen wenigen Bäumen ragten noch immer schwarze, kahle Zweige als starre Silhouette in die Luft. Die meisten waren jedoch herabgefallen und lagen verkohlt in der Asche. Ein kleiner Junge durchsuchte die Ruinen einer Hütte, sein rußiges Gesicht war voller Tränenspuren. Als eine Kutsche die Straße entlangschaukelte, hob er hoffnungsvoll den Kopf, nur um vor Enttäuschung leise zu klagen, als das Gefährt vorüberfuhr.

Maya lehnte sich in den gepolsterten Sitz zurück und biss sich auf die Lippen. Sie erinnerte sich an diese Felder, als sie noch üppig und grün mit Klee und Gerste bestanden waren, an die dichten Baumbestände auf den Hügeln und die hübschen, von Blumen umgebenen Hütten in den Tälern. Sie und Jaspar waren häufig durch diese lieblichen Hügel gefahren, um den MacThanach auf seinem Landsitz zu besuchen. Sie war entsetzt über die Verwüstung. Impulsiv streckte sie den Kopf aus dem Fenster und befahl einem Reiter ihrer Vorhut barsch, umzukehren und dem kleinen Jungen eine ihrer Goldmünzen zu geben. Er nahm die Münze, salutierte und wendete unter Zuhilfenahme der Sporen sein Pferd, und sie lehnte sich wieder in die Polster zurück, während sie sich über diesen Moment der Schwäche wunderte.

Eine Schwadron Soldaten, die ihren Namen und ihr Ziel zu wissen verlangten, hielt sie mehrere Meilen die Straße hinab an. Ihre grauen Jacken und ledernen Brustharnische waren zerrissen und befleckt, ihre Schilde übel zerschlagen. Maya erkannte die Uniform mit sinkendem Herzen. Sie hatte nicht erwartet, so weit im Osten Angehörige vom Heer des Rìgh zu sehen.

Maya lehnte sich aus der goldverzierten Kutsche, lächelte den Feldwebel an und beantwortete seine Fragen mit leiser, melodiöser Stimme. Sie trug karmesinroten Samt, mit einem langen, engen Rock mit Goldsaum und einem hohen Kragen, der vom Ansatz ihrer Kehle bis zum Spalt ihrer Brüste offen stand.

»Ich reise zu meinem Landhaus im östlichen Blèssem«, sagte sie. »Mein Ehemann ist aufgrund von Berichten, dass die verruchten Tìrsoilleiraner durch jenen Teil des Landes gezogen seien, schon vor einigen Wochen dorthin gereist. Wir machten uns Sorgen um unsere Dienstboten und Kleinpächter, und um das Haus. Ich habe nichts von ihm gehört, und ich war so verängstigt, dass ich herzukommen beschloss, um selbst nachzusehen, was geschieht.«

»Ihr solltet besser bleiben und auf Nachricht warten, Madam«, sagte der Feldwebel barsch. »Alles Land jenseits dieses Hügels ist von Glorreichen Soldaten besetzt, und sie haben allen Berichten zufolge nur wenig Respekt vor Personen oder Besitz.«

»Ich danke Euch für die Warnung«, erwiderte Maya, »und ich bin froh, dass ich so viele Wachen gedungen habe. Mein Haus ist nicht sehr weit von hier. Ich bin sicher, dass ich keine Schwierigkeiten haben werde, und falls doch, werde ich einen meiner Leute nach Euch schicken, solch ein starker, standhafter Mann, wie Ihr seid.« Sie lächelte ihn gewinnend an, und er errötete.

»Ich denke, Ihr solltet mit meinem Hauptmann sprechen, Madam«, sagte er.

Sie knirschte mit den Zähnen. Ihre Stimme hauchiger denn je, mit sanftestem Zwang in den Worten, sagte sie: »Mein Haus ist nicht sehr weit. Ich bin sicher, dass mir nichts geschieht. Ich werde weiterfahren.«

Seine helle Haut rötete sich noch stärker, und er erwiderte eigensinnig: »Ich denke, Ihr solltet besser mit meinem Hauptmann sprechen.«

Sie wiederholte ihre Worte, dieses Mal mit stärkerem Zwang, aber obwohl er Unbehagen empfand, wurde er nicht unschlüssig, öffnete den Kutschenschlag für sie und reichte ihr die Hand, um ihr herabzuhelfen. Sie erkannte eigensinnige, unbeugsame Wesen und gab würdevoll nach.

Der Hauptmann der Kompanie befand sich in seinem Zelt. Der Feldwebel hob respektvoll, aber unerbittlich den Zelteingang für sie an, und sie beugte den Kopf und trat ein. Ihr Mut kehrte augenblicklich zurück. Sie kannte den Hauptmann, ein junger, ansehnlicher Mann mit unzufriedenem Gesichtsausdruck. Er war einer ihrer Kunden im Haus Wollüstiger Freuden gewesen, ein junger Laird, der ihr alles Geld gegeben hatte, das er besaß, um eine ganze Nacht mit ihr zu verbringen. Er war besessen von ihr, besuchte sie viele Male, bevor er mit dem Heer des Heuchlers hinausritt. Ein Großteil von Mayas gehortetem Gold entstammte seiner Tasche.

Der Hauptmann schaute auf, als sie eintrat, und erstarrte augenblicklich.

»Das trifft sich gut«, sagte sie mit hauchiger Stimme. Er schwieg, führte nur ihre Hand zum Mund und küsste diese leidenschaftlich.

Maya fächelte sich Luft zu und stützte den Kopf dann auf eine Hand. Es war heiß und stickig in der Enge der Kutsche, und die Straße war holperig, sodass sie schwer erschüttert wurde, während die Kutsche voranratterte und schaukelte.

Es war eine lange und ermüdende Reise durch die von Soldaten besetzten Felder des südlichen Blèssem. Erst nachdem sie jenseits der Schlachtfront gelangt waren, hatte sie zumindest wieder grüne Felder und blühende Obstgärten gesehen, denn die Glorreichen Soldaten hatten Land nur verbrannt, wenn es verloren war. Sie war dankbar dafür, denn der Anblick der verkohlten und zerstörten Felder hatte sie bedrückt.

Maya war mehrere Male von Schwadronen Glorreicher Soldaten angehalten worden, hatte ihnen erzählt, sie sei die Banrìghwitwe und auf dem Weg zu ihrer Verbündeten, Margrit von Arran, und sie hatten sie weitergewinkt. Ihre augenblickliche Ehrerbietung hatte sie erfreut. Sie wusste, dass Margrits Ruf die Männer dazu veranlasst hatte, sich zu verbeugen und ehrerbietig zu sprechen, aber es war so lange her, seit sie solchen Respekt bewirkt hatte, dass sie fast vergessen hatte, wie es sich anfühlte.

Maya beugte sich vor und schaute in der Hoffnung aus dem Fenster, ein wenig frische Luft auf dem Gesicht zu spüren. Jenseits der Straße erstreckte sich raues, unkultiviertes Land mit nur gelegentlichen Gruppen niedriger Dornbüsche, welche die graubraune Monotonie auflockerten. Hier und da sah man flache Seen, die unter dem brennenden Himmel strahlend blau schimmerten. Die Sonne brannte heiß und unerbittlich auf sie herab, als wäre noch immer Sommer und nicht bereits der letzte Herbstmonat. Dann erhaschte sie einen Blick aufs Meer, das halb hinter Sanddünen verborgen war. Sie spürte Sehnsucht jäh durch sich hindurchströmen, so intensiv, dass sie das Fenstersims der Kutsche umklammern musste, um dem Fahrer nicht zuzurufen. Stattdessen besprühte sie Gesicht und Handgelenke mit Salzwasser und drängte ihn zur Eile.

Schließlich gelangten sie über einen Hügel und sahen, weit unten die Straße hinab, eine wogende Nebelwand, die wie dicke Bänder über dem Moor schwebte. Maya lächelte, obwohl ihr

Hals steif vor Anspannung war. Sie spürte, wie die Kutsche schwankte, als der Kutscher unbewusst die Zügel fester umfasste. Sie lehnte sich aus dem Fenster und drängte ihn erneut zur Eile.

Die Straße verschwand im Nebel wie in einem weißen Tunnel. Die Pferde zögerten, und der Kutscher musste sie mit der Peitsche antreiben, bevor sie weiterliefen, wobei sie nervös die Köpfe schüttelten. Die Vorhut zog sich dicht um die Kutsche zusammen, und auch Maya selbst konnte ein Schaudern der Besorgnis nicht unterdrücken.

Plötzlich wieherten die Pferde und stiegen erschreckt. Der Kutscher schrie und ließ seine Peitsche knallen, und die Vorhut zerrte an den Zügeln ihrer Tiere. Maya versuchte, aus dem Fenster zu sehen, aber sie konnte nur sich windende Nebelfetzen erkennen. Dann ragten große, graue Gestalten drohend aus dem Nebel auf, deren gewaltige Augen sonderbar funkelten. Ihre mit vielen Gelenken und Klauen ausgestatteten Arme waren ausgestreckt, als wollten sie zugreifen. Die Pferde stießen wieder herab und schrien, und Maya wurde auf den Boden der Kutsche geschleudert, als diese voranschoss. Sie hörte ein hochtoniges Summen und dann ein scharfes Klopfen am Kutschenschlag.

Sie schrie auf und biss sich danach sofort ärgerlich auf die Lippen. Der Schlag wurde geöffnet, und ein Mann mit einem langen, grauen Bart und gekrümmter Nase schaute herein. »Wenn das nicht die Banrìghwitwe persönlich ist«, sagte er. »Willkommen in Arran, Mylady. Darf ich Euch vom Boden aufhelfen?«

Nachdem er sich unaufgefordert in Mayas Kutsche geschwungen hatte, stellte er sich als Campbell der Spöttische vor, ein Zauberer im Dienste Margrits von Arran. Er war ein großer, hagerer Mann mit einem sarkastischen Zug um den Mund. Sein dünnes, graues Haar hing, mit einem Lederband zurückgebunden, halb seinen Rücken hinab, und er trug ein langes, eher schmuddeliges, purpurfarbenes Gewand, das rund um Saum und Ärmel mit mystischen Symbolen versehen war. Er beugte sich aus dem Fenster und befahl den Mesmerdean knapp, sich wieder in den Nebel zurückzuziehen, denn die Pferde scheuten bei ihrem dumpfigen, morastigen Geruch noch immer nervös. Maya setzte sich wieder hin, glättete den karmesinroten Samt und blickte an ihrer Nase hinab auf den Zauberer, der auch selbst eher morastig roch. Er ließ sich durch ihren hochmütigen Blick absolut nicht aus der Fassung bringen, klopfte an die Wand, um dem Kutscher die Weiterfahrt zu befehlen, wandte sich dann um und betrachtete Maya prüfend mit schwarzen Augen, die fast unter zottigen, grauen Augenbrauen verborgen waren.

»Es ist wirklich unerhört«, sagte er. »So viele Besucher auf einmal in Arran. Und Hexenhasser und Hexenjäger noch dazu. Was tut Ihr hier, Maya?«

»Das bespreche ich mit Eurer Herrin«, erwiderte Maya eisig. »Und wer gab Euch die Erlaubnis, mich bei meinem Namen zu nennen, Bursche? Ihr werdet mich mit ›Mylady‹ anreden, wenn Ihr mich überhaupt ansprecht.«

»Oh, oh!«, erwiderte Campbell. »Bei Eurem hochmütigen Aussehen und Benehmen sollte man glauben, Ihr wärt noch Banrìgh. Nicht dass das hier in Arran etwas bedeuten würde. Wir haben den MacCuinn niemals als Rìgh anerkannt, und ich kann auch nicht behaupten, dass wir das jemals tun werden.«

»Tatsächlich?« Maya schaute aus dem Fenster, obwohl sie nur tropfende Zweige sehen konnte. »Kämpft Iain von Arran deshalb unter dem Kommando Lachlans des Heuchlers und gehorcht ihm ebenso wie alle seine anderen Knappen?«

Campbell runzelte die Stirn und verschränkte die Arme. Maya lächelte dünn und blickte weiterhin nach draußen. Die Straße wand sich durchs Moor, während sich der Nebel gelegentlich so weit verzog, dass sie Böschungen mit blühendem Riedgras und die geraden Pfeile der großen Binsen erkennen konnte. Einmal sah sie mehrere Paar heller, knolliger Augen unmittelbar über der Oberfläche des Schlamms schweben, und sie schrak unwillkürlich zurück.

»Schlammgeister«, sagte der Zauberer mit morbider Genugtuung. »Sie werden Euch hinunterziehen, wenn Ihr einen Fuß ins Moor setzt.«

»Da ich nicht die Absicht habe, durchs Moor zu wandern, können sie mich kaum beunruhigen«, erwiderte Maya kalt, während sie das fellbesetzte Cape um ihre Schultern zog. Sie glaubte allmählich, einen gewaltigen Fehler gemacht zu haben, als sie beschlossen hatte, nach Arran zu reisen.

Schließlich kamen sie an eine große Wasserfläche, die unter dem treibenden Nebel grau schimmerte. Die Pferde blieben nervös stehen, schwitzten trotz der Kühle der Luft unter ihren Geschirren. Maya konnte erkennen, dass ihr Kutscher und die Vorhut entschieden nervös wirkten, und sie betrachtete sie stirnrunzelnd, obwohl sie ihr Unbehagen verstehen konnte. Eine lange Pinasse glitt mühelos über den See, deren Bug hoch aufgeschwungen in der Gestalt eines Schwans endete. Das Boot war leer und das Segel fest aufgerollt, und doch bewegte es sich so rasch, als wären die Ruder bemannt.

Maya ließ sich von Campbell dem Spöttischen aus der Kutsche geleiten und sah sich dann ruhig um. Am Ufer des Sees befanden sich mehrere niedrige Gebäude, deren Dächer mit blühendem Riedgras bedeckt waren. Aus den Eingängen spähten Zauberwesen der Moore hervor, deren schwarze, runzelige Gesichter ängstliche Neugier ausdrückten, während ihre großen, glänzenden Augen wie Edelsteine leuchteten. Mehrere weitere kleine Boote waren am Landungssteg vertäut, die meisten davon grobe Beiboote ohne die Anmut der wie ein Schwan geformten Pinasse. Und es gab einen großen, flachbödigen Lastkahn, auf dem sich Säcke mit Ryssamen und Gefäße mit Honig stapelten. Maya beobachtete, wie eine Mannschaft aus Zauberwesen der Moore den Lastkahn langsam und umständlich vom Landungssteg fort- und dann nördlich den Fluss hinaufstakte.

»Mylady«, sagte Campbell und bedeutete Maya, in die Pinasse zu steigen.

Sie betrachtete ihn hochmütig und fragte: »Ihr werdet Euch um meine Männer und die Pferde kümmern?«

»Man wird sich in der Tat um sie kümmern«, erwiderte er mit einem Hohnlächeln, das ihr Unbehagen bereitete. Sie dankte ihm jedoch ruhig und beobachtete die kleinen, schwarzhäutigen Zauberwesen, die ängstlich dabei halfen, die Pferde auszuspannen, obwohl sie zu klein waren, deren Geschirr zu erreichen. Ihr Kutscher, ein großer, sanfter Mann, nickte ihr beruhigend zu und sagte: »Kümmert Euch nicht um uns, Mylady, wir werden hier auf Eure Befehle warten.«

Maya lächelte, dankte ihm, reichte ihm einen kleinen Beutel mit Münzen und stieg dann in die Pinasse, wobei sie jegliche Beunruhigung aus ihrer Miene verbannte. Campbell stieg nach ihr ein, und sie wandte das Gesicht von ihm ab und blickte über den See. Das Schwanenboot glitt vom Landungssteg fort, und sein Kielwasser erstreckte sich so gerade wie eine Pflugbahn.

Der Nebel über dem See war dünn, trieb vom Boot fort und enthüllte riesige Wassereichen, die dicht am Ufer standen und deren Blätter sich an den Rändern zu verfärben begannen. Vor ihr lag eine von hohen, spitzen Türmen gekrönte Insel: Die Türme waren in Spiralformen gemeißelt und in hellen, schillernden Farben bemalt, sodass sie wie nebelhafte Regenbögen schimmerten. Maya war vom ersten Anblick der Türme der Nebel wider Willen tief beeindruckt. Sie hatte Rhyssmadill wunderschön gefunden, aber dies war wie ein Palast aus einem Märchen – anmutig, verschwenderisch, magisch.

»*Tùr de Ceò*«, sagte Campbell ehrfurchtsvoll, und sie runzelte die Stirn, als sie die alte Sprache hörte, die Sprache der Hexen, die vor siebzehn Jahren verfemt worden war. Er sah sie höhnisch an und zitierte einen Satz, rhythmisch und wunderschön, den sie nicht verstand. »Oh, Turm der Nebel, geheimnisvolle Schönheit, schönes Geheimnis«, übersetzte er für sie. »Was für ein Gefühl ist es, ihn zu sehen, Mylady? Den einzigen Turm, den Ihr nicht stürzen konntet?«

Maya knirschte mit den Zähnen. Es war wirklich Ironie des Schicksals, dass sie Hilfe suchend zur Lady von Arran kam, obwohl sie ihre Rotgardisten viele lange Jahre in dem nutzlosen Versuch in die Sümpfe entsandt hatte, die magische Macht der NicFòghnan zu zerstören. So manche Kompanie von Mayas Soldaten verlor sich in den Sümpfen, und der Turm der Nebel war der einzige Hexenturm, der nicht bis auf die Grundmauern niedergebrannt war. Sie fühlte sich recht sonderbar und geriet aus dem Gleichgewicht, nun, da sie an eine der mächtigsten Zauberinnen im Land herantrat und die Hand in Freundschaft ausstreckte.

Das Schwanenboot kam an einer weiten Marmorplattform sanft zum Halt. Maya raffte ihre karmesinroten Röcke und stieg so anmutig aus wie möglich. Auf einer Seite der breiten Stufen stand ein großer, kräftig wirkender Mann, der in düsteres Grau gekleidet war. Seine Mähne groben grauen Haars war mit einem Lederband aus der Stirn zurückgebunden, sodass die beiden schweren Hörner, die sich auf beiden Seiten der Stirn abwärts bogen, betont wurden. Über beide hageren Wangenknochen verliefen drei schmale weiße Narben.

Maya sah ihn einigermaßen überrascht an. Sie erkannte ihn sofort als einen Khan'cohban, da sie vor vielen Jahren am Turm der Zwei Monde schon einem der Bergzauberwesen begegnet war. Sie wusste, dass sie eine wilde, kriegerische Rasse waren, sehr ähnlich ihrem eigenen Volk, obwohl sie in den unwirtlichen, verschneiten Einöden des Rückgrats der Welt lebten. Sie fragte sich, was er hier tat, in der weichen Luft der Küste, und erkannte, dass er gefährlich war. Die sechs Narben auf seinem Gesicht kennzeichneten ihn als geschickten Krieger, und sie erinnerte sich gut an denjenigen, den sie kennen gelernt hatte. Er hatte sie zu töten versucht und beinahe Erfolg gehabt. Nur ihre Verwandlungsmagie hatte sie gerettet, denn sie hatte ihn in ein Pferd verwandelt und mit Peitsche und Sporen gebrochen. Sie wusste, wie sehr es ihn geärgert haben musste, ein Lasttier zu sein, denn den Khan'cohbans war ihre Unabhängigkeit überaus wichtig. Es hatte sie unendlich befriedigt, ihn ihrem Willen zu unterwerfen, denn sie hatte es als ein Zeichen ihrer Überlegenheit über alle Völker Eileanans und der Fernen Inseln angesehen. Sie fragte sich müßig, was mit dem verhexten Hengst geschehen sein mochte, und dachte, er müsste schon vor Jahren gestorben sein.

Der Khan'cohban verbeugte sich und begrüßte sie höflich. Er geleitete sie die Treppe hinauf und an zwei mesmerdischen Nymphen vorbei, die vor einer großen Bogentür Wache standen. Maya sah sie fasziniert an, und sie erwiderten ihren Blick mit grünlichen Facettenaugen, während ihre wunderschönen, unmenschlichen Gesichter ausdruckslos blieben. Auf beiden Seiten der Doppeltür war das Wappen des Clans der NicFòghnan eingemeißelt – eine blühende Distel mit dem kunstvoll darüber eingearbeiteten Wahlspruch des Clans. *Berührt die Distel nicht,* las Maya, wobei ihre Nasenflügel vor Verachtung bebten.

Sie wurde durch eine große Halle mit bunten Wandteppichen, Marmorstatuen, antiken Schilden, Waffen und Silberschalen und -bechern geführt. Auf dem Boden lagen kunstvoll gearbeitete Teppiche in Karmesinrot und Blau und Grau, und eine prächtige Treppe führte im Bogen von der oberen Galerie herab, in deren Mitte wie ein Blutstrom ein roter Teppich verlief. Dienstboten eilten herbei, um ihr Umhang und Federhut abzunehmen und ihr Glühwein zu reichen, der sie nach der frostigen Reise wärmen sollte. Maya nippte daran und war erstaunt über seinen honigartigen Geschmack. Seine Wärme durchströmte sie, ließ ihre Haut sich röten und brachte ein leichtes Schwindelgefühl mit sich. Sie trank nicht mehr, weil sie sich daran erinnerte, dass Arran berühmt war für seinen mit dem Honig der goldenen Göttin gesüßten Wein – ein höchst berauschendes Gebräu.

Der Khan'cohban öffnete schwungvoll die Türen zum Thronraum und kündigte Maya mit klingender Stimme an. Campbell der Spöttische verbeugte sich so tief, dass sein Bart den Boden streifte. Maya hielt den Kopf hoch erhoben, wollte sich durch all diese Unterwürfigkeit nicht beeindrucken lassen.

Am entgegengesetzten Ende des Thronraums befand sich ein Podest mit einem kunstvoll geschnitzten Thron, auf dem sich purpurfarbene Samtkissen stapelten. Darauf lehnte eine dunkelhaarige Frau in schwarzem Samt, eine Silberbrosche in Form einer Distel an der Brust. Ihre Haut war sehr zart und blass, ihr Mund dunkel purpurfarben bemalt. Während Maya langsam den Raum durchschritt, bemerkte sie, dass die langen, gebogenen Fingernägel der Frau mit derselben Purpurfarbe lackiert waren, die dem Ton von Damaszenerpflaumen ähnelte. Sie tippten langsam und rhythmisch auf das dunkle Holz des Throns und waren so lang und scharf wie Krummsäbel.

Maya gelangte in den Bereich unterhalb des Thrones und neigte den Kopf. »Es ist mir wirklich ein Vergnügen, Euch wieder zu treffen«, sagte sie. »Ich hoffe, es geht Euch gut?«

»In der Tat«, erwiderte Margrit. »Es geht mir gut, und ich bin erfreut. Es waren einige interessante Jahre, seit wir uns zuletzt begegnet sind.«

»Interessant ist nicht unbedingt der Begriff, den ich gewählt hätte«, erwiderte Maya, und nur das Beben ihrer Nasenflügel verriet ihren Zorn. »Es ist richtig, dass viel geschehen ist.«

»Ja, wer hätte gedacht, dass die Rebellen triumphieren würden und der Hexensabbat wieder eingerichtet würde?«, sagte die Banprionnsa höflich. »Euer Ehemann tot, Eure Tochter enteignet und Ihr selbst eine Geächtete und ein Flüchtling.«

»Wohl kaum«, erwiderte Maya. »Viele sind gegen den verräterischen Thronanwärter aufgebracht und wollen meine Herrschaft wieder einsetzen. Es ist nur eine Frage der Zeit.«

»Der junge MacCuinn hat sich als fähiger erwiesen, als man vermutet hätte«, sagte Margrit. »Die Siege von Blairgowrie und Dùn Eidean waren klug geplant, und mein Erkundungsstab berichtet mir, dass sich ihm seitdem beständig Anhänger angeschlossen haben.«

»Freunde in guten Zeiten«, sagte Maya leichthin. »Sie werden stets dahin gehen, wo sie ihre Interessen am besten vertreten wissen. Wenn meine Tochter erst den Thron zurückerlangt, werden sie uns erneut ihre Unterstützung anbieten.«

Margrit betrachtete ihre Ringe. »Vielleicht ja«, erwiderte sie. »Aber sind sie die Art Freunde, die man haben wollte?«

»Ach, es gibt viele, deren Unterstützung für mich und meine Tochter nie gewankt hat.« Maya wurde es leid, vor Margrits Thron zu stehen, und setzte sich anmutig auf einen der an der Wand stehenden Stühle. »Aber auch das haben Euch Eure Spione gewiss berichtet.«

»Spione ist ein hartes Wort«, erwiderte Margrit lächelnd.

Maya merkte, wie sie sich anspannte, und lächelte als Antwort sanft. »Verzeihung. Euer Erkundungsstab.«

Ihre Blicke verschränkten sich einen Moment, dann wandte Margrit den Blick ab und sagte umgänglich: »Aber ich vergesse meine Manieren. Ihr müsst nach Eurer Reise gewiss erschöpft sein. Lasst mich Euch eine Erfrischung anbieten und einen Raum, in dem Ihr Euch ausruhen könnt, und dann mögt Ihr mir vielleicht erzählen, warum Ihr mir die Ehre dieses unerwarteten – aber höchst reizenden – Besuchs erweist.«

»Nun, ich bin natürlich gekommen, um bei meiner Tochter zu sein«, erwiderte Maya liebenswürdig. »Ich wusste, dass sie Euch ohne meine Billigung und Unterstützung nicht viel nutzen würde, und so kam ich hierher, um wieder mit ihr zusammen zu sein, nachdem mich mein Erkundungsstab informiert hatte, dass sie unter Euren Schutz gestellt wurde. Ich brauche gewiss nicht nach ihrem Befinden zu fragen, da ich weiß, welch eine liebevolle und umsorgende Mutter Ihr seid.«

Margrits Lächeln vertiefte sich, und Grübchen zeigten sich in ihren Wangen. »Euer Erkundungsstab ist wirklich tüchtig, meine Liebe. Ihr müsst mir erzählen, wie Ihr solch fähige Dienstboten gefunden habt. Ich hatte törichterweise geglaubt, dass das, was mit den Nebeln von Arran einhergeht, für jene der Außenwelt undurchdringlich sei. Ich sehe, dass ich nicht so gut beschützt bin, wie ich dachte.«

Maya spürte Angst wie ein Rinnsal eiskalten Wassers ihr Rückgrat hinabkriechen. Margrits Lächeln war ebenso Furcht erregend wie das zornigste Brüllen ihres Fairgeanvaters. Sie riss sich zusammen und sah die Banprionnsa hochmütig an. »Es tut mir Leid, wenn Ihr mein Interesse als zudringlich empfindet«, sagte sie kühl. »Der Sicherheit und dem Wohlergehen meiner Tochter, der Banrìgh ganz Eileanans und der Fernen Inseln, gilt natürlich meine größte Sorge.«

»Natürlich«, erwiderte Margrit seidenweich, während sie mit ihren langen Fingernägeln erneut auf das goldverzierte Holz des Throns tippte. »Und natürlich werdet Ihr sie sehen wollen.« Sie erhob sich und stieg von ihrem Thron herab, wobei ihre schwarzen Samtröcke hinter ihr herschleiften. »Kommt, meine Liebe, ich weiß, dass Ihr Euch danach sehnen müsst, mit dem kleinen Mädchen wieder vereint zu werden, da es so lange her ist, seit Ihr sie zuletzt umarmt habt.«

Es schwang so viel feiner Spott in Margrits Stimme mit, dass Maya rot wurde und die Finger ineinander verkrampfte. Sie folgte der Banprionnsa aus dem Thronraum und die Treppe hinauf, wobei Margrit zuvorkommend die Geschichte vieler der Schätze erzählte, die an den Wänden zur Schau gestellt waren.

Maya murmelte höfliche Erwiderungen und deutete dann mit dem Kopf auf den Haushofmeister, der ihnen die Treppe hinauf voranging. »Erzählt mir doch, Mylady, wie es kommt, dass Ihr eines der gehörnten Bergzauberwesen als Euren Dienstboten habt? Sind sie nicht ein wildes, unabhängiges Volk? Was tut einer von ihnen hier in den Tiefen der Moore?«

Margrit lächelte bei der Erinnerung. »Ich habe ihm das Leben gerettet, und unter dem strengen Ehrenkodex der Khan'cohbans bedeutet das, dass er in meiner Schuld steht und mir nach meinen Befehlen und so lange ich es will dienen muss. Das war vor einigen Jahren, aber ich weigere mich, ihn aus seinem *Geas* zu entlassen, weil er in der Tat einer der besten Dienstboten ist, die ich jemals hatte – furchtlos, intelligent und äußerst treu.«

»Aber wie kam es, dass Ihr ihm das Leben gerettet habt?«

»Ich reiste in meiner Schwanenkutsche nach Tìrsoilleir, als wir in einen unberechenbaren Wirbelsturm gerieten. Die Schwäne konnten gegen einen solch starken Wind nicht anfliegen, aber es gelang mir, uns in das ruhige Auge des Sturms zu bringen. Sturmmagie ist jedoch nicht meine Stärke, sodass wir schließlich mit dem Wind reisen mussten. Wir wurden hoch in die Berge hinaufgetragen und letztendlich auf ein weites Schneefeld geworfen. Meine Schwäne waren erschöpft und einige auch verletzt, und ich selbst war von der Kontrolle über solch eine ungeheure, elementare Macht ausgelaugt.

Wir rasteten dort, bis unsere Kräfte zurückkehrten, als ich die Raubvögel bemerkte, die ein hohes Felsplateau umkreisten. Da ich nichts Besseres zu tun hatte, während ich darauf warten musste, dass sich meine Schwäne wieder erholen würden, erklomm ich den Grat und fand dort Khan'tirell, nackt und zum Sterben gepfählt. Er hatte in einem Eifersuchtsanfall wegen einer Geliebten jemanden getötet und war zum Tode verurteilt worden. So richten sie ihre Verbrecher auf dem Rückgrat der Welt. Barbarisch, nicht wahr? Irgendwie hatte er die bittere Kälte überlebt, obwohl ich denke, dass die Heftigkeit des Sturms die Wölfe und Schneelöwen lange genug fern gehalten hatte, sodass ich ihn finden konnte. Ich wusste durch den jungen Krieger, der eine Weile im Turm der Zwei Monde weilte – erinnert Ihr Euch? –, von dem kämpferischen Können der Bergzauberwesen.«

Maya nickte, und die Banprionnsa fuhr fort: »Also befreite ich ihn und band ihn mit diesem lächerlichen Ehrenkodex an mich, und seitdem dient er mir. Er war wirklich schon nützlich und hat mir viel über das verlorene, vergessene Land Tìrlethan erzählt.«

Schließlich erreichten sie den Flügel des Palastes, in dem sich das Kinderzimmer befand, und Maya konnte das leise Brabbeln eines Kindes hören. Sie spannte sich erwartungsvoll an und fragte sich, wie sich ihre Tochter verändert haben mochte, seit sie sie das letzte Mal gesehen hatte. Sie wusste, dass Bronwen sie keinesfalls erkennen würde, denn das kleine Mädchen war erst einen Monat alt gewesen, als Maya dem Teich der Zwei Monde entflohen war, und sie war inzwischen fast zwei Jahre alt.

Margrit öffnete die Tür und drängte Maya hindurch. Sie betraten einen langen Raum, in dem ein ganz mit cremefarbenem und goldenem Satin behangenes Bett, kunstvoll goldverzierte Schränke und Truhen und ein großes Schaukelpferd mit wilden Augen und verschwenderischer Mähne und Schwanz standen.

Ein kleines Mädchen mit dunklen, bis in den Nacken reichenden Locken saß auf dem Boden und spielte mit einer Porzellanpuppe. Eine weiße Locke an der Stirn des Kindes war mit einer rötlichen Schleife zurückgebunden, die zu ihrem Rüschenkleid passte.

Sie schaute auf, als sich die Tür öffnete, und ihr pausbäckiges Gesicht verzog sich beim Anblick von Margrits schwarzem Gewand. Sie begann zu weinen, und Margrit lächelte. Das kleine Moorzauberwesen, das neben dem Kind saß, sprang auf und eilte zu dem kleinen Mädchen, um es zu trösten, wobei ihr runzeliges Gesicht ängstlich schien. Das Kind war jedoch untröstlich, und Margrits Grübchen vertieften sich. »Wenn du die Kleine nicht kontrollieren kannst, werde ich vielleicht ein anderes Kindermädchen finden müssen«, sagte sie sanft, und das Moorzauberwesen wimmerte, während sie das kleine Mädchen in ihren pelzigen Armen wiegte.

Maya trat vor, um dem Moorzauberwesen das Kind aus den Armen zu nehmen. Das Kindermädchen drückte die Kleine fester an sich, und Maya lächelte und sagte beruhigend: »Komm schon, ich will ihr nichts tun. Sie ist meine Tochter. Nur grausame Umstände haben uns viele Monate lang getrennt.«

Widerwillig überließ ihr das Moorzauberwesen die Kleine. Maya drückte sie an sich und summte ein Wiegenlied, um sie zu beruhigen. Dann setzte sie sich in einen der zierlichen, goldverzierten Sessel und nahm das kleine Mädchen auf den Schoß, um sie betrachten zu können. Die volle Unterlippe zitterte noch, aber die blauen Augen erwiderten ihren Blick interessiert. Maya runzelte die Stirn und hob die Locken im Nacken des Babys an. Ihr Stirnrunzeln vertiefte sich, und ihre Nasenflügel bebten in kaum kontrolliertem Zorn. »Welcher Betrug ist das?«, schrie sie. »Dies ist nicht meine Tochter!«

Margrits ganzer Körper erstarrte. »Was sagt Ihr da?«

»Dies ist nicht meine Tochter!«, schrie Maya bitter enttäuscht. »Glaubt Ihr, Ihr könntet mich täuschen? Was habt Ihr mit Bronwen gemacht?«

Margrit durchquerte rasch den Raum. »Wollt Ihr mich betrügen?«, zischte sie. »Vergesst nicht, dass Ihr Euch im Herzen des Murkmyre befindet. Viele betreten die Moore Arrans und verlassen sie nie wieder. Wer will wissen, ob Ihr dazugehört?«

»Ihr droht mir?«, schrie Maya anmaßend, erhob sich und streckte das Kind auf Armeslänge aus. »Ihr vergesst wohl, wer ich bin. Das geflügelte *Uile-Bheist* hat den Thron vielleicht im Moment inne, aber ich bin noch immer Regentin und Herrscherin dieses Landes, bis meine Tochter alt genug ist.«

»Nicht in Arran«, erwiderte Margrit lächelnd. »Wir haben das Herrschaftsrecht der MacCuinn niemals anerkannt und erkennen gewiss Euch und Eure Tochter nicht an. Wir haben Eurem Großsucher nur deshalb Zuflucht gewährt, weil es unseren Zwecken diente, die so genannte NicCuinn unter Kontrolle zu haben. Ihr seid alle nur aufgrund meiner Nachsicht hier, und ich werde keine Falschheit dulden.«

»Wenn hier Falschheit herrscht, dann bin nicht ich diejenige, die sie betreibt!«, schrie Maya. »Was habt Ihr mit meiner Tochter gemacht?«

Margrit sah sie nachdenklich an. »Sagt Ihr die Wahrheit, wenn Ihr behauptet, dies sei nicht Eure Tochter? Ich hoffe es, um Euretwillen, denn ich würde eine solche Lüge nicht leicht vergeben.«

»Denkt Ihr, ich erkenne meine eigene Tochter nicht?«

»Nun, Ihr habt sie fast zwei Jahre nicht mehr gesehen, und Kinder verändern sich in dieser Zeit sehr. Wie könnt Ihr sicher sein, dass sie nicht Euer Kind ist? Sie hat die weiße Locke, wie es sein sollte, wenn sie eine wahre NicCuinn ist.«

Maya lachte auf. »Bringt mir eine Wanne mit Salzwasser, und ich werde es Euch beweisen.«

Margrit sah sie nachdenklich an und nickte dann schroff. Sie schnippte mit den Fingern, und das Moorzauberwesen huschte aus dem Raum. »Sage unserem anderen Gast, er soll hierher kommen«, rief sie dem kleinen Zauberwesen noch nach. »Wenn es hier Betrug und Falschheit gibt, dann muss Renshaw sie betrieben haben.«

In den langen Minuten, die vergingen, bis die Waldzauberwesen mit einer Sitzbadewanne, einem Beutel Meersalz und Krügen mit Wasser erschienen, schwiegen die Frauen. Maya hatte das kleine Mädchen wieder auf den Boden gesetzt, wo es seine Puppe umklammerte und am Daumen lutschte, wobei die lange weiße Locke an der linken Seite ihres Gesichts herabbaumelte. Margrit saß da, betrachtete ihre Ringe und lächelte gleichmütig, und Maya bemühte sich, es ihr gleichzutun, obwohl ihr Puls raste.

Als die Badewanne aufgestellt und mit warmem, salzigem Wasser gefüllt war, nickte Maya dem Moorzauberwesen zu. Das Kindermädchen zog das Kind eilig aus und setzte es ins Badewasser. Es lachte und strampelte mit seinen dicken Beinchen, sodass Wasser auf den Boden spritzte.

»Nun?«, fragte Margrit. »Was beweist das?«

»Ich hab gehört, wie man Euch die Meisterin der Illusionen genannt hat«, erwiderte Maya. »Eure Augen haben meinen Schönheitszauber gewiss durchdrungen und mich als das gesehen, was ich bin?«

Margrit runzelte erfreut die Stirn. »In der Tat«, räumte sie ein. »Ihr habt mich niemals getäuscht, obwohl Euer erster Illusionszauber wirklich mächtig war. Dieser Schönheitszauber, den Ihr jetzt tragt, ist nur eine schwache Maske, so schwach, dass ich mich gefragt habe, warum Ihr Euch die Mühe macht, ihn beizubehalten.«

Maya, die sich bemühte, ihre Verärgerung nicht zu zeigen, ließ von der Illusion ab. »Die Macht der Gewohnheit«, erwiderte sie achselzuckend. »Es ist meinem Zweck nicht dienlich, alle Welt wissen zu lassen, dass ich vom König der Fairgean abstamme.«

Margrit tippte mit einem langen, purpurfarbenen Nagel an ihre Zähne. »Also stimmen die Gerüchte«, sagte sie. »Ihr seid eine Fairge. Ich habe es mich gefragt, als ich die Schwimmhäute zwischen Euren Fingern sah, die Ihr so kläglich vor meinen Augen zu verbergen versuchtet. Ich konnte jedoch nicht sicher sein. Es heißt, viele jener, die in Carraig geboren werden, hätten Schwimmhäute an Fingern und Zehen, und Ihr schient ansonsten menschlich.«

Maya löste den hohen Kragen ihres Gewandes, sodass Margrit ihre Kiemen sehen konnte.

Die Augen der Banprionnsa weiteten sich leicht, und sie verzog ein wenig das Gesicht. »Also sind alle Eure Hexenjagden und Verfolgungen der Zauberwesen im Auftrag der Fairgean durchgeführt worden. Ich habe mich häufig gefragt, was dahinter steckte, obwohl ich annahm, Ihr und ich teilten nur die Gier nach Macht.« Ihr Stirnrunzeln vertiefte sich. »Es war also ein höchst feinsinniger und ungewöhnlicher Plan, obwohl ich wirklich überrascht bin festzustellen, dass Ihr nur eine Schachfigur in den Plänen Eures Vaters seid.«

»Ich handele in eigenem Namen«, sagte Maya kalt.

»Natürlich«, erwiderte Margrit liebenswürdig. »Tun wir das nicht alle? Aber erzählt mir – wie konntet Ihr Euer wahres Selbst so lange verbergen? Ich hab noch nie gehört, dass es zu den *Talenten* der Fairgean gehört, eine Illusion heraufzubeschwören. Wobei ich mir selbst mit meiner Klarsicht nicht sicher war. Ihr wirkt auf mich immer noch sehr menschlich.«

»Meine Mutter war ein Mensch, und ich hab viel von ihr geerbt«, erklärte Maya. »Ich sehe eher wie ein Mensch aus als wie eine Fairge, wie auch meine Tochter. Dennoch ist sie zu einem

Viertel Fairge. Sie wurde mit Flossen und Kiemen geboren wie jedes Fairgean-Baby und hätte sich in ihre Meergestalt verwandeln sollen, sobald sie ins Wasser gelangte. Ich habe meine Tochter es tun sehen und weiß, dass sie die Gabe hat. Dieses menschliche Baby ist nicht meine Tochter.«

Margrit lächelte unangenehm. »Also bin ich betrogen und belogen worden«, murmelte sie. »Zweifellos hoffte Euer ehemaliger Großsucher, mit seiner falschen NicCuinn den Thron erringen und durch sie herrschen zu können. Er hätte mich jedoch nicht belügen oder seine Absicht verbergen sollen. Ich mag Betrüger nicht.«

Sie gab dem Moorzauberwesen ein Zeichen, die das kleine Mädchen daraufhin hastig abtrocknete, wieder anzog und fortbrachte. Maya fragte sich flüchtig, was mit dem Kind geschehen würde. Margrits tief herabgezogenen Mundwinkeln nach zu urteilen, glaubte sie nicht, dass es ein freundliches Schicksal wäre.

Die Tür öffnete sich, und Renshaw platzte herein; sein Gesicht über dem karmesinroten Gewand war hager und blass. Er hielt im Schritt inne, als er Maya sah, und seine Haut nahm die ungesunde Farbe toten Fischs an. Er hatte sie noch nie ohne die Maske der Illusion gesehen, und ihr Erscheinungsbild war eindeutig ein Schock für ihn.

»Eure Hoheit! Welch unerwartetes Vergnügen«, sagte er und verbeugte sich tief. Als er sich wieder aufrichtete, waren seine Augen verschleiert, sodass schwer zu erkennen war, was er empfand, aber Maya konnte sehen, dass seine Finger erstarrt waren.

»Die Banrìghwitwe ist gekommen, um mich zu besuchen, und hat einige interessante Neuigkeiten mitgebracht«, sagte Margrit leutselig. »Wirklich sehr interessante Neuigkeiten.«

Renshaw setzte eine interessierte Miene auf.

»Sie erzählt mir, dass das Kind, das Ihr mir gebracht habt,

nicht ihre Tochter ist, wie Ihr behauptetet, sondern ein Betrügerkind. Sowohl Maya als auch ich würden gerne wissen, wer das Mädchen ist und wo sich die richtige Bronwen NicCuinn befindet. Wir haben beide einiges Interesse an dieser Angelegenheit, wie Ihr Euch gewiss vorstellen könnt.«

Renshaw schwieg einen Moment. Obwohl sein Gesicht und seine Hände nun ruhig wirkten, hatte Maya den Eindruck, als rasten seine Gedanken. »Ihr erschüttert mich, Eure Hoheit«, sagte er schließlich. »Ihr könnt doch gewiss erkennen, dass das kleine Mädchen Eure Tochter ist. Nun, sie hat die weiße Locke und Eure blauen Augen.«

»Jeder Narr kann eine Locke weiß bleichen.« Margrits Grübchen schwanden.

»In der Tat, Eure Gnaden, wenn man das Wissen besitzt. Das Frisieren ist jedoch kaum mein Spezialgebiet. Wie kann Ihre Hoheit sicher sein? Sie hat ihre Tochter doch gewiss fast zwei Jahre nicht mehr gesehen?«

»Denkt Ihr, ich erkenne meine eigene Tochter nicht?«, erwiderte Maya seidenweich, hob eine mit Schwimmhäuten versehene Hand und spielte mit ihrem zurückgestrichenen Haar, das ihr bis in den Nacken reichte. Renshaw blickte sie an, und ein leichter Schweißfilm erschien auf seiner Stirn, als er die Kiemen sah, die unmittelbar unter ihrem Ohr leicht bebten.

»Aber, Mylady …«, stammelte Renshaw, während seine Finger nervös mit den Knöpfen seines Gewandes spielten. »Wie kann das sein? Ich hatte keine Ahnung …«

»Ihr lügt«, sagte Margrit freundlich. »Glaubt Ihr, Ihr könntet die Distel betrügen?« Ihr Lächeln ähnelte dem tückischen Grinsen einer Schlange. Der Großsucher verfiel in Schweigen und leckte sich die trockenen Lippen, während sein Blick von einem Gesicht zum anderen huschte.

»Ihr habt mich hintergangen, Renshaw, und das ist etwas, das ich nicht leicht vergebe«, sagte Margrit liebenswürdig. »Ihr kamt Schutz suchend zu mir und botet mir die Chance, einen Schlag gegen den Clan der MacCuinn zu führen, von dem sie sich nicht so leicht erholen würden. Ich habe Euch aufgenommen, Euch ernährt und geschützt und Euch Dienstboten zugewiesen, die jeder Eurer Launen folgten. Ich habe Pläne geschmiedet, die zu ersinnen mir großes Vergnügen bereitet hat, und finde nun alle diese Pläne nutzlos. Was hättet Ihr getan, wenn wir den jungen Heuchler gestürzt hätten und Euer Betrügerkind den Leitstern in die Hände bekommen hätte? Es hätte sie umgebracht, und Ihr wärt als der Scharlatan entlarvt worden, der Ihr seid.«

»Ich hätte niemals erwartet, dass Ihr das Kind so lange leben lassen würdet«, gab Renshaw zu. »Die Feindschaft, die Ihr den MacCuinn gegenüber hegt, ist legendär.«

Sie lachte. »Das stimmt«, räumte sie ein. »Das stimmt in allen Punkten.«

»Ihr habt mich auf einer falschen Spur hierher geführt. Ich hatte Bronwen schon seit Monaten gesucht, und Ihr habt eine falsche Spur hierher gelegt! Wo ist meine Tochter?«

»Ich hab keine Ahnung, Eure Hoheit«, erwiderte Renshaw. »Dies war nur die Tochter eines Kleinpächters, die Eurer Tochter sehr ähnlich sah. Ich wusste, dass sich das Landvolk unter meiner Fahne versammeln würde, wenn ich behauptete, die wahre Banrìgh unter Kontrolle zu haben. Bei ihrem Verschwinden hätten viele das geflügelte Scheusal unterstützt, einfach weil er alles gewesen wäre, was sie gehabt hätten. Sie hätten ihm vielleicht Mord und Königsmord unterstellt, aber wer wollte das beweisen? Da das Land im Krieg stand, hätten sie auf jemanden bauen müssen, der sie retten konnte, und die Geschichten, die über Euch erzählt wurden, Eure Hoheit, waren weitaus schlimmer als das, was sie ihm vielleicht unterstellen mochten.« Seine

Betonung ihres ehemaligen Titels erfolgte mit so sarkastischem Unterton, dass Maya sich jäh aufrichtete und ihre beweglichen Nasenflügel vor Zorn bebten. Margrit war ebenfalls zornig, wenn auch aus einem anderen Grund.

»Ihr habt die Tochter eines Kleinpächters in meinen Palast gebracht und mir erzählt, sie sei eine NicCuinn«, sagte sie sanft. »Das war ein überaus schwerer Fehler, Renshaw, wirklich ein überaus schwerer Fehler.« Ihr Lächeln vertiefte sich, und sie streckte eine mit Ringen beladene Hand aus und deutete mit zwei Fingern auf ihn.

Die Hände des Großsuchers flogen zu seiner Kehle. Er fiel nach Luft ringend auf die Knie, und sein verzerrtes Gesicht nahm eine seltsam purpurartige Farbe an. Maya sah hin, abgestoßen und fasziniert zugleich, während er vornüber auf den Boden fiel, sich wand und würgte, während seine eigenen Hände den Atem aus seinem Körper pressten. Er trommelte mit den Fersen auf den Boden, und Speichel spritzte von seinen purpurfarbenen Lippen. Er wandte sich verzweifelt um, seine hervorstehenden Augen auf sie gerichtet, und sank dann leblos zurück. Renshaw blieb am Fleck liegen, die Zunge hing ihm aus dem Mund, und seine Hände waren noch immer um seine Kehle verschränkt.

Margrit rief dem entsetzten Moorzauberwesen zu: »Ruf die Wachen, damit sie den Abschaum fortschaffen und der goldenen Göttin zum Fraß vorwerfen.« Dann wandte sie sich um und lächelte Maya zu, die sich kaum regen oder sprechen konnte. »Man berührt die Distel nicht ohne Schmerzen«, sagte sie sanft. »Ihr wärt gut beraten, Euch daran zu erinnern.«

Die Fluchhexe stank so entsetzlich, dass Maya fast würgen musste. Margrit gab ihr einen mit Gewürznelken gespickten Apfel, den sie sich unter die Nase halten konnte, und Maya nahm ihn dankbar an und zog sich etwas zurück. Die Fluchhexe kicherte boshaft und sah sie durch das verfilzte Rattennest ihres grauen Haars an, das über ihr runzliges, schmutziges Gesicht hing. Sie war ein dünnes, gebeugtes Wesen, das in eine seltsame Ansammlung so schmutziger Lumpen gekleidet war, dass man deren ursprüngliche Farbe oder Beschaffenheit unmöglich erkennen konnte. Ihre Hände mit den schwarzen Fingerspitzen und den abgebrochenen Nägeln durchwühlten den Sack, den sie über ihrer gebeugten Schulter trug, während sie Unverständliches vor sich hin plapperte.

Maya sah Margrit zweifelnd an, aber die Banprionnsa setzte eine beruhigende Miene auf. »Sorgt Euch nicht, Mylady, Shannagh vom Moor kann die wirkungsvollsten Flüche heraufbeschwören. Sie lebte schon in Arran, als ich noch ein Kind war, und hat meiner Mutter oft geholfen.«

Die Fluchhexe kicherte und warf Maya einen überraschend intelligenten Blick zu, während sie verschiedene knorrige Wurzeln und Zweige auf dem Tisch auslegte. »Die NicFòghnan fanden die alte Shannagh wirklich immer nützlich, wollten ihre eigenen feinen Hände nicht mit Flüchen und Unheil beschmutzen. Shannagh weiß, welche Pflanzen sie sammeln muss, um die übelsten Gifte zu brauen, und in welcher Mondphase man sie pflücken muss. Shannagh braute den Drachenfluch für Euch, als Ihr Banrìgh wart. Shannagh hat sich das gewagte Gebräu ausgedacht, und ich weiß, dass es Euch genutzt hat.«

»Das reicht, alte Frau!«, schrie Margrit.

Maya erkannte, dass sie wütend war, weil die Fluchhexe offenbart hatte, woher die Banprionnsa den Drachenfluch hatte, den Maya im Frühjahr des Roten Kometen bei ihrem Angriff auf die Drachen benutzt hatte. Maya hatte teuer für dieses Gift bezahlt und war wirklich sehr daran interessiert gewesen, zu erfahren, wer den Mut gehabt hatte, es zu brauen.

Die drei Frauen waren in einem Raum in Margrits Turm eingeschlossen. Es war Samhain, die Nacht der Toten, und draußen stöhnte ein unheimlicher Wind. An Samhain war der Schleier zwischen der Welt der Lebenden und der der Toten am dünnsten, und Margrit hatte diese Nacht als verheißungsvollste zum Heraufbeschwören eines wirkungsvollen Fluchs gegen Lachlan MacCuinn erwählt. Der Raum war ganz mit schwarzen Vorhängen verhängt, die mit silber- und karmesinroter Farbe aufgemalte, seltsame Symbole aufwiesen. Auf Tischen stapelten sich eigentümliche Instrumente, und ein merkwürdiger Geruch wie altes Blut lag im Raum. Maya widerstand der Versuchung, ihren Umhang fester um sich zu ziehen, sondern stand aufrecht und stolz in einer Ecke des Raumes.

Maya hatte der Distel nur ungern die Feder und die Haarlocke Lachlans ausgehändigt und sie zunächst einige Wochen verborgen gehalten, während sie versucht hatte, den besten Handlungskurs zu bestimmen. Die Entdeckung, dass das kleine Mädchen nicht ihre Tochter war, hatte die Fairge ohne Trumpf in den Händen Margrits von Arran zurückgelassen. Sie brauchte verzweifelt die Hilfe der Zauberin, um Bronwens Aufenthaltsort herauszufinden, war sich aber der Tatsache bewusst, dass Margrit ihrer Tochter nur Böses wollte.

Drei Wochen lang waren die beiden Frauen überaus höflich miteinander umgegangen, während eine bedrohliche Unterströmung Maya die ganze Zeit angespannt und wachsam sein ließ. Sie hatte Margrit von ihren Spionen in Lachlans Lager erzählt, was bei der Zauberin genügend Neugier bewirkt hatte, um sie daran zu hindern, Maya der goldenen Göttin zum Fraß vorwerfen zu lassen. Margrit hatte rasch erkannt, von welchem Nutzen solche Spione für sie sein konnten, und sie hatten eilig Verbindungswege geschaffen, damit Maya ihre Spione leicht kontaktieren konnte.

Als Nächstes hatte Maya den dicken Zopf roten Haars hervorgenommen und all ihren Verstand und ihre Schlauheit eingesetzt, um Margrit zu überreden, ihr dabei zu helfen, Isabeau die Rote und die vermisste Banprionnsa aufzuspüren. Margrit hatte eindeutig erkannt, wie viel besser es wäre, Mayas Tochter unter ihrer eigenen Kontrolle zu haben, als sie irgendwo draußen im Land zu wissen, ein gefährlicher Trumpf, der jederzeit gegen sie verwendet werden konnte. Also hatte sie ihre mächtige Magie benutzt, um Isabeau durch ihren Kristallsehteich zu orten. Sie hatte die junge Frau in einer schimmernden Welt des Schnees gesehen, die nur auf dem Rückgrat der Welt zu finden war. Es war kein Zeichen von Bronwen zu sehen, aber Margrits Khan'cohban-Haushofmeister hatte die Gestalt der Gipfel erkennen können, die hinter dem rothaarigen Hexenlehrling aufragten. »Das sind die Verfluchten Gipfel«, hatte er mit rauem Akzent erklärt. »Sie befindet sich im Verfluchten Tal.«

Margrits Interesse hatte sichtlich zugenommen. »Tatsächlich?«, hatte sie gegurrt. Sie hatte sich mit sanftem, gefährlichem Lächeln zu Maya umgewandt und gesagt: »Aber natürlich werde ich Euch helfen, dieses Mädchen zu finden! Nun, sobald die Winterstürme nachlassen, werde ich Euch meine Schwanenkutsche zur Verfügung stellen, und Ihr könnt so schnell wie die Schneegänse in die Berge hinauffliegen. Und ich werde Euch Khan'tirell zur Begleitung mitgeben! Er kennt die Berge ebenso gut wie sein narbiges Gesicht. Ohne ihn würdet Ihr niemals hindurchfinden. Er und alle meine Dienstboten werden Euch zur Verfügung stehen.«

Während Maya sich gefragt hatte, welches falsche Spiel Margrit spielte, hatte sie ihr überschwänglich gedankt und versprochen, mit der kleinen Banprionnsa unter Margrits Schutz zurückzukehren, eine Lüge, die zu äußern sie keinerlei Gewissensbisse hatte. Erst da, als der Weg deutlicher wurde, hatte sie die

Feder und die Haarlocke hervorgeholt. Margrit war wirklich erfreut gewesen. Ihr ganzer Körper hatte vor Eifer gebebt, ihr Gesicht freudig verzogen.

»Endlich!«, hatte sie gerufen und danach gegriffen. »Welch mächtigen Fluch wir hiermit heraufbeschwören können! Die MacCuinn werden den Tag wahrhaft bereuen, an dem sie die Distel verspottet haben.«

Maya hatte Feder und Locke noch festgehalten und argwöhnisch gesagt: »Ich geb Euch diese nur unter der Bedingung, dass Ihr Euer Versprechen haltet und mir helft, Bronwen zu finden. Wenn Ihr mich betrügt, werdet *Ihr* den Tag bereuen.«

»Natürlich, natürlich«, hatte Margrit lächelnd gesagt. »Euer Blut wird den Fluch besiegeln. Ich werde nur Euer bescheidenes Werkzeug sein.«

Die Fluchhexe grinste und sang vor sich hin, während sie aus Stoff eine kleine Puppe nähte. Mit einem Kohlestift malte sie ihr Züge ins Gesicht, die Lachlans unheimlich ähnlich waren, und stopfte sie dann mit verwelkten Gartenrauteblättern, tödlichen Nachtschattenbeeren und Wasserschierling aus. Während ihre verkrümmten Finger rasch und gekonnt arbeiteten, erklärte sie Maya, was sie tat, und die Fairge sah fasziniert zu.

Shannagh nähte die Puppe mit einem schwarzen Faden zu und wickelte sie dann in ein Stück grünes Plaid aus dem Kilt des jungen Righ. Das Gewirr dunkler Haare, das Mayas Spionin aus seinem Kamm gestohlen hatte, nähte sie am Kopf an.

»Welche Art Fluch soll ich heraufbeschwören?«, fragte sie. »Soll er verletzt oder verstümmelt oder nur vernichtet werden? Wollt Ihr, dass er seinen Verstand oder seine Kraft verliert, oder wollt Ihr ihm für immer die Fähigkeit zu sprechen nehmen? Wollt Ihr, dass er stirbt, und wenn, dann direkt oder eines langsamen Todes? Wollt Ihr, dass ich sein Blut und alle, die daraus geboren werden, verfluche? Was wollt Ihr?«

»Ich will, dass er ebenso vernichtet wird, wie ich vernichtet wurde«, erwiderte Maya bedächtig. »Ich will, dass er alles verliert, was er errungen hat, und Niederlage, Schwäche und Kälte kennen lernt, wie ich sie kennen gelernt habe. Ich will, dass er grausam verletzt wird, in Schmerzen und Elend leidet, langsam stirbt und seine Macht an mich zurückgegeben wird.«

Shannagh nickte mit ihrem verfilzten grauen Kopf. »Für solch einen Fluch solltet Ihr mich besser gut bezahlen, sonst werde ich sicherstellen, dass der Clan der Distel dies erleidet«, warnte sie. Margrit lächelte verächtlich und warf dem alten Zauberwesen einen großen Beutel Münzen zu. Sie zählte sie gierig, zeigte dann bei einem Lächeln ihre Zahnstümpfe und verstaute das Geld in ihrem Sack.

Dann nahm die Fluchhexe dicke schwarze Kerzen hervor, die stark nach Tollkirsche und Gartenraute rochen, und steckte sie in einen gedrungenen eisernen Kerzenhalter. Ein Schnippen ihrer Finger – und Flammen sprangen am Ende der Dochte auf. Der Rauch roch seltsam, und Schatten tanzten in übermütiger Lebendigkeit durch den Raum.

Die Fluchhexe mischte in ihrem schmutzigen Kessel Urin von einer schwarzen Katze, einige Prisen getrocknetes Drachenblut, eine Hand voll Graberde, Eibenblätter und -beeren und einige Kügelchen Mark vom Holunderbaum. Mit Mörser und Stößel mahlte sie eine Alraunwurzel zu Staub und fügte ihn hinzu, und dann nahm sie Mayas Finger, stach mit einem schmalen Dolch hinein und drückte, bis drei Tropfen Blut in den Kessel tropften. Dann rührte die Fluchhexe das üble Gebräu mit dem Dolch um und murmelte leise:

»Durch die Macht der dunklen Monde
mach ich dieses Gebräu wirksam,
geb Kälte hinein,

geb Dunkelheit hinein,
geb Schmerz und Schärfe hinein.
Durch die Macht der dunklen Monde
mach ich dieses Gebräu wirksam,
geb Bosheit hinein,
geb Hässlichkeit hinein,
geb Scham und Traurigkeit hinein.
Durch die Macht der dunklen Monde
mach ich dieses Gebräu wirksam.«

Maya sah zu, sowohl abgestoßen als auch fasziniert, wie Shannagh die lange schwarze, aus Lachlans Flügel entnommene Feder durch die dunkle, klebrige Flüssigkeit zog, bis sie nass und verdreckt war. Dann reichte die Fluchhexe sie ihr und wies sie an, sie zu zerbrechen und ihr nachzusprechen:

»Ich verfluche dich, Lachlan MacCuinn,
durch die Macht der dunklen Monde,
und wünsch dir das Übel, das du mir zugefügt hast.
Ich verfluche dich, Lachlan MacCuinn,
durch die Macht der dunklen Monde,
und wünsch dir das Übel, das du mir zugefügt hast.
Ich verfluche dich, Lachlan MacCuinn,
durch die Macht der dunklen Monde,
und wünsch dir das Übel, das du mir zugefügt hast.
Bei der Macht der dunklen Monde
verfluch ich dich, verfluch ich dich, verfluch ich dich.«

Maya tat, wie die Fluchhexe ihr geheißen, und legte allen Zorn und Hass hinein. Die Feder brach mit dem Geräusch von brechenden Knochen, und sie reichte sie der alten Hexe mit einem merkwürdigen Gefühl in der Magengegend zurück. Shannagh hatte ein Stück schwarzes Band im Kessel getränkt. Nun band sie die zerbrochene Feder damit an die Puppe, wand das Band neunmal darum und wiederholte die letzte Zeile des Verses. Maya intonierte sie gehorsam mit. »Ich verfluche dich, ich verfluche dich, ich verfluche dich.«

Dann wickelte Shannagh die Puppe in schwarzes Tuch, das sie fest verknotete. Sie drückte weitere drei Tropfen Blut aus Mayas Finger auf den Knoten, und die Fairge sagte mit ungewollt zitternder Stimme: »Du bist durch das Blut an mich gebunden, niemand außer mir kann dich von diesem Fluch befreien.« Dann blies sie die Kerzen aus, und der Raum versank in Dunkelheit.

»Das wird dafür sorgen, dass niemand außer Euch den Fluch brechen kann, gleichgültig wie mächtig jemand ist«, flüsterte die Fluchhexe. »Ihr müsst die Puppe bei Euch behalten, denn Ihr seid jetzt fest mit dem MacCuinn verbunden, Eure Schicksale verflochten. Aber seid vorsichtig. Flüche kehren zum Urheber zurück. Ihr müsst Euch sorgfältig gegen negative Kräfte schützen. Und Ihr müsst wissen, dass der MacCuinn dem Fluch vielleicht widerstehen kann, wenn er stark genug ist und wenn er positiv denkt. Aber allen Berichten zufolge ist er ein Mann mit düsteren Stimmungen und hitzigem Temperament – das macht es leichter.«

Maya nickte und verstaute die Puppe in ihrem schwarzen Beutel. Sie war sich eines Schattens auf ihrem Geist bewusst sowie eines seltsamen Geruchs in der Luft. Die Fluchhexe nahm die schwarzen Kerzen wieder fort, zündete ein Räuchergefäß an, wedelte den Rauch in alle vier Ecken des Raumes und zündete dann weiße Kerzen an, die lieblich nach Brustwurz rochen. Sie wusch den Kessel und den Dolch und packte die Gefäße mit dem Drachenblut, der Alraunwurzel, dem Katzenurin und der Graberde vorsichtig wieder ein. Als der Raum gereinigt war, konnte Maya wieder leichter atmen, obwohl sie sich immer noch seltsam ängstlich fühlte. Die Puppe schien wie eine fühlbare Gegenwart, heiß und atmend in ihrer Tasche, als wäre sie lebendig.

»Nun, es ist vollbracht«, sagte Margrit zufrieden. »Ich freu mich auf den Tag, an dem ich den Clan der MacCuinn für immer zerbrochen sehe. Eintausend Jahre waren sie bestrebt, Arran zu regieren und uns ihrem Willen zu unterwerfen. Fóghnan stammte von den Königen der Anderwelt ab, nicht Cuinn. Er war nur ein amüsanter Alchimist, der Fóghnan und ihre Schwestern im Palast unterrichtete und von ihrem Vater den Hungerlohn eines Hauslehrers bekam. Und doch nannte sich Cuinn Meister des Ersten Hexensabbats, und Owein MacCuinn wollte die Führung übernehmen, als sein Vater im Sterben lag, von der Magie gebrochen, die gewirkt wurde, um das Universum zu durchqueren. Nur ein Junge, und nicht höher geboren als irgendeiner der Dienstboten der Distel, und doch versuchte er, sie seinem Willen zu unterwerfen. Nun, schon so mancher MacCuinn hat den Tag bedauert, an dem er die Distel zu beherrschen versuchte, und nun werden sie wirklich leiden.«

Das Grabmal der Raben

Wolken hingen schwer über dem Tal, verschleierten die Hügel und den Himmel und tauchten den Fluss in eine graudüstere Stimmung. Matschiger Schnee lag unter den Bäumen, und dünne Binsen wuchsen aus Eisbetten. Eine Kompanie Kavallerie zog in fester Formation durch diese trostlose Landschaft. Hinter ihnen marschierte mühselig die Infanterie, die grauen Jacken gegen die Kälte fest um sich geschlungen, während die Proviantwagen und die Herden unter strenger Bewachung die Nachhut bildeten. Zuletzt kamen die großen Streitrösser, denn jeder der Kavalleristen brauchte mindestens drei Pferde, die alle speziell dazu ausgebildet waren, auf Befehl ihrer Herren zu kämpfen. Weit über ihnen schwebte ein großer Falke, dessen weiße Schwingen vor den schneebeladenen Wolken kaum zu sehen waren.

Lachlan zügelte sein Pferd. »Sturmschwinge sagt, die Glorreichen Soldaten lagern unmittelbar jenseits des Hügels, in der Nähe des Flussufers. Sollen wir erneut einen Scheinangriff auf sie ausführen oder uns vorbeischleichen?«

Iseult lächelte kalt. »Lautet der Plan nicht, sie weiterhin Vermutungen anstellen zu lassen? Schicken wir die Pferde hinein, um Chaos und Verwirrung auszulösen, während unsere Männer erneut den Fluss überqueren. Danach kann sich die Kavallerie ins Land zurückziehen und weiter unten am Fluss wieder mit uns zusammentreffen.«

Lachlan grinste. »Warum rufen wir nicht erneut die Vögel zu Hilfe, *Leannan*? Sie haben die Glorreichen Soldaten schon letzte Nacht entsetzt umherhasten lassen, und bald werden wir die Männer so weit haben, dass sie sich jedes Mal ducken, wenn ein Vogel über sie hinwegfliegt, ob Verbündeter oder nicht.«

Iseult nickte und wendete dann schwungvoll ihr Pferd, um wieder an die Spitze der Infanterie zu reiten. Während sie barsche Befehle erteilte, hob Lachlan dem Gerfalken das Handgelenk entgegen. Sturmschwinge stürzte wie ein weißer Blitz aus dem verhangenen Himmel, kauerte sich auf das Handgelenk des jungen Rìgh und wandte seine scharfen Augen Lachlans Blick zu.

Der Rìgh hatte all seine freie Zeit während des Herbstes damit verbracht, den jungen Gerfalken zu zähmen und zu trainieren, und hatte gemerkt, dass die scharfe Sicht und die flinken Schwingen des Vogels von unschätzbarem Wert waren.

Der Vogel mit den weiten Flügeln war ein Geschenk von Anghus von Ruraich gewesen, an seiner statt zur Lammas-Versammlung geschickt. Es war ein wirklich königliches Geschenk und hatte in gewissem Maße Lachlans Enttäuschung darüber gemildert, dass sich der Prionnsa von Ruraich dem Heer noch immer nicht anschließen konnte.

Während Lachlan seinen Gerfalken zähmte, verbrachten die Graujacken die Herbstmonate damit, ihre Position in Blèssem zu stärken, Dùn Eidean wieder aufzubauen und die rundum liegenden Felder mit Weizen, Hafer, Gerste und Roggen zu bebauen, damit sie im Frühjahr ernten könnten. Als die Fairgean mit den Herbstgezeiten die Küste hinabgeschwommen waren, hatten sowohl die Graujacken als auch die Glorreichen Soldaten sorgfältig darauf geachtet, sich von Meeresarmen und Flüssen fern zu halten. Lachlan und Iseult hatten ihre Kräfte ungehindert darauf konzentrieren können, die Tìrsoilleiraner zurückzuhalten und nach den harten Kämpfen des Sommers ihre Stärke wieder aufzubauen.

Der Winter war traditionell eine Zeit der Ruhe, und die Glorreichen Soldaten hatten gewiss nicht erwartet, dass Lachlan sie erneut angreifen würde. Seit der Lammas-Invasion waren nun jedoch schon über zwei Jahre vergangen, und Lachlan wusste, dass Rhyssmadill nur für zwei Jahre verproviantiert war. Die belagerte Palastgarnison wäre dem Verhungern nahe, und Lachlan wollte unbedingt den Reichtum der Schatzkammer in die Hände bekommen. Er wusste, dass der Palast fallen würde, wenn nicht bald Hilfe kam, denn die Garnison war ihm als Herrscher nicht treu ergeben, da sie von seinem Bruder Jaspar ernannt worden war. Wenn die Wahl zwischen dem Hungertod und der Kriegsgefangenschaft bestand, hegte er keinerlei Zweifel, welche Wahl die Verteidiger treffen würden.

Also hatten die Graujacken nur darauf gewartet, dass die Fairgean wieder nach Norden schwimmen würden, bevor sie in westlicher Richtung angriffen. Sie führten ihre höchst wendige Taktik fort, ritten im Kreis um den Feind herum, täuschten Rückzüge vor und lockten die Glorreichen Soldaten in Fallen und Hinterhalte. Als die Tìrsoilleiraner in Richtung Rhyllster zurückgedrängt wurden, nahmen die Kampfhandlungen an Heftigkeit zu, weil der Fluss noch immer die Lebensader des Landes war. Frachtkähne wurden vom Bergland abwärts gestakt, um Lachlans Heer zu versorgen, und frische Truppen, die in der Sicherheit Lucesceres ausgebildet wurden, überquerten den Fluss, um nach Blèssem hinabzumarschieren. Die Glorreichen Soldaten hatten fast zwei Jahre lang unter dem Verlust Dunwallens gelitten. Sie waren entschlossen, ihren Zugriff auf den Fluss südlich von Lochbane, dem achten See in der Seenkette, die die Juwelen von Rionnagan genannt wurde, nicht zu verlieren.

Lachlans Heer hatte die Glorreichen Soldaten erst diese Woche verblüfft, indem sie den Fluss unmittelbar südlich von Dunwallen überquert und deren Truppen am Westufer des Flusses angegriffen hatten. Da der Rhyllster selbst in der toten Winterzeit rasch floss und es erst weit hinter Lochbane Brücken gab, war das tìrsoilleiranische Heer gewiss nicht auf einen Angriff aus dieser Richtung vorbereitet gewesen. Als sie ihren Verstand und ihre Waffen wieder beisammenhatten, waren die Graujacken schon verschwunden, hatten sich wieder über den Fluss zurückgezogen.

Die wachhabende Berhtilde des belagerten Heeres hatte sie bis zum Ufer des Flusses verfolgt, musste ihr Pferd aber dort scharf verhalten, um nicht ins eisige Wasser zu stürzen. Sie konnte deutlich die Hufabdrücke einer großen Kompanie Reiter erkennen, die im Fluss endeten und dann auf der gegenüberliegenden Seite weiterführten, und doch wusste sie, dass man den Tod riskierte, wenn man sich in das aufgewühlte Wasser begab. Dennoch befahl sie einigen ihrer Männer, die Pferde voranzutreiben, und musste zusehen, wie sie unter Wasser gezogen wurden und ertranken.

Iseult lächelte bei der Erinnerung leicht, stieg ab und stellte sich ans Ufer des Flusses. Sie schloss die Augen, streckte die Hände aus und konzentrierte sich auf die Leere, wie Meghan es sie gelehrt hatte. Dies war die zweite Hälfte der Herausforderung der Flamme und der Leere, die Fähigkeit, mit reiner Geistesmacht eine Flamme anzuzünden und wieder zu löschen. Als Iseult das erste Mal gebeten wurde, es zu versuchen, hatte sie nicht gewusst, wie sie die Flamme wieder löschen sollte, denn auf dem Rückgrat der Welt durfte das Feuer niemals erlöschen. Schließlich hatte sie eine solch intensive Kälte heraufbeschworen, dass das geweihte Feuer zu Asche verglüht und das Wasser in der Kristallsehschale gefroren war. Es war Iseult in den Sinn gekommen, dass die Fähigkeit, Eis heraufzubeschwören, bei diesem Winterfeldzug nützlich wäre, sodass sie diese Fertigkeit geübt hatte, bis sie das Element vollkommen kontrollieren konnte.

Das Eis am Rande des Flusses wurde nun langsam dicker und breitete sich aus. Sie ballte ihre Hände zu Fäusten und bot alle Willenskraft auf, um den rasch vorüberziehenden Fluss zu bezwingen. Das Eis breitete sich weiter aus, stieg in kunstvollen Bögen auf und bildete eine zerbrechliche, schimmernde Brücke. Iseult sank erschöpft zurück, konnte gerade noch eine Hand heben, um die Soldaten vorwärts zu winken. Die Infanteristen, die ehrfürchtig zugesehen hatten, marschierten schnell hinüber, wobei sie den Atem anhielten, falls das Eis brechen und sie in das tückische Wasser stürzen sollte. Die Frachtwagen rollten hinterher, wobei die Kutscher die Zugpferde mit der Peitsche ängstlich vorantrieben, und dann wurden die Ziegen- und Schafherden hinübergedrängt, und die Hirten salutierten im Vorübergehen vor Iseult.

Die Banrìgh erhob sich mühsam und klammerte sich mit zitternden Beinen an die Zügel ihres Pferdes. Sie fragte sich flüchtig, wie Meghan es schaffte, jeden Tag solche Magie zu wirken, ohne sich vor Erschöpfung umzubringen, und stieg dann mit Hilfe eines der Blaugardisten wieder auf ihr Pferd.

Die Kavalleristen griffen im Galopp über den Hügel an, brüllten und schrien und schlugen mit ihren Lanzen auf die Schilde. Das Lager der Glorreichen Soldaten geriet in Aufruhr, während sie sich eilig zu verteidigen suchten. Die Reiter preschten hindurch, stießen Zelte um, zerstreuten Lagerfeuer, griffen nach rechts und links an. Während sie herumwirbelten, um erneut anzugreifen, stieß plötzlich ein Schwarm Vögel vom Himmel herab, die schrien und mit ihren Klauen und Schnäbeln Wunden rissen. Es waren Vögel aller Formen, Größen und Farben, von scharfschnäbeligen Falken und Raben bis zu Brachvögeln und Schwalben. Sogar ein großer goldener Adler war dabei, der Lachlans Ruf gehört hatte und von seinem einsamen Horst in den Weißlockenbergen herabgeflogen war.

Die Glorreichen Soldaten fluchten, duckten sich und ließen ihre Schwerter fallen, um die mit einem Kreuz versehenen Schilde über ihre Köpfe zu halten. Die Blaugardisten preschten erneut durchs Lager, und bei jedem Streich fiel ein Feind. Die Berhtilde brüllte Befehle, und Lachlan hob seinen Bogen an und schoss einen Pfeil genau durch die Stelle ihres Körpers, wo einst ihre linke Brust gewesen war. Sie stürzte, und die Glorreichen Soldaten schrien vor Bestürzung laut auf. Sie wehrten sich verzweifelt, und Finlay Fürchtenichts' Pferd wurde herabgezerrt. Duncan Eisenfaust wendete sein großes Streitross am Fleck und zog den jungen Laird in Sicherheit. Dann rief Lachlan zum Rückzug, und sie galoppierten davon, wobei sie noch brennende Fackeln aus den Feuern zogen und sie in das Gewirr von Segeltuch und Seilen warfen, das die Zelte der Glorreichen Soldaten gebildet hatten. Iseult beschwor ihre letzten Kräfte herauf und ließ Feuerbälle in die von den Soldaten verlassenen Zelte prallen, sodass überall um sie herum Flammen aufsprangen.

Die Mehrheit der Reiter zog sich wieder ins Gelände zurück, während Lachlan, Iseult und die Leibgardisten zum Fluss zurückgaloppierten. Trotz des Chaos im Lager verfolgten dreißig oder mehr Glorreiche Soldaten die Blaugardisten und versuchten, ihnen über die Brücke aus Eis zu folgen. Iseult, die bereits sicher auf die andere Seite gelangt war, hob eine Hand und dachte an die Wärme des Sommers, an die Wärme eines lodernden Feuers. Wasser begann von den Brückenbögen zu tropfen. Bevor die Glorreichen Soldaten mehr als die Hälfte der Brücke überquert hatten, sackte sie zusammen und brach in die darunter liegende reißende Strömung ein. Iseult sah nur einige verzweifelte Gesichter vorüberwirbeln, wobei das Gewicht ihrer Rüstungen sie hinabzog, während ihre Pferde darum kämpften, die Köpfe über der aufgewühlten Wasseroberfläche zu halten. Einige Pferde schafften es zum Ufer und wurden zusammen mit den übrigen Pferden am Ende des Zuges angebunden. Die meisten ertranken mit ihren Reitern.

Sie ritten den Fluss hinab weiter, begeistert über den Erfolg ihrer Kriegslist, trafen aber an der Stelle, wo der Fluss eine Biegung zu den weiten Wassern Lochbanes machte, auf ein weiteres Bataillon Glorreiche Soldaten. Es wurde erneut heftig gekämpft, wobei Lachlans Streitkräfte wieder von dem Schwarm scharfschnäbeliger Vögel unterstützt wurden. Bei Sonnenuntergang hatten sie sich ihren Weg durch die Reihen der Tìrsoilleiraner geschlagen und den Schutz der kleinen Stadt Balbane erreicht.

Die Ansiedlung war auf einem hohen Hügel hinter robusten Mauern erbaut worden, aber während der letzten Jahrhunderte des Friedens hatte sie sich entlang den Ufern des Sees ausgebreitet. Nun war der größte Teil Balbanes nur noch eine rauchende Ruine, da es während der letzten zwei Jahre abwechselnd von den Glorreichen Soldaten und den Fairgean eingenommen und besetzt worden war. Es war wenig mehr geblieben als zerstörte Häuser und einige verwahrloste Hühner, die die Soldaten zum Abendessen verspeisten, wobei sie Eà für ihre Vorsehung dankten.

Vor der Dämmerung beschwor Iseult am entgegengesetzten Ende des Lochbane, wo er sich zum Fluss verengte, erneut eine Brücke aus Eis herauf. Sie überquerten sie eilig und schweigend und ließen eine Geisterstadt zurück, über die sich die tìrsoilleiranischen Truppen, die mit der Sonne einträfen, den Kopf zerbrechen mochten. Sie führten an diesem Tag noch drei weitere Überquerungen durch, obwohl Iseult bleich war und obwohl die Anstrengung, stabile Eisbrücken zu erschaffen, die alles Gewicht tragen konnten, sie zittern ließ. So gelangten sie schließlich nach Dùn Gorm, der Stadt, die einst die prächtigste ganz Eileanans und der Fernen Inseln gewesen war. Der größte Teil der Stadt war jetzt überschwemmt, mit Treibgut von den Überschwemmungen angefüllt oder von den Kanonen der Glorreichen Soldaten zerstört oder verbrannt. Die übrig gebliebenen, eingestürzten Ruinen erinnerten kaum mehr an die großartige Stadt aus blauem Marmor, die einst dort gestanden hatte. Viele Angehörige der Truppen hatten Tränen in den Augen, während sie schweigend durch die dämmerigen Straßen schritten.

Sie befanden sich wieder am Westufer des Flusses, wo die Freiherren und reichen Kaufleute auf dem hoch gelegenen Land ihre Herrensitze gebaut hatten, was ihnen einen Blick über den Hafen und den Meeresarm gewährte. Über den verbrannten Dachsparren und eingestürzten Mauern waren die emporstrebenden Türme Rhyssmadills zu sehen, deren sanft blau schimmerndes Gestein verschwommen in den düsteren Abendhimmel ragte. Die Graujacken suchten in den Ruinen Schutz, während Sturmschwinge den Park überflog, um die Position der Glorreichen Soldaten auszukundschaften. Es gab an diesem Abend, trotz der Kälte, nur kalte Rationen, denn niemand wollte es riskieren, Lagerfeuer anzuzünden. Alle waren sich der Tatsache bewusst, dass sie sich mitten in dem Gebiet verborgen hielten, das vom tìrsoilleiranischen Heer besetzt war. Sie waren nur durch Schwindel und List hindurchgelangt, aber der Feind war überall um sie herum, und ein Rückzug wäre nahezu unmöglich.

Der Gerfalke berichtete, dass ein Heer von über zwölftausend Glorreichen Soldaten im Palastpark lagerte, gegenüber dem großen Steinfinger, auf dem der Palast erbaut war. Die Tìrsoilleiraner hatten ihre Steinschleudermaschinen und Kanonen entlang dem Grat aufgereiht, ihre Zelte und Pavillons standen zusammengepfercht dahinter. Es war zu dunkel gewesen, um feststellen zu können, wie viel Schaden die Außenmauern des Palastes davongetragen hatten, aber um die Moral der Glorreichen Soldaten war es schlecht bestellt.

Sturmschwinge berichtete mit spöttischem Lachen, die Raben hätten großes Unbehagen bei den Truppen bewirkt, indem sie über dem Lager kreisten, und ihre traurigen Schreie hätten so manchen abergläubischen Soldaten erschaudern und das Kreuzzeichen über der Brust ausführen lassen. Zehn der nachtschwarzen Vögel waren für diese Aufgabe ausgewählt worden, denn der alte tìrsoilleiranische Aberglaube, der mit ›einer für das Leid, zwei für die Freud‹ begann, endete mit der Zeile ›und zehn für den Teufel persönlich‹. Lachlan wollte jedes nur mögliche Mittel nutzen, um das tìrsoilleiranische Heer zu zermürben.

Die Größe des außerhalb Rhyssmadills zusammengezogenen Heeres beunruhigte Lachlan ein wenig, denn er hatte nur fünfhundert bewaffnete Krieger, fünfhundert Bogenschützen und die fünfzig Reiter der Leibwache. Die übrigen zweitausend Soldaten von Lachlans Division waren zur Bewachung Dùn Eideans und zum Kampf mit den Überresten des tìrsoilleiranischen Heeres zurückgelassen worden, die Blèssem noch immer besetzt hielten. Die achthundert Reiter, die Lachlan begleitet hatten, waren am Ostufer des Rhyllster zurückgelassen worden, um den am Fluss lagernden Glorreichen Soldaten zuzusetzen. Ihr Ziel war es, die tìrsoilleiranischen Soldaten wieder nach Rhyssmadill zurückzudrängen, direkt in die Arme des MacThanach, der mit seiner Mehrheit des Heers des Rìgh auf den Berhtfane zumarschierte. Dennoch waren die Streitkräfte des Rìgh zahlenmäßig unterlegen, denn dem Befehl des MacThanach unterstanden nur siebentausend Mann, deren Anzahl jedoch durch Deserteure des tìrsoilleiranischen Heers verstärkt wurde.

»Hoffen wir, dass die Reiter von Tìreich jetzt gerade durch Ravenshaw preschen«, sagte Lachlan grimmig und zog seine

Schwingen um sich. »Wir werden jeden Mann brauchen, den wir aufbringen können, um die Belagerung des Palastes zu durchbrechen.«

»Vielleicht sollte ich Meghan durch das Kristallsehen zu erreichen versuchen und sie bitten, die Division des MacSeinn zu unserer Hilfe zu schicken«, sagte Iseult, die sich dicht an ihn kauerte, damit seine Schwingen sie auch wärmen konnten.

»Es würde einen Monat oder länger dauern, bevor sie hier sein könnten, und du weißt, dass sie die Glorreichen Soldaten im Osten in Schach halten«, erwiderte Lachlan. »Wir können es nicht riskieren, dass weitere Tausende durch die Moore vordringen und uns von hinten angreifen. Nein, wir sollten lieber hoffen, dass sich der MacAhern seiner Pflicht der Krone gegenüber erinnert und uns zu Hilfe reitet. Wir werden es nur allzu bald wissen! Wir treffen Dughall in der Dämmerung – das heißt, wenn er sich an den Wachen der Glorreichen Soldaten vorbei in das Grabmal der Raben schleichen kann.«

Die zehn Raben, die auf der eingestürzten Mauer über ihnen hockten, stießen einen bis ins Mark dringenden Schrei aus, und die an der Mauer kauernden Knappen erschauderten und zogen die Schultern ein.

»Vielleicht sollten wir uns Sorgen darüber machen, ob *wir* den Treffpunkt erreichen können«, sagte Duncan Eisenfaust düster. »Wir werden durch den Park gelangen müssen, um das Grabmal zu erreichen, vergesst das nicht!«

In der grauen Kälte vor der Dämmerung begann Nebel aus dem Fluss aufzusteigen, wand sich durch die verkohlten Skelette der Kaufmannshäuser und schwebte durch den Park. Die Zelte und Pavillons der Glorreichen Soldaten, die Bäume, welche die lange Prachtstraße säumten, und die schlammigen, aufgewühlten Wiesen waren alle in geisterhaftes Weiß gehüllt. Die tìrsoilleiranischen Wachen kauerten sich in ihre langen weißen Mäntel, stampften mit den Füßen auf den gefrorenen Boden auf und bliesen in ihre stahlumkleideten Hände. Das traurige *tok* eines Raben erklang durch den Nebel, und sie erschauderten und bekreuzigten sich und wichen in den Schutz ihrer Zelte zurück.

Auf der entgegengesetzten Seite des Palastparks schlich eine lange Reihe Männer durch die eingestürzte Mauer in die Gärten und huschte von Baum zu Busch zu Gestrüpp, wobei ihre grauen Jacken in der Dunkelheit fast unsichtbar waren. Barnard der Adler ging voraus und kundschaftete mit seinen scharfsichtigen Augen den besten Weg aus. Er sah einen tìrsoilleiranischen Wächter an einem Baum stehen und erstach ihn leise und so schnell, dass der Wächter starb, ohne auch nur die Hand zu sehen, die ihn tötete. Sie schlichen an einem kleinen Lager von Wächtern vorbei und führten ihren geräuschlosen Weg eine lange Prachtstraße mit Eiben hinab zu einem gewaltigen, von hohen, immergrünen Bäumen umgebenen Gebäude fort. Es lag inmitten des Parks, und der längliche, rechteckige Teich, der sich davor erstreckte, spiegelte die dunklen Gestalten der Bäume und die weißen Gestalten der Statuen wider.

Still wie Schatten überquerten sie den gepflasterten Vorhof und öffneten einen großen, gewölbten Eingang, der von den kauernden Gestalten zweier Steinraben gekrönt war. Barnard der Adler stand Wache, während die Blaugardisten nacheinander an ihm vorbei in das feuchte Dunkel im Inneren eilten. Er verbeugte sich, als Lachlan und Iseult an ihm vorbeihuschten, und nickte, als Duncan Eisenfaust ihm einen knappen Befehl ins Ohr flüsterte. Als alle Soldaten durch die Tür gelangt waren, schloss er sie und hielt zusammen mit Finlay Fürchtenichts mit gezogenen Langschwertern Wache.

Lachlan hielt den Leitstern in den gewölbten Händen und erweckte das sanfte Licht in seinem Inneren zum Leben. Nun hielt er ihn hoch, sodass sie sich umsehen konnten. Einige der Männer murrten ängstlich, als sich die Dunkelheit zurückzog und einen langen Gang mit Eisentoren offenbarte, die zu weiteren Gewölben führten. Die Decke über ihnen war kuppelförmig gewölbt, und Steinraben kauerten oberhalb jeder dicken Säule. Auf beiden Seiten befanden sich Reihen von hohen steinernen Grabstätten, deren jede von einer wie im Schlaf daliegenden Gestalt gekrönt wurde, die Arme über der Brust gekreuzt. In dem unbeständigen Licht war es schwer zu sagen, ob sie aus Stein oder menschlich waren, und die Männer rückten unbewusst näher zusammen, während ihr Murmeln lauter wurde. Lachlan brachte sie zum Schweigen und sah sich dann neugierig um, wobei sich seine Schwingen unwillkürlich vorahnungsvoll hoben und raschelten. Iseult hatte ihren Dolch gezogen, obwohl ihr blasses Gesicht ausdruckslos war.

Sie zündeten Fackeln an und begannen mit der Erkundung, hielten die Flamme in die kleineren Gewölbe, um sich zu versichern, dass sich niemand darinnen verbarg. Dillon, Anntoin, Parlan und Artair blieben dicht bei Duncan Eisenfaust und umklammerten die Hefte ihrer kleinen Schwerter, die sie an der Seite trugen. Jed winselte und schlich mit eingezogenem Schwanz hinter seinem Herrn her. Sie alle wünschten sich, sie wären mit den bewaffneten Kriegern zurückgeblieben, anstatt Lachlan und die Leibgardisten bei diesem dämmerigen Wagnis zu begleiten. Diese dunklen, widerhallenden Gänge mit ihren stillen Steinfiguren und sie beobachtenden Raben verursachten ihnen eine Gänsehaut.

Hamish der Heißblütige, der die Gruppe anführte, schrie plötzlich auf und trat unwillkürlich zurück. Das flackernde Licht seiner Fackel hatte breite Stufen in Sicht gebracht, die auf ein Podest hinaufführten, auf dem ein reich verzierter Sarkophag stand. Der Stein war überall mit Raben behauen, einige im Flug, einige mit dem Kopf unter den Flügeln schlafend, andere am Boden pickend. Auf dem Deckel ruhte die Gestalt eines großen Mannes in altertümlicher Kleidung, einen Zaubererstab in den auf der Brust gekreuzten Händen und einen Steinring an jedem einzelnen der Steinfinger.

Eine große, umhüllte Gestalt stand schweigend auf den Stufen. Lachlans Leibgarde hob die Schwerter an und scharte sich enger um den jungen Rìgh. Er beachtete sie nicht, sondern schritt mit ausgestreckten Händen voran. »Dughall!«, rief er. »Eà sei Dank! Ich habe mir wirklich Sorgen um dich gemacht. Ist alles in Ordnung?«

Die umhüllte Gestalt schlug die Kapuze zurück und offenbarte glatte olivfarbene Haut, eine Adlernase und einen schwarzen Bart. Normalerweise sorgfältig gedreht und gespitzt, war Dughall MacBranns Bart nun zerzaust und schmutzig, während die grobe Kleidung unter dem ihn umhüllenden Umhang diejenige eines Jägers und Fallenstellers war. Er lächelte und trat vor, um Lachlan zu umarmen.

»Alles ist gut, wie du sehen kannst, mein Lieber«, sagte er. »Ich bin schon einige Tage hier und wirklich hungrig, sodass ich hoffe, dass du mir etwas zu essen mitgebracht hast. Hast du den Park gesehen? Er wimmelt vor Soldaten, und alle wollen Rhyssmadill stürmen.«

Lachlan nickte. Dughall lächelte sardonisch. »Anscheinend haben sie sich die Köpfe gestoßen, als sie während der letzten Jahre gegen die Mauern Rhyssmadills angerannt sind. Tatsächlich wär es besser gewesen, wenn sie abgewartet und die Garnison ausgehungert hätten, denn alle ihre hübschen Kanonen haben keine mir ersichtliche Wirkung gezeigt.«

»Es muss schwierig für dich gewesen sein, von Ravenshaw hierher zu kommen. Du musstest doch mitten durchs Lager ziehen, oder?«, fragte Lachlan, während er seinen Umhang zum

Sitzen auf den Stufen ausbreitete, woraufhin Dillon und Anntoin ihnen eilig Essen und Wein brachten.

Sein Cousin nickte und sagte: »Ja, wir kamen mit einer Brut Kaninchen und Vögeln aus dem Wald und verkauften sie an die Soldaten. Sie sind ebenso hungrig, wie es die Palastgarnison sein muss, da sie jede Ziege und Henne in Meilen Umkreis verspeist hatten und in diesem Winter im Wald nur wenig erjagen konnten. Tatsächlich sollte es so sein, da wir einige magere Winter hatten.«

Sein Knappe war aus den Schatten herangekommen, um sich hinter ihn zu stellen und ihn zu bedienen. Dughall dankte ihm und sagte: »Lachlan, du erinnerst dich doch an Owen, oder? Er war einer der Burschen, die Iain MacFòghnan aus Arran mit sich brachte. Er ist eine Art Cousin, und du erinnerst dich vielleicht, dass ich ihn mit nach Ravenshaw nahm.«

Lachlan sah den Jungen an, ein großer Bursche mit dunklem Haar und ernsten grauen Augen, und nickte, während Iain lächelte und sagte: »Owen, es tut gut, dich zu sehen. Wie geht es dir?«

Während der Junge schüchtern antwortete, machte der Rìgh es sich auf den kalten Steinstufen bequemer. »Da wir gerade von Ravenshaw sprechen – ich möchte unbedingt alle Neuigkeiten hören«, sagte er. »Wie geht es deinem Vater? Was ist mit dem MacAhern? Erzähl mir, wie deine Mission verlaufen ist.«

Während sie alle frühstückten, wobei sich die Knappen erst zum Essen niederließen, als ihre Herren fertig waren, brachte Dughall Lachlan und Iseult auf den neuesten Stand seiner Abenteuer.

»Wir haben hart darum gekämpft, die Glorreichen Soldaten aus Ravenscraig zu vertreiben«, endete er, »aber erst als mein Vater sie von den Schlossmauern aus mit Felsblöcken bombardierte und die Pferde-Lairds von hinten angriffen, konnten wir sie letztendlich davonjagen. Ich bin sicher, dass viele von ihnen hierher geflohen sind, um die außerhalb Rhyssmadills lagernden Streitkräfte zu verstärken. Die Glorreichen Soldaten haben einen Vorgeschmack auf den Zorn des MacAhern bekommen – ich denke, sie werden nicht allzu erfreut sein, die Reiter erneut auf ihrer Spur zu finden.«

Lachlan lächelte eher grimmig und stellte dann viele Fragen nach logistischen Details, die Dughall nach bestem Wissen beantwortete.

»Mein Vater hat seine Streitkräfte ebenfalls versammelt, um sie zu deiner Hilfe zu bringen«, fuhr er fort, als der Rìgh erst zufrieden gestellt war. »Du weißt, dass Ravenshaw nicht sehr bevölkert ist und die meisten der Dörfer und Städte im Unterland schwer von den Tìrsoilleiranern getroffen wurden. Er sollte jedoch tausend Mann oder mehr versammeln können, die meisten davon Bogenschützen. Und du weißt, dass die Langbogenschützen Ravenshaws berühmt sind für ihr Können. Es gibt in Ravenshaw nicht viel mehr zu tun, als zu jagen.«

»Hoffen wir, dass sie es rechtzeitig schaffen«, erwiderte Lachlan grimmig. »Dennoch, du hast es gut gemacht, Dughall, und ich bin dir wirklich dankbar.«

Sein Cousin verbeugte sich spöttisch. »Wollen wir weitergehen?«, fragte er. »Die Dämmerung ist schon vorüber, und die Gezeiten haben ihren höchsten Stand erreicht. Wir sollten durch die Meereshöhlen gelangt sein, bevor die Gezeiten wieder wechseln und die Höhlen voll laufen. Wir haben nur wenig Zeit, wenn wir nicht ertrinken wollen.«

Lachlan stand auf und dehnte sich, die Schwingen vollkommen ausgestreckt, und reichte dann Iseult die Hand, um ihr aufzuhelfen. »Komm, *Leannan*«, sagte er. »Ich bin wirklich neugierig auf diese mysteriösen Meereshöhlen der MacBrann. Ich erinnere mich, dass meine Brüder und ich einen ganzen Sommer damit verbrachten, Rhyssmadill zu erkunden, um den Eingang zu finden. Das war natürlich, bevor der neue Palast erbaut wurde. Zu jener Zeit war es noch ein uraltes graues, halb verfallenes Schloss. Die MacBrann hatten dort schon lange Zeit nicht mehr gelebt. Es fasziniert mich in hohem Maße, im Grabmal der Raben zu sein. Wir hätten niemals daran gedacht, hier nach dem Eingang zu suchen.«

»Sag die Wahrheit«, forderte Dughall ihn sardonisch auf, »ihr hättet damals Angst gehabt, das Grabmal zu erforschen.«

»Nicht nur damals«, sagte Lachlan und sah sich mit schaudernden Schwingen um. »Es ist wirklich ein unheimlicher Ort, mit all diesen Steinsärgen. Die Figuren wirken, als könnten sie jeden Moment aufstehen und umherwandern. Der dort oben blickt äußerst unfreundlich drein.«

»Das, mein Lieber, ist Brann der Rabe persönlich«, erwiderte Dughall mit leicht tadelndem Unterton in der Stimme. »Allen Berichten zufolge ein überaus mächtiger Zauberer und nicht für seine Güte bekannt. Es heißt, er hätte den größten Teil seines Lebens damit verbracht, die dunkleren Geheimnisse der Einen Macht zu erforschen. Komm, du wirst dem alten Brann noch weitaus näher kommen müssen, wenn du die Meereshöhlen erkunden willst.«

Er führte sie die Stufen hinauf auf das Podest und drehte, während er sich zwischen dem Sarkophag und den Soldaten hielt, an der Kugel auf dem Steinstab. Ein Knirschen erklang, und der Sarkophag schwang zur Seite und gab eine Reihe sehr steiler Stufen frei, die in engen Spiralen abwärts führten.

Dughall warf ihnen einen schelmischen Blick zu. »Kommt mit hinab in Branns Grab«, forderte er sie auf. »Ich kann Euch nicht versprechen, dass der alte Bursche nicht umherwandert – es hieß, er sei ein Meister der verbotenen Künste und habe den größten Teil seiner letzten Lebensjahre mit dem Versuch verbracht, Gearradh zu überlisten. Ich weiß nicht, ob es ihm gelungen ist, aber er schwor am Ende seines Lebens, dass er aus dem Grab den Arm ausstrecken und sie an ihrer warzigen Nase ziehen würde.«

Sogar Iseult wirkte bei diesem unbeschwerten Verweis auf die Fadenschneiderin an diesem Ort des Todes ernst. Sich ängstlich umblickend, stiegen die ersten der Blaugardisten in das Grab hinab. Duncan Eisenfaust beharrte darauf, dass der Rìgh und die Banrìgh warteten, bis sich Hamish der Heißblütige und Hamish der Kühle versichert hatten, dass der Weg ungefährlich wäre. Schließlich drang die Nachricht nach oben, dass alles in Ordnung sei, und Lachlan und Iseult begannen den Abstieg, dicht gefolgt von ihren vier eher blassgesichtigen Knappen und dem unglücklichen Hund. Duncan Eisenfaust kam als Letzter und stellte fest, dass er Schwierigkeiten hatte, seine Schultern durch die schmale Öffnung zu zwängen.

Die Wendeltreppe führte tief in die Erde unter dem Mausoleum und letztendlich in einen kleinen Raum mit drei einfachen Zugängen. In die Mauern des Raumes waren tiefe Simse eingelassen, auf denen sich vergilbende Knochen und Schädel stapelten. Parlan schrie auf und drückte sich dicht an Duncan, der seine Schulter tätschelte. »Ach, mein Junge, du brauchst dich nicht zu fürchten«, flüsterte der große Hauptmann. »Sie sind schon sehr lange tot, und es wär mehr Magie als die unsere nötig, um diese alten Knochen wieder zu verbinden und umherlaufen zu lassen. Hör nicht auf Dughall MacBrann, er will dir und den anderen Jungen nur Angst einjagen.«

Dughall wandte sich um und lächelte rätselhaft. »Was hältst du von den Grabstätten deiner Vorfahren?«, fragte er Owen, der sich sehr bemühte, seine abergläubische Furcht nicht zu zeigen.

Der Junge zuckte die Achseln. »Ziemlich kalt und muffig«, antwortete er, und Dughall lachte.

Er ging durch eine der Türen in einen Gang voraus. Die fünfzig Blaugardisten folgten mit ihren rauchenden Fackeln. Iseult, Lachlan und die Jungen gingen in der Mitte der Prozession. Sie fanden sich in einem Labyrinth von Gängen und Vorräumen wieder, einige mit Gesichtern und magischen Symbolen auf den Türen, andere mit Grabsteinen versehen, in deren Böden oder Wände Grabschriften eingemeißelt waren. Gelegentlich erreichten sie einen langen Gang, der von offenen Simsen gesäumt war, die ebenso wie jene im ersten Raum mit zerfallenden Skeletten überhäuft waren, einige noch in zerrissenen Fetzen von Kleidung oder angelaufenen Rüstungen.

»Ich wundere mich, dass die MacBrann ihre Knochen einfach so liegen lassen«, sagte Dide erschaudernd. »Man sollte meinen, sie hätten etwas mehr Respekt verdient.«

»Ach, dies sind nicht die Knochen der MacBrann«, erwiderte Dughall grinsend und genoss den Ausdruck der Angst und des Entsetzens auf den Gesichtern der ihn Umstehenden. »Es sind die Knochen von Dienstboten und Leibwächtern und sogar Haustieren. Die MacBrann sind richtig begraben, keine Angst.«

Parlan, dessen Gesicht eher grünlich wirkte, bekam das Ende von Duncan Eisenfausts Plaid zu fassen. Der große Mann lächelte ihm zu und sagte forsch: »Gehen wir weiter, all diese alten Knochen schlagen mir auf den Magen.«

Sie setzten ihren Weg fast eine Stunde lang weiter fort, wobei sich der Gang häufig abwärts neigte oder zu mehreren grob behauenen Stufen führte, die vom Wasser glatt und gefährlich waren. Ein dumpfiger Geruch wie der eines frisch ausgehobenen Grabes umströmte sie. Der Gestank erinnerte so sehr an die Mesmerdean, dass sich Iseult elend und schwindelig fühlte.

Schließlich betraten sie eine weite Plattform mit Stufen, die ins Wasser hinabführten. Das Wasser erstreckte sich, so weit das Auge reichte, und leckte gegen dicke Säulen, die zu einer gewölbten, kuppelförmigen Decke aufstiegen. Der Stein, aus dem die Säulen bestanden, war fast bis zum Dach fleckig, obwohl der Wasserspiegel im Moment langsam fiel. An den Rändern der Plattform waren sechs lange Ruderboote festgemacht.

»Das Wasser sinkt jetzt«, flüsterte Dughall, »und wir haben fast zwölf Stunden Zeit, bevor es wieder seinen höchsten Stand erreicht. Wir werden die Strömung der Ebbe nutzen, um uns tragen zu lassen – wenn sie erst wieder wechselt, ist es schwer, weiterzukommen. Glücklicherweise haben wir Winter, sodass die Gezeiten nicht so hoch steigen. Im Frühling ist der Versuch, die Höhlen zu durchqueren, wirklich gefährlich.«

Das Licht der Fackeln spiegelte sich auf der Wasseroberfläche und ließ sie tintenschwarz wirken, während sie Lichtkräuselungen über die Säulen und die gewölbte Decke sandte. Mit jeweils ungefähr zehn Mann bestiegen sie rasch die Stechkähne. Sie legten die Riemen in die Dollen, aber Iain lächelte und rief: »Wir brauchen nicht zu rudern! Ich kann die Boote ohne euren Schweiß und eure Mühe bewegen.«

Die Boote glitten sanft von der Plattform fort. Iseult streckte eine Hand aus und berührte den Stein einer Säule, als sie vorüberglitten. Er war kalt und schmierig, und sie wischte sich die Finger angewidert an ihrer Hose ab.

Dughall hielt ein altes, fleckiges Pergament auf dem Schoß und zog es stirnrunzelnd zu Rate. Er zählte die Säulen, während sie vorüberfuhren, und rief einmal etwas zu Iain im ersten Boot hinüber. Iain nickte, und die Boote änderten lautlos den Kurs, so augenblicklich und unwillkürlich wie ein Schwarm Fische, der vom Ufer davonstiebt.

Bald war die Plattform hinter ihnen verschwunden, und Iseult konnte die angespannten Nerven aller Beteiligten spüren, während sie tiefer in den stillen Wald aus sich über ihnen wölbendem Stein hineinglitten. Jede Säule und jedes Deckengewölbe enthüllte sich ihnen aus der Dunkelheit und versank dann wieder in Dunkelheit, alle vollkommen gleich. Ohne die Sterne oder die Sonne als Leitpunkte konnte man so tief unter der Erde keine Richtung erkennen. Sie bekamen allmählich das Gefühl, als trieben sie in einem großen Kreis und würden das Tageslicht niemals wieder sehen.

Dide begann, ein unzüchtiges Schenkenlied zu singen, aber die Worte hallten so beängstigend wider, dass seine Stimme bald verklang. Dughall lehnte sich über die Seite des Bootes und flüsterte über die Weite des Wassers hinweg, die die Boote trennte: »Ich würde hier unten nicht singen, mein Junge. Wir befinden uns unmittelbar unter dem Lager der Glorreichen Soldaten, und wer weiß, ob der Klang nicht verstärkt und irgendwie nach oben getragen wird? Wir wollen sie nicht wissen lassen, dass wir unmittelbar unter ihren Füßen entlanggleiten.«

Dide warf einen erstaunten Blick zur gewölbten Decke und schwieg. Dillon hielt eine Hand auf Jeds rauen Kopf, um ihn ruhig zu halten, obwohl der Hund dennoch gelegentlich leise jaulte.

Gerade als Iseult dachte, sie könnte die Dunkelheit, die Stille und den dumpfigen Geruch stehenden Wassers nicht mehr ertragen, hörte sie einen seltsam dröhnenden, brausenden Lärm über sich. Die gemeißelten Säulen machten grob behauenem Stein Platz, der sich auf beiden Seiten und über ihnen hervorwölbte. Die Boote glitten durch den Tunnel weiter, wobei sich die größeren Männer ducken mussten, um sich nicht an der unebenen Decke den Kopf zu stoßen.

»Wir sind jetzt unter dem Meeresarm«, flüsterte Dughall, mehr aus Ehrfurcht als aus Angst, gehört zu werden. »Hört ihr diesen Lärm? Das ist die Stelle, wo das Meer durch die Schlucht rauscht, die Rhyssmadill vom Festland trennt.«

Sie blickten alle aufwärts, und viele der Blaugardisten ergriffen die Hefte ihrer Schwerter ein wenig fester, während sie an die gewaltige Macht und Menge des Wassers dachten, das über sie hinwegdonnerte. Immer weiter ging es durch den niedrigen, dunklen, muffig riechenden Tunnel, und dann gelangten sie plötzlich in eine weite Höhle, wo die Boote unter einem schmalen Felssims zur Ruhe kamen. Hamish der Kühle sah, dass eine Reihe Eisenringe in den Sims geschraubt waren, und kletterte rasch die rostige, von Entenmuscheln verkrustete Leiter hinauf, um sein Boot an einem der Ringe zu vertäuen, während es ihm die Soldaten in den anderen Booten gleichtaten.

Bis sich die beiden Hamishs davon überzeugt hatten, dass der Weg sicher war, begann das Wasser bereits wieder zu steigen. Sie alle eilten einen schmalen Gang hinauf, wobei ihnen der Rauch der Fackeln in den Augen brannte. Der Fels unter ihren Füßen und auf beiden Seiten war glitschig und nass. Inzwischen sehnten sich alle nach Tageslicht und traten sich in ihrer Eile gegenseitig auf die Hacken.

Plötzlich erklang ein bestürzter Aufschrei, und die Prozession kam zum Stillstand. »Was ist los?«, rief Lachlan.

»Der Gang endet hier, Eure Hoheit«, erwiderte Cathmor der Gewandte. »Da ist eine Art Grube am Ende, deren Boden ich nicht sehen kann.«

Iseult kam hinter ihnen heran und spähte Cathmor über die Schulter. Er lag auf dem Bauch, die Fackel so weit in das tiefe, runde Loch haltend wie möglich. Das Licht schwand in der Dunkelheit dahin, die Wände waren glatt und bemoost.

»Lass einen Kieselstein hinabfallen«, befahl Lachlan.

Finlay Fürchtenichts scharrte unter seinen Füßen, aber es waren keine losen Steine zu finden. Er reichte Cathmor eine Münze, und Cathmor ließ sie in die Grube fallen. Nach langem Warten hörten sie, ganz schwach, ein leises Platschen.

»Heb deine Fackel an, Cathmor, und lass uns sehen, was oberhalb liegt«, sagte Iseult. Der Soldat gehorchte. Unmittelbar über ihren Köpfen befand sich eine rostige Leiter, die in die Dunkelheit hinaufführte.

»Das ist unser Ausweg«, sagte Lachlan zufrieden. »Cathmor, mein Gewandter, das sieht nach einer Aufgabe für dich aus.«

Cathmor grinste, schwang sich auf die Leiter und kletterte rasch die Wand hinauf. Bald waren seine Stiefel in der Dunkelheit verschwunden, und Lachlan erweckte das Licht im Herzen des Leitsterns erneut zum Leben und hielt es hoch, damit sie Cathmors behändes Vorankommen beobachten konnten. Aber selbst diese silbrige Strahlung genügte nicht, um auch das Ende der Leiter zu beleuchten, und sie sahen mit Furcht im Herzen zu, wie ihr Gefährte außer Sicht kletterte.

Nach langem Warten hörten sie ein schwaches Scharren und einen von Herzen kommenden Fluch, wobei der Klang durch die engen Mauern enorm verstärkt wurde. Dann erklang ein knirschendes Geräusch, und plötzlich erschien hoch über ihnen ein kleiner Lichtkreis. Sie sahen Cathmors dunkle Gestalt das Licht verdecken, als er sich hinaufschwang, und dann war er fort.

Finlay Fürchtenichts, der vor Ungeduld außer sich war, bat Lachlan, nachsehen zu dürfen, was geschehen sei, als der Lichtkreis erneut verdeckt wurde. Sie hörten Cathmor das Alles-in-Ordnung-Signal pfeifen, und Finlay schwang sich auf die Leiter und stieg hinauf. Der heißblütige Hamish folgte ihm rasch, dann Hamish der Kühle und Barnard der Adler, dann Duncan Eisenfaust. Erst als sich der große Hauptmann selbst davon überzeugt hatte, dass der Weg sicher war, durften Lachlan und Iseult folgen, obwohl die Banrìgh bei seiner übermäßigen Vorsicht stets ungeduldig reagierte.

Iseult schwang sich aus der Öffnung, ignorierte Duncans dargebotene Hand und sah sich interessiert um. Über ihr befand sich ein spitzes, schindelgedecktes Dach, das von vier Holzpfosten gehalten wurde. Ein großer Holzeimer, der Henkel mit einem Seil an einem Eisenstab über ihrem Kopf befestigt, war beiseite geworfen worden.

Lachlan stand neben dem Gebilde und lachte. »Wer hätte das gedacht!«, rief er. »Wie oft haben wir einen der Dienstboten gebeten, etwas Wasser für uns hochzuziehen, ohne jemals zu erkennen, dass der Brunnen den Eingang zu den geheimen Höhlen verbarg! Dughall, hast du das gewusst?«

Sein Cousin kletterte gerade aus der Höhle. Anders als Iseult verschmähte er Duncan Eisenfausts Hilfe nicht, sondern ließ sich von dem Hauptmann hinaufziehen. »Nein, mein Lieber, ich hab das Geheimnis der Meereshöhlen auch erst letzten Monat herausgefunden. Mein *Dai-dein* hat Geheimnisse noch nie an rotznäsige Jungen verraten, das weißt du. Außerdem – erinnerst du dich nicht an damals, als Donncan und Feargus das Geheimnis aus mir herauszuprügeln versuchten? Denkst du, ich hätte das ausgehalten, wenn ich es gewusst hätte?«

Lachlan lächelte, obwohl auch Melancholie darin mitschwang. Der junge Rìgh trauerte noch immer um seine Brüder, und jegliche Erwähnung der beiden versetzte ihn in eine düstere Stimmung, die oft tagelang anhielt. Iseult, die seine Miene bemerkte, legte eine Hand auf seinen Arm und versuchte, ihn abzulenken.

»Was machen wir jetzt, *Leannan*?«, fragte sie.

Ihr Ehemann blickte prüfend in den bedeckten Himmel. Er stieß den rauen Schrei eines Falken aus und wartete ab, bis Sturmschwinge auf seinen Handschuh geflogen war, bevor er ihr antwortete.

»Wir suchen den Hauptmann der Garnison auf und schicken einige Brieftauben zu Meghan und dem MacThanach, damit sie wissen, dass der Plan wie erwartet voranschreitet«, sagte er. »Komm, ich wette, dass sie wirklich froh sein werden, uns hier zu sehen.«

Lachlan hätte seine Wette verloren, wenn Iseult sie angenommen hätte. Der Hauptmann der Palastgarnison war ein großer, hagerer Mann mit hartem, misstrauischem Gesicht und harten, misstrauischen Augen. Zwei Jahre gekürzter Rationen und ständiger Wachsamkeit hatten seine Sinne absolut geschärft, und er war, anders als die Belagerten Dùn Eideans, mitnichten erfreut über den Anblick seines Rìgh.

»Welch üble Zauberei ist dies?«, schrie er, zog sein Schwert und marschierte auf Duncan Eisenfaust zu. Sein roter Umhang schwang beim Gehen, was die Blaugardisten veranlasste, sich stirnrunzelnd in Formation zusammenzurotten. Hinter dem Hauptmann standen seine Offiziere, ebenfalls mit den blutroten Umhängen der Rotgardisten bekleidet, ihre Schwerter klangvoll gezogen. »Wie kommt Ihr hierher?«

Einen Moment schien es, als würden die Rotgardisten und die Blaugardisten im Kampf aufeinander treffen. Dann schritt Lachlan voran. »Wie könnt Ihr es wagen, Eure Schwerter gegen Euren Rìgh zu ziehen! Wir sind gekommen, um Euch zu entlasten, und so begrüßt Ihr uns!«

Das Schwert des Hauptmanns blieb noch einen Moment ausgestreckt, dann senkte er es und sagte eher abwehrend: »Vergebt mir, Eure Hoheit, aber wir haben nicht damit gerechnet, dass Ihr aus dem Nichts auftauchen würdet. Wir haben seit Tagen, seit Eure Brieftaube hier eintraf, Ausschau nach Euch gehalten, konnten uns aber nicht vorstellen, wie Ihr durch solch ein Heer, wie es auf unserer Schwelle lagert, hindurchgelangen solltet.«

Lachlan trat vor und legte dem Mann eine Hand auf die Schulter. »Dieser uralte Ort hat viele Geheimnisse, von denen Ihr nichts wissen könnt«, erklärte er. »Es besagt nichts über Eure Wachen, dass Ihr uns nicht habt kommen sehen. Tatsächlich sind wir unmittelbar durch das Lager der schrecklichen Glorreichen Soldaten gezogen, und sie haben uns auch nicht bemerkt. Ihr habt es gut gemacht, dass Ihr Rhyssmadill so lange gehalten habt, ohne dass Hilfe zugesichert war. Ich kenne nur wenige Soldaten, die das geschafft hätten. Ihr habt Euch wirklich als loyal und dem Clan der MacCuinn treu ergeben erwiesen, und so danke ich Euch im Namen meines toten Bruders, wie auch in meinem.«

Das starre Gesicht des Hauptmanns entspannte sich ein wenig, obwohl er nicht umhinkonnte, Lachlans Schwingen angewidert zu betrachten. Der Rìgh presste den Mund leicht zusammen und bedeutete seinen Knappen dann, die Vorräte herbeizubringen, die er mitgebracht hatte. »Ich wette, es ist einige Zeit her, seit Ihr einen kleinen Schluck genommen habt«, sagte er. »Ihr und Eure Männer seid von jetzt an vom Dienst befreit. Ihr könnt essen und trinken und in Frieden schlafen, wohl wissend, dass Rhyssmadill sicher und Euer Rìgh mit Euch zufrieden ist.«

Die erschöpft aussehenden Offiziere begannen erleichtert zu plaudern und zu lachen, nahmen die silberfarbene Flasche entgegen, die Dillon ihnen reichte, und ließen sie zwischen sich herumgehen. Der Hauptmann behielt jedoch eine starre Miene bei, eine Hand noch immer fest um sein Schwertheft gelegt. »Wollt Ihr mir nicht erklären, wie Ihr und Eure Männer einfach aus dem Nichts erscheinen konntet?«, fragte er. »Welch übles Werk der Magie war das, und wenn es für Euch so leicht war, warum habt Ihr dann so lange mit dem Kommen gewartet?«

Lachlan ballte die Hände zu Fäusten, aber es gelang ihm, seinen Zorn zu zügeln. »Es war kein Werk der Magie«, antwortete er. »Habt Ihr noch nie von den Meereshöhlen unter Rhyssmadill gehört? Wir haben das Geheimnis des Eingangs zu diesen Höhlen selbst gerade erst erfahren. Tatsächlich ist mein Cousin unter erheblichen persönlichen Risiken nach Ravenshaw gereist, um seinem Vater das Geheimnis zu entlocken, dem einzigen Lebenden, der es kennt. Wir mussten während dieser letzten beiden Jahre wirklich hart kämpfen. Wir haben ganz Rionnagan,

Aslinn und Blèssem von diesen verfluchten, blutdürstigen Eindringlingen zurückgewonnen und sie auch aus Ravenshaw und Tìreich vertrieben – unter erheblichen Kosten für uns alle und mit vielen Toten. Ich weiß, Ihr seid hier schon viele Monate gefangen, ohne Nachricht oder Beistand, aber ich versichere Euch, dass wir nicht nur herumgesessen und Däumchen gedreht haben!«

Der Rìgh war vor Zorn unwillkürlich lauter geworden, und der Hauptmann errötete, senkte den Blick und murmelte eine mürrische Entschuldigung. Lachlan atmete tief durch und sagte dann freundlicher: »Ihr solltet dennoch wissen, dass Ihr bei der Verteidigung dieses Palastes wahrscheinlich Zauberei erleben werdet, denn unsere Regierung ist Eà und dem Hexensabbat treu ergeben. Ich weiß, dass Ihr Hauptmann der Rotgardisten wart, aber die grausame Herrschaft der Liga gegen Hexen ist gebrochen. Ihr habt Euch als treuer Gefolgsmann der MacCuinn erwiesen, der rechtmäßigen Herrscher Eileanans und der Fernen Inseln. Ich frage Euch nun, ob Ihr mir die Treue halten und mir dienen wollt. Wenn Euer Gewissen Euch anderes auferlegt, wird es keine Züchtigung geben, denn der Hexensabbat ist der Ansicht, dass alle Menschen ihren eigenen Gedanken und ihrem Glauben folgen sollen, solange sie anderen keinen Schaden zufügen. Wenn wir erst gesiegt haben, steht es Euch an jenem Tage frei, zu gehen, wohin auch immer Ihr wollt, und Ihr werdet als Dank für die vielen Jahre Dienst für meinen Bruder Jaspar Eure verdiente Pension bekommen. Bis dahin müsst Ihr unter Bewachung bleiben, denn wir können keinen Verrat riskieren, wie Ihr gewiss verstehen werdet. Ich hoffe jedoch, dass Ihr bleiben, mir dienen und Eure Treue geloben werdet, denn es stehen uns wirklich dunkle Zeiten bevor, und ich werde jeden guten Mann brauchen, den ich finden kann.«

Während Lachlan sprach, fixierte er alle Männer im Raum

mit seinem standhaften Blick aus gelben Augen, und obwohl einige diesem Blick auswichen und nervös wurden, reagierten doch viele mit Begeisterung. Der Whiskey hatte ihre dünnen, erschöpften, überstrapazierten Körper gewärmt. Aber noch berauschender als der Alkohol war die Hoffnung und Erleichterung, welche die Blaugardisten ihnen gebracht hatten. Die meisten von ihnen hatten einen langsamen und schmerzvollen Hungertod erwartet oder, wenn ihr Wille schließlich gebrochen oder ihre Mauern niedergerissen worden wären, einen Tod unter Höllenqualen, wenn die Belagerer ihre unausweichliche Rache genommen hätten.

Wie die meisten Soldaten kümmerte auch sie die Religion oder die Politik wenig, sondern sie waren es zufrieden, ihrem Laird die Treue zu schwören und den Befehlen ihrer Vorgesetzten zu gehorchen. Die Tatsache, dass sich Lachlan und die Blaugardisten durch die Reihen des tìrsoilleiranischen Heers schleichen konnten, beeindruckte und ermutigte sie, und sie knieten sich wie ein Mann hin und schworen, dem MacCuinn zu dienen und ihm die Treue zu halten.

Der Hauptmann der Garnison leistete seinen Schwur als Letzter, und sein hageres, starres Gesicht wirkte grimmiger denn je. »Ich kann Eure Hexentricks nicht gutheißen, Eure Hoheit, und ich fürchte, Euer Hexensabbat hat Euch getäuscht, aber Ihr seid der MacCuinn und mein Rìgh, und daher werde ich Euch die Treue schwören und Euch versprechen, Euch treu zu dienen.«

»Mehr kann ich von keinem Mann verlangen«, sagte Lachlan mit belegter Stimme, da die Worte des Mannes ihn bewegt hatten. »Nun legt diese roten Jacken und Kilts ab, denn sie verursachen mir wirklich ein ungutes Gefühl, und lasst euch von meinen Knappen etwas zu essen bringen. Ihr wirkt, als hättet ihr seit Tagen nur von Luft gelebt.«

Ein heiteres Schimmern erschien in den harten Augen des

Hauptmanns. »Tatsächlich gibt es keine lebende Ratte mehr in den Kellern, und die Meeresvögel haben gelernt, sich nicht auf unseren Dächern auszuruhen«, antwortete er. »Wir haben sogar daran gedacht, eine Leine mit einem Haken über die Mauern zu werfen, um zu sehen, ob wir einen Fisch fangen könnten, aber wir konnten keine ausreichend lange Leine finden.«

Lachlan lächelte und führte ihn zum Tisch. »Nun, esst Euch zunächst satt, und dann geht und ruht Euch etwas aus, Mann. Ihr habt es Euch wirklich verdient! Duncan, wir müssen den Rest unserer Truppen durch die Meereshöhlen schleusen, wie auch frische Vorräte und Waffen. Außerdem werden wir Meghan und Jorge brauchen, wobei sie sorgfältig beschützt werden müssen. Was denkst du, wie lange es dauern wird, bis wir alles bereithaben?«

Duncan runzelte die Stirn und zählte an seinen dicken braunen Fingern langsam nach. »Mindestens zwei Wochen, Eure Hoheit«, erwiderte er nach einer Weile. »Sagen wir vorsichtshalber drei Wochen. Es herrscht nur zweimal am Tag Ebbe, und wir haben nur diese sechs kleinen Boote. Es wird schwierig sein, kein Aufsehen zu erregen. Wir mussten heute einen Glorreichen Soldaten töten, um es selbst zu schaffen, sodass sie jetzt besonders wachsam sein und zusätzliche Patrouillen eingesetzt haben werden.«

»Wir müssen sicherstellen, dass sie sich von der Grabstätte der Raben fern halten«, sagte Iseult stirnrunzelnd. »Ich weiß, dass Elfrida gesagt hat, die Glorreichen Soldaten wären, was Gräber und Friedhöfe angeht, wirklich abergläubisch, aber wenn sie einen Verdacht schöpfen, werden sie das Mausoleum untersuchen wollen. Ich weiß, dass ich es tun würde.«

»Zieh Gwilym den Hässlichen zu Rate«, sagte Lachlan grinsend. »Ich denke, es ist an der Zeit, den alten MacBrann wieder auf die Beine zu bringen.«

Nebel lag schwer über den dunklen Bäumen, und der Wächter verschränkte die Arme vor der Brust und rieb sie heftig. Seine Rüstung war bei Berührung eiskalt, und auch sein weißer Umhang konnte ihn kaum wärmen. Er spähte in die dichte, flaumige Weiße hinaus und wünschte, er wäre wieder zu Hause. Er hörte einen Zweig knacken und zog sich erschreckt in den Schutz des Schierlingbaumes zurück.

Anders als die Berhtilde und die Priester verspürte er keinerlei Wunsch, diese Hexen liebenden Ketzer zu dem Einen Gott zu bekehren. Er selbst war kein großer Freund der Kirk, aber alle Tìrsoilleiraner mussten ihren Militärdienst ableisten, und er hatte das Pech gehabt, einen bitterkalten Winter außerhalb der höchsten, stärksten Mauern verbringen zu müssen, die er jemals in seinem Leben gesehen hatte, anstatt dass er seine Zehen vor seinem eigenen Feuer hätte rösten können. Seit zwei Jahren belagerten sie diese Festung nun schon, und keiner ihrer Angriffe hatte irgendwelchen Eindruck auf Rhyssmadills Mauern gemacht. Die meisten ihrer Kanonenkugeln fielen, ohne Schaden anzurichten, in die Schlucht oder spalteten ein paar Steine von den Felsenwänden der Klippe ab, auf welcher der Palast erbaut worden war. Ihre Katapulte und Steinschleudermaschinen waren ebenso nutzlos. Der einzige Kampf, den sie in den zwei Jahren geführt hatten, war gegen die wilden Meerzauberwesen gerichtet gewesen, die zweimal im Jahr auf ihren Seeschlangen in den Meeresarm ritten und sie zwangen, in die Sicherheit der Hügel oder in ländliche Gegenden zu flüchten.

Er und seine Kameraden froren und waren hungrig und überaus besorgt. Gerüchte von Geistern und Flüchen und Zaubern, die sie alle nervös und elend machten, wurden flüsternd rund um die Lagerfeuer weitergetragen. Erst vor wenigen Tagen hatte er selbst den glasäugigen Propheten gesehen, der ihre Truppen heimgesucht hatte. Er war aus dem Nebel aufgetaucht, hatte mit seiner zerbrechlichen, zitternden Hand auf die Soldaten gedeutet und psalmodiert: »Verderben für jene, die die Ruhe der Toten stören. Verderben für jene, die der Fadenschneiderin zu trotzen wagen. Verderben!«

Als sie ihre Sinne wieder beisammenhatten und ihm nachgingen, war der seltsame alte Mann schon fort gewesen. Obwohl sie das Parkgelände mit gezogenen Schwertern und flammenden Fackeln absuchten, war er einfach verschwunden. Die Berhtilde befahl einer Gruppe von zwölf Soldaten, erneut die Grabstätte zu durchsuchen, die inmitten des Parks lag. Sie folgten dem Befehl widerwillig, und ihre Schwerter zitterten in den behandschuhten Händen. Die Glorreichen Soldaten hatten großen Respekt vor Propheten. Sie alle erinnerten sich an Killian den Lauscher und wussten, dass er den Niedergang der Ältesten der Kirk vorausgesagt hatte. Jeder wusste auch von dem Aufruhr in Dùn Eidean und dem Erscheinen des Todesengels. Sie wussten, dass viele ihrer bewaffneten Kameraden die Waffen niedergelegt hatten und zum Heer des geflügelten Kriegers übergewechselt waren, und nur die Drohung der Berhtilde hielt sie davon ab, ihren Offizieren zu trotzen und das Gleiche zu tun.

Die Grabstätte war kalt und still, obwohl es sich anfühlte, als würden die Steinraben, die auf dem Rand der verzierten Säulen kauerten, sie beobachten. Während die Soldaten ihre Fackeln in jeden Vorraum hielten, hörten sie plötzlich einen unheimlichen, schwirrenden Laut und fuhren mit erhobenen Schwertern herum. Die Gestalt, die auf dem Podest gelegen hatte, schwebte die Stufen herab. Ihre Augen glühten in einem unirdischen grünen Licht, und sie stöhnte schaurig. Der Mund war zum Zerrbild eines Grinsens verzogen, und die Hände griffen nach ihnen. Die zwölf Soldaten machten wie ein Mann kehrt und flohen.

Der Wächter erschauderte bei der Erinnerung. Die geisterhafte Gestalt suchte noch immer seine Träume heim. Er hoffte nur, dass es kein Omen kommenden Todes war, denn er wünschte sich sehr, seine Heimat wieder zu sehen und an einem langen Sommerabend auf seiner Veranda wieder Apfelwein zu trinken. Er bewegte die Schultern, die noch wund von der Auspeitschung waren, die er erlitten hatte. Die Hälfte ihrer Gruppe war für ihre Feigheit hingerichtet worden. Er war dankbar, zu den sechs Männern zu gehören, die überlebt hatten, auch wenn sie schwer geschlagen worden waren und, sehr zu ihrem Entsetzen, Nachtwache rund um die Grabstätte leisten mussten.

Er spähte erneut in den Nebel hinaus. Er hatte mehrere Stunden lang leise Geräusche gehört – eilige Schritte, raschelnde Blätter, ein schreckliches, schleifendes Geräusch. Er erschauderte und presste sich mit dem Rücken an die harte Borke des Baumes. Obwohl er die Berhtilde hasste und fürchtete, fürchtete er die Geister noch mehr. Er würde sich still und ruhig verhalten und hoffen, dass die Phantomgeräusche mit der Nacht schwanden.

Trompetenstöße erklangen. Ein weiß gekleideter Herold, der einen Stander mit einem scharlachroten Fiché-Kreuz trug, schritt zum Rand der Schlucht. Dort entrollte er eine Schriftrolle und begann, die Forderungen des tìrsoilleiranischen Heers zu verlesen. Er hatte dies während der vergangenen zwei Jahre schon viele Male getan, sodass seine Stimme tonlos und eher eilig klang. Als er das Ende der Schriftrolle erreicht hatte, wandte er sich, ohne auf eine Antwort zu warten, wieder um, um den kargen Schutz seines Zeltes aufzusuchen. Der schwache Klang eines Rufes vom Palast auf der anderen Seite der Schlucht ließ ihn jedoch jäh innehalten.

Der Hauptmann der Garnison lehnte sich über die Brustwehr des Wachhauses, die Hände um den Mund gewölbt, um besser gehört zu werden. Dennoch fing der Wind der Dämmerung den

Klang ein und trug ihn davon. Der Herold hielt eine ebenfalls gewölbte Hand ans Ohr, und der Hauptmann vollführte eine schwungvolle Bewegung mit der Hand, als wolle er sie herüberbitten. Dann verschwand sein Kopf außer Sicht. Zum vollkommenen Erstaunen des Herolds hörte er bald ein lautes Knirschen, als die Zugbrücke herabgelassen wurde. Er wandte sich um und lief schwerfällig zurück zu den Zelten, wobei seine schwere Rüstung und der raue Boden das Vorankommen erschwerten.

Als die Zugbrücke herabgelassen war, wurde eilig eine Kompanie Kavalleristen und Infanterie aufgestellt. Zwischen Misstrauen und Hochstimmung schwankend, befahl ihnen der tìrsoilleiranische Seanalair, die Zugbrücke zu überqueren und nachzuforschen.

»Wir wissen, dass nur eine Hand voll Verteidiger übrig geblieben sein können, und sie müssen wahrhaftig schwach vor Hunger sein, aber wir sollten uns besser versichern, dass sie keinen Trumpf mehr im Ärmel haben«, sagte er zum Hauptmann der Berhtilden, einer massigen Frau mit einer Hängebrust.

Sie nickte und sagte: »Ja, sie müssen inzwischen verzweifelt sein, da sie während dieses vergangenen Winters so viele Tote über die Klippen geworfen haben. Sie haben jedoch keinen Abgesandten ausgeschickt, was mich daran zweifeln lässt, dass sie sich ergeben wollen.«

»Warum öffnen sie dann die Zugbrücke?«, gab der Seanalair zu bedenken, während er die Soldaten voranwinkte. »Sie müssen die Größe unseres Lagers bemerkt haben. Sie können nicht hoffen, uns widerstehen zu können.«

Die Fußsoldaten marschierten über die schmale Steinbrücke und dann auf die hölzerne Zugbrücke, wobei ihre Stiefel wie das Aufschlagen von Hagelkörnern klangen. Als sie unter den scharfen Spitzen des Fallgitters hindurchgingen, schauten sie besorgt nach oben, als befürchteten sie, es könnte auf ihre Köpfe krachen. Es rührte sich jedoch nicht, und sie verschwanden hinter dem Wachturm.

Auf ihr Signal hin ritt die Kavallerie voran, ihre Pferde ebenso schwer gerüstet wie die Reiter, welche die Visiere geschlossen hatten.

Jenseits des Fallgitters verlief durch die dicke, umgebende Mauer und unter dem Wachturm hindurch ein langer Tunnel. Er führte zu einem Hof, der von den massiven, befestigten Mauern des Wachhauses umschlossen war. Als Fenster dienten nur lange, schmale Schlitze, und die eisenbeschlagenen Eichentüren, die in die Wachtürme führten, waren verschlossen. Alles war ruhig.

Die Pferde regten sich unbehaglich, und der Hauptmann der Kavallerie stieg ab und gab den Befehl, die Türen einzurammen. Dann versuchte einer der Fußsoldaten, das innere Tor zu öffnen, und fand es unverschlossen. Mit aufgeregten Rufen schwangen die Soldaten es auf und liefen zum äußeren Hof hindurch. Jenseits davon befand sich der Palast, der von der Innenmauer umschlossen war. Seine hohen Spitzen und Türme ragten über die Mauern auf, die weitaus älterer und gröberer Bauart waren.

Die Soldaten schwärmten nun zuversichtlich aus und durchsuchten das Gewirr der jenseits gelegenen, steinernen Laufgänge. Der ursprüngliche Bergfried war jedoch zu dem Zweck erbaut worden, einem Angriff wie diesem zu trotzen, und eine komplizierte Anordnung von Türmen, geschützten Toren und Rampen zwang die Angreifer, einer von den Verteidigern vorgegebenen Route zu folgen. Bevor sie erkannten, was geschah, wurden die Soldaten von hinter den Brustwehren der Wachtürme verborgenen Bogenschützen oder von innerhalb der Mauern versteckten Wächtern erschossen.

Inzwischen wurden die noch im Hof umherirrenden Soldaten jäh mit siedendem Öl überschüttet. Schmerzensschreie erklangen, während sie sich am Boden wanden. Brennende Fackeln wurden aus den Fensterschlitzen geworfen, und die weiter hinten befindlichen Soldaten sprangen erschreckt zurück, als das Öl in Flammen aufging. Die am Boden liegenden Soldaten wurden vom Feuer verschlungen und rollten sich schmerzerfüllt auf den Pflastersteinen, in dem vergeblichen Versuch, die Feuersbrunst zu löschen.

Ihre Schilde über die Köpfe haltend, um sich vor den nun von den Brustwehren herabgeworfenen Steinen zu schützen, versuchten die Soldaten erneut, die Türen einzurammen. Und erneut wurde siedendes Öl aus den Fensterschlitzen geschüttet, aber die unten befindlichen Soldaten wurden durch ihre Schilde geschützt, sodass der größte Teil des Öls auf dem Boden auftraf, ohne Schaden anzurichten. Die Glorreichen Soldaten wichen zurück, als erneut brennende Fackeln herabgeworfen wurden, und warteten ab, bis die Flammen erloschen waren, bevor sie erneut versuchten, die dicken Eichentüren einzurammen. Schließlich war es geschafft, aber die ersten Soldaten, die sich hindurchwagten, wurden von den sich innen verbergenden Soldaten rasch getötet.

Der Vorteil der Anzahl der Glorreichen Soldaten innerhalb der Beschränkungen des Wachhauses war vertan. Sie mussten sich ihren Weg hinein über die Leichen ihrer gefallenen Kameraden hinweg erkämpfen, nur um dann mit Soldaten konfrontiert zu sein, die weitaus besser genährt und ausgeruhter waren als sie. Die Glorreichen Soldaten lagerten schon so lange vor Rhyssmadill, dass Hunger, Krankheit und Niedergeschlagenheit sie geschwächt hatten, und die unerwartete Heftigkeit der Abwehr traf sie unvorbereitet.

Weitere Glorreiche Soldaten marschierten über die Zugbrücke und bevölkerten den Innenhof so, dass sie sich kaum noch rühren konnten. Der Hauptmann der Kavallerie versuchte, der

Verstärkung ein Zeichen zum Rückzug zu geben, aber sie missverstanden seine Geste und drängten hinein, wobei sie ihn fast umstießen. Einige der großen Streitrösser stiegen, von dem Geruch von Blut und dem Geräusch klingender Schwerter aufgebracht, und Schreie erklangen, als Fußsoldaten niedergeschlagen und -getrampelt wurden.

Schließlich zwang die reine Masse der Soldaten die Verteidiger ins Wachhaus zurück, und sie liefen auf die Brustwehre hinaus und verschlossen die Türen hinter sich. Die Glorreichen Soldaten unten im Außenhof sahen sie und stürmten, vor Zorn und Erregung schreiend, zum Angriff. Jedoch waren die Türen zu allen Türmen fest verschlossen, und als die Soldaten sie einzurammen versuchten, wurden auch sie mit siedendem Öl überschüttet und mit brennenden Fackeln angezündet.

Lachlan und Iseult sahen von den Brustwehren der Innenmauern aus zu. Hin und wieder wurde ein knapper Befehl geäußert, und Soldaten gehorchten eilig. Eine Schwadron tìrsoilleiranischer Soldaten erkämpfte sich ihren Weg durch das Chaos des Wachhauses, den angespitzten Stamm eines gefällten Baumes mit sich tragend, der das Tor zum Innenhof sprengen sollte. Lachlan rief den Bogenschützen, die sich hinter den Schartenbacken verbargen, zornig einen Befehl zu. Sie sprangen auf und schossen durch die Schießscharten. Die unten befindlichen Soldaten fielen unter dem Pfeilregen, wobei die schwere Ramme viele zerquetschte, als sie zu Boden krachte.

Weitere Glorreiche Soldaten liefen herbei, um die Ramme wieder aufzunehmen, aber immer wieder regneten Pfeile nieder. Bald stapelten sich die Körper der Tìrsoilleiraner hoch an der Innenmauer, aber sie kamen dennoch weiter voran, kletterten über die Leichen der Getöteten hinweg, um das Tor einzunehmen.

Große Kessel mit siedendem Öl wurden über die Brustwehren gekippt, der dicke Baumstamm wurde durchtränkt und jene bespritzt, die ihn mühsam zu tragen versuchten, während sie noch immer die Schilde über die Köpfe hielten. Dann tauchten die Langbogenschützen ihre Pfeile in Fässer mit brennendem Pech und schossen sie in die Ramme. Das Öl entzündete sich, und die Ramme begann zu schwelen. Bald krochen Flammen daran entlang, und sie brannte lodernd.

Inzwischen waren die Türen von den Wachtürmen auf die Brustwehren niedergerissen worden, und die Kämpfe wogten jetzt auf der ganzen Außenmauer entlang. Obwohl gut ausgeruht und vorbereitet, waren die Graujacken doch stark in der Minderheit und wurden langsam zurückgezwungen, von der Anzahl der weiß gekleideten Soldaten überwältigt, die noch immer über die Zugbrücke herandrängten.

Die Glorreichen Soldaten trugen große Leitern mit sich, die sie gegen die Innenmauer zu lehnen versuchten. Zunächst konnten die Verteidiger sie leicht niederwerfen, aber bald erklommen so viele Männer die Sprossen, dass die Gegner oben Mühe hatten, sie abzuwehren. Die Verteidiger gossen siedendes Öl die Sprossen hinab, und viele der Soldaten sprangen ab, eher bereit, gebrochene Knochen zu riskieren, als den Tod durch Verbrennen zu erleiden.

Dann sah die scharfäugige Iseult, dass ein Wagen, auf dem ein hastig freigelegter Belagerungsturm aufragte, über die Steinbrücke getrieben wurde. Dahinter rollte ein weiterer Wagen mit einer wuchtigen Steinschleudermaschine heran, die große Eisenkugeln und Felsblöcke fast dreihundert Meter weit schleudern konnte. Sie würde Rhyssmadills Verteidigungsanlagen gewiss viel Schaden zufügen, wenn die Glorreichen Soldaten sie bis in den Außenhof bringen konnten.

Iseult ergriff Lachlans Arm und deutete hin. »Es ist Zeit, meinst du nicht?«, sagte sie. Sie sahen sich um und erkannten, dass die reine Macht der Anzahl der Gegner ihre eigene Abwehr allmählich überwältigte.

Lachlan nickte grimmig. »Ja, das denke ich auch«, antwortete er. Er winkte Parlan heran, der zu ihm lief, das Gesicht bleich vor Angst. »Ruf die Bewahrerin des Schlüssels«, befahl Lachlan kurz. »Es ist an der Zeit, dass sie und die Hexen ihre Arbeit tun.«

Meghan, Jorge und Gwilym humpelten aus dem Eckturm heran, wo sie sich verborgen gehalten hatten, und Dughall schritt die Brustwehr entlang, Iain ihm auf den Fersen. Sie hatten einen Kreis der Macht vorbereitet, und nun nahmen alle fünf Hexen eilig ihre Position an den Spitzen des Pentagramms ein, das in den Kreis gezogen war.

Sie hielten sich bei den Händen, und als die Räder des ersten Wagens klappernd auf die hölzerne Zugbrücke rollten, schlossen sie die Augen und konzentrierten sich. Plötzlich zerfiel die Zugbrücke unter dem Gewicht. Die Zugpferde stürzten wild schreiend in den Abgrund und zogen den Wagen mit sich. Die Pferde, die den zweiten Wagen zogen, hatten die Zugbrücke bereits betreten und stürzten ebenfalls ab, während das Gewicht des großen Katapults auch den Wagen über den Rand beförderte. Die Wagen stürzten endlos in den reißenden Strom hinab und wurden auf den Felsen zerschmettert.

»Schade um die Pferde«, sagte Lachlan angespannt.

Iseult nickte mit grimmigem Gesicht. Sie konnte den Zorn und die Bestürzung der Truppen erkennen, die am entgegengesetzten Ufer geblieben waren, und auch die plötzliche Panik der Soldaten, die im Palast gefangen waren. Ohne Hoffnung auf Verstärkung oder eine Rückzugsmöglichkeit konnten die Verteidiger sie langsam und bequem abschlachten, wie es ihnen gefiel.

Während der nächsten Stunde fanden auf dem äußeren Hof und entlang der Brustwehr Kämpfe Mann gegen Mann statt, aber die Glorreichen Soldaten wurden überwältigt, und jene, die nicht getötet wurden, wurden gefangen genommen und in die Palastkeller getrieben, wo sie hinter Schloss und Riegel kamen.

Inzwischen waren die Glorreichen Soldaten am entgegengesetzten Ufer nicht müßig gewesen. Sie hatten mit neuerlichem Zorn ihre Kanonen und Steinschleudermaschinen wieder aufgerüstet und begannen nun, den auf seinem Felsfinger thronenden Palast zu beschießen. Die meisten der Felsblöcke und Kanonenkugeln landeten, ohne Schaden anzurichten, in der Schlucht, aber einige wenige schlugen doch in die Außenmauern ein. Nun ließen die Hexen Regen vom Meer herbeiströmen, um die Lunten und das Schießpulver der Tìrsoilleiraner zu befeuchten und die Kanonen erneut unbrauchbar zu machen.

Die Glorreichen Soldaten versuchten, über dem Spalt zwischen dem Rand der Brücke und dem gähnenden Zugang zum Palast eine Rampe zu errichten, nachdem sie von der Zugbrücke abgeschnitten waren. Ein- oder zweimal wäre es ihnen fast gelungen, aber die Hexen ließen die Rampen jeweils einfach durch Gedankenkraft einstürzen, sodass diejenigen Soldaten, die sie bemannten, schreiend in die Schlucht stürzten.

Iseult und Barnard der Adler waren auf den höchsten Turm gestiegen und hielten besorgt Ausschau nach ihrer eigenen Verstärkung. Schließlich sah Iseult eine große, dunkle Masse von Osten herankommen. Unaufhaltsam wie eine Flutwelle marschierte das Heer des Rìgh durch die wogenden Wiesen, bis es schließlich den Rhyllster erreichte. Sie sah die Kolonnen und Stellungen aufbrechen, als die Glorreichen Soldaten, welche die Brücken verteidigten, zum Kampf antraten. Sie schickte Dillon mit der Nachricht rasch zu Lachlan, während Aufregung sie durchströmte. Der MacThanach hatte siebentausend Mann unter seinem Befehl, dreitausend davon tìrsoilleiranische Kriegsgefangene oder Deserteure, die dem MacCuinn die Treue geschworen hatten. Sie hegte die Hoffnung, dass sich viele der Glorreichen Soldaten, die im Park lagerten, ihren Kameraden anschließen würden, da der Boden durch Jorges Prophezeiungen und die Erzählungen von Wundern und Phänomenen bereitet war.

Iseult beobachtete die Lage, bis deutlich zu erkennen war, dass die Graujacken die Brücken über den Rhyllster eingenommen hatten und durch die zerstörte Stadt herannahten. Erst da wandte sie ihre Aufmerksamkeit nach Norden und Westen, wo Barnard sich über die Brustwehr beugte, während er mit einer Hand die Augen beschattete. Sie erwarteten, dass frische Truppen aus Lucescere die Glorreichen Soldaten von hinten angreifen würden, nachdem sie durch die Hügel Ban-Bharrachs und am Fuß der Weißlockenberge entlangmarschiert waren. Murdoch von der Axt war zu ihrer Führung gesandt worden und hatte versprochen, Lachlan und Iseult annähernd eintausend Männer und Frauen zu bringen, obwohl die meisten ungeübt und nur halbwegs ausgebildet waren. Das Überraschungsmoment wäre ihre stärkste Waffe, und Iseult hoffte, dass all die Geschäftigkeit im Palast die Aufmerksamkeit vom rückwärtigen Tor ablenken würde.

Lachlan hatte Sturmschwinge über den Palastpark fliegen lassen, und der Gerfalke kreiste bald wieder abwärts, um zu berichten, dass Murdochs Kompanie bereits durch das rückwärtige Tor hereingeschlichen war und unbemerkt durch die Wälder vordrang.

Mit einem kurzen, aber von Herzen kommenden Dankgebet eilten Iseult und Barnard zur Westmauer und blickten erwartungsvoll hinaus.

Die großen Wälder Ravenshaws erstreckten sich gen Westen, und es war unmöglich, durch die verschränkten Zweige etwas zu sehen, aber Iseult hielt dennoch Ausschau, bis ihre Augen schmerzten. Dughall hatte ihnen versprochen, dass der MacAhern kommen würde, aber sie hatten keinerlei Nachricht erhalten und konnten ihn, da sie ihn nicht kannten, nicht durchs Kristallsehen kontaktieren, um sein Herannahen zu verfolgen, noch konnten die scharfen Augen des Falken den dichten Baldachin des Waldes durchdringen. Dughall war unten bei den übrigen Hexen, bombardierte die weißen Zelte am entgegengesetzten Ufer mit Feuerbällen und stellte sicher, dass alle Versuche, den Abgrund zu überqueren, scheiterten. Iseult hatte gerade beschlossen, dass sie ihn bitten würde, den MacAhern an diesem Abend bei Sonnenuntergang durchs Kristallsehen zu erreichen, als Barnard respektvoll ihren Arm berührte.

»Seht, Eure Hoheit«, sagte er. »Am Waldrand gibt es Tumult.«

Sie schaute in die von ihm angedeutete Richtung und sah eine kleine weiße Gestalt auf die Westgrenze des Lagers der Glorreichen Soldaten zulaufen. Dann nahmen weiß gekleidete Soldaten hektisch ihre Waffen auf und gingen unbeholfen in Verteidigungsstellung, die Gesichter dem Wald zugewandt. Sie fasste wieder Mut, und dann sah sie eine weite Kolonne Kavallerie mit wehenden Standern aus dem Schutz der Bäume hervorreiten.

Sie hielten am Rande des offenen Parkgeländes einen Moment inne und musterten prüfend das riesige Gewirr von Zelten, das sich groß wie eine Stadt vor ihnen erstreckte. Dann brachen die Pferde in Galopp aus und preschten den Hang hinab auf das Lager der Glorreichen Soldaten zu.

»Schnell!«, rief Iseult Anntoin zu. »Lauf und erzähle Lachlan, dass der MacAhern wie versprochen eingetroffen ist! Heute werden wir gewiss den Sieg davontragen!«

/

Bei Sonnenuntergang war alles vorüber. Siebentausend Glorreiche Soldaten lagen tot auf dem Schlachtfeld, ihre weißen Wappenröcke waren zerrissen und rot verfärbt. Die aufgewühlte Erde war nass von Blut, und Rauch von den brennenden Belagerungsmaschinen hing schwer wie Nebel darüber und verbarg beinahe die niedergetrampelten Zelte und zerrissenen Fahnen.

Das Stöhnen der Verwundeten zerriss die Dämmerung, und als Meghan und ihre Heiler durch das Gewirr der umgestürzten Wagen und gerissenen Zeltleinen gingen, wurden Hände ausgestreckt und um Hilfe gefleht.

Alle wurden versorgt, ob sie nun weiße Wappenröcke, graue Jacken oder die schwarzen Soutanen der tìrsoilleiranischen Geistlichen trugen. Beim Licht flackernder Fackeln wuschen und verbanden, nähten und schienten die Heiler und verabreichten Heiltränke und schmerzstillende Arzneien. Soldaten, von denen viele selbst Verbände trugen, halfen dabei, die am schwersten Verwundeten in den Schutz des Palasts zu tragen.

Tòmas ging unter ihnen umher und legte seine Hände auf alle, an denen er vorüberkam, obwohl seine Finger zitterten und sich bereits große purpurfarbene Schatten unter seinen Augen ausbreiteten. Er weinte, während er arbeitete, wobei die Tränen weiße Spuren auf seinem schmutzigen, blutverschmierten Gesicht hinterließen.

Nach einer Weile kam Johanna und führte ihn davon. »Du wirst dich umbringen, wenn du sie alle heilst«, schalt sie. »Komm und iss etwas, und dann ruh dich eine Weile aus. Du kannst sie wieder berühren, wenn deine Kraft zurückgekehrt ist.« Er wehrte sich gegen sie, aber sie hatte ihn fest im Griff, und er war zu erschöpft, um sie wirklich zu bekämpfen.

Der kleine Junge kam zu spät, um den MacThanach zu retten, der bei der Überquerung des Rhyllster gestorben war. Der Tod des rauen, aber herzlichen Mannes lastete schwer auf ihnen allen, da er sich während der letzten zwei Jahre als höchst zuverlässig und treu erwiesen hatte. Unter den Toten befanden sich auch Hamish der Heißblütige und Hamish der Kühle, die bei der Verteidigung von Rhyssmadills Wachhaus gestorben waren, sowie Cathmor der Gewandte, der während der letzten Minuten heftigen Kampfgetümmels einen Schuss in die Kehle abbekommen hatte. Lachlan war über den Verlust dreier seiner treuesten Offiziere außer sich, und er weinte mit den übrigen Blaugardisten, als sie sie in der großen Halle aufbahrten, in ihre Plaids gehüllt, ihre Langschwerter auf der Brust.

»Viele Tote für die Grabstätte der Raben«, sagte er düster. »Gearradh hat an diesem Tag wirklich wohl gespeist.«

Obwohl das Heer in dieser Nacht mit den knappen vorhandenen Vorräten feierte, saß der Rìgh in tiefster Schwermut zusammengesunken da, wobei sein Gesicht vor Erschöpfung und Kummer abgezehrt wirkte. Iseult saß schweigend bei ihm; ihre blauen Augen blickten düster. Hin und wieder goss sie ihm etwas Whiskey nach, und einmal sagte sie ungewöhnlich sanft: »Das Ziel der Schlacht ist das Niedermetzeln, und der Preis des Sieges ist Blut. Das ist die Natur des Krieges.«

Er warf sein Glas von sich und sagte: »So willst du mich trösten? Eà verdamme dich und deine Sprüche der Narbigen Krieger!«

Sie zuckte die Achseln. »Wer sagt, dass ich dich trösten wollte? Welchen Trost bieten verlorene Freunde und Kameraden? Ich sag dir nur, wie der Krieg ist. Du hast stets geglaubt, er sei wie die Gesänge der Jongleure – ein Spiel der Tapferkeit und der Taktiken, wie dieses Schachspiel, das du mit Finlay spielst. Nun, so ist er nicht. Das Ziel der Schlacht ist das Niedermetzeln, und der Preis des Sieges ist Blut.«

Als er schwieg, erhob sie sich und wollte gehen, aber da ergriff er ihren Arm, zog sie zu sich heran und barg sein Gesicht in ihrem Schoß. Er begann zu schluchzen wie ein Kind, und sie strich über sein ungebärdiges schwarzes Haar. »Komm zu Bett, *Leannan*«, sagte sie. »Wir sind heute im Tod gewatet. Versenken wir uns nun in Liebe und Vergessen. Wir leben zumindest, und das ist schon etwas.«

Die Seelen-Weise

Isabeau glitt so schnell und mühelos wie ein Vogel den verschneiten Hang hinab. Sie änderte die Richtung mit einer leichten Neigung ihres Körpers, beschrieb eine Kurve, um von einem Erdwall zu springen, drehte sich in der Luft und landete anmutig wieder, wobei sie bogenförmig Schnee versprühte.

Als der Hang steiler wurde, beschleunigte sich ihre Talfahrt, bis der kalte Wind an ihrem Gesicht vorbeirauschte wie ein Feuersturm. Tränen strömten ihr Gesicht herab, und sie rieb sich mit ihrer weiß behandschuhten Hand die Augen, um ihre Sicht zu klären. Ihr Gleiter geriet auf eine vereiste Stelle, und sie rutschte mit halsbrecherischer Geschwindigkeit voran, drehte sich und fiel beinahe, bevor sie mit noch größerem Tempo weitersauste. Isabeau schrie vor Begeisterung und machte erneut einen Schlenker, um von einem weiteren runden Schneehügel zu springen. Der blaue Himmel drehte sich unter ihren Füßen, und die verschneiten Berge verschwammen, während ihr das Blut in den Kopf stieg, und dann stand sie wieder aufrecht, während ihr Gleiter mit lautem Schlag auf dem Hang landete. Ihr Fuß schoss unter ihr hervor, sie wedelte einen Moment wild mit den Armen, wobei sich ihr Körper rückwärts bog, dann gewann sie ihr Gleichgewicht wieder, und der Schnee knirschte erneut unter dem Holz ihres Gleiters.

»Hui!«, schrie Isabeau. »Das war nahe dran!«

Sie kam in einem Wäldchen schwungvoll zum Halt, wischte sich mit der behandschuhten Hand die laufende Nase und versuchte, zu Atem zu kommen. Ihre Wangen brannten.

Über ihr stachen nadelscharfe Berge ihre eisigen Spitzen in einen klaren, hellen Himmel, während die glatten weißen Hänge abfielen, so weit das Auge reichte, nur von gelegentlichen dunklen Wäldchen unterbrochen. Der verschneite Hang war von der geschwungenen, unregelmäßigen Linie ihrer Talfahrt verunstaltet, und Isabeau runzelte leicht die Stirn, wohl wissend, dass ihr Lehrer bei den Narbigen Kriegern einige scharfe Anmerkungen zu ihrem Stil zu machen hätte. Sie betrachtete sehnsüchtig den steilen weißen Hang, der vor ihr abfiel, und sah dann zur Sonne hoch, die langsam auf die Berge zusank. Es war ein langer Weg wieder zum Haven hinauf, und wenn sie vor Einbruch der Nacht zurück sein wollte, sollte sie jetzt umkehren.

Isabeau beugte sich widerwillig herab, um die Riemen des Gleiters zu öffnen, als ihr Blick von etwas golden Blitzendem angezogen wurde. Sie schaute auf, während Erregung und Freude ihren Puls beschleunigten.

Ein weiblicher Drache schwebte über die Berge, wobei die Sonne auf ihren glänzenden Schuppen schimmerte. Ihre mit Klauen versehenen Flügel, dünn wie Pergament, waren weit ausgebreitet, und ihr langer Schwanz wand sich hinter ihr. Isabeau hob eine Hand und rief: *Asrohc*!

Ich grüße dich, kleiner Mensch!, erwiderte der Drache spöttisch. Ihre Geiststimme hallte wie stets durch Isabeaus Körper, sodass sie sich eher elend fühlte.

Fliegst du nur zum Vergnügen, oder bist du auf einer Reise?, fragte Isabeau.

Fliegen ist stets ein Vergnügen, erwiderte der Drache und faltete die Schwingen, um einen graziösen Salto auszuführen.

Wenn ich bis zum Fuß des Berges gleite – wirst du mich dann dort treffen und mich wieder nach oben fliegen? Bitte?

Vielleicht.

Bitte?

Ich werde sehen, wie ich mich fühle, wenn du am Abgrund angekommen bist. Vielleicht bin ich in der Stimmung, mich von deinen seltsamen menschlichen Verschrobenheiten belustigen zu lassen, vielleicht ziehe ich es vor, an einem warmen, blutigen Kadaver zu nagen. Ich habe kein Wild oder Geal'teas gesehen, sodass ich wahrscheinlich ein wenig Ablenkung gebrauchen kann.

Der Drache war von den Gipfeln herabgeflogen und glitt nun über die Wiesen. Ihr gewaltiger Schatten wanderte über Buckel und Senken wie eine Gewitterwolke. Als der Schatten über sie hinwegzog, spürte Isabeau, wie ihre Knie zitterten und sich ihr Magen furchtsam zusammenzog, obwohl sie während der vergangenen achtzehn Monate schon oft auf dem Rücken der Drachenprinzessin geflogen war.

Der junge Drache schwebte über das Tal hinweg, und Isabeau beobachtete sie unentschlossen. Sie schaute den steilen, unberührten Hang hinab, gab dann der Versuchung nach und folgte dem Schatten des Drachen in langen, geschwungenen Bögen.

Während sich ihr Puls beschleunigte und der Schnee unter ihrem Gleiter davonstob, vergaß Isabeau ihre schuldbewusste Besorgnis und schrie vor Freude, während sie über die Buckel sprang und sich drehte. Der Hang wurde steiler und fiel unter ihr ab, woraufhin sie wirklich flog, kam ihr aber dann rasch wieder entgegen, sodass sie mit bebenden Gliedern aufkam, unter Knirschen weiterglitt und schneller, als ein Pferd galoppieren konnte, abwärts sauste. Sie erreichte schlitternd den Fuß des Berges und musste so scharf ausweichen, um nicht in die Bäume zu krachen, dass die Geschwindigkeit sie im Bogen wieder ein Stück den Hang hinauftrug. Isabeau beugte sich herab, die Beine vor

Erschöpfung zitternd, mit Seitenstechen, und stützte die Fäuste auf die Knie, bis sie wieder zu Atem kam. Dann schaute sie auf und blickte prüfend in den Himmel. Es war kein Zeichen des Drachen zu sehen. *Asrohc?*

Es kam keine Antwort. Angst brandete in ihr auf. *Asrohc!*

Die Sonne sank in die spitzen Gipfel hinab, und Schatten fielen über das Tal. Der einzige Laut war das ruhige Tröpfeln von unter Eis fließendem Wasser. Isabeau spürte, wie Panik ihre Kehle verengte, bis sie kaum noch atmen konnte. Sie könnte den Haven keinesfalls vor Einbruch der Nacht erreichen. Wenn der Drache nicht auf ihren Ruf reagierte, würde sie die Nacht draußen im Schnee verbringen müssen, und sie wusste, dass ihre Chancen zu überleben wirklich schlecht stünden. Viele, die sich zum Schlafen in den Schnee legten, wachten nie wieder auf.

Isabeau sah sich um und versuchte, die Panik zu dämpfen, die sie zu überwältigen drohte. Sie hätte es besser wissen müssen, als sich auf die Gutmütigkeit des Drachen zu verlassen. Drachen waren nicht für ihre Wohltätigkeit bekannt. Nur weil Asrohc Isabeau manchmal auf ihrem Rücken fliegen ließ, bedeutete das noch nicht, dass die Drachenprinzessin ihr gegenüber herzlichere Gefühle hegte als ein Hund gegenüber den Flöhen, die auf seinem Rücken ritten. Der Drache hatte zweifellos doch eine Herde *Geal'teas* entdeckt, die sie zu Tode jagen konnte, oder war den Ausblick einfach leid geworden und zur Drachenklaue zurückgekehrt. Isabeau musste darüber nachdenken, was sie am besten tun sollte.

Sie löste die Riemen des Gleiters, band ihn sich auf den Rücken und sah sich dann um. Der Hang war steil, und der Schnee bildete Wälle um die Stämme der Nadelbäume. In der schmalen Talsohle, wo schwarzes Eis anzeigte, wo im Sommer ein Fluss verlaufen würde, verbargen runde Buckel Felsen und umgestürzte Stämme. Sie schaute den Weg zurück, den sie gekommen war, und ihre Stimmung sank angesichts der Höhe des Berges noch weiter. Es würde sie viele erschöpfende Stunden kosten, durch den tiefen Schnee wieder hinaufzusteigen, und sie musste verbitterte Gedanken gegenüber dem Drachen unterdrücken, wohl wissend, dass Asrohc es wahrscheinlich hören würde.

Sie begann sich seufzend den Talboden entlangzuschleppen und hielt nach einer Möglichkeit zum Lagern Ausschau. Obwohl ihr Lehrer sie oft vor den Gefahren der Täler gewarnt hatte, glaubte sie, dass sie hier unten eher eine Höhle oder einen hohlen Baum fände als oben auf den kahlen, windgepeitschten Hängen. Es wäre weitaus besser, einen Schutz zu finden, ein Feuer anzuzünden und die lange, frostige Nacht abzuwarten, als sich mit dem Versuch zu erschöpfen, den Berg zu erklimmen. Sie könnte den langen Aufstieg nach Hause am Morgen beginnen, wenn sie ausgeruht war und die vielen Hindernisse am Berg deutlich sehen konnte.

Isabeau fand einen umgestürzten Baum, bei dem sich zwischen der Vorderseite der Felswand und seinem schneebeladenen Stamm eine kleine Höhle gebildet hatte. Sie kroch hinein und fluchte und zitterte, als durch ihre Bewegungen Schnee ihren Nacken hinabrieselte. Sie kauerte sich tief in ihre Fellkleidung und kratzte am Boden nach Zweigen und Ästen, mit denen sie ein Feuer anzünden könnte. Normalerweise durfte Isabeau ihre Hexenkräfte nicht benutzen, solange sie auf dem Rückgrat der Welt weilte, da die Feuermacherin und ihre Sippe diesbezüglich durch strikte Gesetze und Gebräuche eingeschränkt waren. Im Haven war die Gemeinschaft jedoch sicher, sodass Isabeau ohne Zögern einen Funken Feuer heraufbeschwor und ihn mit ihren Kräften nährte, bis das Holz trocken war und ein wärmendes Feuer brannte.

Als die Nacht hereinbrach und sich ein bitterkalter Wind erhob, legte Isabeau die Hände mit den Handflächen nach oben auf die Oberschenkel und begann zu meditieren, um ihre Gedanken von Kälte und Hunger und Besorgnis abzulenken. Sie hatte während ihres ersten Winters auf dem Rückgrat der Welt viele Stunden damit verbracht, mit der Seelen-Weisen zu meditieren, und diese Lektionen waren noch tiefgreifender fortgeführt worden, seit sie vor wenigen Wochen zur Gemeinschaft zurückgekehrt war. Isabeau glitt mühelos in eine leichte Trance, die Ablenkungen der Außenwelt wurden vom wogenden Rhythmus ihres Herzens und Atems übertönt.

Es schien, als verlasse sie ihren Körper und schwebe in der Nacht, so blass und substanzlos wie ihr frostiger Atem. Sie hörte schwach eine Stimme, wie in einem Traum. *Kind*, flüsterte sie. *Kind …*

Sie drehte sich, als lauschte sie, und hörte die Stimme dann deutlicher. Sie wankte instinktiv auf die Stimme zu. Sie verspürte Furcht, denn der verschwommene Nebel ihres Seins zerstreute sich im Wind, aber dann sah sie, undeutlich und weit entfernt, das flächige Gesicht der Seelen-Weisen. Sie war von einem silberfarbenen Lichtkranz umgeben, ihr dünner Körper schwebte dahin wie Kerzenrauch und zog eine lange, pulsierende Schnur hinter sich her, die sich in den Sternenhimmel zurückwand. *Wir kommen. Halte aus.*

Isabeau kam ruckartig wieder zu sich, ihr Kopf und ihr Herz pochten, und ein starkes Gefühl von Übelkeit überwältigte sie fast. Ihr Feuer war verglüht, und es kostete sie große Willenskraft, es wieder zum Leben zu erwecken. Sie zog ihre pelzbesetzte Kapuze eng um ihr Gesicht und versuchte, nicht an Essen zu denken.

Nach einer langen Zeitspanne der Stille, als Isabeau beinahe einnickte, hörte sie das Geräusch brechender Zweige und das Stampfen schwerer Füße draußen im Tal. Ihre Angst kehrte verstärkt zurück. Ihr Lehrer hatte gesagt, es gäbe in den Tälern Dämonen. Sie glaubte, es müssten dieselben Wesen sein, die im *Buch der Schatten* als Scheusale beschrieben wurden, wahrhaft abscheuliche Wesen. Sie ergriff einen brennenden Ast vom Feuer und umklammerte ihn, als sich das Krachen näherte.

Der Wind drehte sich und brachte einen üblen Gestank mit sich. Plötzlich fuhr eine massive Hand unter den Baumstamm. Dunkel und schuppig, mit gebogenen schwarzen Klauen an den Spitzen, die Isabeaus Bein berührten. Sie kroch hastig rückwärts, stieß den brennenden Ast dagegen. Das Scheusal heulte auf, und die große, schuppige Hand wurde zurückgerissen. Das widerhallende Heulen erstarb zu einem Wimmern, und dann fuhren die dicken Finger des Scheusals erneut unter den Baumstamm, und Isabeau wurde fortgeschleudert. Sie kroch rückwärts an die Felswand, keuchte vor Angst, und dann fand ihre tastende Hand das Feuer wieder. Das Scheusal schrie erneut vor Schmerz, und Isabeau ließ das Feuer auflodern, sodass die Flammen die rauen, schuppigen Finger hinaufliefen. Es riss die Hand zurück und zog gleichzeitig den Baumstamm fort.

Isabeau, die entsetzt an der Felswand kauerte, beobachtete, wie das Scheusal um die Lichtung sprang und seine verbrannten Finger barg. Es war mehr als zehn Fuß groß – eine gebeugte, breite Gestalt, deren Glieder von Schuppen bedeckt waren und dessen Körper vollkommen behaart war. Sein großer, unförmiger Kopf bildete einen grotesken Schatten vor den Sternen, er war mit Fangzähnen bestückt und wulstig, mit riesigen Augen, die rötlich glühten. Es wimmerte, saugte an seinen Fingern und wandte sich dann wieder um, um nach ihr zu suchen, aber Isabeau hatte sich in den Schutz der Bäume zurückgezogen, wo ihre weiße Fellkleidung mit dem Schnee verschmolz. Es hob seine scheußliche Schnauze und schnüffelte in die Luft, schrie dann erregt und sprang hinter ihr her.

Das Laufen fiel ihr nicht leicht, da sie vom tiefen Schnee und der Dunkelheit behindert wurde, und das Scheusal war nach wenigen Sekunden über ihr. Glücklicherweise waren seine Hände so groß und schwerfällig, dass sie seinem stürmischen Zugriff leicht entschlüpfen konnte, dankbar für ihre Ausbildung zur Narbigen Kriegerin, die sie gelehrt hatte, einem Angriff so mühelos auszuweichen wie eine Weide im Wind. Sie sank jedoch im Schnee ein und fiel, und seine Hand senkte sich auf sie hinunter und hielt sie im Käfig seiner Klauen gefangen.

Plötzlich hörte Isabeau wilde Schreie. Flach auf dem Gesicht liegend, fast gelähmt vor Angst, konnte sie dann aufschauen und sah durch die Stäbe ihres Gefängnisses eine lange Kette lodernder Fackeln durch die Dunkelheit den Hang herabeilen. Erleichterung durchströmte sie. Sie tastete nach ihrem Gürtel und zog den Dolch, den sie aufwärts in die harte, schuppige Handfläche über ihr stieß. Obwohl ihm das nicht mehr Schmerzen verursacht haben dürfte als der Stich einer Mücke, schrie das Scheusal auf und hob seine Hand lange genug an, dass sie sich herauswinden und in den Schatten eines schneeüberhäuften Busches huschen konnte. Es schnüffelte auf der Suche nach ihr umher, roch dann die Fackeln und schaute auf. Es schrie herausfordernd laut, richtete sich auf und schüttelte die Fäuste. Pfiffe und Rufe antworteten ihm, und dann zischten große, dunkle Umrisse aus der Dunkelheit, von deren Gleitern Schnee aufstob. Das Schwirren geschleuderter *Reils* erklang, und das Scheusal schrie erneut auf und holte mit den Fäusten aus. Einen Moment konnte es standhalten, aber die Narbigen Krieger waren zu viele und zu wild, und so stieß es einen letzten trotzigen Schrei aus und stolperte in die Dunkelheit davon.

»Khan?«

»Ja, ich bin hier«, antwortete Isabeau, kroch unter ihrem Busch hervor und schüttelte sich den Schnee ab. »Ich bin so froh, Euch alle zu sehen!«

Die Narbigen Krieger antworteten nicht, sondern lösten nur die Riemen ihrer Gleiter und begannen ihren Rückweg hinauf in die verschneite Dunkelheit. Nur einer wartete, bis sie ihren Gleiter geholt hatte, und sie konnte seine kalte Missbilligung spüren, obwohl er kein Wort sagte. »Es tut mir Leid, Lehrer«, sagte sie zaghaft.

»Närrin!«, fauchte er und bedeutete ihr, ihm zu folgen.

Müde und geläutert folgte ihm Isabeau, und ihr Herz sank, als sie an den langen, harten Aufstieg zurück auf den Berg dachte.

Sie gelangten aus dem Wäldchen heraus, und Isabeau sah, dass eine Ansammlung brennender Fackeln am Fuße des hohen, steilen Hanges im Schnee stak. Außerdem warteten dort mehrere lange Schlitten, ein Gespann zottiger weißer *Ulez* vor jedem. In einem saß kerzengerade die Feuermacherin, gegen die Kälte dick eingehüllt, ihr Umhang aus Schneelöwenfell über den Kopf gezogen, sodass ihr helles, herrisches Gesicht von dessen gefletschtem Maul umrahmt wurde.

Isabeau sank auf die Knie, den Kopf gesenkt, die Hände über der Brust gekreuzt. In all ihrem Kummer und ihrer Besorgnis empfand sie jäh ein Glücksgefühl. Die Feuermacherin hatte die Sicherheit und Wärme des Haven verlassen, um sie zu suchen. Isabeaus Urgroßmutter war stets so kalt und unnahbar, dass der Hexenlehrling allmählich geglaubt hatte, sie bedeute der alten Frau nichts. Die Feuermacherin musste jedoch etwas für sie empfinden, wenn sie in die bitterkalte Nacht hinausging.

»Närrin!«, sagte die alte Frau in demselben knappen Tonfall wie der Narbige Krieger, hob dann eine Hand und bedeutete ihrer Urenkelin, sich zu erheben. Als Isabeau gehorchte, sagte sie jäh: »Komm her, dummes Kind.«

Isabeau stieg in den Schlitten, und die Feuermacherin umarmte sie heftig, zog sie dann herab und stopfte die Felle um sie. »Hast du in deinem hitzigen Kopf nicht mehr Verstand als einer dieser wollköpfigen *Ulez*?«, fragte sie zornig und bedeutete den Narbigen Kriegern dann weiterzuziehen. Die Schlitten wendeten schwungvoll, und dann begannen die *Ulez* den langen, mühsamen Aufstieg den steilen Hang hinauf. Ihre Hufe waren flach und breit, und sie waren kräftig, sodass die Schlitten rasch dahinglitten. Isabeau kuschelte sich in die Felle, ihre Wange an der dünnen Hand der Feuermacherin, und war zufrieden.

Sie wurde viel später wachgerüttelt, als die Schlitten die Höhen erreichten. Die Narbigen Krieger bedeuteten ihr auszusteigen, und sie erkannte verschlafen, dass sie das Tal des Haven erreicht hatten. Noch immer halb im Schlaf stolperte sie den Pfad entlang in die Höhle und sah die Seelen-Weise an der Rückseite der Höhle mit geschlossenen Augen an ihrem Feuer sitzen. Die Feuermacherin vollführte eine kurze entlassende Geste, und Isabeau kroch in ihre eigenen Felle, wobei sie sorgfältig darauf achtete, die Seelen-Weise nicht zu stören. Während sie die Augen schloss und wieder in den Schlaf entglitt, hörte sie die Seelen-Weise noch flüstern: »Habe ich dich nicht gelehrt, den Drachen niemals zu vertrauen?«

Isabeau wurde natürlich für ihre Torheit bestraft, und der Narbige Krieger, der ihr Lehrer war, verhielt sich ihr gegenüber sehr barsch, als sie für ihren Unterricht in *Ahdayeh* das nächste Mal zu ihm kam. Ihr wurde später erklärt, dass auch er für ihre Dummheit bestraft worden war, denn als ihr Lehrer hätte er ihr die Wichtigkeit dessen einschärfen müssen, niemals so weit zu gleiten, dass sie nicht zum Haven zurückkehren konnte. Ihr Lehrer hatte ihr das so viele Male erklärt und sie vor den Gefahren der Täler gewarnt, dass Isabeau es noch heftiger bedauerte, seine Warnungen missachtet zu haben. Sie arbeitete härter denn je daran, die dreiunddreißig Stellungen des *Ahdayeh* zu üben und seine Schneekunde zu lernen, und war froh, als seine Strenge allmählich nachließ. Sie hatte entdeckt, dass die Khan'cohbans zu tiefer Freundschaft und Liebe fähig waren, auch wenn sie gewöhnlich ernst und humorlos waren, und es hatte sie geschmerzt, die Achtung ihres Lehrers teilweise zu verlieren.

In diesem Jahr herrschte ein kalter, bitterer Winter, und Isabeau fragte sich häufig, wie es ihrer Familie in den Türmen der Rosen und Dornen erging. Feld war so zerstreut, dass er häufig zu essen vergaß, und sie hatte doch die zweijährige Bronwen in seiner Obhut gelassen, wie auch Ishbel und den Hengst. Wäre ihre Mutter anders gewesen, als sie war, hätte sich Isabeau keine Sorgen machen müssen, aber Ishbel brachte sie mit ihrer Hilflosigkeit oft zur Verzweiflung. Glücklicherweise war Bronwen recht gut in der Lage, ihr Essen mit so lauter und gebieterischer Stimme zu fordern, dass selbst Feld und Ishbel es nicht ignorieren konnten, und Isabeau wusste, dass ihre Mutter sich um den Hengst besser kümmern würde als um sich selbst.

Die langen Stunden in der Beschränkung des Haven wurden von den Geschichten der Geschichtenerzähler belebt, einige der angesehensten Mitglieder der Gemeinschaft. Der Erste Geschichtenerzähler war ein alter Mann mit einer tiefen Stimme, die in jede Ecke der gewaltigen Höhle reichte, und wunderbar ausdrucksvollen Händen. Er erzählte nur die wichtigsten Geschichten, die Geschichten von Göttern und Helden. Die alltäglichen Fabeln von Tieren und dem Wetter und Namenssuchen wurden von den jüngeren Geschichtenerzählern erzählt, die sich sehr bemühten, der Kraft und Resonanz des Ersten gleichzukommen.

Eines Nachts, als der Wind draußen wie eine Todesfee heulte und der Schnee den Eingang der Höhle verschlossen hatte, erhob sich der Zweite Geschichtenerzähler, verbeugte sich vor der Feuermacherin, berührte Herz und Stirn und deutete dann mit der Hand hinaus in die Nacht. Sie neigte den Kopf, und er nahm die Haltung des Geschichtenerzählers ein, die Beine gekreuzt, der Rücken aufrecht, die Hände im Schoß. Die meisten Mitglieder der Gemeinschaft brachten ihre Felle zum zentralen Feuer, und Kinder rollten sich an der Seite ihrer Eltern zusammen, den Kopf in deren Schoß.

»Heute Abend werde ich die Geschichte der Namenssuche dessen, der den Drachen zähmte und so der Erste unter den Kriegern in der Gemeinschaft der Feuerdrachen wurde, erzählen. Dies ist die Geschichte dessen, der als Jüngster die siebte Narbe erhielt, er, der sein Bein über den Rücken des Drachen legte und davonflog, um im Land der Zauberer zu verschwinden.«

Isabeau hatte sich bereits eifrig aufgesetzt, denn sie liebte die Geschichten der Geschichtenerzähler. Die großartigen und tragischen Geschichten brachten sie häufig zum Weinen oder ließen sie mit einem Gefühl der Ehrfurcht und Demut zurück. Nun beugte sie sich jedoch weiter vor, ihre Lippen teilten sich, und die Augen glänzten. Dies war die Geschichte ihres Vaters, und sie hatte sich danach gesehnt, sie zu hören.

Es hieß, ihr Vater sei durch eine tragische Begebenheit geboren worden. Die Tochter und Erbin der Feuermacherin war bei der Geburt von Zwillingen gestorben, und zum großen Kummer und zur Bestürzung der Gemeinschaft war ihre kleine Tochter mit ihr gestorben. Ihr Sohn hatte überlebt, aber niemand wusste, was mit ihm geschehen sollte, denn den Gebräuchen der Gemeinschaft nach wurde der männliche Zwilling der Feuermacherin als Opfer und Wiedergutmachung den Göttern des Weiß dargebracht. Würde er jedoch, wie üblich, draußen im Schnee ausgesetzt, würde die Linie der Feuermacherin aussterben und es bliebe nur die falsche Feuermacherin übrig, der Abkömmling des Kindes, das vor so vielen Jahren von der Alten Mutter der Gemeinschaft der Kämpfenden Katzen gerettet wurde. Der Hass zwischen den Gemeinschaften der Feuerdrachen und der Kämpfenden Katzen war kalt und hart wie Gletschereis. Der Rat beschloss, den kleinen Jungen am Leben zu lassen.

Die Betonung des Geschichtenerzählers änderte sich, und seine Gesten wurden schneller. Das Kind war rasch und heftig und stolz gewachsen und wurde oft für sein Ungestüm und seinen Trotz bestraft. Obwohl nicht so groß oder stark wie andere in seinem Alter, war er geschickt in der Kunst der Narbigen Krieger. Nur sein stolzes Naturell hielt ihn von wahrem Können ab, denn häufig ist Zorn der Fehler des Kriegers, der besiegt wird. Seine dreizehnte lange Dunkelheit kam, und es wurde darüber beraten, ob er bereit sei, sich seiner Namenssuche zu stellen. Das Kind sprang auf und schwor stürmisch, er sei bereit, mehr als bereit. Er würde mit einem kraftvollen Namen und einem mächtigen Totem zurückkehren, die stärksten und mächtigsten von allen. Er wurde verspottet, und die Feuermacherin runzelte die Stirn und sagte, er sei zu jung und undiszipliniert. Das Kind trotzte ihr, indem es seinen Gleiter und die Waffen aufnahm und in die Nacht hinausschritt.

In jenem Jahr herrschte ein bitterkalter Winter, erklärte der Geschichtenerzähler, ein Winter mit Eisstürmen und dem weißen Wind, dem grausamsten von allen. Die Eisriesen hatten hungrig auf den Weiden gewütet und bei jedem Schritt Lawinen ausgelöst. Die Waldwölfe hatten hungrig in heulenden Rudeln gejagt, und die Säbelzahntiger hatten gefaucht und sogar ihre Gefährten über den toten Körpern von Vögeln angefallen, die erfroren aus dem Himmel gestürzt waren. In jenem Jahr herrschte ein bitterkalter Winter, sagte der Zweite, seine langen Finger wie Klauen gebogen.

Die lange Dunkelheit verging, und einige der Kinder kehrten zurück, in die Felle von Bär oder Wolf gekleidet, die ihr Totem und ihren Namen anzeigten. Stolz erzählten sie ihre Geschichte der Namenssuche, und mit Stolz brachten ihre Eltern ihnen ihre Narben bei. Das Kind der Feuermacherin kehrte jedoch nicht zurück, und sie grämte sich zutiefst und war verbittert.

Der weiße Wind war erstorben, und der Schnee wurde weicher, als die Mitglieder der Gemeinschaft eines Tages das Signal eines Drachen hörten. Entsetzt und verärgert ergriffen sie ihre Waffen und eilten hinaus, um ihre Herden vor dem gefürchteten Drachen zu schützen, der die Gemeinschaft mit einem Stoß seines Feueratems vernichten konnte. Sie sahen eine große goldene Drachenkönigin aus dem Himmel herabkreisen. Auf ihrem Rücken ritt das Kind der Feuermacherin, sein Gesicht strahlte triumphierend. Er sprang vom Rücken des Drachen, und sie verneigte sich vor ihm und sprach in ihrer schrecklichen Sprache zu ihm. Der Junge trug kein Tierfell auf dem Rücken, das sein Totem angezeigt hätte, aber er hielt eine Hand voll goldener Juwelen in der Hand, die seltensten und wertvollsten Juwelen überhaupt – den Drachenaugestein. Er wandte sich der Gemeinschaft zu und erzählte dann die Geschichte, wie er die junge Tochter der Drachenkönigin verletzt und hilflos auf den Felsen gefunden hatte, vom weißen Wirbelwind gefangen und zu Boden geschleudert. Er hätte sie töten können, denn sie war jung und schwer verletzt, aber stattdessen kümmerte er sich um ihre Wunden und schützte sie vor den Raubtieren, die sie bei lebendigem Leib verschlungen hätten. Dort, auf dem Schädel der Welt, hatten die Götter des Weiß zu dem Kind gesprochen, und dieses eine Mal handelten ihre Worte nicht von Abschlachtung und Eroberung, sondern von Barmherzigkeit. Da er kein Kind mehr war, hatten die Götter des Weiß ihn Khan'gharad benannt, Drachenreiter.

Ein gedehntes Seufzen stieg von den Zuhörern auf, und einige wandten sich um und sahen Isabeau an, von der sie wussten, dass sie die Tochter des Drachenreiters war. Isabeau selbst war hingerissen. Sie fragte sich, was die Gemeinschaft sagen würde, wenn sie wüsste, dass dieser große Held verhext, in ein Lasttier verwandelt und grausam mit Peitsche und Sporen geritten worden war. Sie war froh, dass sie es ihnen niemals erzählt hatte, und wünschte sich verzweifelt, sie könnte eine Möglichkeit finden, ihren Vater zurückzubringen, den Krieger der Legenden, den Drachenreiter.

So wild heulten die Stürme, dass die Narbigen Krieger ebenfalls auf die Höhle beschränkt waren und aus Rastlosigkeit und Unzufriedenheit viele Kämpfe ausbrachen. Obwohl der Erste Krieger tägliche Wettkämpfe ausrichtete, um ihre Energie freizulassen und ihr Können zu schulen, war es bei so vielen sich im Haven zusammenscharenden Menschen schwierig, die Temperamente unter Kontrolle zu halten. Als eines Tages Blut floss, nachdem eine große, wunderschöne Weberin ihre Felle vom Feuer eines Kriegers zu dem eines anderen getragen hatte, kam der Erste zum Feuer der Seelen-Weisen und bat sie, die Knochen zu werfen und ihnen zu sagen, wann der Sturm enden würde und seine Narbigen Krieger wieder hinausgehen und jagen könnten.

Die Seelen-Weise nickte und bedeutete dem Ersten, sich zu ihr ans Feuer zu setzen. Fest in seine gefleckten Felle gehüllt, setzte er sich hin, ohne Isabeau zu beachten, die auf der anderen Seite der Flammen kauerte. Isabeau achtete sorgfältig darauf, kein Interesse an ihm oder der Seelen-Weisen zu zeigen, obwohl sie wirklich neugierig war.

Die Seelen-Weise nahm den sich wölbenden Beutel aus ihrer Kleidung und breitete den kostbaren Schatz auf dem Boden aus. Isabeau beobachtete sie heimlich, denn sie hatte sich danach gesehnt, die Seelen-Weise die Knochen werfen zu sehen und die Kunst selbst zu erlernen.

Es waren dreizehn Gegenstände: ein grober Klumpen Amethyst, ein schimmernder schwarzer Obsidian, ein rein weißer Quarzkristall, ein feuriger Granat, ein dunkelblauer Stein mit goldenen Flecken, ein Fingerknochen, ein Klumpen versteinertes Holz, ein Moosachat mit einem grob auf seine glatte Oberfläche skizzierten, versteinerten Blatt, eine weitere Versteinerung eines uralten, fischähnlichen Wesens mit scharfen Zähnen, der große gelbe Knöchel eines schon lange verstorbenen Ungeheuers, der Fang eines Säbelzahnpanters, ein vor Narrengold glitzernder Stein und die eingetrocknete Klaue eines Vogels.

Die Seelen-Weise nahm einen Stock aus dem Feuer und zog einen großen Kreis in die Erde, den sie mit zwei raschen Strichen unterteilte. Isabeaus Augen weiteten sich, denn der gekreuzte Kreis war ein geweihtes Symbol des Hexensabbats, und sie fand es interessant, dass zwei solch verschiedenartige Kulturen ähnliche Formen und Konzepte benutzten.

Die Khan'cohban-Frau barg die Steine und Knochen in ihren Händen, hielt die Augen geschlossen, wiegte sich murmelnd vor und zurück und warf die Gegenstände dann in den Kreis, ohne die Augen zu öffnen. Sie saß einen Moment still, während der Erste Krieger den Kreis aufmerksam betrachtete. Dann öffnete sie die Augen und sah hin.

Die meisten der Steine und Knochen waren in die obere Hälfte des Kreises gefallen, der Amethyst am höchsten, fast auf die verkohlte Linie. Das Narrengold befand sich an der unteren linken Seite, nahe dem gebogenen Fangzahn des Säbelzahnpanters und dem Fingerknochen. Der Quarzkristall und der goldfleckige blaue Stein waren auch in die obere Hälfte gefallen, lagen nebeneinander und berührten sich.

Die Seelen-Weise wandte sich dem Ersten Krieger zu und lächelte. »Der Sturm wird bald vorübergehen. Ruhiges Wetter wird kommen, und die Jagd wird gut sein. Seid jedoch vorsichtig, denn andere Jäger wollen eure Beute, und sie sind hungrig und schlau. Seid auf der Jagd leise, denn die Gipfel sind mit Schnee beladen, der bereit ist zu fallen. Wenn ihr zu laut und hastig seid, werden deine Krieger von einer Lawine überrollt werden. Seid also leise und vorsichtig.«

Der Erste Krieger vollführte eine Geste von Herzen kommender Dankbarkeit, und sein grimmiges Gesicht schien fast zu lächeln. Er erhob sich, verbeugte sich und ging zum zentralen Feuer zurück.

Die Seelen-Weise nahm die Steine mit der Hand auf und führte sie sorgfältig, einen nach dem anderen, durch den Rauch ihres Feuers, bevor sie sie wieder in den Beutel aus Tierfell steckte. Sie schaute zu Isabeau hoch und sagte streng: »Nein, du darfst sie nicht berühren. Keine Hand außer meiner darf sie berühren, sonst verlieren sie ihre Macht. Wenn die Götter des Weiß beschließen, dich mit dem Talent der Weissagung zu segnen, wirst du beizeiten deine eigenen Knochen finden.«

»Wollt Ihr mir jedoch nicht erklären, was sie alle bedeuten?«, bat Isabeau.

Die Seelen-Weise deutete auf den Kreis. »Das Universum, die Seele, das Leben.« Sie zeigte auf die linke Hälfte des Kreises und zog den Umriss mit einem vielgelenkigen Finger nach. »Die Nacht, die Dunkelheit, das Unbewusste, das Unbekannte, das Leben der Träume und Wünsche, Geburt und Tod.« Sie deutete auf die rechte Hälfte des Kreises. »Tageslicht, Helligkeit, das Bekannte, das Reale, das Vollbrachte, das alltägliche Leben, die Familie.«

Dann zog sie den Umriss der oberen Hälfte des Kreises nach. »Geist, Weisheit, die Sterne. Die Zukunft.« Sie zog den unteren Halbkreis nach. »Das Fleisch, die Erde. Die Vergangenheit.« Dann wischte sie den Kreis mit einer Handbewegung fort.

»Was ist mit den Steinen? Was bedeuten sie?«, fragte Isabeau eifrig.

Die Augen der Seelen-Weisen blitzten unter ihren schweren Lidern. »Steine können vieles bedeuten. Ihre Position im Kreis, ihre Position zueinander zählt – das entscheidet, was sie bedeuten.«

Isabeau nickte, ein wenig enttäuscht. Die Seelen-Weise schnalzte mit der Zunge, steckte dann langsam eine Hand in den Beutel und nahm den Amethystklumpen hervor. »Heilung, spirituelles Wachstum, Weisheit. Kreativität. Ein guter Stein, friedlich, stark.« Sie steckte die Hand erneut in den Beutel, ohne hinzusehen, und nahm dieses Mal den goldgefleckten blauen Stein hervor. Sie warf Isabeau erneut einen funkelnden Blick zu, dieses Mal überrascht und interessiert. »Himmelsstein. Wirklich sehr mächtig. Heilung, Klarsicht, Weissagung. Sehr empfindsam, verändert die Bedeutung von allem, was er berührt.«

Als Nächstes nahm sie den weißen Quarzkristallklumpen hervor. »Lebenskraft, Glück, Magie, Macht. Ein starker Heilstein, Klarsicht, Weissagung. Ein weiterer mächtiger Stein. Nach dem Himmelsstein bedeutet dieser großes spirituelles Wachstum und Weisheit.« Sie dachte einen langen Moment nach und steckte die Hand dann erneut in den Beutel.

Der vierte Gegenstand, den sie hervornahm, war die eingetrocknete Vogelklaue. »Fliegen. Wind und Veränderung. Kann Tod bedeuten, kann Weisheit bedeuten. Interessant.« Sie betrachtete Isabeau mit angespanntem, forschendem Blick. »Vielleicht verkündet die Narbe die Wahrheit, und du wurdest von den Göttern des Weiß tatsächlich als Seelen-Weise gekennzeichnet. Vielleicht.«

Der nächste Stein war der rote Granat, und sie sagte rasch: »Leidenschaft, Liebe, Macht, Eifersucht, tiefe Gefühle. Gute Neuigkeiten, Glück. Oder schlechte Neuigkeiten, Kummer. Ein starker Stein, aber veränderlich.«

Sie steckte die Hand noch einmal in den Beutel und nahm dieses Mal das versteinerte Blatt hervor. Ihre Mundwinkel senkten sich, und sie wiegte den Kopf von einer Seite zur anderen. »Friede, Wachstum, Möglichkeit. Erneut Heilung. Mitleid und Barmherzigkeit. Kein starker Stein, kein kühner Stein. Kann Veränderung bedeuten, nicht immer zum Besseren. Kann Lügen bedeuten, dir selbst oder anderen gegenüber. Interessant mit Himmelsstein und Vogelklaue, wirklich interessant.«

Isabeau war fasziniert und wartete eifrig auf weitere Erklärungen, aber die Seelen-Weise sammelte die Steine ein und ließ sie durch ihre Hand in den Beutel zurückrollen.

»Was ist mit den anderen? Was bedeuten sie?«

»Steine bedeuten viele verschiedene Dinge. Ich habe sie gerade für dich gelesen. Sie bedeuten für jemand anderen andere Dinge. Eines Tages wirst du deine eigenen Knochen finden, und dann wirst du verstehen.«

Isabeau nickte und senkte verständig den Kopf. Die Seelen-Weise streckte ihren langen, mit vier Gelenken versehenen Finger aus und legte ihn auf die Narbe an Isabeaus Stirn. »Du bist auf einem langen, dunklen Weg gereist, und er erstreckt sich noch immer vor dir. Am Ende wartet jedoch ein Licht, und Heilung, für dich und für andere. Du hast mächtige Gaben verliehen bekommen, das haben die Knochen gesagt. Ich denke wirklich, du könntest eine große Seelen-Weise werden, wenn du still zuhörst und lernst.«

Tränen traten jäh in Isabeaus Augen, und sie vollführte die Geste von Herzen kommenden Dankes. Die Seelen-Weise nahm es an und richtete sich dann wieder in ihrer vertrauten Position mit gekreuzten Beinen ein.

Zwei Tage später ließ der Wind nach, der Himmel klärte sich, und die Narbigen Krieger konnten sich ihren Weg aus der Höhle bahnen und wieder auf die Hänge gelangen. Sie kehrten eine Woche später triumphierend mit mehreren Stücken Wild und dem blutigen Kadaver eines Waldwolfs zurück, den einer der jungen Krieger getötet hatte, um seine Kameraden zu retten. Er konnte seine Felle des arktischen Fuchses ablegen und nun mit Stolz das zottige graue Fell des Waldwolfs tragen, und seiner Wange wurde mit großem Zeremoniell ein Schnitt mit einem Dolch zugefügt, um zu zeigen, dass er sich eine weitere Narbe verdient hatte. Es wurde geschmaust, und die Geschichtenerzähler erzählten Geschichten von Helden und großen Jagden, einige der wenigen Geschichten mit gutem Ausgang.

Nur Isabeaus Lehrer blieb grimmig und still, da er es bedauerte, einen weiteren Winter ohne Gleiter und Jagd verbringen zu müssen. Er lehrte sie dennoch weiterhin mit großer Geduld die Kunst der Narbigen Krieger. Isabeau stellte fest, dass ihr Geist und Körper auf perfektes Zusammenspiel eingeschworen wurden. Wie sie dachte, so bewegte sie sich auch, ohne Pause und Zögern zwischen dem einen und dem anderen. Sie war inzwischen über reine Übung hinausgelangt und lernte nun, wie die dreiunddreißig grundlegenden Stellungen und Bewegungen zu defensiven und offensiven Manövern kombiniert werden konnten. Sie hatte den Ersten und den Zweiten ihr Können mit einem packenden Feuerwerk an Sprüngen, Tritten, Saltos und Würfen zeigen sehen und wusste, dass sie niemals so großartig werden würde. Sie hatte jedoch gelernt, Freude an ihrem Unterricht zu haben, und liebte das morgendliche Ritual des *Ahdayeh,* das es ihr erlaubte, ihrem geschäftigen Tag mit ruhigem Geist und gelockertem, geschmeidigem Körper gegenüberzutreten.

Eines Tages hüllte sich die Seelen-Weise in der Dämmerung in ihre Felle und bedeutete Isabeau, ihr zu folgen. Isabeau nahm einigermaßen verwundert ihre dicke Kapuze und den Umhang auf, denn sie hatte noch niemals zuvor gesehen, dass die Seelen-Weise ihr Feuer verlassen hätte. Sie gingen in die verschneite Stille hinaus und stiegen zum Gipfel des Hügels oberhalb des Haven hinauf.

In den Tälern war es noch immer dunkel, aber der Himmel

war von einem klaren Blau, und die Sonne schien in prächtigen Rot- und Goldtönen auf die verschneiten Gipfel, die sich in allen Richtungen so weit erstreckten, wie das Auge reichte. Sie schauten gen Westen, und Isabeau sah weit, weit entfernt den großartigen, spitzen Gipfel des Hauers, des Berges, den die Khan'cohban Schädel der Welt nannten. Dort oben vollführten Isabeau und die Seelen-Weise gemeinsam ihr *Ahdayeh,* während die Sonne hinter ihnen aufstieg.

Der Wind fegte über Isabeaus Gesicht und Körper und blies ihre Kapuze zurück, sodass ihr Haar zurückgeweht wurde. Tränen traten ihr in die Augen, bewirkt durch die Kälte des Windes und die Schönheit und Pracht des Panoramas vor ihr. Sie wurde sich einer starken Macht bewusst, die sie umströmte, einer gewaltigen Flut von Macht, die sie überschwemmte, sie durchströmte, an ihr vorüberrauschte. Es war wie der Schlag eines gewaltigen Herzens, im Rhythmus ihres eigenen Herzens und Atems, oder wie der Schlag der Hand eines Gottes auf einer gigantischen Trommel. Manchmal, während sie in Stille mit der Seelen-Weisen oder in Bewegung mit dem Narbigen Krieger meditierte, hatte Isabeau sich gefühlt, als schwebte sie in einer großen, stillen Dunkelheit. Jetzt hatte sie dieses Gefühl erneut, aber nun schwebte sie in einem Meer von Licht, einem Meer von Freude, dessen inniger Gesang in den inneren Kammern ihres Herzens widerhallte.

Die Bewegungen des *Ahdayeh* wurden zum Tanz, und sie tanzte mit reiner, unsäglicher Lebensfreude. Als sie schließlich ihren letzten Lauf und Salto beendeten, den ›Der Drache stürzt sich in den Tod‹, landete Isabeau leicht und mühelos auf den Füßen, breitete weit die Arme aus und umarmte den Wind, den wogenden Energiestrom, die ganze Welt. Sie wandte sich um und lachte die Seelen-Weise an, die ihr Lächeln erwiderte und sich dann verneigte. Isabeau verneigte sich ebenfalls, und sie setzten sich einander gegenüber, während die Sonne die Berge mit Licht überflutete.

Es war die Wintersonnenwende, wie Isabeau erkannte. Es war der Gezeitenwechsel, den sie spürte. Sie schaute in den Himmel hinauf und ließ sich vom Trommeln der Macht erfüllen.

»Schließe deine Augen«, sagte die Seelen-Weise. Isabeau gehorchte, und sie hörte die Khan'cohban ganz leicht mit den Fingern auf ihre Trommel schlagen. Das Trommeln nahm langsam an Intensität zu, bis es schien, als seien Isabeaus Herzschlag, das Trommeln ihrer Seele, das Schlagen der Trommel, das Donnern des Windes, ihr Ein- und ihr Ausatmen alles eins, als wäre alles dasselbe.

Isabeau hatte das Gefühl aufzusteigen, zu schweben. Sie konnte den Fels unter sich nicht mehr spüren, und auch keinen Teil ihres Körpers. Es war, als wäre sie dem Gefängnis ihrer Knochen entflohen und schwebe frei. Sie verspürte eine ungeheure Leichtigkeit und Freiheit des Seins. Obwohl ihre Augen geschlossen waren, konnte sie sehen, wie durch einen silbrigen Schleier. Sie blickte hinab und sah sich selbst mit gekreuzten Beinen dasitzen, die Augen geschlossen. Eine dünne Silberschnur, die vor Macht pulsierte und schimmerte, verband ihren physischen und ihren spirituellen Körper.

Der Trommelschlag beschleunigte sich allmählich, und sie spürte, wie ihr Herz wieder schlug und der Atem in ihre Lungen strömte. Sie glitt in ihren Körper zurück und fühlte sich einen Moment schwindelig, als drehe und neige sich der Fels.

»Öffne deine Augen«, sagte die Seelen-Weise sanft, und Isabeau gehorchte. Der Himmel war sehr hell, und sie fühlte sich höchst desorientiert, mit einem unguten Gefühl des Schwindels. »Der erste Schritt«, sagte die Seelen-Weise. »Komm, iss etwas, und ruh dich aus, dann wirst du dich bald besser fühlen.« Sie musste Isabeau die Felsen hinab und in die Höhle helfen, wo Isabeau niedersank, noch immer sehr elend und schwindelig. Als sie viele Stunden später erwachte, war sie noch immer benommen und hörte nicht, als man sie ansprach.

Während der Winter verging, lernte Isabeau, ihren Körper willentlich zu verlassen. Zunächst konnte sie nicht weit reisen und fühlte sich durch das Pfeifen ihres Atems und das Pochen ihres Herzens sehr abgelenkt, was sie zurückhielt. Als sie ihr Bewusstsein dann von sich selbst fortlenken konnte, war sie vom Anblick der spirituellen Wesen anderer Menschen fasziniert, die unmittelbar über ihren schlafenden Körpern schwebten oder gefangen in ihren Hüllen aus Knochen und Haut zitterten.

Bei mehr als einer Gelegenheit folgte Isabeau der Seelen-Weisen, wobei sie, substanzlos wie der Flügel einer Nisse, mühelos in die verschneite Dunkelheit hinausflog. Sie stiegen über die schweren Wolken empor, hinauf in die Himmelssphäre, wo Sterne und Planeten umherwirbelten und Feuervorhänge knisterten. Man nannte dies Sternengleiten, das so süchtig machte wie Mondfluch. Einmal wurde Isabeau zu selbstbewusst und flog so weit, dass sie den Rückweg nicht finden konnte; die Silberschnur war so angespannt und wirr, dass sie sie nicht zurückverfolgen konnte. Die Seelen-Weise musste sie suchen, und Isabeau durfte nicht mehr sternengleiten, bis sie gelernt hatte, ihre Schnur locker und gerade zu halten.

Isabeau hätte alle Tage und Nächte mit Sternengleiten verbracht, wenn die Seelen-Weise sie gelassen hätte, und sie begriff zum ersten Mal, warum die Khan'cohban so viel Zeit in Trance verbrachte. Die weise Frau wollte es ihr jedoch nicht erlauben und sagte: »Geduld, Khan. Eines nach dem anderen. Es ist besser, wenn man zu langsam lernt als zu schnell. Höre still zu und lerne.«

Ein Blitz in Lochsithe

Der kleine Prionnsa schrie aufgeregt.

»Donncan, komm *sofort* hier herunter!«, rief Sukey. Er grinste sie an und vollführte einen raschen Salto, wobei seine goldenen Schwingen heftig flatterten. Dann tätschelte er die Gesichter der auf die verzierte Decke gemalten tanzenden Nissen. »Bitte, Donncan, komm herunter«, bat sein Kindermädchen. »Deine Mam wird bald hier sein, und du weißt, dass du im Bett sein solltest.«

Flink wie eine Schwalbe sauste der kleine Junge herab und packte Sukeys Haube. Während sie mit einer Hand versuchte, die Haube festzuhalten, erwischte sie mit der anderen seinen Arm, aber er entwischte ihr gewandt wieder und flog zum Kaminsims, wo er sich hinkauerte und aufgeregt plapperte: »Wo Mam? Wann kommt sie? Eine Minute? Sechs Minuten? Wo *Dai-dein*? Will nich' ins Bett. Kann ich nich' gehen und zuhören?«

Eine kleine, ganz in Weiß gekleidete Gestalt mit einer Nachtmütze auf dem Kopf erschien im Eingang und rieb sich die Augen. »Was is' los?«, fragte Neil schläfrig. Er sah mit seinen zwei Jahren eher seiner Mutter Elfrida ähnlich als seinem Vater Iain, mit hellem Haar, grauen Augen und einem eher zerbrechlichen, kleinen Körper.

»Neil, geh wieder ins Bett!«, rief Sukey. »Schau, Donncan, du hast Neil aufgeweckt. Du bist ein böser, böser Junge!«

Sie kletterte auf einen Stuhl und zog Donncan von dem hohen Kaminsims. Obwohl er erneut versuchte, ihre Haube zu packen, flog er wenigstens nicht fort, und sie kletterte wieder hinab, während sie ihn die ganze Zeit schalt. Den Thronerben unter einen Arm geklemmt, wandte sie Neil mit der anderen um und wollte ihn in sein Zimmer zurückbringen. Genau in dem Moment öffnete sich die Tür, und Iseult kam herein, ihr blasses Gesicht wirkte angespannt.

»Ach, es tut mir so Leid, Eure Hoheit. Ich habe während der letzten zehn Minuten wirklich versucht, sie ins Bett zu bekommen, aber ich konnte Donncan nicht einfangen, und dann weckte er den kleinen Neil auf, und ich ...«

»Schon gut, Sukey. Ich weiß, wie Donncan sein kann. Bring einfach Neil wieder ins Bett, und ich kümmere mich um meinen Sohn.«

Das Kindermädchen nickte und bugsierte Neil in sein Zimmer. Iseult setzte sich hin und nahm Donncan auf den Schoß. Er legte die rundlichen Arme um ihren Hals und drückte seine Wange an ihre Schulter. »Du bist ein ungezogener Junge«, sagte Iseult. »Du weißt, dass es nicht fair ist, im Raum umherzufliegen, wenn Sukey dich nicht erwischen kann. Und du weißt, wann du ins Bett musst.«

»Ich hab Angst gehabt einzuschlafen, bevor du kommst«, sagte er gähnend. »Du hast versprochen, dass du mich ins Bett bringen und mir eine Geschichte erzählen würdest.«

»Es tut mir Leid, Liebling, aber die Versammlung hat wirklich immer länger gedauert, und ich musste dort sein, um sicherzustellen, dass all diese törichten Lairds nicht beschlossen, etwas Dummes zu tun.«

»Haben sie?«

»Noch nicht, Liebling, aber gib ihnen Zeit, und sie werden es gewiss tun.«

»Müsst du und *Dai-dein* in den Krieg ziehen?«

Iseult nickte. »Ja, ich befürchte schon, Liebling.«

Er zappelte, um sich ihr zu entwinden, und sie ließ ihn hinunter, ihr Gesicht ernster denn je. Er marschierte zur Spielzeugkiste an der Wand und nahm das kleine Holzschwert hervor, das Duncan Eisenfaust ihm zum zweiten Geburtstag geschenkt hatte. »Ich komm mit euch.«

»Ich wünschte, du könntest mitkommen«, erwiderte Iseult und zog ihn an ihr Knie. »Ich hätte dich wirklich gerne hinter mir, Liebling, da du solch ein tapferer Schwertkämpfer bist. Aber es geht nicht.«

Er entzog sich ihr entrüstet. »Warum nicht?«

»Jemand muss hier bleiben und auf Neil und Sukey aufpassen und dabei helfen, Dùn Eidean zu bewachen. Du weißt, dass wir die Stadt nicht ungeschützt zurücklassen können, sonst schleichen sich vielleicht die bösen Glorreichen Soldaten heran und versuchen, sie uns wieder fortzunehmen.«

Donncan nickte und rieb sich die Augen, die das gleiche ungewöhnliche Topasgelb aufwiesen wie die seines Vaters. Iseult hob ihn hoch und umarmte ihn fest. »Ich werde dich jedoch vermissen, mein Liebling. Du musst mir versprechen, lieb zu sein und Sukey nicht zu sehr zu ärgern oder ihr davonzufliegen.«

Er nickte müde mit dem goldenen Lockenkopf, und sie brachte ihn ins Bett, wobei er das Schwert noch immer fest in seiner Hand hielt. Sie löschte mit Gedankenkraft den vielarmigen Leuchter auf dem Tisch, sodass der Raum in Dunkelheit versank und nur noch die glühenden Kohlen im Kamin Licht spendeten. »Welche Geschichte möchtest du hören?«

Er kuschelte sich in seine Decken. »Erzähl mir wieder die Geschichte von der Tochter des Frosts und des Nordwinds«, bat er.

Iseult setzte sich mit gekreuzten Beinen in den breiten Sessel an seinem Bett, die Hände im Schoß aufwärts gewandt. Mit einer weit ausholenden Geste begann sie im Singsang: »Die Tochter des Frosts und des Nordwinds wurde im Schatten des Schädels der Welt geboren, weit, weit weg von den Wäldern, wo die Menschen lebten und jagten ...«

Der kleine Junge war bereits eingeschlafen, bevor Iseult die Geschichte zu Ende erzählt hatte, aber sie unterbrach sie dennoch nicht, wohl wissend, dass das Ende einer Geschichte ebenso wichtig war wie der Anfang. Dann kehrte sie recht jäh in die reale Welt zurück und wurde sich Sukeys bewusst, die am Türrahmen lehnte und versunken lauschte.

»Das war hübsch, Eure Hoheit«, flüsterte das Kindermädchen mit etwas rauer Stimme. »Es war so traurig!«

»Die meisten der Geschichten des Volkes vom Rückgrat der Welt sind traurig«, antwortete Iseult leise und erhob sich vorsichtig, um das schlafende Kind nicht zu stören. »Ich fürchte, sie haben nicht viel Humor.« Sie strich ihrem Sohn eine Locke aus dem Gesicht und küsste ihn ganz sanft zwischen die Augen.

»Pass auf ihn auf, Sukey«, sagte sie düster. »Es schmerzt mich, ihn wieder verlassen zu müssen.«

»Das werd ich, Eure Hoheit«, versprach Sukey. »Also reitet Ihr wieder hinaus?«

»Ja, ich fürchte schon. Frische Truppen sind erneut durch Arran nach Blèssem hineinmarschiert, um sich jenen anzuschließen, die Rhyssmadill entkommen sind. Diese Tìrsoilleiraner sind wirklich stur! Wir hatten fast vier Monate Zeit, uns auszuruhen und neu zu formieren, was vermutlich etwas wert ist. Dennoch ist es an der Zeit, dass wir Arran und Tìrsoilleir ein für alle Mal ausbrennen. Wir reiten morgen früh nach Ardencaple.«

Sie wandte sich zum Gehen, und Sukey sagte impulsiv: »Ihr wirkt müde, Mylady. Müsst Ihr zur Kriegsversammlung zurückkehren? Solltet Ihr Euch nicht ausruhen?«

Iseult warf ihr einen raschen Blick zu und senkte eine Hand

auf ihren Bauch. »Ich wünschte, ich könnte es, aber wir planen Taktiken, und du weißt, dass diese krausköpfigen Lairds nichts über solche Dinge wissen.«

»Aber ...«

Iseult sah sie streng an, und Sukey blieben die Worte in der Kehle stecken.

»Seine Hoheit weiß es nicht«, sagte Iseult, »und er braucht es auch nicht zu wissen! Hast du mich verstanden?«

»Ja, Eure Hoheit«, sagte Sukey sanftmütig. Iseults Blick blieb streng, und das Kindermädchen errötete und knickste mit gesenktem Blick. Iseult ging zur Tür und sagte: »Ich muss zurück. Ich war schon zu lange fort.«

»Ich werde Euch den heißen Kräutermolkentrank bringen, den die Lady Isabeau stets für Euch gemacht hat«, sagte Sukey.

Iseult zuckte verärgert die Achseln. »Wie du willst, aber sei bitte diskret.«

»Ja, Mylady«, antwortete Sukey, während Iseult aus der Tür ging.

Das Heer marschierte die Hauptstraße entlang, und die Soldaten genossen den milden Frühlingssonnenschein auf ihren bloßen Armen und Köpfen, während die grauen Jacken zusammengerollt auf ihren schweren Rucksäcken lagen. Im Norden erhoben sich dicht bewaldete Hügel, während im Süden ein Flickwerk von Feldern, Hecken und Hainen zu einem kleinen Fluss hinab verlief.

Die Felder waren frisch beackert und bepflanzt, und ein zarter Hauch von Grün bedeckte bereits die Erde. Ein Hirte weidete seine Schafe im Gras am Straßenrand. Er sank auf die Knie, als Lachlan und Iseult vorüberritten, und rief, sehr zu Meghans Zufriedenheit, Eàs Segen auf sie herab. Die alte Hexe war erfreut darüber, wie leicht viele Menschen aus dem einfachen Volk die

Lehren der Liga gegen Hexen abgelegt hatten und zur alten Art des Hexensabbats zurückgekehrt waren. Obwohl sie wusste, dass ein Großteil ihrer Willfährigkeit der Dankbarkeit über den Erfolg des Rìgh zuzuschreiben war, die Glorreichen Soldaten aus ihrem Land zu vertreiben, hoffte sie doch, dass bald eine noch aufrichtigere Verehrung für Eà in ihren Herzen wieder belebt würde.

Die Frühjahrs-Tagundnachtgleiche war im ganzen Land mit dem Verbrennen von süß duftenden Kerzen, dem Winden von immergrünen Kränzen und dem Läuten der Glocken in den Versammlungshäusern aller Dörfer gefeiert worden. Meghan, Matthew der Hagere und die übrigen Hexen hatten den Winter und das frühe Frühjahr mit der Beaufsichtigung der Bepflanzung der Felder und der Aufzucht neuer Lämmer und Ziegen verbracht. Es war zu spät gewesen, um Weizen und Roggen zu pflanzen, aber sie hatten auf den Feldern gemischt Gerste und Hafer ausgesät, Bohnen würden an den Haferstielen emporranken, und Gemüsegärten mit Erbsen, Lauch, Kartoffeln und Kohl würden gedeihen. In ganz Rionnagan und Blèssem wurden neue Hütten und Scheunen gebaut, eingestürzte Mauern und Hecken wurden repariert, Obstgärten neu gepflanzt und Abzugsgräben gegraben.

Viele weise Frauen und Männer hatten sich zusammengeschart, um sich dem Hexensabbat anzuschließen, während das Heer des Rìgh über die wenigen verbliebenen Sucher der Liga gegen Hexen triumphiert hatte. Unter ihnen waren viele der Hexen, die während der Regentschaft und dem Terror der Liga gegen Hexen gerettet wurden und sich überall im Land verborgen hatten. Obwohl die meisten in der Sicherheit Lucesceres blieben und im Turm der Zwei Monde neue Fähigkeiten erlernten, hatten einige den Mut und das *Talent*, sich Meghan und den übrigen Hexen anzuschließen und ihnen ihre Kraft zu leihen.

Lachlan hatte den Winter damit verbracht, die Reparatur der Tore zu überwachen, die die Mündung des Berhtfane schützten, sodass der Rhyllster wieder sicher war. Deren Wiedererrichtung bereitete ihnen zunächst allen Kopfzerbrechen. Die Flusstore und die Schleusen waren zu Zeiten Aedan Weißlockes, am Ende der Zweiten Fairgeankriege, von Malcolm MacBrann entworfen und gebaut worden. Das Sperrsystem hatte den Wasserstand im Berhtfane aufrechterhalten, den Tidefluss den Berhtfane hinauf kontrolliert und es ermöglicht, dass Schiffe nach Belieben gehoben und gesenkt werden konnten, während die feindlichen Meerzauberwesen ausgesperrt blieben. Die Glorreichen Soldaten hatten sie während ihres Angriffs auf Dùn Gorm törichterweise zerstört und in der nachfolgenden Flut viele ihrer eigenen Schiffe verloren und sich gegenüber Angriffen durch die Fairgean verletzlich gemacht. Obwohl die Glorreichen Soldaten anscheinend versucht hatten, die Tore wieder zu reparieren, hatten sie offensichtlich keinen Erfolg damit gehabt, denn die Meerschlangen hatten ihre groben Schranken mit verachtungsvoller Mühelosigkeit niedergerissen.

Lachlan und seine Werkmeister rätselten einige Zeit über den Überresten der Tore, ohne herausfinden zu können, wie das große Rad zu befestigen wäre, das die Tore geöffnet und geschlossen hatte. Dann brachte Dide der Jongleur einen alten Mann mit einem verkrüppelten Fuß zum Rìgh. Donovan Drehfuß war dreißig Jahre lang der Hafenmeister am Berhtfane gewesen und hatte schon an den Kanälen gearbeitet, als er noch ein Junge war. Nach der Lammasinvasion hatte er sich den Rebellen in Dùn Gorm angeschlossen, die Glorreichen Soldaten aus den Schatten bekämpft. Er war dem ersten Angriff der Fairgean gemeinsam mit Dide und Cathmor entkommen und hatte seitdem als Gehilfe eines Werkmeisters und als Alleskönner im Heer des Rìgh gedient.

Donovan Drehfuß grinste, als Lachlan das Problem erklärte. »Ach, das ist nur allzu leicht zu regeln«, sagte er und legte sich auf den Rücken, um unter das Rad zu gleiten, auf dem dicke Ketten aufgerollt waren. Als er sich wieder hervormühte, hielt er einen Schraubenschlüssel in seiner großen, rauen Hand. »Ich hab die Tore hiermit blockiert, als diese schrecklichen Glorreichen Soldaten den Turm des Hafenmeisters angriffen. Ich hätte nie gedacht, dass es die Tore über zwei Jahre lang offen halten würde!«

Mit Donovan Drehfuß' Hilfe dauerte es nicht lange, bis der Hafen und der Fluss erneut vor einer Invasion durch die Meerzauberwesen gesichert waren. Leider würde es jedoch wesentlich länger dauern, Dùn Gorm wieder aufzubauen, und niemand von ihnen hatte bisher den Mut gehabt, es zu versuchen. Stattdessen hatten Lachlans Männer die ersten Frühjahrsmonate damit verbracht, den Zugriff auf das Land, das sie erobert hatten, zu festigen und wieder zu Kräften zu kommen.

Fast viertausend Glorreiche Soldaten hatten sich Lachlans Truppen nach der Schlacht in Rhyssmadill ergeben, aber annähernd eintausend waren dem Gemetzel auch entgangen, waren durch Clachan geflohen und hatten sich dann in Richtung Arran zurückgezogen. Dort waren sie mit frischen Truppen zusammengetroffen, die beim ersten Tauwetter durch das Sumpfland marschiert waren, entschlossen, den Krieg gegen die ketzerischen Hexenfreunde fortzuführen.

Da das ganze südliche Eileanan nun unter ihrer Kontrolle war, waren Lachlan und Iseult entschlossen, die Tìrsoilleiraner wieder in ihr eigenes Land zurückzutreiben und sowohl Tìrsoilleir als auch Arran unter dem Banner der MacCuinn zu vereinen. Ihre Zuversicht nahm nach den Siegen der vergangenen zwei Jahre noch erheblich zu, und die Gefährten, die sie verloren, hatten ihre Entschlossenheit nur gestärkt. Sie hatten die Lairds und

Prionnsachan nach Dùn Eidean berufen, um ihren Sommerfeldzug zu planen.

Die Glorreichen Soldaten hatten ihr Hauptquartier in Ardencaple errichtet, der der Grenze zu Arran am nächsten gelegenen größeren Stadt, die durchaus imstande war, den Proviant für die tìrsoilleiranischen Bataillone zu liefern. Am Fluss Arden gelegen, war Ardencaple eine gut befestigte Stadt, die von fruchtbaren Feldern und Obstgärten umgeben war. Da dieser Teil des Landes recht flach war, rätselten Lachlan und Iseult schon einige Zeit darüber, wie man sich dem Feind am besten nähern sollte.

»Wichtig wird es sein, die Glorreichen Soldaten unvorbereitet zu erwischen«, sagte Iseult. »Sie müssen wissen, dass wir sie angreifen wollen, bevor sie zu weit nach Blèssem oder Clachan hineinmarschieren. Es ist anhand dieser Karten so schwer zu erkennen, wie das Gebiet beschaffen ist. Wo ist die NicThanach? Sie muss dieses Land besser kennen als jeder andere. Vielleicht weiß sie, wie wir am besten nach Ardencaple gelangen.«

Melisse NicThanach, die älteste Tochter von Alasdair MacThanach, wurde zur Kriegsversammlung berufen. Sie war eine schlanke Frau von Mitte zwanzig mit goldenen Locken, die mit einem perlenverzierten Haarband zurückgenommen waren, einem weiten, ganz mit Lilien und Rosen bedeckten Satinrock und weiten Ärmeln aus grünem Samt und goldenem Musselin. Neben Iseults vom Kampf gezeichneter Lederkleidung wirkte sie sehr weiblich und eher hilflos. Ein leises, anerkennendes Murmeln stieg von den Soldaten auf, und Iseult hatte schwer mit sich zu kämpfen, um ihre Verärgerung nicht zu zeigen. Sie zog Melisse beiseite und erklärte ihr leise, was sie wissen musste.

Melisse hatte die Krone von ihrem Vater geerbt, nachdem er gestorben war, und hatte die Sicherheit Lucesceres, sehr zu ihrem Entsetzen, verlassen müssen, um ihre Männer zu befehligen. Die Hälfte der Truppen des Rìgh kam aus Blèssem und hatte Lachlan mittels des Oberhaupts des Clans der MacThanach die Treue geschworen. Leider war Melisse ihr ganzes Leben lang verhätschelt und beschützt worden und hatte kaum eine Ahnung, was es bedeutete, einen Krieg zu bestreiten. Die Reise durch das vom Krieg gezeichnete Land hatte sie zutiefst erschüttert, und sie empfand sowohl Lachlan als auch Iseult als sehr einschüchternd. Glücklicherweise hatte ihr Seanalair, der Duke of Killiegarrie, den ganzen Krieg über an der Seite ihres Vaters gekämpft und kannte den Rìgh gut. Er hatte der NicThanach versichert, sie könnte dem Rìgh mit den strengen Zügen und der Banrìgh trauen, und sie solle das tun, was ihr Vater sich gewünscht hätte.

Also furchte Melisse die Stirn und dachte ernsthaft über das Problem nach. Kurz darauf sagte sie zögernd: »Ardencaple liegt in einem Tal, das im Norden von den Wäldern Aslinns begrenzt wird. Wir haben uns dort häufig aufgehalten, wenn wir zu meinen Cousinen Gilliane und Ghislaine reisten. Ihre Mutter besaß ein kleines Schloss in den Wäldern, und wir blieben gewöhnlich dort, wenn wir auf die Jagd gingen. Es gibt einen kaum benutzten Weg, der durch den Wald verläuft. Er endet nicht weit von Ardencaple, und nur wenige wissen überhaupt davon. Wenn Ihr Euch im Bogen und durch den Wald annähert, könntet Ihr von Nordosten herankommen, was sie vielleicht nicht erwarten.«

»Nun, das ist wenigstens etwas«, sagte Lachlan. »Wir wissen, dass Aslinn frei von Glorreichen Soldaten ist, denn die Zauberwesen haben die Wälder sorgfältig durchkämmt und alle getötet oder herausgetrieben, die dort Schutz suchten. Vielleicht können wir mit Niall und Lilanthe zusammentreffen, die auch die Zauberwesen zu unserer Hilfe bringen könnten. Wir werden das Schloss der NicAislin als Stützpunkt benutzen können. Wenn wir eine starke Streitkraft von Westen hereinschicken, erwarten sie vielleicht nicht, dass wir auch von Osten angreifen. Wir werden nur eine kleine Streitmacht mitnehmen, nur die besten Männer, und wir werden unsere Pläne absolut geheim halten. Es schien in diesem letzten Jahr zu häufig, als hätten die Tìrsoilleiraner gewusst, was wir geplant hatten.«

Also hatten sie ihre Streitkräfte aufgeteilt. Der Duke of Killiegarrie führte achttausend Mann auf die Hauptstraße in Richtung Arran, und Lachlan und seine Truppen nahmen die höher gelegene Straße nach Aslinn. Der MacSeinn und seine zweitausend Mann hatten während der vergangenen zwei Jahre östlich von Blèssem patrouilliert und harte Kämpfe bestreiten müssen, um die Glorreichen Soldaten daran zu hindern, wieder nach Rionnagan hineinzuziehen. Sie waren ebenfalls nach Ardencaple befohlen worden und sollten die Stadt von Norden angreifen.

Iseult und Lachlan hatten nur zweitausend Mann bei sich, während die übrigen Soldaten in Dùn Eidean zurückblieben oder mit dem Hauptteil des Heeres mitgeschickt wurden. Dennoch erstreckte sich die Doppelkolonne Männer die Hauptstraße entlang, so weit das Auge reichte. Als sie in jener Nacht ihr Lager errichteten, wirkten die Lagerfeuer entlang der Straße wie eine Kette Rubine, die in der kühlen Frühjahrsdunkelheit rot schimmerten.

Sie erreichten Aslinn am nächsten Tag und marschierten in die Wälder weiter, sehr zur Überraschung der Soldaten, die nicht über ihr Ziel unterrichtet worden waren. Die Straße war stark überwachsen, und sie mussten sich mit Äxten den Weg freischlagen. Die NicAislin, Gillianes und Ghislaines Mutter Madelon, hatte einige ihrer Männer gesandt, um sie zu führen und auszukundschaften, große, wortkarge Burschen in groben Fellen und Leder.

Sie erreichten das kleine Schloss Lochsithe innerhalb einer

Woche. Es war an einer kleinen Wasserfläche erbaut und hatte vier runde Türmchen mit spitzen, moosbedeckten Dächern. Drei seiner Seiten stiegen gerade aus dem Wasser auf, während die vierte Seite von einer dicken Außenmauer geschützt wurde. Bäume wuchsen dicht bis ans Ufer des Sees, und ihre Zweige hingen ins Wasser. Es war ein anheimelndes kleines Gebäude, nicht annähernd groß genug, um alle Truppen zu beherbergen, die im Wald lagerten. Nur Iseult, Lachlan, die Hexen und die Leibgarde konnten innerhalb der Schlossmauern rasten, und selbst sie waren dort noch recht beengt.

Ein altes Ehepaar, das sein ganzes Leben dort verbracht hatte, bewohnte das Schloss. Meghan bemerkte die durchdringende Klarheit in den schräg stehenden grünen Augen der Frau und sagte kundig: »Es würde mich nicht überraschen, wenn sie sich als Verwandte Lilanthes vom Walde erwiese. Es hieß stets, viele in Aslinn würden mit Baumwandlerblut geboren.«

Sie blieben eine Woche dort, denn es war vereinbart worden, Ardencaple einen Monat nach Beltane anzugreifen, wenn beide Monde dunkel waren. Sie hatten Schloss Lochsithe dank des schönen Wetters schneller erreicht als erwartet und hatten so Zeit, durch das Kristallsehen Lilanthe zu kontaktieren, frischen Proviant zu erjagen und die Ruhe des Waldes zu genießen.

An ihrem letzten Abend auf Schloss Lochsithe saßen Iseult und Meghan draußen auf der Galerie, die das ganze mittlere Gebäude entlang verlief, genossen die sich über den See herabsenkende Dämmerung und beobachteten, wie die kleine Sichel des blauen Mondes aufstieg. »Morgen wird Gladrielle dunkel sein«, sagte Meghan, »und es wird der Zeitpunkt gekommen sein, Ardencaple anzugreifen. Hoffen wir, dass wir sie unvorbereitet antreffen, obwohl ich weiß, dass es eine vergebliche Hoffnung ist.«

Iseult schwieg und stützte den Kopf auf ihre Hand.

Die alte Zauberin beugte sich vor und berührte ihre Schulter. »Warum hast du es Lachlan nicht gesagt?«

Iseult gab nicht vor, sie nicht zu verstehen. »Er hätte versucht, mich in Dùn Eidean zurückzulassen, wenn er es gewusst hätte.«

»Wäre das so schlimm gewesen?«, fragte Meghan. »Du musst auf die Babys aufpassen, die du in dir trägst.«

»Die Babys?«

»Ja, wieder Zwillinge«, erwiderte Meghan.

Iseults Gesicht verdüsterte sich. »Ich trage bezüglich dieses Feldzugs böse Ahnungen im Herzen«, sagte sie. »Ich muss in Lachlans Nähe bleiben und ihn so gut beschützen, wie ich kann. Ich hatte seltsame Träume ...«

»Jorge hatte auch unruhige Träume«, sagte Meghan. »Erzähl mir, was du gesehen hast.«

Iseult zuckte die Achseln. »Wenn ich aufwache, kann ich mich zunächst deutlich erinnern, aber die Träume entgleiten mir im Tageslicht stets. Letzte Nacht träumte ich, ich sähe Lachlan von mir fort einen seltsamen, flachen, umschatteten Weg hinabgehen, und obwohl ich ihn rief, wandte er sich nicht um oder schaute zu mir.«

»Das ist doch gewiss kein so schlimmer Traum«, sagte Meghan. »Vielleicht bedeutet es, dass ihr einfach eine Zeit lang getrennt sein müsst – was ich wirklich für eine gute Idee halten würde, Iseult. Du musst auf die Babys aufpassen, die du trägst.«

»Es war weniger das, was in dem Traum geschehen ist, als meine Empfindungen dabei«, sagte Iseult leise. »Solche Verzweiflung ...«

Plötzlich wurde das warme blaue Zwielicht durch einen krachenden Blitz geteilt, der den Himmel von Horizont zu Horizont bestrahlte. Das Muster der Äste und Zweige wurde vor dem weißen Blitzschlag jäh sichtbar. Als der Blitz verging, konnten sie das schwarze Gitterwerk ihrem verschwommenen Sichtfeld eingeprägt sehen. Der Lichtblitz kam so unerwartet, dass sie vom Lager draußen in den Wäldern und aus dem Inneren des Schlosses unwillkürliche Schreie hörten. Der Blitz zuckte noch einmal, und sie hörten in der Ferne Donner grollen.

»Ein Blitz aus einem klaren Himmel«, murmelte Meghan. »Das ist in der Nacht vor einer Schlacht wirklich kein gutes Zeichen.«

»Aber für uns oder für sie?«, fragte Iseult, während sie sich müde erhob.

»Wer weiß?«, erwiderte Meghan. Sie ließ sich von Iseult aufhelfen, und sie gingen wieder in den Bergfried hinein. Die Blaugardisten hatten an einem langen Tisch gesessen und getrunken, während Dide sie mit seinen Liedern und Jonglierkünsten unterhielt und Finlay und Lachlan eine Partie Schach spielten. Meghan sah mit sinkendem Mut, wie die alte Dienstbotin Wein aufwischte, der sich wie ein Blutfleck über den Tisch ergossen hatte. »Wer hat den Wein verschüttet?«, flüsterte sie.

»Ich«, erwiderte Lachlan grinsend. »Dieser Blitz hat mich und die Jungen zu Tode erschreckt. Hoffen wir, dass die Männer vorsorglich unter einem Dornenbaum und nicht unter einer Eiche gelagert haben.«

»Warum?«, fragte Iseult.

»Kennst du den alten Reim nicht?«, fragte Lachlan. »Nein, wahrscheinlich nicht. Er lautet:

›Vorsicht vor der Eiche, sie wird dem Blitz gleich weichen,
meide die Esche, sie schlägt dem Blitz die Bresche,
kriech unter einen Dornenbaum, dort spürst du den Sturm dann kaum.‹«

Er sah, dass Meghan noch immer auf den Weinfleck starrte, und fragte: »Was ist los, Meghan?«

»Du, der du dich an alte Reime erinnerst, solltest es wissen«, erwiderte sie barsch. »Es ist wirklich ein schlechtes Omen, deinen Wein so zu verschütten.«

»›Trink deinen Becher aus, aber verschütt keinen Wein, denn wenn du es tust, kann schlecht es nur sein‹«, zitierte Duncan.

»Ach, ihr und eure Omen!«, sagte Lachlan. »Für euch ist alles ein Omen! Was war mit diesem Bienenstich in Lucescere? Mir ist seitdem nichts Schlimmes widerfahren.«

»Noch nicht«, sagte Meghan, aber Lachlan lachte sie nur aus und befahl der alten Dienerin, ihm einen neuen Becher einzugießen.

Am nächsten Morgen standen die Blaugardisten früh auf und machten sich für die Schlacht bereit, prüften ihre Waffen und Rüstungen und wuschen sich sorgfältig. Meghan sprach Eàs Segen über den Köpfen der Soldaten und beobachtete, wie sie mit finsteren Mienen aufsaßen.

»Ich komme gegen meine Angst nicht an«, sagte sie zu Jorge, »obwohl ich weiß, dass sie ziehen müssen. Seit ich gestern den Lichtblitz gesehen habe, bin ich unruhig. Ich werde nicht, wie geplant, mit Euch und Tòmas und den Heilern hier bleiben. Ich werde mit Lachlan und Iseult hinausreiten und ein Auge auf sie haben.«

»Ist das klug, meine Liebe?«, fragte Jorge vorsichtig. Er wirkte im hellen Morgenlicht gebrechlicher denn je, sein Gesicht war stark gefurcht, und seine Hand umklammerte den Stab wie eine Vogelklaue. Er hatte nicht gut geschlafen, seine Träume wurden von seltsamen Visionen gestört, die er nicht entschlüsseln konnte oder wollte. »Du bist kein Krieger, und du weißt, dass du die Kinder ablenken könntest – sie werden sich um dich sorgen und dich zu beschützen versuchen. Willst du nicht hier im Frieden dieses kleinen Schlosses bleiben und mit uns Übrigen auf Nachricht warten?«

»Vielleicht brauchen sie meine Magie«, erwiderte Meghan. »Ich bin hier zu weit weg. Wie kann ich die Tiere des Feldes und des Waldes zu ihrer Hilfe rufen, wenn ich hier bleibe? Nein, ich werde mit ihnen hinausreiten.«

Trotz Iseults und Lachlans Protesten ließ sie sich nicht von ihrem Entschluss abbringen, und schließlich wurde eines der Reservepferde für sie herangeführt. Sie stieg für ihr hohes Alter recht behände auf, während sich der kleine Donbeag wie üblich an ihren langen grauen Zopf klammerte.

Die Soldaten trabten die Straße hinab und unterhielten sich unbeschwert. Die Sonne fiel in Flecken durch das Blätterdach, und Vögel sangen überall um sie herum. Es war schwer, sich daran zu erinnern, dass sie in die Schlacht ritten und nicht auf eine sportliche Jagd, besonders da Sturmschwinge, der Gerfalke, auf Lachlans Handgelenk kauerte, eine Lederhaube über dem Kopf.

Am frühen Nachmittag lichtete sich der Wald, und es waren Anzeichen menschlicher Gesellschaft zu sehen – einige gefällte Bäume, ein großer Fleck geschwärzten Bodens, wo Holzkohlebrenner geflammt hatten, eine Jagdhütte. Sie ritten durch eine Allee mit hohen Bäumen und einem Felsen auf einer Seite.

Plötzlich verhielt Iseult ihr Pferd, spürte das Vorbeistreifen feindlicher Geister. »Lachlan, *Leannan*!«, rief sie. »Ich fürchte …« Sie hörte Meghan hinter sich einen Warnruf ausstoßen.

Lachlan riss sein Pferd herum und rief seinen Männern zu: »Zurück, zurück! Ein Hinterhalt, beim Zentaur!« Er löste mit einem raschen Zug die Haube vom Kopf des Falken und warf den Vogel in die Luft.

Seine Männer verhielten erschreckt die Pferde, und einige wenige zogen die Schwerter aus den Scheiden. Duncan Eisenfaust rief: »Befehlt den Rückzug!«, und der bestürzte Herold hob seine Trompete an den Mund und blies hinein.

Auf der schmalen Straße herrschte völlige Verwirrung. Lachlan wandte sein Pferd erneut und rief den Männern zu, sich zurückzuziehen. Dann wurden die leisen Waldgeräusche vom Schwirren von ausgelösten Langbogen ausgelöscht. Ein Hagelsturm von Pfeilen fiel auf die Soldaten und durchbohrte Lederrüstungen, Knochen und Haut. Männer schrien und fielen von ihren Pferden. Der Vogelgesang wurde von einer Kakophonie von Schreien, Rufen und entsetztem Wiehern erstickt. Wo Iseult auch hinsah, konnte sie verwundete Männer und Pferde taumeln sehen. Sie zog ihren Dolch und suchte den Feind, aber da war nur der tödliche Pfeilregen, die sterbenden Männer und Pferde und die hohen, über allem aufragenden Bäume. Der Falke schrie, und sie schaute auf, sah Bogenschützen verborgen in den Ästen und entlang dem Rand des Felsens sitzen. Sie schrie Befehle, aber niemand hörte zu. Alle waren zu sehr damit beschäftigt, zu sterben.

Sie zog den *Reil* aus ihrem Gürtel und schleuderte ihn sirrend in die Bäume. Schreie und ein stürzender Körper zeigten ihr, dass sie ihr Ziel getroffen hatte. Der *Reil* kehrte in ihre Hand zurück, und sie schleuderte ihn erneut. Ein Pfeil traf sie in den Arm, und sie zog ihn fluchend aus der Haut. Sie ignorierte den pochenden Schmerz, riss ihr Pferd herum und suchte nach Lachlan. Ihr Herz hämmerte schmerzhaft, als sie seinen schwarzen Hengst auf der Seite liegen sah, die Beine um sich schlagend, ein Dutzend oder mehr Pfeile in Brust und Seite. »Lachlan!«, schrie sie.

Sie sah Duncan Eisenfaust sich in die Bäume hinaufschwingen und warf ihren Dolch mitten ins Herz eines Glorreichen Soldaten, der sein Schwert gerade in Duncans Rücken versenken wollte. Der Tìrsoilleiraner fiel mit einem Schrei. Ohne sich die Zeit zu nehmen, sich ihr erkenntlich zu zeigen, hielt sich Duncan mit einer Hand am Baumstamm fest und schlug mit seinem

Schwert um sich. Drei weitere Tìrsoilleiraner fielen, und er schwang sich von den Bäumen auf die Felsen und begann ein Duell mit drei Bogenschützen, die sich dort verborgen hatten, wobei er sein großes Langschwert mit tödlicher Anmut führte.

Iseult berief ihren Dolch zurück und benutzte ihn nun dazu, einen Glorreichen Soldaten zu töten, der sie von ihrem Pferd ziehen wollte. Während sie ihn erstach, zerschmetterte ein weiterer Feind mit seinem Streitkolben den Schädel des Pferdes. Die Stute fiel wie ein Stein. Nur rasche Reflexe retteten Iseult davor, unter dem Gewicht ihres Pferdes gefangen zu werden. Sie vollführte einen hohen Salto über den Kopf ihres Angreifers hinweg, landete mühelos auf den Füßen und tötete einen Soldaten mit dem *Reil* in ihrer linken und einen weiteren mit dem Dolch in ihrer rechten Hand. Sie lächelte zufrieden, trat mit dem Fuß zu und stieß einen weiteren Glorreichen Soldaten zu Boden. Dann, als drei weitere sie aus den Büschen angreifen wollten, vollführte Iseult einen hohen Salto über deren Köpfe hinweg in die Bäume.

Sie suchte überall nach ihrem Ehemann, löste die kleine Armbrust von ihrem Rücken und spannte sie mit dem Haken an ihrem Gürtel. Obwohl es nur eine kleine Armbrust war, war sie doch mächtig, und Iseult konnte tödlich genau damit umgehen. Sie konnte ungefähr fünfzehn Glorreiche Soldaten in den Zweigen in ihrer Nähe töten oder verwunden, bevor ihr die Pfeile ausgingen. Dann warf sie den Bogen hinab, zog erneut ihren Dolch und sprang mit einem Salto zu Boden, um sich dort ihren Weg durch das Gemetzel zu erkämpfen. Überall waren tote oder lebende Graujacken. Vollkommen überrascht, hatten viele nicht einmal die Zeit gehabt, ihre Schwerter zu ziehen oder ihre Schilde abzulegen.

Iseult kauerte sich hinter ein totes Pferd und versuchte mit Geisteskraft, ihren Ehemann ausfindig zu machen. Zu ihrer Erleichterung spürte sie ihn in der Nähe, und sie lief in diese Richtung, während sie sechs oder sieben Glorreiche Soldaten tötete.

Lachlan stand mit dem Rücken an den Felsen, den Bogen zu seinen Füßen abgelegt, sein großes Langschwert um sich schwingend, während er wie ein Dämon kämpfte.

Sturmschwinge kämpfte mit ihm, stürzte aus dem Himmel herab, um mit seinen Klauen zuzuschlagen, und benutzte dann seinen mächtigen, gebogenen Schnabel, um jegliches ungeschützte Fleisch herauszureißen. Da die Glorreichen Soldaten schwere Rüstungen trugen, war vor allem die Wucht seines Angriffs wirkungsvoll, und er schwebte wieder davon und stürzte erneut so rasch herab, dass keiner der Bogenschützen ihn vom Himmel schießen konnte.

Meghan kauerte neben Lachlan, ihr Haar hatte sich aus dem Zopf gelöst, während der Donbeag zornig von ihrer Schulter herabschrie. Stapel toter Tìrsoilleiraner lagen zu beiden Seiten, aber zehn weitere versuchten bereits, sie zu erwischen, und Lachlan konnte sie nur mühsam abhalten. Auf ihre Beute erpicht, bemerkten sie Iseult nicht, die hinter ihnen heranlief. Sie tötete zwei, bevor sie sie hörten, und die Ablenkung durch ihr Auftauchen genügte, damit Lachlan zwei weitere töten konnte. Einige Sekunden wurde heftig gekämpft, dann waren alle tot.

Lachlan lehnte sich schwer keuchend auf sein Schwert, während Blut aus einem Schnitt über seine Stirn und Schulter lief. »Wo ist Duncan?«, rief er. »Und Iain? Geht es ihnen gut?«

Iseult zuckte die Achseln, während sie um Atem rang.

»Wir wurden verraten«, zürnte Lachlan. »Sie haben irgendwoher gewusst, dass wir diese Straße hinabreiten würden. Wir haben einen Spion in unserem Lager!«

Iseult nickte. »Ohne jeden Zweifel«, erwiderte sie und duckte sich dann, sodass ein Pfeil, der sie in die Kehle getroffen hätte, über sie hinwegflog und sich in einen Felsen grub.

Eine weitere Gruppe Glorreiche Soldaten schwang sich aus den Bäumen herab und kam auf sie zu. Lachlan wehrte sie wütend ab. Als alle gefallen waren, flog er mühelos und unerwartet in die Zweige, während der Gerfalke vorausschwebte. Schreie ertönten und dann das Geräusch stürzender Körper. Einer fiel fast auf Iseult und Meghan, und die Banrìgh half der alten Zauberin auf.

»Meghan, geht es dir gut? Du bist nicht verletzt?«

Die alte Zauberin nickte mit grimmigem Gesicht. »Wir werden hart bedrängt«, sagte sie.

»Kannst du uns irgendwie helfen? Sie schlachten uns ab! Wir sind hier zwischen all diesen Bäumen so beschränkt, dass wir nicht sehen können, wo sie sind oder wie viele es sind.«

»Ich habe bereits um Hilfe gerufen, aber wir sind hier so nahe an den Feldern, dass keine Wollbären oder Waldwölfe in der Nähe sein werden, nur Eichhörnchen und Donbeags. Und Feuer heraufzubeschwören würde unsere Leute nur ebenso verletzen wie ihre.« Die alte Zauberin wandte sich plötzlich um und hob rasch die Hand, fing einen Pfeil mitten in der Luft ab.

»Komm, alte Mutter, du bist hier nicht sicher!«, sagte Iseult. »Lass mich dich in Sicherheit bringen!«

Sie duckten sich zwischen den Farn, während eine Meute Glorreiche Soldaten vorüberlief und triumphierend schrie. »Wer könnte uns verraten haben?«, rief Iseult. »Nur wenige kannten unseren Plan, und ich kann nicht glauben, dass einer unserer Leute uns in eine solche Falle geführt hätte. Die Glorreichen Soldaten wussten nicht nur, wo wir entlangreiten würden, sondern auch wann.«

Meghans Augen funkelten vor Zorn. »Wenn ich es herausfinde, schwöre ich auf Eàs grünes Blut, dass sie es bereuen werden!«

Dillon saß auf der Steinmauer und trat verärgert mit den Füßen aus, sein Hund Jed lag zusammengerollt neben ihm. Unter ihm schimmerte im hellen Frühjahrssonnenschein der See, aber Dillon war nicht in der Stimmung, dessen Schönheit zu bewundern. Er war wütend darüber, dass Lachlan in der allerletzten Minute beschlossen hatte, seine Knappen mit den Heilern und den Dienstboten zurückzulassen. Dillon hatte sich auf die Schlacht in Ardencaple gefreut, von der viele behaupteten, es wäre die entscheidende Begegnung, bevor die Glorreichen Soldaten mit eingezogenem Schwanz nach Tìrsoilleir zurückgeschickt würden. Er hatte davon geträumt, Lachlan mit seiner Tüchtigkeit im Kampf so zu verblüffen, dass der Rìgh ihn gleich dort auf dem Schlachtfeld adeln würde. Obwohl er wusste, dass er mit seinen vierzehn Jahren noch etwas zu jung war, um sich seine Sporen zu verdienen, kam man in Zeiten des Krieges manchmal doch rasch voran, und Dillon sah keinen Grund, warum es ihm nicht widerfahren sollte. Er hatte sein Kampfkönnen jeden Tag geschult, leidenschaftlich allem gelauscht, was die Soldaten äußerten, und es sich für spätere Verwendung gemerkt.

Dillon blickte stirnrunzelnd in das blendende Licht. Er wusste, dass die übrigen Knappen über die Entscheidung des Rìgh erleichtert waren und sich in diesem Moment unten in der Schlossküche aufhielten, wo sie die Frau des Verwalters um kandierte Früchte baten. Er zürnte ihnen für ihr kindisches Verhalten. Er könnte wetten, dass Duncan Eisenfaust mit vierzehn nicht so albern gewesen war.

Seine Finger fanden ein loses Stück Pflasterstein, und er löste es heraus und nahm es in die Hand. Dann erhob er sich und schleuderte es in den See hinaus, wobei er die Anzahl der Sprünge zählte, die es über die Wasseroberfläche vollführte. Fünf, zählte er, zufrieden mit sich, und suchte nach einem weiteren Stein. Aus den Augenwinkeln sah er etwas weiß aufblitzen, blickte in die entsprechende Richtung und fragte sich, ob es der Schwanz eines Hirschs war. In der Stadt geboren, war Dillon noch nicht zu alt, um bei dem Gedanken, einen wilden Hirsch zu sehen, aufgeregt zu werden.

Dann weiteten sich seine Augen. Am Rande des Sees lief geduckt ein Mann in einem weißen Wappenrock. Im nächsten Moment war er außer Sicht geraten, aber Dillon hatte alles gesehen, was er sehen musste. Er rannte in den Bergfried zurück und rief: »Meister! Meister!« Jed sprang hinter ihm her und bellte aufgeregt.

Jorge, dessen Bart sich über seinen Schoß bis auf den Boden ergoss, döste gerade am Feuer. Er erwachte ruckartig und sagte verärgert: »Ich wünschte, du würdest aufhören, mich so zu nennen, Junge. Ich wurde in Lucescere als Sohn eines Diebes geboren, genau wie du, und ich bin niemandes Meister außer mein eigener.«

»Meister, Soldaten kommen!«, rief Dillon fast außer sich. »Ich hab sie das Ufer entlangschleichen sehen.«

»Also *ist* dies der Ort«, murmelte Jorge. »Ich hatte mich schon gewundert, als ich letzte Nacht diesen Blitzschauder verspürte …«

Er erhob sich langsam und tastete nach seinem Stab. Der Kristallklumpen an dessen Spitze fing das Licht des Feuers ein und flammte plötzlich rot auf. Dillon half Jorge ungeduldig hoch und sagte: »Wir sollten sicherstellen, dass die Tore geschlossen sind, und nachsehen, welche Waffen sie hier haben, nicht wahr, Meister? Obwohl es nur ein kleines Schloss ist, ist es doch robust. Wir sollten sie eine Weile abwehren können, obwohl hier nur wenige von uns sind, zudem überwiegend nur alberne Mädchen.«

»Ja, tu, was du kannst, um sie abzuwehren«, sagte Jorge. »Ich werde Meghan zu erreichen versuchen und sie wissen lassen, dass wir angegriffen werden. Obwohl sie dann vermutlich auch angegriffen wird. In der Tat hatte ich schon den ganzen Morgen ein ungutes Gefühl, aber ich dachte, ich würde nur alt und töricht, dass ich mich an diesem friedlichen Ort so unwohl fühlte.«

Dillon lief davon, um die Hand voll Soldaten zu alarmieren, die zu ihrer Bewachung zurückgelassen worden waren, wobei er sich aber zunächst noch davon überzeugte, dass das Tor in der Außenmauer sicher geschlossen war. Die Soldaten waren unten in der Küche und redeten und lachten mit den Knappen. Bei Dillons eiligen Erklärungen sprangen sie mit Angst und Bestürzung auf den Gesichtern augenblicklich auf.

»Wie konnten sie wissen, dass sie uns hier angreifen können?«, rief einer aus, während er sein Schwert zog. »Wir haben selbst nicht gewusst, dass wir hierher kommen würden!«

»Jemand muss den Rìgh verraten haben!«, rief ein anderer, während er seinen Brustpanzer schloss.

Sie liefen aus der Küche, wobei die Heiler vor Angst und Entsetzen schrien. Dillon rannte hinter ihnen her, schwenkte dann plötzlich um und sprang die Treppen zum Südturm hinauf, um sein Schwert zu suchen. Nach nur einem kurzen Moment des Zögerns öffnete er die Tür zu dem Raum, in dem Meghan geschlafen hatte, und durchwühlte eine Kiste an der Wand. Wenn er kämpfen musste, wollte er das Schwert zur Verfügung haben, das er im Relikteraum erwählt hatte, nicht das kleine, schwache Spielschwert, das er und die übrigen Knappen bekommen hatten.

Das Schwert war in einen schwarzen Sack gewickelt und auf dem Grund der Kiste versteckt, zusammen mit Anntoins Schwert, Artairs Dolch und Parlans Kelch. Dillon hatte gesehen, wie Meghan die Geschenke in Lucescere in der Kiste versteckt hatte, als sie beschlossen hatte, dass die Jungen noch zu jung und verantwortungslos seien, um sie zu gebrauchen. Die alte Hexe hatte den jungen Rìgh ernsthaft gescholten, weil er sie ihnen zunächst überlassen hatte, und Lachlan war danach recht mürrisch gewesen und wollte den Bitten oder Argumenten der Jungen nicht mehr zuhören.

Als Dillon und die Übrigen zu Knappen des Rìgh ernannt worden waren, hatten sie kleine Schwerter bekommen, die sie an den Gürteln tragen konnten. Sie hatten sich so darüber gefreut, dass sie den Verlust ihrer Geschenke nicht mehr sosehr bedauert hatten. Aber die Schwerter waren eher wirkungslos. Nun, wo Dillon vierzehn und fast ein Mann war, hielt er es für an der Zeit, sein richtiges Schwert zu tragen.

Er hatte keine Zeit, es aus der Scheide zu ziehen, so gerne er das auch getan hätte, sondern befestigte es stattdessen eilig an seinem Gürtel und lief wieder aus dem Raum, wobei er die Geschenke der anderen Jungen noch in dem über seine Schulter geschlungenen Sack trug. Er warf den übrigen Knappen den Sack zu, während er durch die große Halle rannte, und befahl ihnen dann, ihm zu folgen.

Der Blick vom Wachturm versetzte ihnen allen einen Schock. Eine ansehnliche Streitmacht hatte sich dem kleinen Schloss genähert, mit auf Wagen geladenen Belagerungsmaschinen und Kanonen. Leitern wurden bereits zu den Mauern gezogen, und die Kanonen wurden abschussbereit aufgereiht. Dieser Angriff war sorgfältig geplant und zeitlich abgestimmt worden.

»Ich bin nicht sicher, wie lange wir uns gegen diese Kanonen behaupten können«, murrte ein Soldat mit bleichem Gesicht zu einem anderen. »Dieses Schloss ist nicht dafür gebaut, einem Großangriff standzuhalten. Ich frag mich, warum, in Eàs Namen, sie solche Feuerkraft gegen uns aufbieten? Hier gibt es nichts außer einigen Heilern und den Knappen des Rìgh.«

»Jorge«, sagte Dillon, der allmählich begriff. »Sie wollen Jorge.«

»Und bestimmt auch den Jungen mit den heilenden Händen«, sagte ein anderer Soldat.

Dillon nickte alarmiert. »Wir müssen Tòmas und Jorge in Sicherheit bringen!«, rief er. »Was würden die Glorreichen Soldaten ihnen antun, wenn sie ihnen in die Hände fielen?«

Niemand antwortete, aber Dillon konnte an den Mienen der Soldaten erkennen, dass auch sie die Konsequenzen fürchteten.

»Ihr müsst versuchen, sie von hier fortzubringen«, befahl der Leutnant einem seiner Männer, einem stämmigen Feldwebel namens Ryley von den Äpfeln. »Wir werden sie so lange abwehren wie möglich, aber ich fürchte, das wird nicht lange sein. Es muss eine Möglichkeit zur Flucht geben. Fragt die Verwalter!«

Während er und Ryley die Treppe in den kleinen Innenhof hinabliefen, hörte Dillon einen lauten Knall, bald gefolgt von dem Aufprall einer Kanonenkugel in die Außenmauer, die unter dem Einschlag erbebte. Übel riechender Rauch zog über die Mauer und ließ ihn sich recht elend fühlen.

Sie fanden Tòmas in der Haupthalle, wo er mit beiden Händen den Saum von Jorges Gewand umfasste. Sein schmales, bleiches Gesicht wirkte furchtsam. »Ich kann solchen Hass spüren!«, wimmerte er. »Sie hassen und fürchten uns, Jorge, ich kann es fühlen. Warum? Warum hassen sie uns so sehr?«

Jorge strich dem Jungen mit zitternder Hand das blonde Haar zurück. »Sie verstehen unsere Macht nicht«, antwortete er sanft. »Was sie nicht verstehen, das fürchten sie, und sie hassen, was ihnen Angst macht, denn sie glauben, es sei ein Zeichen von Schwäche.«

»Sie wollen uns Schaden zufügen«, rief Tòmas, Tränen in den himmelblauen Augen, die für sein schmales kleines Gesicht viel zu groß wirkten. »Wir müssen fliehen, Jorge. Sie wollen eindringen und uns verletzen. Ich kann es spüren.«

Jorge nickte. »Du hast in der Tat Recht, Junge. Ich kann auch spüren, dass sie uns nicht freundlich gesonnen sind. Sie sind Hexenhasser, die glauben, unsere Macht sei aus dem Bösen geboren. Sie sind zornig wegen ihrer Niederlagen und sehnen sich nach einer Gelegenheit, Rache zu nehmen. Es wär mir lieber, sie würden ihre Rache nicht an dir üben, mein Junge.«

Ein weiterer widerhallender Knall erklang, und das ganze Gebäude schien zu erzittern. Sie hörten einen feindseligen, schadenfrohen und aufgeregten Ruf und dann den Klang klirrenden Metalls.

»Haben sie die Mauer durchbrochen?«, rief Dillon.

Ryley nickte. »Ich fürchte ja, Junge. Wir müssen einen Weg hinaus suchen. Wir können nicht hier sitzen und darauf warten, dass sie uns finden. Unten bei der Küche ist ein Beiboot vertäut. Wir werden versuchen müssen, damit zu entkommen.«

»Wo ist Johanna?«, jammerte Tòmas. »Wir können sie nicht zurücklassen!«

»Sie war bei den anderen Heilern in der Küche«, antwortete Dillon, der bereits die Treppe hinabeilte, Jed wie immer auf den Fersen. Sie hörten Rufen, und das Klingen von Waffen wurde lauter. »Schnell, Meister, sie kommen!«

Jorges Gesicht war verhärmt und grau. Während sie den Gang zur Küche hinabeilten, flüsterte er: »Wir sollten hoffen, dass es keine wahre Vision war.«

»Was, Meister?«, fragte Dillon, während er den alten Zauberer vorwärts drängte.

»Aber mein Herz ahnt Böses«, fuhr Jorge fort, ohne auf ihn zu achten. »Tatsächlich erkaltet mein Herz in mir.« Er erschauderte und schwankte, und Dillon musste ihn weiterdrängen.

Sie erreichten die Küche, ein langer Raum, der fast auf gleicher Höhe mit dem Wasserspiegel das Gebäude entlang verlief. Die Verwalter weilten bei der Tür, ihre alten Gesichter waren verängstigt, während Johanna und ihre Gruppe Heiler bereits ihre Habe zusammengesucht hatten und ruhig warteten. Gelegentlich wimmerte jemand vor Angst, aber Johanna rief sie mit einem Blick zur Ordnung.

»Eà sei Dank, dass ihr gekommen seid!«, fauchte sie Dillon an. »Es hat lange gedauert. Kommt, sie durchsuchen bereits das

Hauptgebäude. Wir müssen Tòmas und den Meister fortbringen. Ich habe das Beiboot bereitgemacht.«

Dillon sah sie einigermaßen erstaunt an. Er hatte sie stets nur als bange wirkendes Mädchen mit langen, dünnen Zöpfen gekannt, die vor allem Angst hatte. Nun war sie eine junge Frau von sechzehn Jahren, die Zöpfe um den Kopf gewunden, und ihr Gesicht zeigte einen Ausdruck von Entschlossenheit. Da er mit seinen eigenen Träumen und Pflichten beschäftigt gewesen war, hatte er nicht bemerkt, wie sehr sie sich in diesen wenigen vergangenen Jahren verändert hatte.

An einem Ende der Küche befand sich eine große eisenbeschlagene Tür, die auf eine steinerne Plattform hinausführte. Am Ende der Plattform war ein flaches Beiboot vertäut, das zum Rudern über den See benutzt wurde. Daneben lagen einige Säcke mit Vorräten und herausrutschenden Kochutensilien.

Dillon betrachtete das kleine Boot bestürzt. »Da passen wir niemals alle hinein!«

»Ich weiß«, sagte Johanna ruhig. »Du musst Tòmas und den Meister und Kevan und seine Frau mitnehmen, und das jüngste der Mädchen. Und natürlich Parlan, denn er ist noch 'n kleiner Junge und sollte gar nicht hier sein. Dann wirst du Anntoin und Artair brauchen, um dir und Ryley beim Rudern zu helfen. Sie sind die Stärksten. Wir anderen werden neben dem Boot herschwimmen.«

Dillon warf ihr rasch einen bewundernden Blick zu. »Aber du kannst nicht schwimmen«, erwiderte er.

Sie nickte und hielt seinem Blick stolz stand. »Das weiß ich!«, fauchte sie. »Aber wenn wir uns ganz gut festhalten und so kräftig mit den Beinen treten wie möglich, sollte es großartig klappen. Hör auf mit deinem Geschwätz, und hilf mir!«

Der Geruch nach Rauch hing nun dicht in der Luft, und sie konnten die Schreie sterbender Männer hören. Dillon warf einen

Blick zurück in den Gang, sah Soldaten mit gezogenen Schwertern auf sich zulaufen und schlug die Küchentür zu. Dann verriegelte er sie hastig und schob mit Anntoins und Artairs Hilfe den Küchentisch davor. Er befahl allen, in das Boot zu steigen, und sie gehorchten bereitwillig, wobei einige der jüngeren Heiler vor Angst schluchzten. Johanna zog ihr Kleid und die Unterröcke aus und schnürte ihre Stiefel auf, und drei der älteren Heiler taten es ihr gleich, ließen ihre Kleidung auf der Plattform.

Kevan und seine Frau blieben zurück. »Wir können nicht gehen«, sagte der alte Verwalter. »Ihre Ladyschaft, die NicAislin, hat uns die Sorge für dieses Schloss anvertraut. Wir haben hier unser ganzes Leben verbracht.« Auf alle ihre raschen Einwände erwiderte er nur: »Wir wollen nicht gehen. Wir werden bleiben und uns im Keller verstecken. Vielleicht finden sie uns nicht.«

Sie hatten keine Zeit zu streiten. Jorge sagte schlicht: »Dann soll Eà mit Euch sein.«

»Und mit Euch auch«, antwortete der Verwalter mit erhobener Hand, bevor sie sich eilig verbargen.

Sie konnten hören, wie schwere Stiefel die Tür einzutreten versuchten, und dann erfolgte eine kleine Explosion, sodass übel riechender schwarzer Rauch aus der Küche drang. Sie stießen das Beiboot von der Plattform ab, während Johanna und die drei ältesten Heiler ins Wasser glitten und sich eher verzweifelt an dessen Seite klammerten. Jed lief vor und zurück, bellte wie wahnsinnig und sprang dann auf Dillons gebieterischen Pfiff hin ins Wasser. Er schwamm hinter dem Boot her, hielt den schwarz gefleckten Kopf hoch.

Dillon hörte Rufe und sah Soldaten auf der Plattform stehen und auf sie zeigen. Dann kamen weitere Soldaten, stützten seltsame lange Waffen auf schulterhohe Dorne und blinzelten daran entlang. Ein lauter Knall erklang, und Wölkchen weißen Rauchs drangen aus der Mündung der Waffen.

»Runter!«, schrie Ryley. »Alle! Legt euch flach hin, wenn ihr könnt.«

Er versuchte, sie in das Beiboot hinabzudrängen, aber plötzlich schrie einer der Heiler doch laut auf und stürzte rückwärts, während sich ein karmesinroter Stern auf seiner Stirn ausbreitete. Alle schrien.

»Diese langen Waffen sind Hakenbüchsen«, sagte Ryley und versuchte weiterzurudern, während er Kopf und Schultern unten hielt. »Wir haben in Rhyssmadill dagegen gekämpft. Sie sind wie Pfeile aus Blei und Rauch. Bleibt unten, alle.«

Das Beiboot war jedoch zu flach und überladen. Es war schwierig, zu rudern, während man versuchte, sich unter die Seiten der Bootshülle zu kauern, besonders da die Heiler so tief kauerten wie möglich. Die Hakenbüchsen wurden erneut abgefeuert. Artair stieß einen schrillen Schrei aus und fiel vornüber, während aus einer Wunde an seiner Kehle Blut floss. Fast gleichzeitig schrie auch Ryley auf und umklammerte seine Schulter. Einen Moment lang drehte sich das Boot wild, dann hob Dillon sein Ruder aus dem Wasser und rief Anntoin zu, es ihm gleichzutun. Er beugte sich tief über Artair, sein Puls hämmerte. Der Junge war tot, seine Augen glasig. Dillon konnte sich einen Augenblick nicht bewegen oder denken. Sein Herz schlug so laut, dass er es hören konnte. Er war mit Artair auf den Straßen Lucesceres aufgewachsen und sah ihn als einen Bruder an.

Der erneute scharfe Knall der Hakenbüchsen riss ihn aus seinen Gedanken, obwohl er fror und zitterte. Er kippte Artair über die Seite des Beibootes, nachdem er zunächst das kleine Schwert und den juwelenbesetzten Dolch aus dessen Gürtel genommen hatte. Anntoin schrie auf, und Dillon warf ihm einen grimmigen Blick zu. »Er ist tot. Wir müssen die Ladung verringern«, sagte er rau. Parlan kauerte sich schluchzend nieder, und Dillon wandte sich zu ihm um. »Fang jetzt nicht an zu weinen«, sagte er mit derselben verärgerten Stimme. »Geh an das Ruder, Parlan, und rudere, so fest du kannst.«

Parlan gehorchte schniefend, während Ryley mit seinem Hemd seine Schulter verband und dann das Ruder wieder ergriff. Das Boot schoss über das sonnengesprenkelte Wasser vorwärts. Johanna und die übrigen Heiler schwammen noch immer tapfer hinterher.

Die Arkebusiere feuerten immer wieder, aber das Beiboot war inzwischen außer Schussweite. Als sich Ryley dessen sicher war, zogen sie die Schwimmer und den nassen, verängstigten Hund an Bord und ruderten weiter, auf das ferne Ufer zu. Dillon konnte Soldaten aus dem kleinen Schloss laufen sehen und befahl, noch schneller zu rudern. Schließlich gelangten sie in den Schutz der Bäume und kletterten eilig aus dem Boot, während Jed sie alle mit Wasser übersprühte, als er sich trockenschüttelte.

»Wir müssen durch den Wald auf Ardencaple zuhalten«, sagte Dillon. »Wir müssen nachsehen, was mit dem Rìgh geschehen ist! Er könnte verletzt, verwundet sein! Er könnte uns brauchen. Johanna, kannst du laufen?«

Das Mädchen war erschöpft, ihr Oberteil und ihre lange Pumphose tropfnass, das Gesicht bleich, aber sie nickte und fauchte: »Ja, es geht mir gut! Gehen wir!«

Sie stießen das Beiboot wieder vom Ufer ab und liefen mit den Säcken mit Vorräten und Medikamenten auf den Armen in den Wald. Ryley verlor rasch Blut, aber er sagte nichts, sondern drückte nur den Stoff tiefer in die Wunde.

Es dauerte nicht lange, bis sie Verfolgungsgeräusche hörten, als die Glorreichen Soldaten polternd den See umrundeten. Panisch vor Sorge drängte Dillon sie alle ständig, schneller zu laufen, aber Jorge war alt und sehr gebrechlich und konnte nur langsam gehen.

»Ihr müsst mich zurücklassen«, sagte der alte Seher, aber Johanna rief: »Sagt das nicht, Meister, wir werden Euch nicht verlassen!«

»Ihr versteht nicht«, sagte Jorge und blieb stehen, um sich auf seinen Stab zu stützen und zu Atem zu kommen. »Ich habe Zeitpunkt und Art meines Todes gesehen, und ich fürchte, jetzt ist es so weit.«

»Aber die Glorreichen Soldaten werden Euch furchtbar verletzen«, rief Tòmas. »Ich kann ihre Gedanken hören. Ich weiß, was sie vorhaben!«

»Ich auch, mein Kind«, erwiderte Jorge. »Glaubst du, ich würde mein Schicksal nicht gerne abwenden? Ich spüre es jedoch dicht auf den Fersen. Ich spüre Gearradhs Atem in meinem Nacken. Wenn ihr mich zurücklasst, könnt ihr vielleicht entkommen. Wenn ihr auf mich wartet, werden wir alle sterben. Das kann ich deutlich erkennen.«

Tòmas ergriff den Ärmel des alten Mannes. »Kommt weiter, Meister, sie kommen, sie kommen!«

»Wir werden Euch nicht zurücklassen, Sir«, sagte Ryley respektvoll, obwohl er nicht umhinkonnte, zu den immer deutlicher zu hörenden Verfolgern zurückzublicken. »Kommt, versuchen wir, ein Versteck zu finden.«

Jorge schüttelte den Kopf. »Dillon, pass auf Tòmas auf. Du musst die Verantwortung für ihn übernehmen. Ich würde mich mit Freuden opfern, um sein kostbares Leben zu retten. Geht, meine Kinder.«

»Nein, nein!«, weinte Johanna, die sich eng an den alten Mann presste, seine zarte, klauenähnliche Hand nahm und ihn drängend voranzog. »Bitte, Meister!«

Nun drängten sich die Kinder der Liga der Heilenden Hand alle um ihn und baten ihn unter Tränen mitzukommen. Selbst Anntoin und Dillon weinten vor Kummer und Entsetzen. Die Rufe und lauten Geräusche der Glorreichen Soldaten waren inzwischen so nahe, dass sie wussten, dass sie in wenigen Minuten in Sicht sein würden. Der alte Seher wollte sich jedoch nicht regen, sondern umklammerte nur mit beiden Händen fest seinen Stab.

»Ich hab noch einen Wunsch«, sagte er sanft. »Tòmas, magst du mich berühren, bevor du mich verlässt? Jetzt, wo meine Zeit gekommen ist, merke ich, dass ich die Welt noch einmal in all ihrer Schönheit sehen möchte. Es ist so lange her, seit ich den Himmel sah.«

»Nein, nein«, schluchzte der kleine Junge und barg sein Gesicht an der blauen Robe des Sehers.

Jorge tätschelte mit einer dünnen, zitternden Hand seinen Kopf und sagte: »Gewähre mir das, mein Junge. Es würde mir große Freude bereiten, alle eure Gesichter zu sehen, wo mir eure Stimmen und Herzen doch so lieb und vertraut sind. Bitte.«

Heftig schluchzend hob Tòmas langsam sein nasses Gesicht an, legte die schwarzen Handschuhe ab, die er trug, und hob seine kleinen Hände. Jorge beugte den Kopf, und der kleine Junge legte die Hände zu beiden Seiten der Stirn des alten Mannes. Ein Farbstrom überzog die aschfarbene Haut des alten Mannes, und die umwölkten Augen klärten und belebten sich. Er richtete sich auf, ein friedliches Lächeln um den alten Mund, und sah sich um.

Er blickte zu den sich über ihnen wölbenden Bäumen hinauf, die vollständig belaubt waren und an denen Blütenkätzchen hingen oder Nüsse hervorbrachen. Er schaute in den Himmel hinauf, strahlend blau zwischen dem sich bewegenden Blätterbaldachin, hob dann seine von blauen Adern durchzogenen, mit Leberflecken übersäten Hände und betrachtete sie verwundert. Ein Vogel mit bunten Flügeln flog wie ein Blitz vorbei, und als Reaktion verstärkte sich sein Lächeln.

Dann sah er sie alle an und lächelte sanft. Sie erwiderten seinen Blick, lächelten ebenfalls durch ihre Tränen und drängten sich weiterhin dicht um ihn. Sein Blick verweilte auf ihren Gesichtern, und er streckte eine zitternde Hand aus, um ihre Wangen oder Schultern zu tätscheln.

»Eà segne euch alle«, sagte er, seine Augen vor Tränen schimmernd. »Und nun geht, meine Kinder, und bringt euch in Sicherheit, ich bitte euch.«

Tòmas barg erneut sein Gesicht, wollte nicht loslassen, aber Johanna löste seine Finger. »Komm, Junge, wir müssen dem Wunsch des Meisters entsprechen. Komm mit, Tòmas.«

Sie mussten ihn die ersten Schritte ziehen, während der kleine Junge verzweifelt weinte. Jorge stand ruhig inmitten der Lichtung, musste sich nicht mehr so schwer auf seinen Stab stützen und betrachtete mit reiner Verwunderung die in den Schatten tanzenden Schmetterlinge und die mit Saphirschwingen durch die Luft fliegenden Vögel. Als sie wieder ins Unterholz abtauchten, schauten sie mit tränennassen Wangen noch einmal zu ihm zurück, und er sah ihnen nach und hob lächelnd eine Hand.

Iseult reckte den Kopf über den Felsauswuchs und warf mit einer schwungvollen Bewegung ihres Handgelenks den *Reil*. Er segelte in weitem Kreis dahin und durchschnitt im Vorüberfliegen die Kehle eines Soldaten, bevor er in der Brust eines weiteren versank. Dieser stürzte geräuschvoll, und der *Reil* befreite sich und flog in Iseults Hand zurück. Der Soldat, der noch stand, wandte sich fluchend um und schritt auf sie zu, und Iseult warf den *Reil* erneut.

Meghan schaute verärgert zu einem Bogenschützen in den Felsen über ihnen, der dann plötzlich laut aufschrie und mit den Händen seine Brust umklammerte, während er hintenüberfiel. Ein weiterer zielte direkt auf die alte Hexe, aber sie fing seinen

Pfeil mühelos ab, nur Zentimeter von ihrem Gesicht entfernt, während der Bogenschütze kopfüber stürzte, als sei er von einer unsichtbaren Hand gestoßen worden.

Plötzlich verschwammen die Augen der Zauberin, und sie starrte mit entsetzter Miene zum Wald. »Ach, nein!«, rief sie. »Jorge!«

Iseult bemerkte aus den Augenwinkeln, wie über ihnen ein weiterer Bogenschütze aufsprang und auf sie zielte. Sein Pfeil flog unmittelbar auf Meghans Herz zu. In Gedanken verloren, merkte die Zauberin es nicht. Iseult sprang mit einem Aufschrei vorwärts und stieß Meghan beiseite. Der Pfeil versank in ihrem Lederbrustharnisch und ihrer Schulter, woraufhin sie stolperte und rückwärts fiel. Meghan erhob sich mühsam und klatschte in die Hände, ihre schwarzen Augen waren wutentbrannt. Plötzlich stürzte der Felsauswuchs dröhnend und unter einem Regen kleiner Steine und Felsblöcke ein. Viele Glorreiche Soldaten wurden schreiend herabgeschleudert.

»Hoffentlich war keiner unserer eigenen Leute dort oben«, sagte Meghan, als der Fels schließlich ganz eingestürzt war und von den Tìrsoilleiranern nur noch wenige Stücke weißen Stoffs oder eingebeulter Rüstungen zu sehen waren.

»Duncan war dort oben, als ich ihn das letzte Mal sah«, keuchte Iseult, während sie den Pfeil mit beiden Händen herauszuziehen versuchte. »Ich hoffe, er ist davongekommen …«

Eine Woge glühend heißen Schmerzes schwappte über sie hinweg, und sie fiel fast in Ohnmacht. Meghan hinderte sie daran, den Pfeil tatsächlich herauszuziehen, indem sie sagte: »Er wird Widerhaken haben, Liebes, lass mich …« Sie brachte die Spitze von Iseults Dolch mit dem Finger zum Glühen und schnitt die Speerspitze dann heraus. Iseult biss sich auf die Lippen, bis Blut floss, aber sie schrie nicht.

»Ich danke dir dafür, dass du mich gerettet hast«, sagte

Meghan sanft. »Ich habe diesen Pfeil nicht kommen sehen.« Sie runzelte die Stirn und schaute wieder fort, suchte den Wald mit ihrem Blick angstvoll ab. »Ich fürchte … Ich glaube, Jorge ist in Gefahr, in schrecklicher Gefahr. Ich hab gespürt …« Ihre Stimme brach, und sie erschauderte und zog ihren Umhang enger um sich. »Bitte, Eà, lass es nicht wahr sein«, flüsterte sie.

Lilanthe eilte ungeachtet der Dornen durch das dichte Unterholz. Brun sprang hinter ihr her, sein dreieckiges Gesicht wirkte ängstlich.

»Was ist los, Mylady?«, rief Niall, der laufen musste, um mit ihr mithalten zu können, obwohl sie ein verletztes Bein hatte.

Sie hielt inne und wartete, bis er sie eingeholt hatte. »Ich weiß nicht, aber ich habe wirklich ein sehr schlechtes Gefühl.« Die Baumtauscherin blickte in den Wald hinein. »Da sind Soldaten«, murmelte sie. »Sie sind voller Hass …«

Brun drehte seine pelzigen Ohren. »Krach klirr peng kling«, sagte er.

»Du kannst Kämpfen hören? Komm, beeilen wir uns!« Lilanthe wandte sich um, blickte hinter sich und hob winkend einen Arm. Der Wald hinter ihr eilte voran. Da waren kleine Baumwandler mit schwingenden Mähnen aus belaubten Zweigen, gekrönt mit goldenen Beeren. Corrigans taumelten vorwärts, schwangen ihre Steinkeulen und wirkten wie über und über flechtenbedeckte rollende Felsblöcke. Behaarte Araks schwangen sich durchs Unterholz und schrien heiser. Ein Hirsch trottete dicht hinter Lilanthe, an dessen stolzes Geweih sich Nissen klammerten. Auf einer Seite galoppierte eine Herde Satyricorns mit scharfen Hörnern, deren Halsketten aus Zähnen und Knochen auf ihren nackten Brüsten tanzten.

Das Ende bildete der sich rekelnde Pferdeaal, dessen grünschwarze Haut glitzerte und dessen schwimmhäutige Füße schleimige Pfützen hinterließen. Auf dem Rücken des Pferdeaals ritt ein Seelie, dessen wunderschönes Gesicht verträumt der durch die Blätter scheinenden Sonne zugewandt war. Sie waren dem Seelie im tiefsten Herzen des Waldes begegnet, und er hatte sich ihnen angeschlossen, von Verwunderung über die Fremdartigkeit ihrer Kavalkade überwältigt.

Ein Wollbär hob seine Schnauze und stieß einen klagenden Laut aus, und ohne zu erkennen, was er tat, beantwortete Niall den Ruf beruhigend. In den zehn Monaten, seit sie in den Wäldern patrouillierten, hatte sich der große Mann all den Wesen des Waldes angenähert, am stärksten jedoch dem Wollbären. Er hatte Lilanthe eines Nachts eingestanden, dass sein Großvater mit einem Wollbären zusammengelebt hatte, den er als Jungtier aus einer Falle gerettet hatte. Niall hatte das große Wesen häufig im Wald vor der Hütte seines Großvaters umhertappen sehen und wurde mit der Zeit nach seinem Großvater ›der kleine Bär‹ genannt. Der Spitzname war geblieben, wahrscheinlich wegen seiner Größe und seinem dichten braunen Haar.

Die vergangenen zehn Monate waren die glücklichsten in Lilanthes Leben gewesen. Sie hatte frei in den Wäldern umherwandern, deren friedliche Schönheit genießen und ihre Wurzeln in fruchtbare, dunkle Erde versenken können. Sie war niemals allein, denn sie hatte Niall und Brun, mit denen sie reden konnte, die Possen der Nissen, über die sie lachen konnte, und die stille, weise Präsenz der Baumwandler, die sie lehrten und inspirierten. Zunächst waren sie häufig auf im Wald verstreute Lager von Glorreichen Soldaten getroffen, aber die Satyricorns, Grablinge und Schattenhunde hatten den größten Teil der Kämpfe übernommen. Während die Monate vergingen, waren die Glorreichen Soldaten alle aus Aslinn vertrieben worden, und ihr Leben verlief wieder in friedlicheren Bahnen. Sie waren in den Tiefen des Waldes noch vielen anderen Zauberwesen begegnet, und Lilanthe sprach zu ihnen allen und überzeugte sie von Lachlan des Geflügelten Rechtschaffenheit und friedlichen Absichten.

Zwei Wochen zuvor hatte sie wie üblich in einem der vielen ruhigen grünen Teiche gebadet, die sich im Wald aneinander reihten, als sie Dides Gesicht langsam in den über die Wasseroberfläche tanzenden Lichtkräuselungen hatte erscheinen sehen. Der Jongleur hatte eher bange ihren Namen gerufen, und Lilanthe hatte unwillkürlich reagiert.

Die Baumtauscherin hatte noch niemals zuvor kristallgesehen, aber sie hatte Dide durch Wasser mit Lachlan sprechen sehen und sich einmal in der Gedankensprache mit dem jungen Jongleur verständigt, als er in den Mooren Arrans vermisst war. Sie sah ihn mit einer Mischung aus Freude, Verwunderung und Verlegenheit an. Das letzte Mal hatte sie ihn vor zweieinhalb Jahren in Isabeaus Bett gesehen, und die Erinnerung ließ sie heftig erröten. Sie konnte jedoch nicht umhin, ihn anzulächeln.

Der junge Jongleur zeigte keinerlei Anzeichen von Verlegenheit, obwohl sein Blick so bedacht auf ihrer schlanken Gestalt verweilte, dass sie rasch untertauchen musste, sodass er nur noch ihr Gesicht und ihre grünen, treibenden Haarlocken sehen konnte. Er erkundigte sich liebenswürdig nach ihr, und sie erzählte ihm alles Neue. Er stellte auch einige Fragen über die Bewegungen des tìrsoilleiranischen Heers durch Aslinn, und sie berichtete ihm, dass sie seit dem vorigen Herbst keine Anzeichen von Glorreichen Soldaten mehr gesehen hätten.

»Die Graujacken reiten nach Ardencaple, um die Glorreichen Soldaten ein für alle Mal aus Blèssem zu vertreiben«, sagte er. »Meghan hat mich gebeten zu versuchen, dich zu erreichen, um zu fragen, ob du die Waldzauberwesen dorthin bringen kannst, um euch uns anzuschließen. Tatsächlich werden wir alle Hilfe brauchen, die wir bekommen können, denn viele weitere Horden dieser schrecklichen Hexenhasser strömen durch ganz Arran und suchen Rache für alle ihre Verluste. Wie weit seid ihr entfernt?«

»Ich weiß nicht, wo Ardencaple liegt«, antwortete Lilanthe, »aber wir sind mindestens zwei Wochen Marsch vom Rand des Waldes entfernt, schätze ich.«

Dide senkte seine Stimme und sagte: »Wir marschieren nach Beltane in der Dunkelheit der beiden Monde nach Ardencaple. Könnt ihr versuchen, uns bis dahin dort zu erreichen? Es wär wirklich gut, dich wieder zu sehen, Lilanthe.«

Sie errötete erneut und antwortete eher unbeholfen: »Und dich auch, Dide. Es ist lange her.«

»Ja«, antwortete er. »Kaum zu glauben, dass es schon zweieinhalb Jahre sind! Aber ich hab dich vermisst.«

Die Worte blieben ihr in der Kehle stecken. Da sie nicht wusste, was sie sagen sollte, schwieg sie. Er wartete einen Moment erwartungsvoll ab und verabschiedete sich dann, woraufhin sein Bild sich langsam in der gekräuselten Wasseroberfläche auflöste.

Danach machte das Heer der Waldzauberwesen kehrt und marschierte auf Blèssem zu, erfreut über den Gedanken, nach ihrem ruhigen Winter weiteren Kämpfen entgegenzusehen. Lilanthe war nicht so erfreut gewesen, obwohl sie in den folgenden zwei Wochen oft an Dide dachte und bei dem Gedanken, ihn wieder zu sehen, zwischen Freude und Angst schwankte.

Das Rudel Wölfe heulte beim Geruch von Blut, und Lilanthe beschleunigte ihre Schritte unwillkürlich. Bald danach hörten sie das Klingen von Waffen, und alle Waldzauberwesen erhoben die ihren ebenfalls und stürmten voran. Sie trafen auf einen schmalen, sich durch den Wald windenden Weg. Körper von Pferden und Männern lagen überall darauf verstreut, einige noch vor Schmerz schreiend. Kleine Gruppen Männer kämpften verzweifelt zwischen den Bäumen, jene in grauen Wämsern gegenüber ihren Rüstungen tragenden Angreifern erheblich in der Minderheit.

Der Gestank nach Blut hing in der Luft, und die Sartyricorns schrien erregt. Lilanthe rief ihnen zu, ihre Blutgier zu zügeln. »Tötet nur diejenigen in weißen Mänteln!«, rief sie, aber die gehörnten Frauen liefen bereits los, wobei sie in frenetischer Erwartung schrien.

Aus Angst vor dem, was sie tun könnten, rief Lilanthe erneut beunruhigt zur Zurückhaltung, und plötzlich hob der Seelie seinen goldenen Kopf und stieß ein lang gezogenes Heulen aus. Die Sartyricorns wandten die Köpfe und heulten protestierend, aber sie spießten die verwundeten Männer nicht mit ihren Hörnern auf und kämpften auch nicht um die Körper der Toten, wie Lilanthe befürchtet hatte. Stattdessen liefen sie weiter und überraschten eine Gruppe Glorreiche Soldaten, die gerade die Straße entlangeilten und alle töteten, die verwundet dalagen. Unter ekstatischem Geschrei stießen die Sartyricorns mit ihren Hörnern zu und schlugen mit ihren Keulen um sich, bis alle Glorreichen Soldaten tot waren. Dann liefen sie auf der Suche nach weiteren ins dichte Unterholz.

Die Waldzauberwesen eilten ihnen nach und überraschten die tìrsoilleiranischen Soldaten, die überall im Wald kämpften. Einige wurden von Wölfen niedergerissen oder von Corrigans zu Tode geknüppelt. Ein Schwarm Grablinge fegte herab, ihre schmutzigen Haare hinter ihnen herwehend, die krankheitsbeladenen Klauen auf die Augen der Soldaten abzielend. Geschmeidig und lautlos wie Großkatzen drangen die Schattenhunde durch die Bäume und rissen dem Feind die Kehlen heraus. Eine weitere Horde Glorreiche Soldaten war mit gebrochenen Rücken in den großen Armen der Baumwandler gefangen.

Lilanthe und Niall eilten voran, um den verwundeten Männern so gut wie möglich zu helfen, von denen viele nicht einmal die Chance gehabt hatten, ihre Schwerter zu ziehen.

»Wo ist der Rìgh?«, fragte Niall besorgt.

Ein Mann deutete die Straße hinauf und sagte rau: »Seine Hoheit ist an der Spitze der Kavalkade geritten. Ich kann mir nicht vorstellen, dass er noch lebt. Ich kann mir nicht vorstellen, dass überhaupt jemand überlebt hat, so plötzlich und heftig, wie dieser Angriff erfolgt ist.« Sein Kopf sank auf den Umhang zurück, den Niall als Kissen unter ihn gelegt hatte.

Der große Mann erhob sich und sagte beruhigend: »Unser Angriff ist noch heftiger, das kann ich Euch versichern. Ruht Euch eine Weile aus, und wir werden, wenn möglich, zurückkommen und Euch beistehen.«

Lilanthe bat die Nissen, den Verwundeten Wasser zu bringen, und die kleinen Zauberwesen flogen zum Fluss hinab und trugen dann winzige Blätterbecher zur Straße zurück. Alle randvoll mit Wasser, bedeutete doch jeder Becher nur einen Schluck für die vom Durst gequälten Verwundeten, aber die Nissen waren so flink und so viele, dass die verdorrten Kehlen bald Linderung erfuhren.

Inzwischen liefen Lilanthe und Niall die Straße hinauf, sprangen über die Körper der Gefallenen. Unter den Bäumen sahen sie Dide und Gwilym Rücken an Rücken kämpfen, während sich eine Mauer toter Tìrsoilleiraner um sie aufhäufte.

Die Dolche des Jongleurs wirbelten durch die Luft, als hätten sie einen eigenen Willen, schossen voran und blitzten wie Kolibris. Dide war schwer verwundet, ein Bein hing nutzlos herab, ein Auge war von aus einer Wunde an seinem Kopf fließendem Blut verdeckt. Er konnte sich nur mit Hilfe des einbeinigen Zauberers aufrecht halten, der eine Keule unter seine Achsel geklemmt hatte. Blaues Licht blitzte aus Gwilyms Fingern, vernichtete einen Soldaten nach dem anderen. Die Glorreichen Soldaten kämpften dennoch weiter, wobei jeweils zwei einen Gefallenen ersetzten. Ein Bogenschütze schoss Pfeil auf Pfeil auf sie ab, aber Dide gelang es stets, sie in die Körper seiner Angreifer umzulenken.

»Tötet die Hexen nicht!«, rief ein mitten auf der Straße stehender Feldwebel in Rüstung. »Wir brauchen sie für das Feuer in Ardencaple. Aber unterwerft sie jetzt, und das rasch!«

Dide wankte, als sich der Ansturm verstärkte, und Lilanthe stieß einen lauten Warnruf aus. Der Bär griff mit lautem Brüllen ins Geschehen ein, lief die Straße hinauf und tötete den Feldwebel mit einem Streich seiner wuchtigen Pranke. Lilanthe rief um Hilfe, und ein Hain von Baumwandlern schritt mit schwingenden Zweigen und stürmischem Gesang durch den Wald heran. Ihre großen, knorrigen Wurzeln rissen die Erde auf und stolperten über entsetzte Soldaten, die vergebens zu fliehen versuchten. Sie wurden einer nach dem anderen eingefangen und in der kräftigen Umarmung der Baumwandler zerquetscht. Jene, die entkamen, wurden von den Schattenhunden erlegt, deren grüne Augen im dunklen Wald so hell wie Laternen leuchteten.

Dide wischte sich mit der Hand das Blut aus der Stirn. »Du machst es dir anscheinend zur Gewohnheit, mich zu retten«, sagte er rau und umarmte Lilanthe heftig. »Ich danke dir erneut!«

Lilanthe erwiderte seine Umarmung, während Gwilym sagte: »Ich glaub nicht, dass wir sie auch nur noch eine Minute länger hätten abwehren können. Eà sei Dank, dass ihr rechtzeitig gekommen seid!«

Lilanthe löste sich aus Dides Umarmung und sah Niall den Bär sie beobachten. Sie errötete unerklärlicherweise und trat von dem Jongleur fort. Dide setzte sich recht plötzlich nieder, als sein Bein unter ihm nachgab. Er betrachtete die klaffende Wunde kläglich und blickte dann zu den sich wiegenden Ganges durch den Wald entfernenden Baumwandlern hoch.

»Also hast du deine Verwandten gefunden«, sagte er sanft.

Lilanthe errötete erneut, wurde jäh ärgerlich. *Warum bin ich für ihn immer mehr Zauberwesen als Mensch,* dachte sie. Ich bin beides! Sie schwieg jedoch und nickte nur schroff.

»Ich bin froh«, sagte er, und ihre Verärgerung wich.

»Ich auch«, antwortete sie.

»Kannst du laufen?«, fragte Niall den Jongleur recht jäh. »Die Glorreichen Soldaten fliehen vor uns, aber ich fürchte um Seine Hoheit. Einer der Verwundeten sagte, er sei an der Spitze der Kavalkade geritten. Wir müssen uns beeilen und nachsehen, ob wir ihm helfen können.«

»Er lebt«, sagte Lilanthe, nachdem sie ihren Geist ausgesandt hatte. »Und Iseult ebenfalls. Aber ich kann Schmerz spüren ...«

Dide versuchte aufzustehen und fiel wieder hin, zu erschöpft vom Kampf, als dass sein unverletztes Bein sein Gewicht hätte tragen können. Niall gab dem Bär ein knappes Zeichen, und er nahm Dide auf seine großen Pranken und trug ihn so sanft wie ein Kind. Gwilym folgte ihnen, wobei er seine Krücke sehr geschickt benutzte.

»Humpelst du?«, fragte Dide, als er Lilanthes verhaltenen Schritt bemerkte. »Bist du verletzt?«

»In Lucescere hat mich jemand mit einer Axt angegriffen«, erwiderte sie kurz angebunden und verspürte eine gewisse grimmige Befriedigung, als sie seine entsetzte Miene sah.

»Wer?«, fragte er.

Lilanthe zuckte die Achseln. »Es ging alles zu schnell, und ich hab geschlafen. Ich hab ihn nur kurz gesehen ...« Sie steckte zwei Finger in den Mund und pfiff, und die Schattenhunde schwärmten auf ihren Fersen aus, ihre Mäuler vor blutigem Schaum tropfend.

Die Glorreichen Soldaten zogen sich allmählich vor dem Voranschreiten der Waldzauberwesen zurück, kämpften aber bei jedem Schritt des Weges hartnäckig. Dennoch wurden Lilanthe und ihre Gefährten nicht herausgefordert, da sie die Schattenhunde im Rücken und den großen Wollbären an ihrer Seite hatten.

Durch die vielen toten Soldaten war es schwierig, voranzukommen. Sie mussten über die Leichen klettern, als wären es nach einer Flut angeschwemmte Baumstämme. Es waren viele darunter, die Niall und Dide kannten, und ihre Gesichter waren starr vor Kummer und Entsetzen. Lilanthe kannte nur wenige, aber sie weinte, während sie durch die Leichen kletterte und wankte, bemerkte die verdrehten Glieder und Mienen gewaltsamen Todes, wo auch immer sie hinsah.

Plötzlich hörten sie das Klappern vieler galoppierender Pferdehufe. Eine Kompanie Glorreiche Soldaten kam um die Biegung der Straße. Sie trieben ihre Pferde mit Peitschen an, bis sie Schaum vor dem Maul hatten. Sie ritten unachtsam über die auf der Straße liegenden Körper hinweg, ohne darauf zu achten, ob unter den Niedergetrampelten noch Lebende waren. Die Satyricorns wandten sich um und griffen sie mit Freudengeschrei an. Die Soldaten schlugen in vollem Galopp mit ihren Schwertern um sich. Viele der gehörnten Frauen fielen unter ihren Klingen oder wurden von den Pferden umgestoßen. Auch einige wenige Reiter fielen, aber kein Angehöriger ihrer Kompanie blickte auch nur zurück, während sie um die Biegung verschwanden.

»Habt ihr das gesehen!«, rief Lilanthe. »Ich glaub, sie hatten jemanden bei sich … ich fürchte …«

»Ja«, antwortete Niall düster. »Es war der alte Seher. Ich konnte ihn sogar über all die Fesseln hinweg erkennen. Das sind wirklich schlechte Neuigkeiten.«

Hinter der nächsten Biegung trafen Niall und Lilanthe auf viele aufgehäufte Tote und Sterbende. Niall sah die verstümmelten Körper von Bald Deaglan und Barnard dem Adler und konnte nicht umhin, laut aufzuschreien. »Das sind Blaugardisten«, sagte er. »Seine Hoheit muss in der Nähe sein!«

Lilanthe erwiderte drängend: »Ich kann Meghan spüren. Schnell! Sie werden schwer angegriffen, das kann ich fühlen.«

Meghan hob eine Hand und fing einen Pfeil nur wenige Zentimeter vor ihrer Brust ab. Fluchend warf sie ihn von sich, während sie mit der anderen Hand einen weiteren abfing. Als sie ihren wilden grauen Kopf einzog, zischten drei weitere Pfeile durch die Luft und blieben zitternd im Felsen hinter ihr stecken.

Dann griff ein Glorreicher Soldat sie plötzlich an und stolperte unerklärlicherweise, wobei ihm die Lanze aus den Händen fiel. Sie glitt raschelnd über den Boden und in Meghans Hand. Die alte Zauberin benutzte sie, um einen Soldaten zu erstechen, der über den Stapel Felsblöcke gesprungen war. Er fiel mit einem Aufschrei rückwärts, und Meghan warf die Lanze mit unnatürlicher Kraft und spießte den gestrauchelten Glorreichen Soldaten auf, der gerade wieder auf die Füße kam.

Sie kauerten sich erneut hin, wobei Iseult nur knapp den Schwindelanfall abwehren konnte, der sie zu überwältigen drohte.

»Schau, dort ist Iain!«, rief Meghan. Sie sandte einen blauen Lichtblitz aus ihrer Hand und verbrannte zwei Soldaten, die dem Prionnsa gerade mit ihren Schwertern den Schädel spalten wollten. Sie fielen zu einem Haufen Asche zusammen, und Iain sah sich verwirrt um.

»D-D-Dank sei Eà!«, rief er. »Oder eher, Dank sei M-M-Meghan von den Tieren.«

Er lief auf sie zu, wobei er sich duckte und durch die breit gestreuten Pfeile schlängelte, die noch immer aus den Bäumen fielen. Er war am Bein und an der Seite verwundet, aber auch sein Schwert klebte vor Blut und Fleisch.

»Wo ist Lachlan!«, rief er. »Ist Seine Hoheit s-s-sicher?«

Iseult deutete stumm aufwärts. Iain keuchte, als er den Rìgh durch die Zweige fliegen sah, sein blitzendes Schwert fast zu schnell schwingend, als dass man ihm folgen konnte. Hinter ihm fiel Körper auf Körper.

»Schaut!«, rief Iseult.

Meghan und Iain blickten in die von ihr angezeigte Richtung. Tief im Wald sahen sie eine Ranke sich vom Boden erheben und einen Soldaten erdrosseln. Eine weitere Ranke peitschte wie eine riesige Schlange aus den Bäumen hervor, riss eine Berhtilde nieder und erwürgte sie in wenigen flinken, quälenden Sekunden.

»Matthew!«, rief Meghan. »Seht, es ist Matthew der Hagere!«

Sie sahen den schlaksigen Hexer im Schutz eines toten Pferdes kauern, seine Finger hastig bewegend, während er das Waldunkraut befehligte.

»Er musste schon immer seine Hände gebrauchen«, sagte Meghan kritisch. »Ein Zauberer sollte allein durch Gedankenkraft befehligen können, ohne all diese Fingerbewegungen und lauten Töne.«

»Wir befinden uns mitten in einem Kampf um Leben und Tod, und sie findet Zeit zu kritisieren«, sagte Iseult mit totenbleichem Gesicht; das Plaid, das sie um ihre Schultern zog, war karmesinrot befleckt.

»Ihr seid verletzt, M-M-Mylady!«, rief Iain.

Sie sagte finster: »Nur leicht. Habt Ihr Gwilym oder Dide gesehen? Und ich sorge mich um Duncan. Er war auf dem Felsen, als ich ihn das letzte Mal sah.« Sie deutete hinter sich auf die Masse herabgestürzter Felsblöcke, und Iain verzog besorgt das Gesicht. »Nein, Mylady, alles ist so schnell geschehen, dass ich nicht weiß, was mit wem passiert ist!«

Plörzlich hörten sie erneut das Klappern galoppierender Pferdehufe. »Noch m-m-mehr Glorreiche Soldaten!«, rief Iain und wurde noch blasser. Er hob sein Schwert an, aber Iseult zog ihn hinter den Stapel Felsen hinab.

»Das sind dreißig oder mehr, Iain«, flüsterte sie. »Wir sollten sie, wenn möglich, vorüberziehen lassen.«

Meghan blickte starr die Straße hinab. »Jorge!«, rief sie. »Nein!«

Die Reiter galoppierten um die Biegung der Straße und direkt auf sie zu. Obwohl Iseult einen Warnruf ausstieß, trat ihnen die alte Zauberin direkt in den Weg und hob ihre Hand, als wollte sie sie allein durch die Geste aufhalten. Die Pferde stiegen und buckelten und wollten ihre Reiter abwerfen, aber die Soldaten trieben sie mit der Peitsche grausam voran. Iseult erkannte entsetzt, dass über einem Sattelknauf eine gefesselte, bewusstlose Gestalt lag. Sie sah kurz ein hellblaues Gewand flattern sowie das Ende eines langen weißen Bartes. Dann waren die Pferde vorübergaloppiert, strömten um Meghan herum wie ein Wasserstrom um einen Felsen.

Einer der Soldaten schlug mit der Peitsche nach ihr, aber sie fing sie mit ihrer dünnen alten Hand auf und zog ihn aus dem Sattel. Er landete krachend auf dem Boden und lag dann still. Iseult beugte sich hinab, nahm einen Bogen auf und schoss Pfeil auf Pfeil ab. Obwohl sechs der Reiter schreiend fielen und ein Pferd stürzte, galoppierten die übrigen Reiter weiter und verschwanden außer Sicht.

Tränen strömten über das Gesicht der alten Zauberin. Sie sank auf die Knie und wiegte sich vor und zurück. »Nein, nein«, rief sie. »Wir müssen ihn retten! Iseult! Wir müssen ihn retten!«

Iseult zog ihren Dolch, als sieben tìrsoilleiranische Fußsoldaten sie aus dem Gebüsch angriffen. »Retten wir nach Möglichkeit zuerst uns selbst!«, rief sie.

Meghan stand nicht auf. Sie hob ihr von Kummer verzerrtes Gesicht gen Himmel und rief: »Komm zu mir, Caillec Aillen Airi Telloch Cas! Es ist an der Zeit!«

Lachlan hielt sich an einem Baumstamm fest und versuchte, wieder zu Atem zu kommen. Als einer der in den Zweigen verborgenen Bogenschützen auf ihn schoss, sprang er hinter den Baum und musste seine Schwingen benutzen, um nicht zu stürzen. Er hatte von seinem Standpunkt aus freie Sicht die Straße hinab und konnte erkennen, wie viele seiner Männer tot oder sterbend dort lagen. Finsteres Elend und Zorn vereinnahmten ihn. Mit einem falkenähnlichen Schrei breitete er seine Schwingen aus, flog über den Blätterbaldachin, sank hinter dem Bogenschützen, der zuvor auf ihn geschossen hatte, wieder herab und erwürgte ihn mit bloßen Händen. Aber der Tod des Mannes brachte Lachlan keine Erleichterung.

Der Rìgh hörte das Donnern von Pferdehufen und blickte durch die Blätter hinab, um die Glorreichen Soldaten über die Körper seiner Männer hinweggaloppieren zu sehen. Er sah, wie Meghan sie aufzuhalten versuchte, und erkannte mit Erschütterung im Herzen die auf einen der Sättel gebundene Gestalt. Lachlan kannte und verehrte Jorge schon sein ganzes Leben lang. Entsetzen durchdrang ihn wie ein Dolch. Er stieß einen schauerlichen Schrei der Verzweiflung und des Kummers aus, der wie eine Fanfare durch den Wald hallte. Ohne nachzudenken, breitete er seine Schwingen aus und stieß durch die Bäume hinab, um die Verfolgung aufzunehmen. Ein in den Zweigen verborgener Bogenschütze zielte sorgfältig und schoss. Der Pfeil traf den Rìgh mitten in die Brust, und er fiel mit einem Schrei. Er krachte durch Äste und Zweige, stürzte immer weiter hinab, bis er auf den Boden aufschlug, sein Flügel unter ihm brach und sich verdrehte und Blut von einer Wunde an seiner Schläfe durch das Gras lief.

Feuer springt auf, Schnee wirbelt

Die Schatten der Bäume wurden länger, als Dillon seine kleine Horde aus dem Wald aufs Schlachtfeld führte.

Ryley war während des Marsches gestorben, war beim Laufen plötzlich gestürzt, mit blutdurchtränktem Verband. Die Kinder waren entsetzt und beunruhigt, denn er hatte sich nicht beklagt, nicht vor Schmerz gestöhnt. Die Tìrsoilleiraner waren ihnen so dicht auf den Fersen gewesen, dass sie keine Gelegenheit hatten zu rasten, damit Tòmas seine Hände auf ihn legen konnte. Der kleine Junge hatte den von dem stämmigen Soldaten ausstrahlenden Schmerz dieses eine Mal, starr vor Kummer, nicht bemerkt, und sein plötzlicher, unerwarteter Tod brach sein kleines Herz. Er schluchzte unkontrolliert, und Anntoin musste ihn hochheben und tragen, während Johanna Ryleys Schwert aufnahm, um ihre Taille band und dann seinen schweren Schild anhob. Sie hätte in ihrem schmuddeligen weißen Oberteil und ihren Pantalons komisch erscheinen können, aber stattdessen wirkte sie unnachgiebig und eher erhaben. »Gehen wir weiter«, hatte sie einfach gesagt, und sie hatten Ryley im Schutz eines Baumes zurückgelassen, als schlafe er nur.

Die Heiler waren nach ihrer verzweifelten Flucht schwach vor Erschöpfung, aber sobald Johanna die Verwundeten zwischen Bäumen und Büschen liegen sah, gab sie rasche, klare Befehle, und die Heiler gehorchten ihr sofort, vergaßen ihre Angst und Müdigkeit. Tòmas wollte abgesetzt werden, lief von Körper zu Körper, legte seine Hände auf sie alle, wollte nicht warten, bis Johanna nachgesehen hatte, ob sie noch lebten oder tot waren. So viele derer, die er berührte, reagierten nicht, dass der kleine Junge noch bedrückter wurde und Johanna versuchen musste, ihn zurückzuhalten.

Dann schrie Parlan entsetzt auf, und alle liefen herbei. Der Junge hatte Duncan Eisenfaust unter einem großen Haufen zerbrochener Felsblöcke zerquetscht gefunden. Nur sein zerschlagener, blutiger Kopf und seine Schultern ragten aus den Steinen heraus. Wundersamerweise lebte der Hauptmann, obwohl bei jedem gequälten Atemzug Blut aus ihm hervorsprudelte. Die Knappen waren zutiefst bedrückt, denn sie liebten den großen, freundlichen Mann, der sich die Zeit genommen hatte, sie in der Schwertkunst zu unterrichten. Viele kleine, bereitwillige Hände räumten die Felsen fort, und dann zogen sie ihn schließlich ins Freie, wobei der bewusstlose Mann vor Schmerz stöhnte.

Alle Teile seines Körpers waren gequetscht und gebrochen, und es schien ein Wunder, dass er lebte. Zitternd und noch immer weinend kniete sich Tòmas hin und legte seine schmalen kleinen Hände auf den blutenden Kopf, und langsam verheilten alle Schnitt- und Stichwunden. Der Hauptmann erlangte das Bewusstsein nicht wieder, und Tòmas war von der Anstrengung, ihn zu heilen, sichtlich erschöpft. Der kleine Junge zitterte und würgte und versuchte, zu Atem zu kommen. Johanna kniete sich neben ihn, stützte seinen zerbrechlichen Körper und verabreichte ihm einen stärkenden Trank. Schließlich schien ein wenig Kraft in seinen Körper zurückzukehren.

»Er ist stark«, sagte der kleine Junge vornübergebeugt und noch immer nach Atem ringend. »Er wird sich erholen, obwohl ich einen Großteil seiner Lebenskraft für die Heilung benötigt habe.«

»Und zu viel deiner eigenen«, schalt Johanna. »Du wirst dich bei dem Versuch umbringen, andere zu retten. Du musst auf dich aufpassen.«

Tòmas sah sich zu all den zerfetzten und blutigen Körpern um und sagte mit brechender Stimme: »Ich kann ihre Qual spüren, ich kann sie spüren!«

Plötzlich flog ein Schwarm Nissen herab, summte um die Köpfe der Heiler herum wie Hornissen und schalt sie mit ihren schrillen Stimmen. Die meisten hatten noch nie zuvor eine Nisse gesehen und starrten die kleinen Zauberwesen mit den regenbogenfarbenen Flügeln verwundert und beinahe verängstigt an. Dann tauchte Lilanthe aus dem Wald auf, ihr grünes Gewand war zerrissen und blutverschmiert, ihr schmales Gesicht schmutzbefleckt. Die Heiler schauten zu ihr und wichen dann ein wenig zurück, aber Johanna erkannte sie und lief mit einem Aufschrei voran.

»Was ist passiert?«, fragte sie. »Ist der Rìgh in einen Hinterhalt geraten? Woher wussten sie, wo die Graujacken entlangritten?«

Lilanthe sagte düster: »Der Rìgh wurde verraten. Komm, Tòmas, die Bewahrerin des Schlüssels wird wirklich froh sein, dich zu sehen. Der Rìgh ist schwer verletzt. Er braucht dringend deine Kräfte.«

Johanna stieß einen bestürzten Laut aus und nahm den kleinen Jungen bei der Hand, während er versuchte, einen weiteren der Tausende im Wald verstreut liegenden Körper zu berühren. »Komm, Kleiner, du kannst sie nich' alle berühren. Wir werden für sie tun, was wir können, und wenn wir wissen, wer lebt und wer tot ist, bringen wir dich hierher zurück, das versprech ich dir.«

Tòmas war zu schwach zum Laufen, und so trug Dillon ihn auf dem Rücken und ließ Parlan und Anntoin bei Duncan zurück. Sie folgten Lilanthe die Straße hinauf und konnten Schreckensschreie nicht unterdrücken, als sie das ganze Ausmaß des Gemetzels sahen. Sie fanden Meghan über die noch immer leblose Gestalt Lachlans gebeugt. Ihr Gesicht war schwer gezeichnet, ihre Augen waren rot gerändert. Der Donbeag kauerte an ihrem Hals und summte leise und kläglich, aber dieses eine Mal achtete die alte Hexe nicht auf ihn. Sie versuchte, die Blutung der Wunde in der Brust des Rìgh zum Stillstand zu bringen, aber sie konnte nicht viel erreichen. Sie sah Tòmas, und ihre schwarzen Augen leuchteten voller Hoffnung auf.

»Eà sei Dank!«, rief sie. »Oh, Tòmas, mein Junge, kannst du ihn retten? Sein Rücken und eine Schwinge sind gebrochen, und auch sein Schädel. Er ist dem Tode wirklich nahe.«

Dillon setzte den kleinen Jungen ab. Tòmas konnte nicht allein stehen, seine dünnen Beine knickten unter ihm ein. Er atmete zitternd ein und sah zu Meghan hoch. »Ich weiß es nicht«, sagte er, »aber ich werd es versuchen.«

Er beugte sich vor und legte seine Hände auf die Stirn des Rìgh. Einen langen Augenblick geschah nichts, und dann begannen sich die Ränder der blutenden Wunde zu schließen. Der kleine Junge runzelte die Stirn, stieß einen brummenden Laut aus, und seine Hände begannen zu zittern. Der gebrochene Bogen der Schwinge fügte sich langsam wieder zusammen, die Quetschungen an Lachlans Schläfe verblassten und verschwanden, und der gezackte Schnitt in dessen Mitte gerann langsam. Tòmas atmete schwer und schwankte. Plötzlich erschlaffte er und fiel zur Seite.

»Ist er tot?«, rief Dillon, während Johanna schrie und zu dem Jungen eilte. Jed winselte und stieß ihn ängstlich an.

»Nein«, sagte sie tränenüberströmt. »Nicht ganz. Er atmet – gerade noch.«

Meghan schlug die Hände vors Gesicht. »Nein, nein«, flüsterte sie rau. »Das ist zu viel! Sowohl Iseult als auch Lachlan – und jetzt noch Tòmas.«

Johanna nahm den kleinen Jungen in die Arme. »Ist Iseult auch verletzt?«, fragte sie bestürzt.

Meghan hob ihr gezeichnetes Gesicht an. »Sie war schwanger. Sie war schwer verletzt, und als wir Lachlan so fanden, war es zu viel. Sie hat die Babys verloren.«

Johanna bettete Tòmas Kopf in Dillons Schoß und erhob sich mit grimmiger Miene. »Wo ist sie? Ich werd zu ihr gehen.«

Meghan deutete auf eine Seite. Sie sahen Iseult durch das undeutliche Licht der Dämmerung in Umhänge gehüllt unter den Bäumen liegen, während Iain neben ihr kniete. Johanna eilte zu ihr, im Zwielicht schimmerte sie wie eine geisterhafte weiße Gestalt.

Gwilym beugte sich hinab und hob einen Zweig vom Boden auf, den er mit Gedankenkraft anzündete und in den Boden steckte, damit Johanna ihre Patientin sehen konnte. »Die Nacht bricht herein«, sagte er mit hohler Stimme.

Die Banrìgh lag still, die Knie an die Brust gezogen, trockenen Auges und kummervoll. Nichts, was Johanna sagte, konnte sie dazu bringen, aufzuschauen oder etwas zu erwidern, und so gab die Heilerin ihr nur etwas Mohnsirup, und Iseult schlief, noch immer zusammengerollt, ein.

Lilanthe befand sich über ihre Erschöpfung hinaus in einem seltsamen schwebenden Zustand. Sie stand mit schlaff herabhängenden Armen da, während heiße Tränen in ihrer Brust brannten. Sie versuchte vergebens, sich aufzuraffen, um den Verwundeten weiterhin zu helfen, aber sie konnte anscheinend nicht mehr vom Geruch und Anblick des Todes ertragen.

Die Nissen flogen um ihren Kopf und trillerten laut. Elala bekam eine ihrer blühenden Haarflechten zu fassen, während ihre beiden diamanthellen Flügel wild flatterten. Lilanthe wischte sich über die Augen und versuchte, ihren Kummer zu unterdrücken. Sie nahm das kleine Zauberwesen in die gewölbten Hände und schaute in die wie grüne Flammen wirkenden Augen. *Was ist los?*, fragte sie.

Zeit gierig zu essen von Blumenblüte? Zeit für Heilen ohne Schaden?

Lilanthe sah die Nisse vollkommen verblüfft an, und ihr müder Geist weigerte sich zu funktionieren. Dann zuckte ihre Hand jäh zu ihrer Gürteltasche, wo sie die Blüte des Sommerbaums verborgen hatte. Sie hatte in den Wirren der Schlacht keinen Gedanken daran verschwendet.

»Du willst, dass ich die Blüte esse?«, flüsterte sie.

Die Nisse zischte und bleckte ihre scharfen Fänge. *Blumenblüte gehört Sternträumern. Es ist ihr Lebensblut Blutleben, das sie vergießen, um den Baum zu segnen, es ist der geliebte Geliebte des Kindes, der stirbt.*

Lilanthe sah das kleine Zauberwesen an. Es dauerte eine Weile, bis sie verstand, und dann hielt sie den Atem an. *Ich verstehe*, sagte sie und ging zu der Stelle, wo Tòmas lag. Sie kniete sich neben ihn und nahm die große Blüte aus ihrer Tasche.

Obwohl die Blütenblätter braun und zerdrückt waren, dufteten sie noch immer. Lilanthe hielt sie Tòmas unter die Nase, der üppige, würzige Duft erweckte ihn, und seine Wangen nahmen wieder etwas Farbe an. Er öffnete die Augen und sah Lilanthe unverständig an.

»Du musst dies essen«, sagte die Baumtauscherin.

Tòmas betrachtete die Blüte verwirrt, nahm sie ihr dann gehorsam aus der Hand und begann, die verwelkten Blütenblätter zu kauen. Er stellte keine Fragen und zeigte auch keinen Abscheu. Einen Moment lag er still, dann überzog ihn heftige Röte, und er begann zu erschaudern, schlang seine dünnen Arme um sich. Er schrie wie vor Schmerz auf, und seine Pupillen weiteten sich, bis seine Augen schwarz und nicht mehr blau waren. Er warf einen wilden Blick auf Lilanthe, rollte dann herum, trat mit den Beinen aus, schüttelte unkontrolliert den Kopf, alle seine Glieder zuckend.

»Was ist los? Was habt Ihr getan?«, schrie Johanna und eilte zu ihm, um ihn mit anklagendem Blick in die Arme zu nehmen.

Lilanthe konnte nichts erwidern, sondern verfolgte nur mit entsetztem Blick Tòmas' Krämpfe. Sie hörte Meghan herbeieilen, barsch Befehle erteilen und Fragen stellen, und sah dann zu, wie sie Tòmas niederdrückten und einen Stock zwischen seine Zähne schoben, damit er sich nicht die Zunge abbiss.

Meghan wandte sich zu Lilanthe um und fragte barsch: »Was hast du ihm gegeben? Ich hab gesehen, dass du ihm etwas zu essen verabreicht hast.«

»Es war eine Blüte des Sommerbaums. Wolkenschatten gab sie mir.«

»Hat sie dir gesagt, du solltest sie Tòmas verabreichen?«, fauchte Meghan.

»Nein, das waren die Nissen«, erwiderte Lilanthe verängstigt.

Sie wandten sich um und schauten zu den kleinen Zauberwesen, die in der Nähe schwebten. Ihre dreieckigen Gesichter wirkten im flackernden Licht der neu angezündeten Fackeln seltsam feindselig. Johanna vollführte das Segenszeichen der Eà und begann zu weinen.

»Er hat Sternguckerblut!«, rief Lilanthe. »Könnt Ihr es nicht spüren?«

Meghan wandte sich jäh um und sah Tòmas an. Er lag still und atmete schwer. Die alte Hexe nickte. »Vielleicht hast du Recht«, antwortete sie.

Nach einer langen Zeit der Stille und des Schweigens setzte sich der kleine Junge auf; seine Wangen waren noch immer stark gerötet, und seine Augen leuchteten unnatürlich. »Bringt mir die Verwundeten!«

Zuerst berührte er Lachlan, aber obwohl die Wunden des Rìgh

verheilten, bis nicht einmal mehr eine Narbe seine glatte olivfarbene Haut verunstaltete, erwachte er nicht. »Da ist noch mehr als nur physischer Schmerz«, sagte Tòmas stirnrunzelnd, während er seine Hände über Lachlans Gesicht und Körper führte. »Er ist von den schwarzen Fäden des Hasses gebannt, die ich nicht durchtrennen kann. Er kämpft darum, freizukommen, aber er kann nicht entfliehen. Ich glaube, er wurde verflucht.«

»Verflucht?«, schrie Dide.

»Verflucht und verraten«, flüsterte Meghan. »Wenn ich herausfinde, wer das getan hat, werde ich einen Fluch heraufbeschwören, wie ihn dieses Land noch niemals gesehen hat!«

»Wie können wir den Fluch brechen?«, rief Lilanthe.

»Wir können es nicht«, erwiderte sie. »Wenn es ein mächtiger Fluch ist, können nur diejenigen ihn brechen, die ihn heraufbeschworen haben.«

»Dann müssen wir herausfinden, wer ihn heraufbeschworen hat«, rief Dide, ergriff Lachlans Hand und küsste sie. »Ach, Herr, wer würde so etwas tun?«

»Ich wette, dass wir die Antwort finden werden, wenn wir nach Arran weiterreiten«, erwiderte Meghan und blickte mit versteinerter Miene in die Dunkelheit.

Sie verbrachten die Nacht damit, die wenigen zu retten, die noch lebten, und die Toten zu grausigen Stapeln unter den Bäumen zusammenzutragen. Die Baumwandler und anderen Zauberwesen halfen dabei, der Pferdeaal zog Tragen durchs Unterholz, und die Corrigans trugen die Verwundeten auf ihren breiten Rücken. Tòmas wanderte unter den Verwundeten umher und verlieh ihren Körpern wieder wundersame Kraft und Wohlbefinden. Jene, die er berührte, konnten aufstehen und andere tragen helfen, und als die Dämmerung heraufzog, fühlten sich alle, die noch lebten, als wären sie niemals verletzt gewesen.

Im frühen Morgenlicht zogen sie schaurige Bilanz. Von den zweitausend Mann, die Lachlan durch den Wald gefolgt waren, lebten nur noch wenige hundert. Barnard der Adler, Murdoch von der Streitaxt und Bald Deaglan waren unter den Toten, und Finlay Fürchtenichts war vermisst, sodass Lachlans Offiziersstab auf vier Mitglieder begrenzt war. Sie alle fürchteten, dass Finlay gefangen genommen worden war, durch sein Ungestüm zu irgendeiner törichten Handlung verleitet.

Auch Matthew der Hagere war verschwunden, und einer der Verwundeten berichtete, er hätte gesehen, wie die Hexe fortgeschleift wurde, nachdem er von hinten niedergeschlagen wurde.

»Bitte, Eà, lass nicht zu, dass sie verbrannt werden«, betete Meghan, die sich verzweifelt vor- und zurückwiegte. Irgendwann während der Nacht war ihr Haar so weiß wie Schnee geworden und hing von Blättern verfilzt und wirr um ihren Körper herab. »Bitte, lass uns sie rechtzeitig erreichen!«

Ihre einzige Hoffnung war, dass sich die anderen Divisionen des Heers des Rìgh nach Ardencaple durchschlagen konnten und die Glorreichen Soldaten daran gehindert hatten, ihre Gefangenen in den Schutz der Stadtmauern zu bringen. Duncan Eisenfaust ordnete die verbliebenen Männer zu Kolonnen und versicherte sich, dass alle bewaffnet waren und Proviant hatten. Dann machten sie sich augenblicklich auf den Marsch durch die Wälder. Lachlan und Iseult lagen zusammengekauert auf einer vom Pferdeaal gezogenen Trage, der zu seiner größten Größe aufgebläht war. Der große weiße Falke kauerte neben dem Kopf des Rìgh und stieß ihn gelegentlich mit seinem gebogenen Schnabel an.

Es war ein wunderbarer Tag, ganz grün und golden und frisch und voller Gesang. Lilanthe fühlte sich von der Schönheit des Waldes so bedrückt, dass sie vor Tränen kaum etwas sehen konnte. Warum sollte die Sonne scheinen, oder warum sollten die Vögel jubilieren, wenn es so viel Böses auf der Welt gab?

Sie hatten die Ausläufer des Waldes erreicht, als Meghan plötzlich aufschrie. Sie hob die Hände und fiel auf die Knie, und weitere schreckliche, widerhallende Schreie erklangen aus ihrem Mund. »Jorge!«, rief sie. »Oh, nein, Jorge! Matthew!«

Auch Tòmas schrie und wand sich und schlug auf sich ein, als wollte er unsichtbare Flammen ersticken. Einen Moment herrschte allseitige Verwirrung, während sich Johanna auf Tòmas warf und seine Hände ruhig zu halten versuchte und Lilanthe sich verzweifelt bemühte, die alte Zauberin zu trösten, obwohl sie selbst fast von ihren Gefühlen überwältigt wurde.

Meghan wollte sich nicht trösten lassen. Sie schrie immer weiter, und Tränen liefen die Furchen ihres runzeligen Gesichts hinab. Lilanthe wischte sich die Tränen von ihren eigenen Wangen und ging zu der Trage, auf der Iseult immer noch lag, einen Arm über den Rücken und unter die Schwinge ihres Mannes gelegt. Ihre Augen waren geöffnet, aber sie schien nichts zu sehen oder zu hören.

»Eure Hoheit!«, rief Lilanthe und schüttelte leicht Iseults Arm. »Bitte, die Bewahrerin des Schlüssels braucht Euch. Bitte.« Sie schüttelte etwas fester, und Iseult wandte sich um und sah sie mit hartem, entschiedenem, verärgertem Blick an. »Meghan braucht Euch«, sagte die Baumtauscherin.

Erst da schien Iseult Meghans Schreie zu hören. »Was ist los?«, flüsterte sie, und dann zuckte ein seltsamer Ausdruck über ihr Gesicht. »Ich verstehe. Der alte blinde Mann stirbt.«

Sie erhob sich sehr vorsichtig, anscheinend überrascht, dass sie sich schmerzfrei bewegen konnte, und ging über die Lichtung zu der Stelle, wo Meghan kauerte, sich wiegte und wehklagte. Iseult kniete sich neben sie und berührte sie zum ersten Mal, seit sie der alten Hexe vor drei Jahren begegnet war, bereitwillig und mit Zuneigung. Sie legte die Arme um Meghans zitternde Gestalt, zog ihren wirren weißen Kopf an ihre Schulter und summte leise, als wäre sie ein Kind. »Schon gut, Meghan, Liebe, nicht weinen, nicht weinen.«

Meghan wiegte sich heftig vor und zurück. »Warum, Eà, warum?«, brachte sie hervor. »Warum solch ein Tod? Er war ein guter Mann, ein lieber, sanfter, freundlicher, liebevoller Mann. Warum sollte er einen solch entsetzlichen Tod erleiden? Und auch Matthew, der keiner Fliege etwas zuleide tat?«

Sie stützte sich auf ihren Stab und hob ihr gezeichnetes Gesicht zum Sommerhimmel. »Ich verfluche dich, der du uns so verraten hast! Soll die gute Erde dir ihre Früchte vorenthalten und der Fluss sein kühles Wasser, sollen die Winde dir ihren Atem verweigern und die Flamme Wärme und Trost, sollen die Monde dir ihre dunklen Gesichter zuwenden. Mögest du ausgestoßen und verarmt umherwandern, die Schwellen anderer heimsuchen, mit zitterndem Mund um Nahrung betteln und mit Tritten und Flüchen abgewiesen werden. Möge weder dein Körper noch dein Geist frei von bohrender Qual sein. Mögen die Nächte für dich noch quälender sein als die Tage und die Tage die reine Qual. Mögest du für immer elend sein, aber kein Mitleid bekommen. Mögest du dich nach dem Tod sehnen, aber der Tod soll dich meiden! Bei der Macht der dunklen Monde – ich verfluche dich, ich verfluche dich, ich verfluche dich!«

Alle waren vom Leid der alten Zauberin zutiefst betroffen. Viele merkten, dass sie selbst so sehr schluchzten, dass sie kaum atmen konnten. Parlan, Anntoin, Johanna und Dillon waren vor Kummer verheert, und Tränen strömten ihre Wangen hinab.

»Er hat gesehen, was geschehen würde«, schluchzte Dillon, »und doch hat er uns noch zugelächelt, als wir ihn verließen. Wie konnten wir nur? Wie konnten wir nur?«

Schließlich fasste Meghan sich wieder. Sie umfasste mit einer Hand den kleinen Donbeag, der sich unter ihr Kinn schmiegte. »Was geschehen ist, ist geschehen«, sagte sie rau. »Ziehen wir weiter und verpassen diesen Glorreichen Soldaten eine Lektion, die sie niemals wieder vergessen werden!«

Also marschierten sie weiter in die Felder, ohne darauf zu achten, dass ihre Stiefel die junge, grüne Saat in den Boden stampften. Hinter ihnen drängten die Zauberwesen heran, sodass es schien, als marschiere der Wald selbst auf ihr Kommando hin.

Vor ihnen erhob sich Ardencaple aus der Ebene. Auf einem kleinen Hügel erbaut und auf drei Seiten vom Fluss Arden umgeben, war es eine hübsche Stadt mit Spitzdächern und Rundtürmchen, die in regelmäßigen Abständen die Außenmauer krönten. Die weißen Stander des tìrsoilleiranischen Heeres flatterten von den Türmen, und die Graujacken bissen bei dem Anblick die Zähne zusammen und ballten die Hände zu Fäusten.

Eine Säule dunklen Rauchs stieg aus der Mitte der Stadt gerade in die stille Luft, und während das Heer des Rìgh voranmarschierte, richteten sie ihren Blick in einer Art entsetzter Faszination darauf. Niemand konnte an etwas anderes denken als an den alten Mann, der in diesem Feuer gestorben war, und alle hofften, dass die wenigen Vermissten, die nicht unter den Toten gewesen waren, nicht mit ihm hineingeworfen worden waren.

Als sie näher an Ardencaple herankamen, sahen sie bestürzt, dass auch der Rest ihres Heeres in eine Falle gelockt worden war und langsam ausgelöscht wurde. Die Glorreichen Soldaten hatten ihre Kanonen entlang der Außenmauer aufgereiht und konnten, da der Tag so ruhig und warm war, problemlos die Lunten anzünden. Die angreifenden Graujacken wurden immer wieder mit Kanonenkugeln bombardiert, und bei jedem Schuss fielen Männer und Pferde. Es war eindeutig, dass die Tìrsoilleiraner vollkommen auf ihren Angriff vorbereitet gewesen waren und den Duke of Killiegarrie in Schussweite gelockt hatten, indem sie die Tore offen gelassen hatten und ihre Männer sich verborgen hielten. Obwohl der Duke versucht hatte, den Rückzug zu befehlen, war die Brücke hinter ihnen gesprengt worden, und die Graujacken waren zwischen der Stadt und dem Fluss gefangen.

Meghan und ihre Gruppe hielten auf dem Kamm eines kleinen Hügels inne, der einen Blick über das Schlachtfeld bot. Neben ihnen floss der Arden durch Weiden und Erlen, die sie vor der heißen Sonne abschirmten.

Iseult biss sich nachdenklich auf die Lippen, während sie prüfend die Beschaffenheit des Geländes und das Ausmaß der tìrsoilleiranischen Verteidigung betrachtete. Obwohl sie sich fühlte, als wäre ihr Körper ein vor Zorn und Schmerz überquellendes Gefäß, hatte sie sich fest unter Kontrolle. Sie richtete ihren ernsten Blick auf Iain und Gwilym und sagte knapp: »Haben wir eine Chance, Regen heraufzubeschwören, um die Lunten zu befeuchten? Wir können den Sieg nicht davontragen, wenn wir ihre verdammten Kanonen nicht unbrauchbar machen!«

Sie sahen erst einander und dann Meghan an. »Wenn wir alle zusammenwirken, könnte es vielleicht klappen«, sagte Gwilym zögernd. »Diese stille, warme Luft wird jedoch gegen uns arbeiten.«

»Wir sind n-n-nahe an Arran«, sagte Iain. »Ich s-s-spüre die Hand meiner M-M-Mutter hinter diesem heißen Wetter. Wir befinden uns n-n-nahe der Küste und sollten Meerwind s-s-spüren.«

»Sehr gut. Ruf die anderen Hexen herbei. Sind wir jetzt, da Jorge und Matthew fort sind, noch genügend, um einen Kreis der Macht zu bilden?«

Gwilym schaute erneut zu Meghan. Die alte Zauberin sah in den Himmel hinauf, ihr Gesicht war gefurcht und von Kummer gezeichnet. Durch ihr weißes Haar und das hagere Gesicht war jedes einzelne ihrer vierhundertdreißig Lebensjahre erkennbar.

»Ich weiß nicht, ob Meghan im Moment viel Macht wirken kann«, sagte Gwilym leise.

Obwohl Meghan ein Stück entfernt war, wandte sie sich bei diesen Worten um und hinkte auf sie zu, wobei sie schroff sagte: »Mach dir um deine eigene Macht Gedanken, Hässlicher! Ich hab mehr Macht im kleinen Finger als du in deinem ganzen Körper, vergiss das nie!«

Er lächelte verzerrt und sagte: »Wie könnte ich?«

»Ich werde bei dir bleiben, dir meine Macht leihen und mich dann den Männern anschließen, wenn wir fertig sind«, sagte Iseult. »Mein Wille und Wunsch sind heute stark. Ich sehne mich danach, diese widerlichen, abscheulichen, kriecherischen Maden anzugreifen, die sich Männer nennen. Glorreiche Soldaten! Sie sollten besser dreckiger, boshafter, schlammbewohnender, Blut saugender Abschaum genannt werden!«

Sie hielt inne und beruhigte sich wieder, während die Übrigen sie einigermaßen erstaunt ansahen, da sie Iseult noch niemals die Stimme erheben oder etwas anderes als wohl überlegte Worte hatten äußern hören. Sie sahen, wie sich die Muskeln an ihrem Kinn anspannten, und dann sagte sie ruhig: »Wartet, während ich mit Duncan rede und die bestmögliche Annäherung ausarbeite, dann bin ich wieder bei euch.«

Gwilym fand in Wassernähe einen freien Flecken Erde und errichtete sorgfältig ein Feuer, wobei er je einen Ast von jedem der sieben geweihten Hölzer nahm, welche die Hexen stets mit ihren Vorräten bei sich trugen. Dann zog er mit seinem Hexendolch einen weiten Kreis um das Feuer und ließ nur eine schmale Lücke als Eingang. Darin zog er ein Hexagramm, denn sie waren, da sich Iseult ihnen anschloss, sechs Hexen, einschließlich Dide und Dughall. Weder Iseult noch Dide waren vollständig ausgebildet, aber beide besaßen Macht und waren imstande, die Kraft der Übrigen zu ergänzen. Es war stets schwierig, das Wetter zu beeinflussen, wenn man kein *Talent* dafür hatte, und so tat Gwilym sein Bestes, ihre Kraft zu konzentrieren und zu mehren.

Nun bestreute der einbeinige Hexer den Kreis mit Wasser, Erde, Asche und Salz und sang: »Ich weihe dich und beschwöre dich herauf, o Kreis der Magie, Ring der Macht, Symbol der Vollkommenheit und ständigen Erneuerung. Bewahre uns sicher vor Schaden, halte Böses von uns fern, schütze uns vor Verrat, gewähre uns deinen schützenden Blick, Eà von den Monden.«

Dasselbe tat er entlang den kreuz und quer verlaufenden Linien des Sterns. »Ich weihe dich und beschwöre dich herauf. O Stern des Geistes, Pentagramm der Macht, Symbol des Feuers und der Dunkelheit, des Lichts in den Tiefen des Raumes. Erfülle uns mit deinem dunklen Feuer, deiner lodernden Dunkelheit, mache uns zu deinen Gefäßen, erfülle uns mit Licht.«

Das vorübermarschierende Heer beobachtete ernst, wie sich die Hexen darauf vorbereiteten, die Magie zu gebrauchen. Sie wuschen sich im Fluss und führten Entspannungs- und Konzentrationsübungen durch, atmeten tief und langsam, konzentrierten ihren Geist. Meghan hätte es gerne gesehen, wenn sie sich vollständig ausgezogen hätten, aber sie waren hier am Rande des Schlachtfeldes bereits verletzlich genug, und so legten sie nur ihre Plaids und Wämser ab und rollten die Ärmel hoch.

Iseult schloss sich der kleinen Gruppe am Fluss an, wusch sich und löste ihre rotgoldenen Locken. Als sie bereit war, trat sie durch die Lücke im Kreis und setzte sich an eine der sechs Spitzen des Sterns.

Gwilym schloss den Kreis hinter ihr, und sie alle hielten sich an den Händen und schlossen die Augen. Die Sonne brannte auf ihre Köpfe nieder, aber sie ignorierten es und sangen leise: »Im Namen Eàs, unsere Mutter und unser Vater, du, die du die Spinnerin und Weberin und Fadenschneiderin bist. Du, die du die Saat säst, die Feldfrucht nährst und die Ernte einbringst. Kraft der Gesetze der vier Elemente, Wind, Fels, Flamme und Regen.

Kraft der Gesetze des klaren Himmels und Sturms, der Regenbögen und Hagelkörner, der Blumen und des verwelkten Laubes, der Flammen und der Aschen. Im Namen Eàs wenden wir uns an die Winde der Welt, im Namen Eàs wenden wir uns an die Wasser …«

Dann, am Kontrapunkt der Stimmen der übrigen Hexen, intonierte Gwilym:

»Kommt hierher, Geister des Westens, bringt Regen,
kommt hierher, Geister des Ostens, bringt Wind,
kommt hierher, Geister des Westens, bringt Regen,
kommt hierher, Geister des Ostens, bringt Wind.«

Sie sangen immer weiter und spürten eine erste Brise die Haare auf ihren Armen bewegen. Ihr Geist hob sich, und die Macht ihres Gesanges nahm zu. Iseult ergriff fest Meghans und Gwilyms Hände, konzentrierte ihre ganze Willenskraft und ihr Begehren auf die Worte. Ein rauer Wind hob ihr ungebundenes Haar an, wehte es wild umher. Eisige Nässe berührte ihre Wangen. Ihr Gesang verklang. Die Hexen öffneten die Augen und sahen Schnee um sich herumwirbeln.

Dillon eilte gebückt die Straße hinab, damit er von der Hecke verborgen blieb. Sein sommersprossiges Gesicht war vor Entschlossenheit angespannt, und seine Hand lag fest um das Heft seines Schwertes.

Man hatte ihm befohlen, mit den Heilern und dem bewusstlosen Lachlan in dem kleinen Hain am Fluss zurückzubleiben, aber Dillon hatte nur so lange gewartet, bis die Graujacken die Straße hinab außer Sicht marschiert waren, bevor er ihnen dicht auf den Fersen gefolgt war. Hinter ihm liefen, ebenfalls vornübergebeugt, Anntoin und Parlan, und der große, zottige Hund sprang hinter ihnen her. Niemand hatte gesehen, wie sie aufgebrochen waren, denn die Hexen waren damit beschäftigt, ihre Zauber heraufzubeschwören, und Johanna und die Heiler entrindeten die Weiden. Die Schlacht im Wald hatte ihre Vorräte an Heilmitteln fast erschöpft, und Johanna war zu erfahren, um den Vorteil einer solch reichen Quelle der Schmerzlinderung nicht zu nutzen.

Bald konnte Dillon das Geräusch klingender Schwerter und die Rufe von Männern hören. Die Luft stank nach Pulverrauch, der ihm in den Augen brannte. Hinter dem beißenden Rauchgeruch lag der Geruch von Blut, ein Geruch, an den er sich gewöhnt hatte.

Der Knappe zögerte am Rande der Hecke und beobachtete die Schlacht entsetzt. Mehrere Kompanien tìrsoilleiranischer Soldaten waren herbeigeritten, um sich mit den gebrochenen Überresten des Heers des Rìgh auseinander zu setzen, und schwangen ihre Schwerter und Lanzen mit verachtungsvollem Geschick. Die meisten der Graujacken waren zu Fuß, da ihre Pferde entweder erschossen wurden oder durch den Lärm und den Geruch der Kanonen zu erschreckt waren, um weiterhin geritten zu werden. Reihe auf Reihe Arkebusiere schossen von den Mauern und zielten auf die Anführer und Bannerträger der Eileananer, sodass die Fußsoldaten vollkommen entmutigt wurden. Der Fluss war von toten Männern und Pferden, umgestürzten Wagen und zerbrochenen Fässern verstopft. Eine Rauchwolke hing über allem, und mehrere Bäume brannten, wobei ihre geschwärzten Äste wie schmerzverzerrte Finger wirkten.

Verzweiflung und Zorn durchströmten Dillon, und er zog fluchend sein Schwert. Es glitt zischend aus der Scheide. Er schwenkte es über den Kopf und rannte schreiend mitten in den Kampf.

Schwerter wurden auf ihn zugestoßen, und Dillon wehrte sie,

noch immer schreiend, ab, ein gerader Schnitt, ein Abwärtsschlag, ein hoher Stoß, ein weiter Ausfall, ein Stoß unter seinen Arm. Roter Nebel stieg in sein Gehirn. Das Schwert tanzte in seiner Hand. Er parierte und stieß zu, täuschte und führte Gegenstöße. Männer schrien und fielen vor ihm. Er hörte ihre Schreie und ihr Gurgeln nur gedämpft. Brandgeruch war in seiner Nase, der Geruch nach Blut. Ihm war eiskalt. Er zitterte vor Kälte und Fieber. Er konnte nur Jorges trauriges, freundliches Lächeln, die blutende Wunde an Lachlans Schläfe und Tòmas' verzweifelt um sich schlagende Hände sehen und den Klang von Tòmas' Schreien hören. Während Dillon zustach, zuschlug, zerhackte und verstümmelte, weinte er Tränen, die auf seinem bleichen, sommersprossigen Gesicht zu blutigen Eiszapfen wurden.

Iseult schaute verblüfft in das dichte Schneetreiben, wandte sich dann um und blickte zu den übrigen Hexen, die sie alle anstarrten.

»Wir berufen Regen herauf, und sie bringt Schnee – mitten in einer Hitzewelle!«, sagte Gwilym mit verzerrtem Mund.

»Ich wünschte wirklich, Ihr hättet letzten Sommer mit uns zusammengearbeitet, a-a-als wir versuchten, den Zugriff meiner M-M-Mutter aufs W-W-Wetter zu brechen«, sagte Iain. »Damals hätten w-w-wir einen oder zwei Schneestürme gut gebrauchen können!«

Meghan lächelte grimmig. »Nun, nun, Kind, Schnee mitten im Mai!«

»Erfüllt er seinen Zweck?«, fragte Iseult scharf.

Sie konnten durch die umherwirbelnden Schneeflocken nichts sehen, lauschten aber angespannt. Obwohl weiterhin Schwerter zusammenklangen, war kein Kanonenfeuer mehr zu hören.

»Ich glaub schon«, sagte Gwilym und rollte hastig seine Ärmel herunter. »Brrr, es ist kalt geworden!«

»Dann öffnet den Kreis, und lasst mich zu meinen Männern zurückkehren«, sagte Iseult.

Gwilym kam der Aufforderung nach, und alle standen froh auf, stampften mit den Füßen und kauerten sich in ihre Plaids. Der Schnee fiel so rasch, dass der Boden bereits bedeckt war und der Fluss zufror. Die schmalen grünen Blätter und herabhängenden Kätzchen der Weiden klirrten vor Eis, und der Himmel im Norden, noch vor knapp zehn Minuten blau und sonnig, war mit Schneewolken beladen.

Johanna und Lilanthe versuchten, Lachlans schlafenden Körper mit ihren Umhängen zu bedecken, aber der scharfe Wind blies sie immer wieder fort. Beide Mädchen hatten blaue Lippen und Nägel, da sie sommerlich gekleidet waren. Der Pferdeaal stampfte auf, zitterte heftig und war zur Größe einer Ziege geschrumpft. Sogar der Seelie wirkte elend, während sich Eiszapfen an den Enden seiner spitzen Ohrläppchen bildeten.

Gwilym schnippte mit den Fingern, und das Feuer inmitten des geweihten Kreises wurde zu einem brüllenden Freudenfeuer. Die Heiler kauerten sich froh an seine Wärme und streckten seiner Glut die Hände entgegen. Auch der Seelie kroch näher heran, da sein Verlangen nach Wärme die instinktive Angst vor dem Feuer überwog. Dieses eine Mal wagte sich sogar Lilanthe nahe an die Flammen, da sie gespürt hatte, wie sich ihr Lebenssaft als Reaktion auf die Kälte in ihren Adern verlangsamte und verdickte.

Iseult ignorierte den scharfen Wind, legte ihren Waffengürtel an und barg die Armbrust in einem Arm. Sie beugte sich vor, küsste ihren bewusstlosen Ehemann zwischen die Augen, strich seine schwarzen Locken zurück und ging dann wortlos die Straße hinab. Iain und Dide nahmen ihre Waffen auf und folgten ihr eilig.

Plötzlich schrie Meghan auf und deutete in den Himmel hinauf. »Die Drachen kommen!«

Iseult fuhr herum, und ihr Blick zuckte zum aufgewühlten Himmel. Sieben große Drachen flogen aus dem Mahlstrom heran, in der Sonne, die von Süden auf die Wolken schien, golden schimmernd. Ihre Schwingen waren weit ausgebreitet, während sie gegen den Sturm ankämpften, und sie stießen freudig herausfordernde Signale aus.

»Drachen!«, rief Gwilym warnend. »Eà behüte, die Drachen fliegen!«

Die Heiler schrien entsetzt und sanken zu Boden. Selbst Iseult, die auf dem Rücken des Drachen geflogen war, spürte, wie Drachenangst ihren Puls beschleunigte und ihren Magen rebellieren ließ.

Meghan jubelte. »Die Drachenkönigin hat ihr Versprechen gehalten!«, rief sie. »Komm, Iseult! Wir müssen unseren Leuten den Rückzug befehlen, sonst werden auch sie zu Tode verbrannt.«

Die alte Zauberin wartete nicht auf eine Antwort, sondern lief die Straße so flink hinab, als wäre sie wie Iseult neunzehn. Die Banrìgh lief hinter ihr her, Iain, Dughall und Dide auf ihren Fersen. Gwilym sah ihnen sehnsüchtig nach, während er sich auf seinen Stab stützte, und schaute dann mit ängstlicher Ehrfurcht auf, während die Drachen, noch immer Signale ausstoßend, kreisten.

Dide erreichte den Rand des Schlachtfeldes als Erster. Er wölbte die Hände um den Mund und rief so laut und klar zum Rückzug, als hielte er eine Trompete an den Lippen. Er rief wieder und wieder, und überall auf dem Schlachtfeld hörten grau gekleidete Soldaten den Ruf, machten sich von ihren Gegnern frei und zogen sich zum Fluss zurück. Während sie davonliefen, kreisten die Drachen noch einmal, falteten dann ihre Schwingen ein und stürzten auf Ardencaple zu, während Flammen aus ihren Mäulern strömten.

Feuer brachen auf den Türmchen und Mauern auf, warfen gespenstische Schatten auf die darunter liegende Schlachtszene. Die Drachen tauchten ab und stiegen auf und schossen große, grelle Feuerbälle in die Mitte der Stadt. Pulverfässer explodierten, und entsetzliches Geschrei erhob sich, als die Stadtbevölkerung und die Soldaten, die innerhalb der Mauern gefangen waren, in Panik gerieten. Die Glorreichen Soldaten draußen auf dem Schlachtfeld waren entsetzt, wandten sich um und sahen hin, und die Schwerter entfielen ihrem Griff. Einige weinten und schüttelten die Fäuste. Andere waren zu entsetzt, um sich zu regen.

Nur eine kleine Gestalt kämpfte weiter. Von seinem wirren sandfarbenen Haar bis hinab zu den Stiefeln blutbedeckt, kämpfte Dillon weiter, achtete nicht auf den schrecklichen, großartigen Anblick der flammenden Drachen. Er atmete kurz und keuchend, seine Brust bebte, sein Handgelenk gab vor Erschöpfung nach. Obwohl die Soldaten, die er angriff, ihre Aufmerksamkeit von der brennenden Stadt ablenken mussten, um sich zu verteidigen, zögerte er nicht. Jed war ihm stets auf den Fersen, sein weißes Fell rostbraun befleckt, sein Kiefer vor rotem Schaum triefend.

Meghan sah den Jungen und den Hund, und ihr Blick wurde schärfer. »Ach, der dumme Junge! Er hat Joyeuse genommen.«

Die alte Hexe schritt durch die Toten und Verwundeten, das Plaid gegen die Kälte fest um sich geschlungen. Hinter ihr standen auf dem zugefrorenen Fluss die Überreste des Heers des Rìgh und blickten gen Himmel. Alle beobachteten fasziniert die Flugmanöver der Drachen, während diese mit gespreizten Schwingen, so dünn wie gehämmertes Gold, auf den Sturmwinden ritten.

»Dillon!«, rief Meghan. »Dillon, steck dein Schwert ein. Die Schlacht ist gewonnen. Steck dein Schwert ein.« Sie wiederholte die Worte immer wieder, aber er ignorierte sie, tötete einen und dann noch einen und dann einen weiteren Gegner. »Dillon, steck dein Schwert ein. Die Schlacht ist gewonnen. Steck dein Schwert ein!«

Er tötete auch noch den letzten Mann und sah sich dann ziellos um.

»Die Schlacht ist gewonnen. Steck dein Schwert ein.«

Der Junge blickte langsam zu ihr und hob sein Schwert. Seine Augen waren ausdruckslos. Iseult spannte ihre kleine Armbrust und hob sie an die Schulter. »Du hast gesiegt«, sagte Meghan freundlich. »Du brauchst nicht mehr zu töten. Steck dein Schwert ein.«

Dillon sah sich blind um. Er zitterte vor Kummer und Erschöpfung. Sein Verstand kehrte teilweise zurück. Sein benommener Blick nahm die verheerte Wiese, die brennende Stadt, den schwarzen Rauch und den umherwirbelnden Schnee auf. Dann sah er die gefallenen Körper Anntoins und Parlans unter den Toten liegen. Er sank auf die Knie und betrachtete das blutverschmierte Schwert und seine bis zu den Ellenbogen roten Arme. Er warf den Kopf zurück und heulte vor Qual laut. Der zottige Hund heulte mit ihm.

»Steck das Schwert ein«, sagte Meghan sanft, als sein Schrei zitternd zu Schweigen verklungen war. »Die Schlacht ist gewonnen. Du brauchst nicht mehr zu töten.«

Dillon sah Meghan stumm an, sein Gesicht war vor Kummer und Bestürzung verzerrt. Er gehorchte langsam, wischte das Schwert an seiner grünen Kleidung ab und ließ es wieder in die Scheide gleiten.

»Du hättest das Schwert nicht nehmen sollen«, sagte sie rau und beugte sich hinab, um eine Hand auf seine Schulter zu legen. »Joyeuse ist kein gewöhnliches Schwert. Wenn es erst gezogen wird, kann es so lange nicht wieder eingesteckt werden, bis es Blut geleckt hat, und es wird weiterkämpfen, bis die Schlacht gewonnen ist. Obwohl es unschlagbar ist, wie so viele magische Dinge, ist es ebenso ein Fluch wie ein Segen. Diejenigen, die Joyeuse tragen, lernen es zu fürchten und ziehen es selten. Die meisten sterben früh, obwohl das Schwert sie unbesiegbar macht, denn es wird niemals aufgeben und sich niemals zurückziehen. Es tut mir wirklich Leid, dass du es erwählt hast, Dillon, denn du kannst es erst wieder loswerden, wenn du tot bist.«

Er sah sie verständnislos an. »Es ist ein magisches Schwert?«

Sie nickte. »Einige sagen, es sei verflucht, obwohl es in der Tat mit den besten Absichten geschmiedet wurde. Normalerweise sterben jene, die es tragen, vor Erschöpfung, bevor seine Blutgier befriedigt ist. Und wenn sie sterben, ist jemand anderer gezwungen, es aufzunehmen und weiterzukämpfen, bis die Schlacht gewonnen ist. Es ist dafür bekannt, dass es sechs Besitzer in einer Schlacht töten kann, bevor es befriedigt ist. Joyeuse ist wirklich ein grausames Schwert.«

Dillon sah auf die in der Scheide steckende Waffe hinab, so müde und vor Kummer benommen, dass Meghans Worte nur wenig Sinn ergaben. Sie winkte Dide heran. »Bring den Jungen zu Johanna zurück«, sagte sie mit gedämpfter Stimme. »Sag ihr, sie soll ihm ein wenig Glühwein mit Mohnsirup darin geben und sich versichern, dass er es warm hat. Er wird schlafen. Er ist noch ein Kind. Ein Teil des Entsetzens wird beizeiten weichen.«

Dide nickte. Er beugte sich vor, half Dillon auf die Füße und legte einen Arm um seine Schultern, um ihn zu stützen. Jed winselte jämmerlich und hinkte hinter ihnen her.

Meghan blickte nach Ardencaple zurück. Trotz des um sie herumwirbelnden Schnees brannte die Stadt noch immer. Die sieben Söhne der Drachenkönigin schwebten entweder über der Feuersbrunst oder stießen gerade mit Triumphschreien hinab.

»Hoffen wir, dass sie ihre Rache an der Menschheit nicht zu sehr genossen haben«, sagte Meghan verbittert.

Iseult wirkte eher überrascht. »Bist du nicht froh?«, fragte sie. »Wir haben die Schlacht gewonnen, und den Krieg auch, wenn ich mich nicht irre. Die Tìrsoilleiraner werden es sich zweimal überlegen, bevor sie uns wieder angreifen.«

Meghan nickte und zog ihr Plaid hoch, um ihr weißes Haar zu bedecken. »Ja, vielleicht hast du Recht. Dennoch sind es Mitmenschen, die dort bei lebendigem Leibe verbrennen, und darunter Unschuldige. Dieses ganze Gemetzel tut mir zutiefst in der Seele weh. Kannst du ihr Entsetzen, ihre Qual nicht spüren?«

Iseult schaute zur Stadt zurück. Sie nickte zögernd. »Aber ich bin froh. Froh! Mein *Leannan* liegt wie tot da, und viele, die ich kannte und die mir wichtig waren, sind tot. Ich hoffe, dass sich derjenige, der uns verraten hat, in dieser Stadt verborgen hatte, und ich hoffe, er stirbt nicht allzu schnell!«

Meghan nickte heftig, wandte sich ab und blickte in den Schnee.

Lilanthe stand in einem Hain von Baumwandlern, ihre Wurzeln tief in der köstlichen Erde, ihr Körper schwingend, als genösse sie die Wärme der Brise, die das Tal hinabwehte. Sie konnte kleine Wasserrinnsale in den Fluss hinabrieseln hören, während Schnee und Eis schmolzen, sowie das Rascheln der Blätter der Baumwandler. Sie sprachen mit ihren tiefen, dröhnenden Stimmen miteinander, und sie lauschte vergnügt. Es war an der Zeit, dass sie in den Wald zurückkehrten, sagten sie. *Grün wachse froh frei fließe ranke …*

Frei wachse ranke, erwiderte sie, und sie neigten ihre belaubten Häupter ihr zu, murmelten Gruß und Würdigung. Dann schritten einige auf den Wald zu, von denen niemand mehr zurückblickte oder eine Grußgeste vollführte. Baumwandler waren einsame Wesen. Sie wanderten frei durch die Wälder und verspürten nur selten das Bedürfnis nach gesellschaftlichem

Austausch. Jene, die blieben, taten dies nur, weil die Erde schmackhaft und die Sonne warm war.

Lilanthe blieb bei ihnen, bis die Sonne schon fast unterging. Dann zog sie still ihre Wurzeln aus der Erde und ging auf die neben dem Fluss glimmenden Feuer zu. Sie schaute auch nicht zurück, winkte nicht und sagte kein Wort, obwohl es ihr das Herz zerriss, die Gesellschaft ihrer Verwandten zu verlassen. Lilanthe war jedoch zur Hälfte Mensch, und sie sehnte sich nach Gesellschaft.

Dide saß auf einem umgestürzten Baumstamm, spielte Gitarre und sang:

»O Eà, lass mich sterben,
mit 'nem kleinen Schluck an den Lippen,
und 'nem hübschen Mädchel auf meinem Schoß,
und 'nem fröhlichen Lied und 'nem Scherz,
beiß mir vor Wut auf die Nüchternen auf den Daumen,
und so wie ich leb, möcht ich sterben!
Also trinkt aus, Burschen, trinkt,
und passt auf, dass ihr nichts verschüttet,
denn wenn ihr's tut, trinken wir alle zwei,
denn das is' die Regel der Betrunkenen!«

Die Soldaten johlten und lachten und sangen den Refrain mit. Lilanthe saß mit dem Kinn auf den Knien da, die bloßen Füße unter dem Saum ihres Gewandes, und beobachtete ihn. Um sie herum saßen erschöpfte Soldaten, sangen und tranken ihr dünnes Ale. Viele trugen Verbände und wiesen Quetschungen auf, denn Tòmas' Kraft war für die Hunderte von Soldaten bewahrt worden, die vom Kanonenfeuer verstümmelt wurden. Diese Männer waren nun wieder gesund und stark, denn Tòmas' Heilkräfte waren mächtiger denn je. Die wiederhergestellten Soldaten begruben die Toten und durchsuchten die Asche der Stadt, die jetzt nur noch ein schwelender Schutthaufen war, während jene mit kleineren Verletzungen dasaßen und sich ausruhten und ihre Kraft mit Ale und Gesang stärkten.

Lilanthe saß in der vor Mücken summenden Dämmerung und fragte sich, was sie jetzt tun sollte, wo die Zauberwesen ihres Heers in ihre Waldheimat zurückgekehrt waren. Seltsamerweise sorgte sie sich nicht um die Zukunft. *Eàs Wille wird geschehen,* dachte sie. Sie nahm mit scheuem Lächeln einen Becher Ale an und beobachtete, wie Schatten über die friedliche Landschaft schwebten.

Sie roch den starken Geruch eines Bären und wandte den Kopf, als Niall um die Biegung des Flusses herankam, seine Vertraute hinter ihm hertappend. Die Soldaten machten ihm am Feuer Platz, und er setzte sich hin, ein Arm in einer Schlinge, der Kopf verbunden. Die Bärin legte sich neben ihn und stöhnte leise in sich hinein, während sie ihre verletzte Pranke leckte. Lilanthe lächelte ihnen zu.

»Ursa hat beschlossen zu bleiben?«, fragte sie flüsternd.

Niall nickte, wobei die Zähne durch seinen dunklen Bart aufblitzten, während er die Hand ausstreckte und die wuchtige, pelzige Schulter der Bärin tätschelte. »Ja, obwohl ich ihr gesagt habe, sie könnte frei mit den anderen ziehen. Doch sie will tatsächlich aus einem unbestimmten Grund bleiben.«

»Das dachte ich mir«, sagte Lilanthe.

Niall beugte sich vor und sah sie angespannt an. »Du bleibst auch?«

Sie nickte. »Obwohl ich hoffe, wieder mit den Baumwandlern tanzen zu können«, erwiderte sie weich.

»Vielleicht sehen wir den Sommerbaum wieder erblühen«, sagte er eher traurig.

»Vielleicht.«

Sie saßen eine Weile schweigend da. Dide erhob sich und begann um die Feuer herumzuwandern, während er seine Gitarrensaiten anschlug und sang:

»Ach, wär meine Liebe eine hübsche, rote Rose,
die auf einer kahlen Mauer wächst,
und ich selbst ein Tautropfen,
würde ich in diese rote Rose fallen.«

Niall nickte in Dides Richtung. »Er ist ein alter Freund von dir?«

»Ja, ein alter Freund und ein guter«, antwortete Lilanthe und wandte sich Niall zu. »Dide war es, der mich davon überzeugt hat, mich den Rebellen anzuschließen. Er und seine Großmutter waren wirklich freundlich zu mir. Sie haben für mich und Brun ihr Leben riskiert.«

Der kleine Cluricaun, der auf der anderen Seite des Feuers saß, drehte bei der Erwähnung seines Namens die Ohren, schwieg aber und kam auch nicht zu ihnen, da er zu sehr damit beschäftigt war, eine Flasche Whiskey zu leeren, die er irgendwo gefunden hatte.

»Ein wirklich guter Freund«, antwortete Niall und seufzte.

Lilanthe sagte leicht zögernd: »Was macht Ihr jetzt, Niall? Ich meine, jetzt, da wir den Krieg gewonnen haben?«

»Wir haben vielleicht die Schlacht gewonnen, aber man kann nicht behaupten, dass wir den Krieg gewonnen hätten, solange der Rìgh noch dem Fluch unterliegt und unsere Feinde noch Pläne gegen uns schmieden!«, antwortete er recht schroff. »Ihre Hoheit hat geschworen, nach Arran zu reiten, sobald wir unsere Streitkräfte wieder versammeln können. Sie sagt, die Distel müsse hinter dem Fluch stecken, und sie werde nicht eher ruhen, bis er gebrochen ist und Arran den Friedensvertrag mit dem übrigen Eileanan unterzeichnet hat.« Er hielt einen Moment inne und sagte dann freundlicher: »Aber wenn mich mein Rìgh nicht länger braucht, nun dann wünsch ich mir nur eine kleine Hütte in den Wäldern, mit meinem eigenen Garten für Kräuter und Gemüse und vielleicht einigen Bienenstöcken für Ursa und ...«

Er hielt inne, und Lilanthe fragte versonnen: »Was ist los?«

Er schwieg eine lange Weile und sagte dann rau: »Und mit jemandem, der mir nahe steht und mich liebt und mit mir leben will, bis ich alt und grau bin.«

»Das klingt wundervoll«, sagte sie sanft. Er wandte sich zu ihr um, seine Augen glänzten im tanzenden Feuerschein. Er zögerte und beugte sich dann vor, als wollte er noch etwas sagen, aber in dem Moment trat Dide neben sie, lächelte Lilanthe zu und sang:

»Ach, meine Liebe ist hübsch, hübsch, hübsch,
meine Liebe ist hübsch und nett anzusehen.«

Die Soldaten jubelten und lachten, und einige klatschten, und Dide verbeugte sich schwungvoll vor Lilanthe und ging dann, noch immer singend, weiter. Ihre Wangen fühlten sich erhitzt an, und sie rollte ihre Zehen ein und grub sie in die Erde. Sie konnte ein verlegenes Lächeln nicht unterdrücken und riskierte einen raschen Blick zu Niall. Er beobachtete sie, schaute aber nun augenblicklich fort, rief nach mehr Ale und lehnte sich an Ursas große Gestalt zurück. Die Bärin klagte und stieß ihn mit ihrer Schnauze an.

Das Singen hielt an, bis die Köche des Lagers das harte Brot und den Eintopf bereitet hatten, die die übliche Kost der Soldaten darstellten. Niall sagte nichts mehr zu Lilanthe, aber sie war sich einer gewissen Anspannung in ihrem normalerweise ungezwungenen Umgang miteinander bewusst. Er saß da und sprach stattdessen mit den übrigen Soldaten. Lilanthe erhob sich nach einer Weile und ging davon, während ihre zuvor empfundene

Zufriedenheit schwand. Es war eine milde Nacht, der Himmel sternenübersät. Sie wanderte am Fluss entlang und fragte sich, wo Dide wohl hingegangen war und was seine Worte bedeutet hatten – wenn sie überhaupt etwas bedeutet hatten.

Sie entfernte sich von der Stadt, abgestoßen vom Geruch der Asche und der dort verweilenden Aura des Schmerzes und des Entsetzens. Bald blieben die Lagerfeuer hinter ihr zurück, und nur die sanfte Bewegung des Flusses und der grüne Geruch nach Weiden und Wasserlilien blieben. Sie kam zu einem dichten Hain von Bäumen und stellte sich hinein, ließ kleine Wurzeln von ihren Füßen ausströmen und sich in die Erde versenken. In diesem Zustand – halb Baum, halb Mensch – stand sie und ließ sich wieder von der Erde trösten.

Lilanthes außersinnliche Wahrnehmungen waren in diesem Zustand am empfindsamsten, und so wurde sie sich fast augenblicklich eines Gefühlsaufruhrs ein Stück weiter den Fluss hinauf bewusst. Sie wusste sofort, wer es war, der solche Angst und Verwirrung, solch bittere Scham empfand. Sie löste ihre Wurzeln aus der Erde und lief leise stromaufwärts.

Er kauerte im Schutz eines blühenden Weißdornbusches, wiegte sich vor und zurück und klagte leise. Der Aufruhr seiner Gefühle stürzte auf sie ein, und sie kniete sich neben ihn und sagte zögernd: »Lord Finlay?«

Er zuckte sofort zusammen wie ein in die Ecke getriebenes Tier und schrie vor Überraschung und Angst laut auf. Sie sah sein bleiches Gesicht und den erschreckten Ausdruck seiner Augen, und dann wich er zurück und erhob sich taumelnd. Kurzzeitig sah sie seine große Gestalt als Silhouette vor dem Himmel, dann hörte sie Laufschritte, als er durch die Bäume floh. In diesem Moment erkannte sie ihn.

»Ihr wart es!«, schrie sie. »Ihr habt mich angegriffen! Warum? Warum?«

Nur das Rascheln des Laubes und das Rauschen des Flusses waren noch zu hören. Sie spürte, wie er über die Felder davonlief, halb verrückt vor Kummer und Scham, und erkannte augenblicklich, was Finlay Fürchtenichts dort tat und warum er davonlief. Tränenerstickt wandte sie sich um und eilte zu den Lagerfeuern zurück, wohl wissend, dass sie es Meghan und Iseult erzählen musste.

Die Bewahrerin des Schlüssels befand sich im königlichen Pavillon, saß dieses eine Mal still, die Hände müßig im Schoß, ihr Gesicht von bitterem Kummer zerfurcht. Gitâ schmiegte sich unter ihr Kinn, eine Pfote unter ihrem Kragen, sein federartiger Schwanz um ihre Kehle geschlungen. Lachlan lag bewusstlos auf seinem Feldbett, während Iseult seine Hand hielt und sein Gesicht beobachtete. Er hätte tot sein können, so bleich und still war er, dessen Brust sich kaum hob und senkte. Duncan Eisenfaust und Iain saßen am Tisch, tranken Whiskey und studierten die Karten; ihre Gesichter waren vor grimmiger Entschlossenheit angespannt.

Sie schauten auf, als die Baumtauscherin eintrat, und Meghans Blick wurde sofort schärfer. »Was ist los, Lilanthe?«

Sie erzählte ihnen, was sie gesehen und gespürt hatte, und sie alle stießen bestürzte Rufe aus.

»Nein, nicht Finlay Fürchtenichts!«, rief Duncan Eisenfaust. »Er kann nicht derjenige gewesen sein, der uns verraten hat! Niemand von Lachlans Leibgarde. Das würde er nicht tun. Das könnte er nicht tun!«

»Lilanthe, bist du sicher?«

»W-W-Warum? Warum w-w-würde er so etwas tun?«

»Aber er war so eifrig, so loyal«, sagte Iseult, die sich daran erinnerte, wie der junge Laird nach der Samhain-Rebellion zu ihnen gestoßen war, mit vor Begeisterung leuchtenden Augen, und dem neuen Rìgh sein Leben und sein Schwert verschworen hatte. Er war der erste der Highlandlairds gewesen, der sich auf Gedeih und Verderb mit Lachlan zusammengetan hatte, und seine Unterstützung hatte viele andere dazu ermutigt, sich ihnen ebenfalls anzuschließen.

»Er dachte gerade an eine Frau«, sagte Lilanthe weich. »Sein Herz wand sich vor Sehnsucht und Scham. Er empfand tiefstes Entsetzen über das Massaker im Wald und die Verbrennung Ardencaples, aber er konnte dennoch nur an diese Frau denken, an ihre weiße Haut, ihre Stimme, ihre silbrigen Augen.«

»Maya!« Meghan sprang auf, die schwarzen Augen blitzten. »Ich hätte es wissen müssen!«

»Wann? Wie?«, rief Iseult. »Er war monatelang mit uns unterwegs! Wie hätte er sich mit ihr verständigen können?«

»Spione haben stets Möglichkeiten«, sagte Meghan barsch. »Brieftauben, oder eine einem Meldereiter zugesteckte Nachricht. Wer weiß, wie tief die Fäulnis des Verrats reicht?« Sie durchschritt den Raum, die Stirn stark gefurcht, und ballte ihre Hände immer wieder zu Fäusten. »Finlay muss ihr auch gesagt haben, wo Jorge und Tòmas sein würden. Die Angriffe erfolgten gleichzeitig. Ich hätte es vermuten müssen, als wir ihn im Wald vermissten. Wenn ich daran denke, dass ich befürchtet hatte, er hätte durch die Hände der Glorreichen Soldaten Schaden erlitten!«

Duncan barg den Kopf in den Händen. »So viele gute Männer sind tot«, sagte er heiser. »Wie konnte er nur?«

»Eà v-v-verdamme ihn!«, sagte Iain mit belegter Stimme.

Der Hauptmann der Blaugardisten erhob sich jäh. »Ich werde Männer ausschicken, um ihn aufzuspüren. Wir werden ihn befragen und genau herausfinden, wie und warum er sein Wort uns gegenüber gebrochen hat, und dann werden wir ihn anklagen. Er wird für diesen Verrat bezahlen!«

Finlay James MacFinlay, der Marquis von Tullitay und Kirkcudbright, Vicomte von Balmorran und Strathraer und der einzige Sohn und Erbe des Duke of Falkglen, wurde unter einem Busch am Rande des Waldes versteckt gefunden, seine blaue Jacke zerrissen und verdreckt, sein Bart von Disteln verfilzt. Er wurde hinter dem Pferd desjenigen Soldaten zum Heerlager zurückgeschleift, der ihn gefunden hatte. Als er in die Mitte des Lagers geworfen wurde, empfingen ihn Buhrufe und Pfiffe, und er wurde angespuckt. Er bedeckte sein Gesicht mit den Händen und schluchzte.

Iseult stand bleich und mit starrer Miene vor dem königlichen Pavillon, in ihre zerschlagene Rüstung gekleidet, ihr Haar unter der langen weißen Haube verborgen. Duncan Eisenfaust und Iain von Arran standen auf einer Seite, Niall der Bär und Dide der Jongleur auf der anderen. Sie waren von Lachlans Offizieren als Einzige übrig geblieben. Sie sahen Finlay mit kalter Verachtung in den Augen an.

»Es tut mir Leid, es tut mir Leid«, schluchzte er. »Bitte vergebt mir. Ich wusste nicht, was ich tat. Sie bat mich, ihr Nachricht über unsere Pläne und Bewegungen zu geben … Ich dachte, es geschähe, um ein Treffen zu vereinbaren … Ich hab mich so danach gesehnt, wieder mit ihr das Lager zu teilen … Ich hab nicht nachgedacht. Ach, bitte, im Namen von Eàs grünem Blut, vergebt mir.«

Er hob Mitleid erregende Augen, sah aber kein Mitgefühl in den Augen derer, die ihn verdammten. Er flehte darum, dass sie ihn töten sollten, aber die Gnade des Todes wurde ihm verwehrt. Er wurde mit einem V für Verräter gebrandmarkt und dazu verdammt, als Ausgestoßener umherzuwandern, um Nahrung und Gnade zu betteln und alle wissen zu lassen, dass er seinen Rìgh und seine Kameraden verraten hatte. Selbst sein eigener Vater wollte ihm keinen Beistand gewähren, sondern vertrieb ihn mit

Tritten und Flüchen. So wurde Finlay Fürchtenichts zu Finlay dem Verfluchten, ein Mann ohne Heimat oder Freunde oder Ehre, ein Mann, in dessen Ohren die Schreie der Sterbenden für immer widerhallten.

Die Fairge

Die Drachenprinzessin flog hoch über die schneebedeckten Berge, wobei ihr schuppiger Körper in der Sonne goldengrün schimmerte. Isabeau hielt sich ganz fest, während durch den scharfen Wind bewirkte Tränen ihr vor Jubel strahlendes Gesicht hinabströmten. Sie stieß einen Begeisterungsschrei aus, als Asrohc zum verschwimmenden Horizont abtauchte und sich ihr Magen hob. Dann vollführte Asrohc eine anmutige Rolle, sodass Isabeau auf dem Kopf stand und ihr Haar wie ein Vorhang herabhing. Sie schrie wider Willen auf und klammerte sich verzweifelt ans Rückgrat des Drachen, der dann mit ausgebreiteten Schwingen wieder aufrecht flog.

Ich wünschte, du würdest mich vorwarnen!, sagte Isabeau.

Die junge Drachenprinzessin stieß spöttische Signallaute aus, die den Schnee von den Felsen unter ihnen herabrieseln ließen. Isabeau beobachtete, wie er gleich weißen Federn Hunderte von Fuß abfiel und im Wind allmählich schmolz. Sie konnte nicht umhin, vor Angst wegen der großen Tiefe unter ihnen zu erschaudern. Sie schaute auf die grünen Hochgebirgswiesen weiter unten, und plötzlich schärfte sich ihr Blick. Auf dem Grün war ein zusammengesunkener Haufen Rot zu sehen.

Asrohc, würdest du für mich tiefer fliegen? Ich glaube, ich sehe etwas …

Der Drache faltete zuvorkommend die Schwingen ein, und sie fielen so rasch wie ein auf seine Beute herabstürzender Adler. Isabeau keuchte und klammerte sich fest, wieder einmal dankbar für die komplizierten Lederriemen, die sie auf dem Rücken des Drachen sicherten. Der Haufen Rot, den sie gesehen hatte, raste auf sie zu. Isabeau hatte gerade erst erkannt, dass das, was sie entdeckt hatte, ein Körper war, als der Drache plötzlich die Richtung änderte und wieder in den Himmel hinaufflog.

Nein, Asrohc, flieg zurück!

Das ist nichts, wofür ich den Boden berühren möchte, erwiderte der Drache.

Bitte, Asrohc! Sie sind vielleicht verletzt und brauchen meine Hilfe. Selbst wenn sie tot sind, kann ich sie nicht den Wölfen überlassen. Willst du mich nicht hinabbringen?

Der Mensch lebt, aber nicht mehr lange. Du solltest den Atem besser aus ihrem Körper entweichen lassen.

Sie lebt? Asrohc, bring mich hinab!

Wenn du es wünschst, obwohl ich nicht verstehen kann, warum du einer wie ihr helfen solltest.

Während sich Isabeau über die Verachtung in der Geiststimme des Drachen wunderte, beugte sie sich vor und versuchte, über die schuppige Schulter zu schauen, während der Drache in immer kleiner werdenden Kreisen allmählich abstieg. Asrohc landete leicht auf der Wiese und rollte den Schwanz um ihre Klauen, während Isabeau die Riemen löste und herabkletterte. Sie brauchte einen Moment, um nach dem Schwindel erregenden Abstieg ihr Gleichgewicht wiederzuerlangen, aber nachdem die Welt aufgehört hatte, sich zu drehen, überquerte Isabeau die Wiese und kniete sich neben die Frau, die mit dem Gesicht nach unten im Gras lag.

Sie trug ein zerrissenes, verschmutztes Gewand aus rotem Samt, und ihr Gesicht war von dunklem Haar verborgen. Isabeau tastete nach ihrem Puls, der sehr schwach und ungleichmäßig schlug, und rollte sie dann vorsichtig herum, damit sie Mund und Nase freilegen konnte. Das von Dreck verfilzte Haar fiel zurück, und Isabeau erkannte verblüfft, dass es Maya war.

Die frühere Banrìgh atmete röchelnd, und die Kiemen an ihrem Hals flatterten schwach. Ihre Haut war trocken, ihre feine Schuppung bei Berührung rau, ihre schmalen Lippen blau. Eine gequetschte, entzündete Wunde an ihrer Schläfe wies eine dicke Kruste auf, und die Sohlen ihrer leichten Schuhe waren zerfetzt. Isabeau befühlte ihre Stirn, die glühend heiß war. Der Hexenlehrling kaute besorgt auf den Fingernägeln. Sie wusste, dass sie Maya so schnell wie möglich in Salzwasser bringen musste, wenn die Fairge überleben sollte. Sie schaute zum Drachen zurück. Asrohc hatte den großen, hageren Kopf auf die Klauen gelegt und betrachtete Isabeau mit rätselhaften goldenen Augen. Ihr langer, dornenbewehrter Schwanz schwang hin und her.

Asrohc, sie wird sterben, wenn ich sie nicht rasch zum Wasser bringe. Wirst du uns zum Tal der Drachen zurückfliegen, damit ich sie in die sprudelnden Teiche tauchen kann?

Der Drache gähnte breit und rollte seine schmale himmelblaue Zunge ein.

Bitte, Asrohc! Ich kann sie nicht sterben lassen!

Warum nicht?, erwiderte der Drache. *Sie war es, die die rot gewandeten Soldaten in unser Tal geschickt hat, die wiederum meinen Bruder mit ihren vergifteten Lanzen verletzt haben. Sie war es, die die Jagd auf Drachen zu einem Zeitvertreib gemacht und jene belohnt hat, die meine Verwandten töteten. Ich werde es genießen, ihr beim Sterben zuzusehen.*

Isabeau wusste nicht, was sie sagen sollte. Sie wusste nur, sie durfte Maya nicht sterben lassen. Sie konnte nicht umhin, an sie als an Morag zu denken, ihre Freundin vom Strand, die sie über die Sandskorpione und die Dumaale und den Strom der Gezeiten belehrt hatte. Außerdem war Maya Bronwens Mutter, und Isabeau wollte nicht diejenige sein, die das kleine Mädchen dessen beraubte, da sie selbst mutterlos aufgewachsen war. Sie sah sich nachdenklich um.

Sie befanden sich auf der langen, blumenübersäten Wiese, die sich vom Fuß der Drachenklaue das Tal hinab bis zu der Stelle erstreckte, wo sich der Rhyllster seinen Weg durch die Hügel zu bahnen begann. Isabeaus Augen leuchteten auf, denn dies war vertrautes Gebiet. Sie schaute zum Drachen zurück und sah das gefährliche Glitzern eines Auges durch das schlitzförmige Augenlid. Drachen waren nicht für ihre Barmherzigkeit bekannt. Trotz der Jahrhunderte der Freundschaft zwischen ihrer Familie und den großen, magischen Wesen, wagte Isabeau es nicht, erneut um Beistand zu bitten. Sie beugte den Kopf und sagte: *Es gefällt mir nicht, mich deinem Willen entgegenstellen zu müssen, aber ich kann sie nicht sterben lassen. Ich wurde gelehrt, stets zu heilen und zu helfen, und ich habe geschworen, meine Kräfte niemals dazu zu benutzen, anderen zu schaden. Ich bitte dich um Nachsicht und hoffe, dass du mir vergeben wirst.*

Asrohcs Schwanz schwang vor und zurück. Sie erhob sich anmutig, streckte sich geschmeidig wie eine Katze und gähnte erneut, wobei sie Reihen sehr scharfer, spitzer Zähne zeigte. *Meine Mutter die Königin sagt, ich muss deinen Wünschen folgen, auch wenn ich deine schwache, menschliche Torheit verabscheue. Sie sagt, die Fairgekönigin sei in dieser Scharade noch von Bedeutung. Also tu, was du willst, Isabeau NicFaghan, und wenn du wieder durch die Himmel fliegen willst, dann rufe meinen Namen. Ich werde vielleicht kommen, wenn ich mich langweile.*

Isabeau beugte ergeben den Kopf, obwohl ihr Mut bei Asrohcs kaltem Tonfall sank. Sie beobachtete, wie der Drache in den Himmel entschwebte und wie der lange, sehnige Körper kleiner wurde, während sie auf die gebeugte Spitze der Drachenklaue zuflog. Dann war Asrohc fort, und der Himmel war wieder leer. Isabeau seufzte und beugte sich über Maya.

Kurz darauf richtete sie sich wieder auf und sah sich um. Aus einem Hain am Rande der Wiese berief sie umgestürzte Baumstämme und grüne Ranken herbei und verwob sie mit Magie zu einer Trage. Sie hob Maya vorsichtig darauf, nahm eine kleine Holzkiste auf, die einige Schritte entfernt stand, und stellte sie neben sie. Dann sandte sie ihren Geist aus, bis sie eine Herde Bergziegen erreichte, die von den Höhen herabstiegen, um auf den üppigen Wiesen zu weiden. Sie rief sie zu sich und bat sie um Hilfe. Die Ziegen erinnerten sich aus früheren Zeiten an sie, als sie barfuß mit ihnen über die Felsen geklettert war, und erklärten sich daher bereit, die Trage für sie zu ziehen. Isabeau benutzte die Ranken als Zaumzeug, schirrte die Ziegen damit an, und sie zogen die verletzte Frau durch die Felder.

Der Tag neigte sich dem Ende zu, als Isabeau schließlich den Felsenkamm erreichte, der von der Außenwelt in Meghans geheimes Tal führte. Die Vorderseite des Felsens war von Höhlen durchzogen. Die meisten waren nur flache Öffnungen, die nirgendwo hinführten, aber einige wenige drangen tief in den Fels ein. Die Ziegen halfen ihr, die Trage den Kamm hinaufzubringen, und stoben dann als Woge gesprenkelten Graus davon, wobei sie ihre gehörnten Köpfe aufwarfen.

Isabeu zog die Trage in den schmalen Eingang einer Höhle und versicherte sich dann, dass niemand sie beobachtete. Obwohl diese Berge verlassen und entlegen waren, drang gelegentlich ein Jäger auf der Suche nach einem Schneelöwen oder einem Wollbären in ihr Labyrinth von Schluchten und Spalten vor, und sie hatte gelernt, kein Risiko einzugehen. Die Wiese unter ihr war jedoch ruhig, und so betrat sie die Dunkelheit.

Obwohl Isabeau ebenso gut sehen konnte wie eine Elfenkatze, war die Dunkelheit im Berg so dicht, dass sie ein Hexenlicht heraufbeschwören musste, um etwas erkennen zu können. Es schwebte vor ihr und warf ein unheimliches blaues Licht über die fantastischen Felsformationen, die sich über ihr wölbten. Es gab dicke, gerillte Säulen, höher als jeder Turm. Hier und da waren auf dem Boden Nester schimmernder Perlen so groß wie Hagelkörner zu sehen, während sehr dünne Ruten lagenweise an den Wänden herabhingen. Hier und da waren zarte Spitzen aus Stein zu sehen, einige mit fahlen Farbkräuselungen, die meisten aber wolkenweiß. Hier und da hingen auch verkalkte Baumwurzeln von der Decke herab, wirr und unheimlich.

Die Trage war zu sperrig, um sie durch die Höhlen zu ziehen, und so löste Isabeau die Ranken, die Mayas bewusstlosen Körper hielten. Mit großer Willensanstrengung hob sie sie hoch, bis sie vor ihr entlangschwebte, und schob sie voran, als wäre sie ein Boot auf dem Wasser. Der Hexenlehrling hatte die Eine Macht noch niemals zuvor auf diese Art gebraucht und stellte fest, dass sie trotz der Kälte in den Höhlen zu schwitzen begann.

Sie stieg ins Herz des Berges hinab, hielt oft inne, um sich auszuruhen. Einige der Tunnel waren so schmal und niedrig, dass sie kriechen musste, andere so geräumig, dass sie die Wände nicht sehen konnte. Gelegentlich konnte sie Wasser plätschern hören und musste einmal durch einen Eisfluss waten, wobei der Fels unter ihr so glatt war, dass sie Mühe hatte, auf den Beinen zu bleiben. Ansonsten war alles ruhig, mit einer Atmosphäre tiefen Friedens und Geheimnisses.

Isabeau hatte die geheimen Wege durch den Berg niemals so gut gekannt wie Meghan, und sie musste häufig stehen bleiben, um sich zurechtzufinden. Sich daran erinnernd, was die alte Zauberin sie gelehrt hatte, legte sie die Hände an die Felswände, lauschte und versuchte, durch ihre Handflächen zu erspüren, was dahinter lag. Wann auch immer sie in einer Richtung große

Dunkelheit und Dichte spürte, ging sie an der nächsten Weggabelung in diese Richtung.

Schließlich erweiterte sich der steil abwärts führende Laufgang, und sie spürte einen weiten Raum. Isabeau fühlte sich von ihren Strapazen recht schwindelig und hob das Hexenlicht hoch, sodass sich kalter Glanz vor ihr ausbreitete. Sie stand am Rande einer riesigen Höhle, deren Decke in den Schatten über ihr verborgen war. Ein unterirdischer See erstreckte sich vor ihr, dessen Wasser tintenschwarz war. Hin und wieder kräuselte sich die Oberfläche leicht, als rege sich etwas darunter. Rund um sie herum standen wie Skulpturen verschlungene, gewaltige Kalksäulen und -bögen. An einem Ende des Sees befand sich ein kristalliner Felswasserfall, der Hunderte von Fuß tief ins Wasser tauchte. Rundum hingen wie Drachenzähne zarte weiße Eiszapfen, und der Boden war mit gefrorenen Kalksteinblumen bedeckt. Das einzige Geräusch war ein langsames Tropfen.

Isabeau kletterte über die glatten, feuchten Felsen, während Maya neben ihr herschwebte. Es war kalt, und sie schlang ihr Plaid enger um sich. Mayas Gesicht war aschfarben, und der Atem rasselte in ihrer Kehle. Isabeau richtete rasch ein Gebet an Eà und senkte die bewusstlose Frau dann ins Wasser. Im letzten Moment entglitt ihr die Kontrolle, und Maya fiel platschend hinein. Sie sank außer Sicht, und Isabeaus Beunruhigung wuchs. Sie wollte gerade in den See eintauchen, um Maya zu suchen, als das Wasser wogte und grüne Luftblasen aufstiegen. Sie beobachtete sie besorgt und befürchtete jäh, dass der unterirdische See eine Schlange oder ein Ungeheuer beherbergte, das die bewusstlose Frau verschlingen würde. Dann blitzte es unmittelbar unter der Oberfläche silbern auf, und ein langer Schwanz mit einer großen gekräuselten Flosse brach hindurch und spritzte Isabeau Wasser ins Gesicht. Sie trat mit einem erschreckten Aufschrei zurück.

Ein rotes Samtgewand trieb aus den Tiefen heran.

Isabeau rang die Hände. »Was habe ich getan?«, rief sie. »Maya! Maya!«

Nun teilte sich das Wasser, und Maya schoss herauf. Sie lächelte heiter, und ihr dunkles Haar klebte an ihrem Kopf. Sie rollte sich herum, während Wasser von ihrem mit Silberschuppen überzogenen Körper strömte, und tauchte erneut, wobei ihr Schwanz auf die Wasseroberfläche aufschlug, sodass Isabeau von Kopf bis Fuß nass gespritzt wurde.

Sie konnte einen Moment nicht glauben, was sie gesehen hatte. Verblüfft schaute sie zu, wie Maya, deren Körper wie Zinn glänzte, sich im tintenschwarzen Wasser tummelte. Sie hatte Maya schon früher die Gestalt verändern sehen, als die frühere Banrìgh ins Herz des Teichs der Zwei Monde eingetaucht war, um Lachlans Rache zu entkommen. Damals waren ihre Handgelenke und Knöchel von Schwimmflossen umgeben gewesen, gleich den Krausen, welche die jungen Lairds bei Hofe an den Enden ihrer Ärmel trugen. Sie hatte dieselben Flossen bei Bronwen gesehen, wenn sie die kleine Banprionnsa badete. Sie hatte jedoch noch niemals zuvor jemanden mit einem Schwanz wie ein Fisch gesehen.

Maya schwamm ans Ufer, ließ sich dort treiben und schaute zu Isabeau hoch, wobei sie ihre schuppigen Arme träge durchs Wasser zog. »Ich danke dir«, flüsterte sie. »Ich wäre gestorben, wenn du mich nicht hierher gebracht hättest.« Sie schaute verwundert zu den Bögen aus steinernen Eiszapfen, die wie die sich schließenden Kiefer eines großen Ungeheuers wirkten. »Wo sind wir?«, fragte sie heiser. »Wie kann das sein – ein See unter der Erde?«

»Es ist ein unterirdischer See«, sagte Isabeau. »Sein Wasser ist salzig wie das Meer. Ich dachte, das würde helfen.«

Maya rollte sich herum, ihr Schwanz erschien an der Wasseroberfläche und verschwand sofort wieder. Die silbrigen Schuppen waren auf einer Seite schwarz gefleckt.

»Ja, er ist wie das Meer, nur tot«, sagte sie, als ihr Gesicht wieder aus dem Wasser auftauchte. »Das Meer schwirrt vor Leben, während dies abgestanden ist, ohne Leben. Es ist jedoch salzig – salzig genug, dass ich meine Meergestalt annehmen kann. Es ist sehr lange her, seit ich mich zuletzt völlig verwandeln konnte, und daher danke ich dir auch dafür.«

Isabeau nickte. »Was tut Ihr hier?«, fragte sie schroff. »Wie kam es, dass Ihr auf der Wiese lagt, und wie habt Ihr Euch so verletzt?«

Isabeau sah besorgt, dass erneut Blut aus der Wunde an der Schläfe der Fairge pulsierte und dass sie wirklich sehr blass war. »Kommt«, sagte sie rau. »Ich bringe Euch irgendwo hin, wo Ihr Euch ausruhen und etwas essen und mir dann alles erzählen könnt.«

Maya betrachtete sie unbewegt. »Ich bin natürlich wegen meiner Tochter gekommen«, sagte sie sanft. »Wie konntest du etwas anderes denken? Es hat so lange gedauert, bis ich dich aufspüren konnte. Wo ist sie? Wo ist meine Bronwen?«

Isabeau errötete und biss sich auf die Lippen. Entschlossen, sich nicht zu schämen, schüttelte sie verärgert ihre roten Locken zurück und sagte: »Hier ist niemand außer mir. Kommt, können wir gehen? Wir haben noch ein gutes Stück Weg vor uns.« Und obwohl die Fairge sie immer wieder fragte, wo ihre Tochter sei, während sie langsam und umständlich den Weg aus den Höhlen suchten, antwortete Isabeau nicht.

Schließlich stolperten sie aus der Dunkelheit in die kühle Dämmerung. Sterne erstrahlten allmählich am Himmel über ihnen, die Monde stiegen auf und schienen am dämmerigen Himmel schwach und unwirklich.

Über ihnen ragten uralte Bäume auf. Ihre dicken Stämme

wirkten wie Säulen aus Pechkohle, ihre von der Sonne berührten Blätter wie die goldverzierte Decke einer großen Halle. Isabeau konnte durch ihre ausgebreiteten Zweige den dunklen, gebeugten Umriss der Drachenklaue vor dem Sonnenuntergangshimmel aufragen sehen. Trotz ihrer Befürchtungen konnte sie nicht umhin, einen leisen Seufzer der Zufriedenheit auszustoßen. Sie hatte sechzehn Jahre lang in diesem kleinen Tal gelebt und es sehr vermisst. Es war großartig, wieder zu Hause zu sein.

Sie kamen nur langsam durch die Wälder voran. Maya, die noch immer schwach und recht benommen war, musste häufig innehalten, um sich auszuruhen. Ihre verschmutzten Samtröcke waren von Wasser durchtränkt, und sie hatte die Überreste ihrer leichten Schuhe verloren, sodass ihre bloßen Füße mit blauen Flecken übersät und zerkratzt waren. Isabeau erkannte, dass die Fairge nicht in die Bäume klettern könnte. Als sie das Ufer des kleinen Sees erreichten, der sich zum östlichen Rand des Talkessels hin erstreckte, bat sie Maya daher schroff, stehen zu bleiben, damit sie ihr die Augen verbinden konnte. Isabeau war unnachgiebig, obwohl die Fairge protestierte. Sie beging schon Verrat, indem sie Meghans Erzfeindin mit in ihr geheimes Baumhaus nahm, auch ohne noch die verborgenen Eingänge zu offenbaren. Maya die Augen zu verbinden war die einzige Möglichkeit, wie Isabeau ihr schlechtes Gewissen beschwichtigen konnte, obwohl sie noch immer hoffte, dass Meghan dies niemals herausfände.

Isabeau führte Maya zum Fuß des höchsten Baumes im Wald, der auf einem Felsvorsprung über dem See wuchs. Seine Wurzeln wurden von Dornen geschützt, und Isabeau zerkratzte sich übel die Hände, als sie die Zweige zurückzog, damit Maya hindurchgehen konnte. Der dahinter liegende, schmale Gang wand sich durch den Fels, und die Frau mit den verbundenen Augen musste sich mit ausgestreckten Händen ihren Weg hindurchbahnen, obwohl Isabeau ein Hexenlicht heraufbeschworen hatte, um etwas sehen zu können. Sie erreichten eine kleine Öffnung, und Isabeau tastete nach dem verborgenen Riegel, hob ihn an und ließ die verborgene Tür aufschwingen. Sie betraten die Küche.

Es war ein kleiner, dunkler, in den Fels gehauener Raum, an dessen einer Seite der große Baum wuchs, dessen Wurzeln sich ausstreckten und viele natürliche Regale und Nischen bildeten, die mit Flaschen, Gefäßen und Büchern angefüllt waren. Eine Feuerstelle war in den Fels eingelassen, über der ein rußgeschwärzter Spalt einen natürlichen Schornstein bildete. Vor der Feuerstelle standen zwei hochlehnige Stühle mit geschnitzten Armlehnen und Kopfstützen und ein wackeliger Holztisch. Die Geheimtür war hinter einem Standregal verborgen, das Isabeau nun hinter sich zurückschwang und wieder gut sicherte. Sie führte Maya zu einem der Stühle, schichtete dann ein Feuer auf und zündete es mit einem Fingerschnippen an. Erst dann erlaubte sie der Fairge, die Augenbinde abzunehmen und sich umzusehen, was sie sehr neugierig tat.

»Ach, was für ein ulkiger kleiner Raum!«, rief sie aus. »Es sieht so aus, als befänden wir uns in einem hohlen Baum. Wo sind wir?«

»Dies ist mein Heim«, sagte Isabeau und kreuzte hinter dem Rücken die Finger, auch wenn es nur teilweise gelogen war.

»Dann bist du wirklich ein schlampiges Mädchen«, sagte Maya mit Belustigung in der Stimme. Isabeau sah sie finster und ungehalten an, und die Fairge fuhr mit einem Finger über die Armlehne des Stuhls. Dicker Staub lag darauf. Isabeau errötete, und ihr fiel nichts ein, was sie hätte sagen können.

Maya grinste sie an und sah sich dann weiterhin um. »Hier hat sich die Oberzauberin also all die Jahre versteckt. Ich muss zugeben, dass wir niemals darauf gekommen wären, im Inneren eines Baumes nachzusehen.«

Isabeau errötete noch stärker. Sie hatte gehofft, Maya könnte nicht erahnen, dass dies Meghans Heim war, und konnte sich nicht vorstellen, was es so bald verraten hatte. Maya blickte zu einem kleinen Wappen über der Feuerstelle hinauf, das einen springenden weißen Hirsch mit einer Krone im Geweih zeigte. Das Motto darüber lautete: *Sapienter et Audacter*. Isabeau folgte ihrem Blick, und Bestürzung ergriff sie. Sie hatte dieses Wappen und das Motto, *Weise und Kühn*, an jedem Tag ihres Lebens gesehen und sich niemals Gedanken über seine Bedeutung gemacht. Und doch war es der Beweis dafür, dass Meghan nicht nur eine Waldhexe war, sondern auch nicht weniger als eine Banprionnsa des Clans der MacCuinn.

Isabeau schwieg und machte sich in der Küche zu schaffen. Sie schüttelte einige Quilts und Leintücher aus, hängte sie zum Trocknen vors Feuer und durchsuchte dann die Gefäße und Blechtöpfe nach Nahrung und Medizin. Sie fand genügend Kräuter und Getreide, um einen dünnen Brei und etwas Tee zuzubereiten, wobei sie stirnrunzelnd feststellte, dass sie am Morgen hinausgehen müsste, um Vorräte herbeizuschaffen. Anscheinend würde sie von dieser prosaischsten aller Aufgaben niemals befreit werden.

Sie wusch die schlimme Wunde an Mayas Kopf aus und behandelte sie mit Salbe und prüfte dann ihren Puls, der noch immer unregelmäßig war, und ihre Temperatur, die hoch war. »Ich denke, Ihr werdet noch einige weitere Male in dem unterirdischen See schwimmen müssen, bevor Ihr Euch vollkommen erholt habt«, sagte sie, teilte den Brei aus und sank seufzend auf ihren Stuhl. Es war wirklich ein langer Tag gewesen.

»Das ist nicht schlimm«, sagte Maya. »Ich hatte während der letzten Jahre viele Probleme, genügend Wasser zu finden, das salzig genug war, um zu überleben. Ein Gewässer, das tief genug ist, dass ich darin eintauchen kann, und fast so salzig wie das Meer – das ist wirklich ein Luxus.«

Isabeau nickte verständig, obwohl ein eigenartiges Gefühl der Unwirklichkeit sie befiel. Wie konnte sie nur mit Maya der Verhexerin unbeschwert in Meghans Baumhaus sitzen und offen darüber reden, wie schwierig es für eine Fairge war, über Wasser zu überleben? Sie betrachtete verstohlen Mayas Gesicht, bemerkte den Perlmuttschimmer ihrer Haut, den schmalen Mund und die beweglichen Nasenflügel, die flachen Ohren und die beständig flatternden Kiemen. Der Feuerschein glühte auf der linken Seite ihres Gesichts, offenbarte das Spinngewebe zarter, heller Narben, welche die seidenen Schuppen verunstalteten.

»Wie, in Eàs Namen, konntet Ihr Eure wahre Abstammung jemals so lange geheim halten?«, brach es aus ihr hervor.

»Ich hatte den Spiegel der Lela«, erwiderte Maya. »Er war ein sehr altes, sehr mächtiges Artefakt der Familie meines Vaters, und ich lernte bereits als Kind, damit umzugehen. Ich hab die Illusion zweimal am Tag gesponnen, in der Dämmerung und bei Sonnenuntergang, und hab sie niemals abgelegt. Sie wurde im Laufe der Jahre zu mehr als nur einer Maske. Tatsächlich war sie wie eine zweite Haut, die über mein Gesicht gewachsen war.

Und ich hab sorgfältig darauf geachtet, hohe Kragen und lange Ärmel zu tragen, die meine Kiemen und auch meine Schwimmflossen verbargen. Man konnte nie wissen, wann jemand die Gabe der Klarsicht in ausreichendem Maße besäße, um den Zauber des Blendwerks, so dicht und stark er auch war, zu durchschauen. Es amüsierte mich, dass es Mode wurde, hochgeschlossene Kragen und die Hände bedeckende Ärmel zu tragen.«

Sie lächelte bei der Erinnerung leicht und sagte dann achselzuckend: »Außerdem sehen die Menschen, was sie zu sehen erwarten, und als die Hexen erst fort waren, brauchte ich nicht mehr so vorsichtig zu sein. Das war ein Grund, warum ich rasch handeln musste, verstehst du? Ich durfte keine Entlarvung riskieren. Jedermann mit Hexensinnen war eine Gefahr für mich.«

Sie streckte die Hände aus, betrachtete die tiefen Schwimmhäute, die von Knöchel zu Knöchel verliefen, und lächelte wehmütig. »Ich war wirklich erschrocken, als ich mein Gesicht sah, nachdem der Spiegel zerbrochen war. Ich hatte beinahe vergessen, wie ich wirklich aussah oder dass ich keine junge Frau in der Blüte meiner Jahre mehr war.«

Sie seufzte. »Tatsächlich wusste der junge Lachlan nicht, was er tat, als er den Spiegel zerbrach. Ein Großteil meiner Kräfte entsprang daraus, und ich war ohne ihn beinahe hilflos.«

Isabeau konnte nicht umhin, sie zu bemitleiden. Die Fairge wirkte so dünn und blass, und wahre Traurigkeit schwang in ihrer tiefen, ausdrucksvollen Stimme mit. Maya sah sie bittend an. »Ich will nur meine Tochter finden, damit wir irgendwo in Sicherheit leben können. Du begreifst nicht, wie es ist, gejagt zu werden, von allen gehasst und gefürchtet, unser Leben bei Entdeckung verwirkt.«

Isabeaus Herz verhärtete sich. »Doch, das begreife ich«, sagte sie schroff und spreizte ihre Hände, damit Maya sie sehen konnte. »Ich hab diese Finger in den Folterkammern Eures Großinquisitors verloren und hätte auch mein Leben verloren, wenn Eure Großsucherin mit ihrem schrecklichen Plan Erfolg gehabt hätte! Ich wurde durch die ganzen Highlands gejagt und bin mehrere Male fast an Fieber und Erschöpfung gestorben.«

»Dann verstehst du«, sagte Maya unerwarteterweise, beugte sich vor und richtete den Blick ihrer silberblauen Augen auf Isabeaus Gesicht. »Vielleicht verdien ich es, gehasst und gejagt zu werden, obwohl ich bei dem, was ich getan habe, wirklich keine Wahl hatte, aber meine kleine Bronwen verdient es nicht! Sie ist nur ein unschuldiges Kind. Du weißt, dass sie sie töten werden, wenn sie erfahren, dass sie von den Meerleuten abstammt.«

Isabeau wandte beunruhigt den Blick ab. Hatte sie Bronwen nicht zunächst darum zu sich genommen, weil sie um ihre Sicherheit fürchtete? Sie umging das Thema, indem sie recht barsch sagte: »Was meint Ihr damit, dass Ihr keine Wahl hattet? Es gibt immer eine Wahl.«

»Ja, aber kannst du das immer erkennen? Was ist, wenn die einzige Wahl darin besteht, deinen Willen anderen zu unterwerfen oder zu sterben? Was ist, wenn du von Geburt an gelernt hast, fraglos zu gehorchen, und dass das kleinste Zögern die grausamste aller Strafen nach sich zieht? Welche Wahl hast du dann?«

Isabeau erinnerte sich an die Worte der Drachenkönigin. *Das Schicksal wird aus dem Willen und der Macht der Umstände gewoben. Es ist ein Faden, der aus vielen Fasern gesponnen wird.*

»War es für Euch so?«, fragte sie zögernd.

Maya nickte. »Ja. Ich war nur eine Mischlingstochter, für meinen Vater weniger wichtig als eine gute Fischmahlzeit. Ich musste sogar schon als Kind darum kämpfen, am Leben zu bleiben, und sobald die Priesterinnen von Jor erkannten, dass ich *Talent* hatte, nahmen sie mich in die Schwesternschaft auf. Die Priesterinnen sind nicht wie eure schwachen, sanften Hexen. Sie sind hart und grausam und unbarmherzig. Ich war ein Werkzeug, das geschliffen und geschärft werden musste, und sie machten aus meinem Leben den Schleifstein. Es kam mir niemals in den Sinn, dass es anders sein könnte. Ich tat, was mir befohlen wurde, und dachte, ich würde meinen Willen und mein Leben gerne dem Gott der Meere unterwerfen.«

Tränen schwammen in ihren Augen und schwangen auch in ihrer Stimme mit. Isabeau wurde von Mitleid überwältigt, als sie an ihre eigene glückliche, sorgenfreie Kindheit dachte.

»Aber warum?«, fragte sie. »Warum machten sie Euch zu einem Werkzeug? Wofür? All dieses Sterben und die Verfolgung, all diese Jahre der Hexenverbrennungen und Jagden auf *Uile-Bheistean*. Warum?«

»Ihr habt uns unsere Länder und unsere Meere genommen«, erwiderte Maya schlicht. »Euer Volk kam von irgendwo aus weiter Ferne und nahm uns einfach, was uns gehörte. Als wir protestierten, wurden wir getötet. Ihr habt die Flüsse und das Meer mit euren Städten und Dörfern und euren Tieren verschmutzt. Ihr habt die Wale und Seekühe gejagt und uns hungern lassen. Ihr habt es euch zum Zeitvertreib gemacht, unsere Leute zu töten, und habt es sogar zur Mode erhoben, unsere Häute zu tragen!« Sie schürzte angewidert die Lippen. »Wir wurden aus unseren Winterheimen an der Küste Carraigs vertrieben, und eure Hexen errichteten ihren Turm unmittelbar über der Meereshöhle des Königs, was ketzerisch ist! Die Meereshöhlen sind königliches Gebiet und geweiht, und doch habt ihr Menschen sie benutzt, um eure Schiffe zu vertäuen, als wären sie eine Art Stall! Mein Volk wurde vertrieben und konnte nur dadurch überleben, dass sie Flöße bauten, an die sie sich auf dem eisigen, stürmischen Meer klammern konnten. Die einzigen uns verbliebenen Inseln waren so kahl und verlassen, dass dort nicht einmal Vögel einen Schlafplatz fanden. Du fragst warum? Du fragst dich, warum wir euch hassen und euren Untergang, ja, sogar eure Vernichtung planen? Darum!«

Isabeau schwieg. Sie wusste, dass Maya die Wahrheit sagte. Sie schämte sich und war verlegen und wusste nicht, was sie sagen sollte. Worte sowohl des Bedauerns wie auch empörter Rechtfertigung drängten sich in ihrem Kopf. Das war vor langer Zeit, wollte sie sagen, und was unsere Vorfahren getan haben, ist nicht unser Fehler. Aber sie wusste, dass auch die kleinste Handlung große Konsequenzen nach sich ziehen konnte – wie beim Würfeln.

Schließlich sagte sie: »Aber hat Aedan Weißlocke nicht versucht, eine Einigung mit dem Fairgeankönig zu erreichen? Am Ende der zweiten Fairgeankriege?«

»Pah!«, stieß Maya angewidert hervor. »Menschen stehlen

unser Land und halten sich dann für gnädig und freundlich, wenn sie uns das Recht anbieten, für die Benutzung unserer eigenen Strände und Flüsse zu bezahlen! Mein Großvater schwor, dass er niemals vor einem menschlichen König den Kopf beugen würde, und mein Vater musste denselben Schwur leisten, bevor er das schwarze Perlenzepter und die Krone erbte.«

Sie setzte sich zurück, atmete tief durch und sagte dann sanfter: »Du musst verstehen, dass ich in dem Glauben erzogen wurde, alle Menschen seien böse und überheblich und verdienten, für das zu leiden, was sie den Fairgean angetan hatten. Ich war froh, dazu auserwählt worden zu sein, diese große Tat für mein Volk zu begehen, und dass ich, eine unwürdige Mischlingstochter, eine Chance bekam, ihre Gnade, mich am Leben zu lassen, zu rechtfertigen. Erst später, als ich erkannte, dass nicht alle Menschen böse sind, begann ich an dem zu zweifeln, was man mir beigebracht hatte, und mich zu fragen …«

Isabeau wartete, aber Maya war in einen Traum versunken, ihre Miene wirkte traurig und erschöpft. »Euch was zu fragen?«, drängte sie schließlich.

Maya seufzte und wandte sich ihr wieder zu. »Mich zu fragen, wie anders mein Leben vielleicht verlaufen wäre, wenn ich meinen Jaspar nur hätte frei lieben und ohne die Angst hätte leben dürfen, meinen Vater und die Priesterinnen zu enttäuschen. Ich hab es versucht. Als Bronwen geboren wurde, ließ ich Sani in Gestalt eines Falken zurück, und ich hab keinen Kontakt zu meinem Vater aufgenommen, wie ich es hätte tun sollen. Ich versuchte vorzugeben, ich sei frei, aber es war zu spät. Viel zu spät.«

Sie beugte sich vor und streckte eine Hand aus, um Isabeaus Knie zu berühren. »Kannst du nicht verstehen, dass ich nur meine Tochter finden und irgendwo in Frieden leben möchte? Irgendwo, wo mein Vater mich nicht erreichen kann und Bronwen sicher ist?«

Isabeau war hin und her gerissen. Sie musste hart darum kämpfen, der sehnsüchtigen Bitte in der Stimme der anderen Frau zu widerstehen, indem sie sich an die Hunderte von Hexen und Zauberwesen erinnerte, die durch Mayas Machenschaften auf schreckliche Weise umgekommen waren. Auch der Anblick ihrer eigenen, verstümmelten Hand stärkte ihre Entschlossenheit, und sie sagte unbeteiligt: »Ihr seht ja, dass Eure Tochter nicht bei mir ist.«

Maya lehnte sich zurück, und Wut zuckte kurz über ihr Gesicht. »Aber ich weiß, dass du mein Baby genommen hast!«, schrie sie. »Wo ist sie? Was hast du mit ihr gemacht?«

»Woher wisst Ihr das?«, fragte Isabeau. »Und woher wusstet Ihr, dass Ihr mich hier finden würdet?«

Maya schwieg. Als sie nicht antwortete, beschäftigte sich Isabeau damit, die benutzten Essschalen fortzuräumen. Das Wasserfass war leer, sodass sie die Teller mit einem Tuch abwischte und das Füllen des Fasses ihrer Liste von Dingen hinzufügte, die sie am Morgen erledigen musste. Sie war sehr müde, und ihre Gedanken waren voll der Dinge, die sie erfahren hatte. Sie brauchte Zeit, um ihre Gefühle und Reaktionen zu klären. Sie wandte sich wieder zu der anderen Frau um und sagte: »Wir sollten uns ausruhen. Es ist schon spät. Morgen früh bring ich Euch wieder zum See zurück, damit Ihr erneut schwimmen könnt.«

Maya nickte erschöpft und legte eine Hand an ihren Kopf. Isabeau nahm eine Leiter vom Haken und stellte sie an die Bodenklappe in der Decke. Sie kletterte hinauf und tastete mit der Hand über das Schloss, suchte nach Schutzzaubern. Die Bodenklappe war tatsächlich geschützt, und sie brauchte einige Zeit, um die Abfolge der Zauberformeln herauszufinden. Sie war jedoch mit Meghans Wachsystem vertraut, und so konnte sie mit den Fingern schließlich die richtige Reihe komplizierter Zeichen ausführen. Ein grünes Feuerzeichen flammte einen Moment auf und erlosch dann. Mit den am Feuer angewärmten Quilts auf den Armen ging Isabeau in den oberen Raum voran, der wesentlich kleiner und runder war als die Küche.

Eine schmale, mit grünen Vorhängen verhangene Schlafstelle war in eine gebogene Wand eingelassen, und eine mit Schnitzereien versehene Holztruhe stand auf der anderen Seite. Es war kaum Platz zwischen den beiden Möbelstücken, besonders da sich überall Bücher stapelten und die Leiter durch die Öffnung mitten im Raum heraufgezogen wurde. Maya musste sich mit dem Rücken an die gebogene Wand drücken, um Platz zu machen, während Isabeau die Leiter an die Öffnung zum nächsten Stockwerk anlehnte.

»Ihr könnt oben schlafen«, sagte Isabeau schroff, da sie die Fairge nicht in Meghans Bett schlafen lassen wollte. Sie wusste, dass sich in ihrem eigenen ehemaligen Raum nichts befand, was Maya nicht sehen durfte, aber in diesem Raum befanden sich Meghans Bücher und Artefakte, und Isabeau wollte es nicht riskieren, dass die Fairge daran herumfingerte. »Versucht nicht, in das Stockwerk darüber zu gelangen, denn die Bodenklappe ist ebenfalls geschützt, und Ihr könntet einige Finger verlieren, wenn nicht sogar Euer Leben. Ich werde Euch morgen früh wecken. In der Truhe sind einige Kleidungsstücke, die Euch passen könnten. Werft die nassen Fetzen herunter, wenn Ihr fertig seid.«

Maya nickte und stieg die Leiter hinauf, die Arme voller Quilts. Isabeau kletterte in die kleine Schlafstelle, überrascht, wie hart und schmal sie sich anfühlte, und löschte die Kerze mit Gedankenkraft.

Während der nächsten Tage versuchten sie und Maya, durch Täuschungen und Schwindeleien herauszufinden, was der jeweils andere wusste. Isabeau fand es schwer, dem Charme der Fairge nicht zu erliegen, denn Maya hatte eine gewinnende Art und errang die Sympathie der jungen Hexe. Sie hielt jedoch stets ihre verstümmelte Hand vor sich ausgestreckt, da der Anblick der hässlichen Narben genügte, ihre Entschlossenheit aufrechtzuerhalten.

Sie empfand wegen Bronwen zunehmend Unbehagen und hoffte, dass das kleine Mädchen den alten Zauberer nicht zu sehr auf Trab hielt. Sie wusste, dass Feld über ihre Abwesenheit nicht übermäßig besorgt wäre, da Isabeau häufig in die Berge ging, um Vorräte zu beschaffen, obwohl sie sich üblicherweise meldete. Bronwen vermisste sie jedoch immer sehr und neigte dazu, sich zu langweilen, bis Isabeau zurückkehrte.

Eines Nachmittags, als sie unter den hoch aufragenden Bäumen hindurchgingen, bat Maya Isabeau erneut, sie zu ihrer Tochter zu bringen. »Du kannst nicht wissen, wie sehr ich sie vermisst und mich danach gesehnt habe, sie zu finden«, sagte sie kläglich.

Isabeau fauchte: »Ich kann nicht verstehen warum, zumal Ihr sie doch weder halten noch stillen wolltet, als sie noch ein Baby war. Ihr habt sie nicht mehr gesehen, seit sie sechs Wochen alt war, und sie ist jetzt schon fast drei!«

Sie bedauerte ihre Worte augenblicklich, aber Maya erwiderte flehentlich: »Ich weiß, dass du sie genommen hast, Rote, und ich weiß, dass du nicht die ganze Zeit hier gelebt hast. Sie muss jedoch in der Nähe sein, denn wir haben im Kristallsehteich deinen Berg gesehen, wenn auch mit einem weiteren sehr ähnlichen zusammen. Warum willst du sie mich nicht einfach sehen lassen?«

Isabeau fragte: »Ihr habt die Drachenklaue gesehen? Wer? In welchem Kristallsehteich?«

Die Fairge hob die Hände und ließ sie wieder sinken. »Ich hatte einige Spione im Gefolge des geflügelten *Uile-Bheist*«, sagte sie. »Sie erzählten mir, wie du Bronwen genommen hast und verschwandest, und niemand wusste, wohin du gegangen warst. Einer stahl einen Zopf deines Haars, und ich nahm ihn mit nach Arran. Ich ging dorthin, um Hilfe zu suchen, denn ich wusste, dass die NicFòghnan ebenso eine Feindin des geflügelten *Uile-Bheist* war wie ich.«

»Jemand hat mein Haar gestohlen?«, flüsterte Isabeau. »Was ist mit Lilanthe? Haben sie sie verletzt?«

Maya zuckte die Achseln. »Das weiß ich nicht. Das hat er mir nicht gesagt.«

»Ihr habt meinen Zopf benutzt, um mich aufzuspüren?« Isabeau wünschte sich verärgert, sie hätte den Zopf verbrannt, als sie die Gelegenheit dazu hatte.

Maya nickte. »Margrit von Arran hat ihn benutzt, um dich durch ihren Kristallsehteich auszuspionieren. Ihr Haushofmeister, ein Khan'cohban-Krieger, hat den Umriss der Berge als die Verfluchten Gipfel erkannt. Ich wusste, dass du meine kleine Bronwen genommen hattest, und so versprach mir die NicFòghnan, mir zu helfen, dich aufzuspüren. Sie hat mir ihre Schwanenkutsche und den Khan'cohban als Führer geliehen, und wir sind den ganzen Weg geflogen. Ich hätte jedoch wissen müssen, dass sie mir nur Böses wollte! Ich war die ganze Zeit wachsam und schlau, aber ohne die Möglichkeit, häufig zu baden, wurde ich leichtsinnig und übermütig. Der schreckliche Khan'cohban wartete, bis ich eingenickt war und ihn daher nicht verwandeln konnte, und warf mich aus der Schwanenkutsche, als wir die Flanke des Berges hinaufgelangten. Wenn du mich nicht gefunden hättest, wär ich gewiss gestorben.«

»Sagtet Ihr nicht, Eure Kräfte wären mit dem Spiegel gebrochen?« Isabeau ging sofort auf das Wort »verwandeln« ein, da ihr Verdacht erneut aufflammte. Sie hatte sich diese Frage schon gestellt, seit sie die Fairge bewusstlos am Berghang gefunden hatte, hatte es aber nicht gewagt, sie direkt zu fragen. Sie hatte kein Zeichen irgendwelcher Macht gesehen, aber es schien wahrhaftig möglich, dass diese schmale, blasse Frau mit dem narbigen Gesicht der Hälfte der Gräueltaten schuldig war, die ihr zugeschrieben wurden.

Maya senkte den Blick. »Ich wollte Margrit nicht wissen lassen, dass ich meine Macht verloren hatte, denn dann wäre ich wirklich auf ihre Gnade angewiesen gewesen, und sie ist eine grausame, gerissene Frau, die mir und meinem Kind nur Böses will. Also ließ ich sie glauben, ich könnte sie im Handumdrehen in eine Sumpfratte oder einen Frosch verwandeln, sodass sie darauf achtete, niemals meinen Zorn zu erregen.«

Isabeau dachte sorgfältig über Mayas Worte nach, bis sie das Baumhaus erreichten. Sie nahm die Augenbinde aus ihrer Tasche, verband der anderen Frau, trotz ihres erbosten Protests, die Augen und führte sie den Gang hinab zur Küche. Als die Geheimtür wieder sicher hinter dem Regal verborgen war, löste sie die Augenbinde und ließ Maya sich hinsetzen.

»Meghan hat stets gesagt, dass eine Fertigkeit nutzlos ist, wenn man nicht das Geschick hat, sie auszuüben«, sagte sie, während sie das Feuer anzündete und den Kessel aufsetzte.

Maya erstarrte. »Ich versteh nicht.«

»Hexerei ist der Gebrauch der Einen Macht durch Zauber, Beschwörungen und magische Objekte wie Euer Spiegel. Geschicktheit ist der Gebrauch der Einen Macht durch Wille und Wunsch. Die Zauber und magischen Objekte dienen als Kanäle für die eigene Kraft der Hexe. Je häufiger man sie benutzt, desto magischer werden sie, sodass sie die angeborenen Mächte der Hexe mit der Zeit sehr verstärken und konzentrieren und in der Tat in sich selbst magisch werden können. Aber wenn Ihr keine eigenen Kräfte habt, kommen sie nicht zum Tragen. Natürlich hat jeder ein gewisses *Talent*, nur merken es die meisten niemals. Das bedeutet, dass jeder einen gewissen Nutzen aus Gegenständen ziehen kann, die zutiefst mit Magie durchtränkt sind. Wenn ihr *Talent* jedoch nur gering ist, wird auch der Nutzen nur gering sein.«

Isabeau bereitete den Tee zu, goss ihn in die Becher und setzte sich der Fairge gegenüber. »Ihr seht also – gleichgültig wie stark der verzauberte Spiegel war, hättet Ihr ihn nicht benutzen können, wenn Ihr nicht eigenes *Talent* hättet, und da es so gut funktioniert hat, müsst Ihr eine Menge eigene Macht besitzen. Menschen in Tiere verwandeln zu können ist kein geringes *Talent*, wie auch die Fähigkeit nicht, einen Zauber des Blendwerks so lange so real aufrechterhalten zu können, dass sogar mächtige Hexen wie Meghan von den Tieren ihn nicht durchschauen können.«

»Ich hab mich immer sorgfältig von Meghan und Tabithas fern gehalten«, gab Maya zu, »und Hände und Hals stets gut bedeckt gehalten.«

Isabeau trank ihren Tee, wollte sich nicht ablenken lassen. »Margrit müsste dies noch besser wissen als ich. Wenn man natürlich daran gewöhnt ist, durch einen bestimmten Gegenstand Magie zu wirken, fällt es einem vielleicht schwer, die Eine Macht ohne diese Krücke heraufzubeschwören, und es dauert vielleicht einige Zeit, bis man wieder ebenso gut darin ist. Meghan pflegte stets zu sagen, man sollte die Magie ohne jegliche Krücken zu handhaben lernen, aber die meisten Hexen benutzen doch etwas, von Kreisen der Macht über Kristalle bis hin zu ihren Hexenringen.« Sie betrachtete ihre eigenen Ringe, den hellen Mondstein und das leuchtende Drachenauge, und sah dann erneut mit stetem Blick Maya an. »Ihr seht also, dass Ihr nicht all Eure Macht verloren haben könnt, als der Spiegel zerbrochen wurde, und ich glaube, das wisst Ihr.«

Maya schüttelte den Kopf, während ihr Mund leicht zitterte. »Nein, ich sagte dir …«

Isabeaus Blick schwankte nicht, obwohl sie den Mund leicht zusammenpresste. »Es sind seit dem Samhain-Aufstand fast drei Jahre vergangen, und Ihr habt Euch die ganze Zeit überall im Land frei bewegt, ohne entdeckt zu werden? Das glaub ich nicht. Nein, Ihr müsst eine Möglichkeit gefunden haben, den Zauber des Blendwerks ohne den Spiegel heraufzubeschwören.«

Plötzlich lächelte Maya, ein recht grausames Lächeln, und führte eine Hand über ihr Gesicht, das die angenehmen, recht erschöpften Züge einer Frau mittleren Alters annahm. Isabeau betrachtete sie genau. Der Zauber des Blendwerks war nicht perfekt. Er wirkte vage falsch. Als das Licht über ihr Gesicht flackerte, schienen Mayas eigene Züge aus den Schatten hervorzudringen und wieder zu versinken. Dann führte die Fairge erneut eine Hand über ihr Gesicht. Dieses Mal war der Zauber des Blendwerks weitaus stärker.

Isabeau kannte das Gesicht gut. Es war das Gesicht, das als die größte Schönheit im Land gefeiert wurde, das Gesicht von Isabeaus Strandfreundin Morag und der Banrìgh Maya der Gesegneten. Obwohl sie dies nicht wusste, war es auch das Gesicht der Hure Majasma der Geheimnisvollen. Das durchscheinende Schimmern der Schuppen war nun weiche weiße Haut, der lippenlose Mund nur dünn, die bebenden Nasenflügel ein Zeichen von Stolz und Temperament. Die Narben waren fort, wie auch das Grau, welches das glänzende schwarze Haar durchzogen hatte. Weil diese Züge Mayas eigenen weitaus ähnlicher waren und weil sie das Gesicht so lange getragen hatte, war es fast unmöglich, zu erkennen, dass es eine Maske und nicht die Realität war.

Isabeau konnte nicht umhin, beeindruckt zu sein. »Wirklich eine Meisterin der Täuschungen«, sagte sie recht scharf.

»Es hat eine Weile gedauert, bis ich es bewusst tun konnte«, räumte Maya ein. »Ich musste eine Zeit lang einen Zauber benutzen, und dann gelang es mir eines Tages, den Zauber des

Blendwerks ohne das Intonieren der Worte heraufzubeschwören, und danach wurde es immer leichter.«

»Und was ist mit dem Verwandlungszauber?«, fragte Isabeau, während sich jeder Nerv in ihrem Körper fest anspannte.

Maya zögerte. »Hätte ich ihn beherrscht, hätte ich ihn auch angewandt«, gab sie zu. »Es hat einige Leute gegeben, die ich gern in Frösche oder Spinnen verwandelt hätte, unter anderem Margrit von Arran, aber ich weiß nicht wie. Ich hab stets den Spiegel benutzt ...«

Isabeau wollte etwas sagen, änderte aber dann ihre Meinung. Auf Mayas Gesicht zeichnete sich bereits Berechnung ab, und Isabeau fürchtete, dass sie beschließen könnte, diese Macht bei Isabeau anzuwenden, wenn sie erkannte, dass sie sie noch immer in sich hatte. Die junge Hexe dachte an ihren Vater, der in der Gestalt eines Pferdes gefangen war, und an ihr Verlangen, ihn zu befreien. Würde Maya ihre Kräfte vollkommen kontrollieren, könnte das jedoch sehr wohl gefährlich sein, und so kaute Isabeau auf ihrem Daumennagel und überdachte noch einmal alles, was Meghan ihr erzählt hatte.

»Warum hat Margrit von Arran Euch geholfen, wenn so viel Groll zwischen Euch bestand?«, fragte sie neugierig. »Allen Berichten zufolge ist sie kein mitfühlender Mensch.«

Maya zuckte die Achseln. »Ich bin nach Arran gegangen, weil ich dachte, Bronwen wär bei ihr, aber es stellte sich heraus, dass das nur eine List Renshaws war. Er suchte dort Zuflucht, und sie nahm ihn auf, weil sie dachte, es wär nützlich, Bronwen in ihrer Macht zu haben. Sie war wirklich aufgebracht, als sie herausfand, dass Renshaw sie getäuscht hatte.« Sie beschrieb den makabren Tod des Großsuchers, und Isabeau schrie entsetzt auf.

»Und Ihr sagt, sie habe Euch einen Khan'cohban-Krieger mitgegeben?« Isabeau war verwirrt. Sie konnte sich nicht vorstellen, was ein Khan'cohban in Arran tat oder warum er im Dienste der NicFòghnan stand. Khan'cohban-Krieger würden niemals jemand anderem dienen, es sei denn, sie wären ihnen gegenüber in *Geas* oder diese Person stünde in der gesellschaftlichen Hierarchie höher. Nur der Erste Krieger und die Feuermacherin bekleideten einen höheren Status als ein Krieger, der alle Narben trug. »Mit wie vielen Narben?«

»Sechs«, antwortete Maya mit neugieriger Stimme. »Warum?«

»Und Ihr sagt, er habe die Verfluchten Gipfel erkannt?« Sie wurde jäh unruhig. »Also glaubt Ihr, die NicFòghnan will Bronwen für ihre eigenen Zwecke haben? Hat der Khan'cohban Euch aus der Kutsche geworfen, damit Ihr ihn nicht daran hindern könntet, sie zu ergreifen?«

Maya nickte. »Ja, das glaube ich. Aber Bronwen ist nicht hier bei dir, und ich hab den Zopf noch, sodass ich nicht erkennen kann, wie er dich finden könnte, oder auch sie …«

»Aber sagtet Ihr nicht, er hätte die Berge im Kristallsehteich als die Verfluchten Gipfel erkannt?« Maya nickte, und Isabeau fuhr mit vor Beunruhigung erhobener Stimme fort: »Und wenn er vom Rückgrat der Welt kommt, wird er von den Verfluchten Türmen wissen.« Sie benutzte unbewusst die Bezeichnung der Khan'cohban für die Türme der Rosen und Dornen. Sie erhob sich und begann in ihrer Aufregung, auf und ab zu gehen. »Er hat Euch hinausgeworfen, weil er Euch oder den Zopf roten Haars nicht brauchte, um sie ausfindig zu machen. Er wusste, wohin er wollte.«

Maya erstarrte daraufhin. »Du meinst, er weiß, wo Bronwen ist?«

Isabeau nickte und rang die Hände. »Es ist fast eine Woche her, seit ich Euch gefunden habe – könnte er mit der Schwanenkutsche über die Gipfel gelangen? Fliegen Schwäne so hoch?«

Maya schüttelte den Kopf. »Geplant war, dass wir irgendwo

ein Stück den Berg hinauf aussteigen und die Kutsche zu Margrit zurückschicken sollten. Anscheinend können sie nicht über die höchsten Gipfel gelangen.« Sie sah Isabeau forschend an. »Also hast du Bronwen irgendwo in der Nähe versteckt?«

Isabeau sagte: »Er muss einen anderen Weg über die Berge kennen, denn er würde es nicht wagen, das Tal der Drachen zu durchqueren, dessen bin ich mir sicher. Die Drachen würden wissen, dass er in Margrits Diensten steht und dass sie diejenige war, welche die Rotgardisten mit Drachenfluch versorgt und den Mesmerd befehligt hat, der im Frühjahr des Roten Kometen hier war.«

Sie hielt in ihren Grübeleien inne und sagte dann: »Meghan hat sich stets darüber gewundert, warum Margrit Euch damals geholfen und warum sie den Mesmerd hierher geschickt hat.«

»Ich weiß es nicht«, erwiderte Maya. »Sie sandte mir einen Boten, der mir ausrichtete, dass sie die Mittel dazu hätte, wenn ich die Drachen angreifen und sie für immer loswerden wollte. Diese Hexe zeigt stets ein aalglattes, einnehmendes Wesen. Der Mesmerd sollte den Rotgardisten helfen und sie zum Gipfel der Drachen führen …«

»Aber die Mesmerdean sind Moorwesen. Sie würden den Weg durch die Berge nicht besser kennen als jeder andere«, erwiderte Isabeau. »Sie muss einen anderen Grund gehabt haben …«

Sie schritt weiterhin auf und ab, während sie auf ihrem Daumennagel kaute. »Die Verfluchten Türme … Ich frag mich … Sie hätte gewusst, dass sie noch stehen, weil der Khan'cohban es ihr erzählt hätte … Und Iain sagte, sie hat die Bücher vom Turm der Krieger als Teil von Elfridas Aussteuer gefordert … Sie muss sich gefragt haben, ob noch eines der alten Bücher und Artefakte von Tìrlethan existiert, denn die Türme der Rosen und Dornen waren für ihre Bibliothek berühmt …«

Maya verlor die Geduld mit Isabeaus Grübeleien. »Versuchst

du mir zu sagen, dass Bronwen vielleicht in Gefahr ist?«, fauchte sie. »Ich will nicht, dass diese bösartige Hexe ihre Hände an meine Tochter legt, hast du gehört?«

»Nicht nur Bronwen«, erwiderte Isabeau. »Ich fürchte sehr, dass sie alle in Gefahr sind! Oh, Eà! Wenn Ihr mir das alles nur gleich erzählt hättet! Wir haben hier tagelang Zeit verschwendet, während dieser verdammte Khan'cohban immer näher an das Verfluchte Tal herankommt.«

»Was sind alle diese verfluchten Orte?«, rief Maya. »Du hast meine Tochter an einen verfluchten Ort gebracht?«

Isabeau gewährte ihr keine Antwort. Sie nahm ihr Plaid und die runde Wollmütze auf und sagte scharf: »Bleibt hier! Versucht nicht, mir zu folgen.« Dann eilte sie den Geheimgang hinab, wobei sie sich zum ersten Mal nicht die Mühe gab, den Eingang zu verschließen. Draußen wurde es allmählich dunkel und kalt, und der rote Mond hing groß und rund über dem fernen Horizont. Sie ging durch den Wald rasch zu dem Felssims auf der anderen Seite des Sees, wo das Wasser über den Rand des Felsens floss. Sie wandte sich der Drachenklaue zu, die sich dunkel und deutlich vom rot gestreiften Himmel abhob.

»Caillec Asrohc Airi Telloch Cas!«, rief sie. »Komm zu mir, ich bitte dich! Caillec Asrohc Airi Telloch Cas!«

Die Worte rollten mit aller Macht und Feierlichkeit eines tosenden Meeres in den Abend hinaus. Sie wartete besorgt und flüsterte dann: *Bitte, Asrohc, ich brauche dich wirklich …*

Sie hatte die Drachenprinzessin während der letzten drei Sommer gerufen, wann immer sie den Drang verspürte, ihren üblichen Pflichten in den Verfluchten Türmen zu entkommen und auf dem Rücken des Drachen zu fliegen. Zunächst hatte sie es nur zögernd und mit einem flauen Gefühl im Magen getan. In ihrem dritten Jahr hatte sie vertrauensvoll gerufen, und sie und Asrohc waren zusammen über einen großen Teil Tìrlethans und sogar zum Rückgrat der Welt hinauf geflogen, wo der Gletscher selbst mitten im Sommer weiß blieb.

Isabeau hatte es gewusst, als Meghan die Drachen bei der Schlacht von Ardencaple zu ihrer Hilfe gerufen hatte. Sie hatte den Namen der Drachenkönigin in allen ihren Körperhöhlungen dröhnen hören, bis sie von dem Widerhall fast ohnmächtig wurde. Sie hatte die sieben Söhne der Drachenkönigin froh und triumphierend aus dem Herzen der Verfluchten Gipfel hervorfliegen sehen, endlich frei, den Tod ihrer Verwandten zu rächen. Asrohc war voll Eifersucht gewesen, da auch sie sich danach sehnte, aufzusteigen, zu entflammen und zu töten, aber zu unfrei war, da sie der letzte junge weibliche Drache im Land war und die Verantwortung, viele neue Drachen aufzuziehen, bei ihr lag. Isabeau hatte alles über den Sieg von Ardencaple und über die vielen, die in den Flammen gestorben waren, gehört, bis sie schließlich genug davon hatte.

Es war für sie eine Woche großen Schmerzes und großer Sorge gewesen. Sie hatte die Verletzung ihres Zwillings ebenso deutlich gespürt, als sei eine Pfeilspitze in ihre eigene Brust eingedrungen, und spürte dann auch den schrecklichen Schmerz und Kummer ihrer Fehlgeburt. Wäre Asrohc zu dem Zeitpunkt ihrem Ruf gefolgt, hätte sie die Verfluchten Türme verlassen und wäre ihrer Zwillingsschwester zu Hilfe geflogen, aber die Drachenprinzessin war zu aufgeregt über Meghans Ruf und kam nicht. Als die Drachenprinzessin dann auf Isabeaus Ruf reagierte, hatte die junge Hexe das schwache, gequälte Echo von Jorges Tod gespürt, und dann den Widerhall der Schlacht von Ardencaple.

Isabeau hatte die ganze Skala von Iseults Zorn, Kummer und Angst durchlebt, und sie war beinahe außer sich gewesen, weil sie wissen wollte, was vor sich ging. Daher waren sie und Feld zum Kristallsehteich hinuntergeeilt, den Isabeau erst vor wenigen Monaten unter Brombeersträuchern und Unkraut entdeckt hatte. Sie hatte alles gesäubert und die Rohre durchgängig gemacht, sodass der flache, runde Teich wieder voll laufen konnte. Isabeau und der alte Zauberer hatten die letzten Stadien der Schlacht durch die Weitsichtlinse des Kristallsehteichs beobachten können, und Isabeau hatte ihrer Zwillingsschwester all ihren Willen und ihre Wünsche übermittelt, um beim Heraufbeschwören des Schneesturms zu helfen.

Daher wusste Isabeau von dem seltsamen Anfall, der Lachlan in einem Zustand hielt, der dem Tode näher war als dem Leben, und sie wusste, dass Iseult den Befehl über das Heer übernommen hatte und eine Winterinvasion in Arran plante. Während der vergangenen Monate war sie mehrere Male zum Kristallsehteich hinabgeschlichen, um Iseult zu beobachten und sich zu versichern, dass es ihr gut ging, denn Isabeau vermisste sowohl ihre Zwillingsschwester als auch Meghan sehr. Es bedrückte sie, zu sehen, wie alt und verhärmt die Bewahrerin des Schlüssels jetzt war, und wie traurig ihr Gesicht. Wäre Isabeau nicht sowohl Bronwen als auch der Feuermacherin gegenüber eine Verpflichtung eingegangen, hätte sie die lange und mühsame Reise zurück ins Tiefland riskiert oder Lasair zu überreden versucht, wieder auf die Alte Art zu reisen.

Isabeau rief den Namen des Drachen erneut, während Verzweiflung sie erfüllte. Wenn Asrohc nicht kam, bestand die einzige Möglichkeit, wie Isabeau zu den Verfluchten Türmen zurückgelangen könnte, darin, die Treppe die Drachenklaue hinauf zu erklimmen und um Erlaubnis zu bitten, das Tal der Drachen durchqueren zu dürfen. Das wäre eine Reise von einer Woche, wenn nicht mehr. Sie fragte sich erneut, wie der Khan'cohban den Berg überwinden wollte, und dachte mit sinkendem Mut daran, dass er wahrscheinlich einen Gleiter besaß. Der Khan'cohban würde mit dem kleinen Schlitten äußerst schnell reisen können, wenn er sich erst auf einem abwärts führenden Hang befand.

Plötzlich hörte sie ein gewaltiges Zischen, und eine gekrümmte, mit Klauen versehene Schwinge durchkreuzte das orangefarbene Rund des Mondes. Ihr Herz machte einen Satz, und sie schaute freudig auf, als Asrohc aus dem grünlavendelfarbenen Himmel herabsauste, wobei der Wind, den sie im Vorüberflug verursachte, Isabeau fast umwarf. »Du bist gekommen, danke, danke!«

Der Drache schnaubte missmutig und landete leicht auf dem Fels, während ihr Schwanz ins Wasser peitschte. *Du solltest wirklich angemessen dankbar sein, Mensch, denn ich genoss gerade eine hübsche Wildkeule, als du riefst, und mein Bruder wird sie aufgegessen haben, wenn ich zurückkehre.* Die Geiststimme des Drachen klang kalt.

Isabeau kniete sich hin und vollführte die Khan'cohban-Geste tiefer, demütiger Dankbarkeit. *Ich bitte dich um Nachsicht und hoffe, dass du mir die Kühnheit meiner Bitte verzeihen wirst, aber ich brauche dich dringend! Bitte, Asrohc, du musst Maya und mich zu den Verfluchten Türmen fliegen.*

Der Drache schlug mit dem Schwanz, sodass die Oberfläche des Sees aufgewühlt wurde. *Deine rot gewandete Hexe wird niemals ihr Bein über meinen Rücken legen!*

Könntest du sie dann nicht in deinen Klauen tragen, wie eine Ziege oder ein Wild?, fragte Isabeau verzweifelt. *Im Turm herrscht Gefahr. Ein Feind schleicht sich an. Ich muss rasch dorthin gelangen und sie warnen. Es ist ein Khan'cohban-Krieger mit sechs Narben, ein wirklich ernst zu nehmender Feind. Maya muss mitkommen, um meinen Vater wieder in einen Menschen zu verwandeln. Er ist der Einzige, der solch einen Krieger bekämpfen kann. Ich wurde nicht einmal einer Narbe für wert befunden, und Feld ist alt. Bitte, Asrohc! Willst du nicht dem*

Mann helfen, der dein Leben gerettet hat, als du noch ein Kind warst? Der Khan'cohban wird ihn töten, wenn er ihm entgegentritt, und du weißt, dass Lasair, ich meine Khan'gharad, es tun wird, wenn Ishbel oder Feld bedroht sind.

Der Drachenschwanz schwang hin und her, aber es war eine nachdenkliche Bewegung, keine zornige. *Nun gut,* sagte sie schließlich, *aber nur, weil ich all deiner Worte müde werde und weiß, dass ich noch viele mehr hören werde, wenn ich dich nicht hinbringe.*

Ich danke dir!, rief Isabeau und bat den Drachen zu warten, bis sie Maya sowie einige Dinge geholt hatte, die sie brauchen würde. Der Drache gähnte und zuckte mit dem Schwanz, während sie durch geschlitzte Augen ihre Klauen betrachtete.

Isabeau lief zum Baumhaus zurück und informierte Maya kurz, dass sie beschlossen hatte, sie unter der Bedingung zu ihrer Tochter zu bringen, dass sie ihren Vater wieder von einem Pferd in einen Menschen verwandelte. »Ihr müsst Euch jedoch in den Klauen des Drachen tragen lassen«, warnte sie. »Das ist die einzige Möglichkeit, also streitet nicht mit mir. Und nun beeilt Euch, denn ich hab eine ungute Vorahnung.«

Sie ignorierte Mayas Fragen und Proteste und sammelte die Bücher, die sie studiert hatte, einige von Meghans Tränken und Medizinen, einige Töpfe und Pfannen sowie ein Backblech zusammen – die Verfluchten Türme waren mit Kochutensilien nicht allzu gut ausgerüstet, und Isabeau konnte nirgendwo sonst welche bekommen. Den sich wölbenden Sack über der Schulter, drängte Isabeau Maya den Geheimgang entlang und konnte nicht gegen ein Gefühl seltsamen Erschauderns an, als sie sich an ihren letzten überstürzten Aufbruch aus dem Baumhaus erinnerte.

»Was meinst du damit, dass ich deinen Vater wieder in einen Menschen verwandeln soll?«, rief Maya, während Isabeau sie durch den Wald vorandrängte. »Du kannst doch nicht meinen, dass der Khan'cohban, den ich in ein Pferd verwandelte, noch immer lebt – und dass er dein Vater ist!«

»In der Tat meine ich genau das!«, fauchte Isabeau. »Ishbel die Geflügelte ist meine Mutter, wie auch Iseults, und Khan'gharad, der Narbige Krieger, ist unser Vater. Er ist der Einzige, der einen Krieger mit sechs Narben abwehren kann, denn er besitzt sieben Narben und ist unter den Gemeinschaften für seine Kampfkunst berühmt. Ihr müsst Euren Willen zusammennehmen und ihn zurückverwandeln, denn er ist unsere einzige Hoffnung, Margrits Khan'cohban besiegen zu können.«

»Aber ich kann nicht!«

»Ihr müsst!«, rief Isabeau, als sie das Ufer des Sees erreichten, wo sich Asrohc rekelte und im Licht der untergehenden Sonne wie geschliffene Jade schimmerte. Der Drache fuhr herum und fixierte die Fairge mit einem gefährlichen, kalten Blick, und die Fairge erwiderte den Blick, vor Entsetzen wie hypnotisiert. Isabeau kletterte auf den Rücken des Drachen, und Asrohc stieg mit spöttischem Schrei in die Luft und ergriff Maya im Vorüberfliegen mit ihren Klauen.

Als sie durch den Himmel flogen, breiteten sich die Berge unter ihnen in einem erstaunlichen Panorama vom Sonnenuntergang beleuchteter Gipfel und umschatteter Täler aus, mit dem gelegentlichen Schimmern von in Feuer verwandelten Eiszapfen, die Isabeaus Augen blendeten. Der Wind war bitterkalt, und sie barg ihre in Fäustlingen steckenden Hände unter ihrem Reiseumhang und fragte sich, wie sich Maya bei dieser gewaltigen, schrecklichen Leere unter ihr und dem nur wenig vertrauenswürdigen Schutz der Drachenklauen fühlte, die sie am Absturz hinderten. Kein Laut war von ihr zu hören, und Isabeau konnte nur hoffen, dass Asrohc die Kraft ihrer Klauen nicht falsch eingeschätzt hatte.

Dann befanden sie sich über dem scharfen Gipfelgrat und schwebten über das Verfluchte Tal. Isabeau konnte die hohen Spitzen der Türme aus dem Wald aufragen sehen, während der See dunkel und geheimnisvoll vor ihnen lag.

Asrohc landete leicht am Rande des Waldes und ließ Maya grob auf den Boden fallen. Isabeau sprang von ihrem Rücken herab und vollführte einen hastigen, aber von Herzen kommenden Kniefall. Der Drache hob widerwillig seine Klauen von der Fairge, die still dalag, obwohl ihre Augen weit geöffnet waren. Ihr Gewand war zerrissen und von tiefen Kratzern an den Stellen blutbefleckt, wo die Klauen des Drachen ihre Haut durchdrungen hatten.

Asrohc wandte ihren kantigen Kopf den Türmen zu und grinste drachenhaft. *Lebensblut wird vergossen,* sagte sie.

Isabeau ließ ihren Sack fallen und lief den Weg hinab, den sie durch die Brombeersträucher geschlagen hatte. Ihr Herz fühlte sich an, als würde es von Riesenhänden zerquetscht. *Nicht Bronwen,* dachte sie verzweifelt, und dann: *Und bitte nicht meine Mam.*

Der Weg führte sie unmittelbar zu der großen Steintür des Turms, die halb offen stand. Unter den gewölbten Zweigen war es dunkel, aber aus dem Eingang drang Licht und beleuchtete die Stufen. Isabeau konnte die schrillen Schreie des Hengstes und das Stampfen seiner Hufe hören, und sie lief in großen Sprüngen die Stufen hinauf.

Innen befand sich eine längliche Halle mit hohen Säulen, die eine gewölbte Decke stützten. Die Wände waren kunstvoll mit Bäumen und Blumen und Zauberwesen bemalt und die Decke mit goldverzierten Sonnen und Monden und Kometen, die im Licht der entlang der Halle flackernden Fackeln schimmerten. Als Isabeau die Verfluchten Türme zum ersten Mal betreten hatte, war diese Halle von Spinnweben und Eulenkot überzogen gewesen, aber sie hatte Wochen damit zugebracht, beides zu beseitigen, und nun war die Halle sauber und leer.

Am entgegengesetzten Ende der Halle befand sich eine breite Wendeltreppe, die mit einem kunstvollen, gitterartigen Rosen- und Dornenmuster versehen war. Feld lag in der ersten Biegung der Treppe, und aus einer tiefen Wunde in seinem Bauch quoll Blut. Er versuchte schwach, mit seinem Stab ein großes graues, geflügeltes Wesen abzuwehren, während er mit der freien Hand die Wunde umklammerte. Der Hengst stieg und stampfte am Fuß der Treppe, wobei sein panisches Wiehern in dem höhlenartigen Raum widerhallte. Ein großer, gehörnter, ganz in Grau gekleideter Mann, dessen braune Wangen deutlich sechs dünne Narben aufwiesen, duckte sich mit verächtlicher Leichtigkeit unter seinen dreschenden Hufen hindurch. Er hielt einen langen Dolch in einer Hand und stach damit auf den Hengst ein, während er mit der anderen eine Hand voll langes, helles Haar umfasste, das wie ein Banner seitlich der Treppe herabfiel.

Isabeau schaute rasch nach oben. Ishbel versuchte verzweifelt, die Treppe hinaufzufliegen, und schrie vor Schmerz, während sie langsam, aber unausweichlich am Haar wieder herabgezogen wurde. Sie hielt die vor Entsetzen schluchzende Bronwen fest unter einem Arm.

Der Khan'cohban sprang vorwärts, und sein Dolch zuckte blitzend auf die Brust des Hengstes zu. Isabeau riss schreiend eine Hand hoch, woraufhin sich der Dolch in seiner Hand wand und dann klappernd zu Boden fiel. Er duckte sich, sodass die Hufe des Hengstes seinen Kopf nur um wenige Zentimeter verfehlten, und Ishbel schrie auf, als ihr durch die Bewegung fast die Haare vom Kopf gerissen wurden. Sie ergriff mit einer Hand das Gitterwerk, aber ihre Finger wurden gelöst, und sie fiel rückwärts.

Isabeau hob, ohne nachzudenken, beide Hände und presste sie

vor ihrer Brust zusammen. Ihr Gesicht verzerrte sich vor Anstrengung, während sie einen dünnen, zischenden Strahl blauen Feuers aussandte, der Ishbels Haar wie ein Messer durchschnitt. Wie ein Pfeil von einem Bogen losgelöst, schoss Ishbel die Treppe hinauf und außer Sicht, während Isabeaus Lichtstrahl auch den Stein der Treppe durchschnitt und einen großen Marmorblock in die darunter liegende Halle stürzen ließ.

Der Khan'cohban konnte sich gerade noch zur Seite werfen, als der Block auf dem Boden zu Myriaden von Stücken zerbrach. Er rollte sich mit großer Gewandtheit zuerst auf eine Seite und dann auf die andere, entkam nur knapp Lasairs Hufen und sprang dann auf. Mit einer raschen Bewegung löste er eine blitzende, wie ein Stern geformte Waffe von seinem Gürtel und schleuderte sie auf Isabeau. Sie duckte sich instinktiv, aber die Waffe beschrieb, ohne innezuhalten, einen Bogen und kehrte in die Hand des Khan'cohban zurück. Er schleuderte den *Reil* erneut auf sie und riss gleichzeitig einen scharfen Dolch aus dem Gürtel, den er ebenfalls schleuderte. Isabeau sprang hoch und zog die Knie an die Brust. Beide Waffen durchschnitten nur Zentimeter unter ihrem Körper die Luft, der Dolch fiel klappernd zu Boden, der *Reil* kehrte in die Hand des Kriegers zurück und flog dann in weichem Bogen so schnell wieder los, dass er nur als verschwommenes Glitzern zu sehen war. Nur ihre Magie rettete Isabeau. Sie lenkte den *Reil* ab und kroch rückwärts, während der Khan'cohban mit einem Salto vorwärts schnellte, der ihn weit von einem wilden Angriff des Hengstes fortbrachte.

Isabeau sah entsetzt, dass der Mesmerd mühelos an Felds wirkungslosem Stab vorbeigelangt war und rasch hinter Ishbel und Bronwen her die Treppe hinaufflog. Der Khan'cohban hatte erneut seinen Dolch ergriffen und kam auf Isabeau zu, woraufhin sie zurückwich, bis sie durch eine Säule aufgehalten wurde. Ihre Knie zitterten vor Entsetzen, und sie legte ihre schwitzenden

Handflächen aneinander und versuchte, seinen Angriff vorauszuahnen.

Lasair schoss mit gebleckten Zähnen vorwärts, aber der Khan'cohban schmetterte dem Pferd eine Faust gegen den Kopf, sodass es schrie und forttänzelte. Isabeau nutzte diese kurzzeitige Unterbrechung in der Konzentration des Kriegers, um zurückzulaufen und sich hinter einer dicken Säule zu verstecken.

»Maya!«, rief sie. »Könnt Ihr den Hengst zurückverwandeln? Ihr müsst es versuchen!«

»Ich weiß nicht, ob ich es kann!«

»Ihr müsst es versuchen! Maya, versucht es, um Eàs willen!«

»Wirst du mir mein Kind zurückgeben?«

»Wenn Ihr nichts unternehmt, werden wir alle sterben!«, schrie Isabeau zurück.

Die Fairge ballte die Hände zu Fäusten, ihre Wangen wurden scharlachrot, ihre Kiefer waren so fest zusammengepresst, dass die Muskeln an ihrer Kehle und den Wangen hervortraten. »Ich kann nicht!«, stöhnte sie. »Ich kann nicht!«

»Ihr könnt!«, erwiderte Isabeau, als ein weiteres graues, geflügeltes Wesen aus den Schatten auf sie zuschoss. Sie konnte ihm nur ausweichen, indem sie sich flach auf den Boden fallen ließ, wobei die grauen Behänge sie streiften, als es über sie hinwegflog. Sie wurde von dem sumpfigen Geruch fast überwältigt, bedeckte Nase und Mund rasch mit den Händen und kroch außer Reichweite des Khan'cohban.

»Ihr könnt!«, rief sie erneut, beschwor in ihren Händen Feuer herauf und schleuderte eine Flammenkugel auf den Mesmerd. Er schoss davon, und die Feuerkugel krachte in die Wand und verlosch. »Kommt schon, Maya, Ihr wisst, dass Ihr es tun könnt!«

Maya schloss die Augen, deutete mit beiden Händen auf den steigenden Hengst, die Finger starr, und sagte mit einem tiefen Seufzer der Anstrengung: »Verwandele dich!«

Der Hengst tat es. Seine Haut erschauderte und kräuselte sich, rotes Fell, weiße Haut, rotes Fell. Seine scharfen Hufe stampften und schlugen aus und wurden zu weicheren, bloßen Füßen. Die großen, dunklen Augen waren von Schatten überzogen und schimmerten blau durch ein Gewirr roten Haars. Das lange, zartknochige Maul verflachte sich und schrumpfte zum Gesicht eines gehörnten Mannes zusammen, mit panischem Blick und verrückt vor Verwirrung. Khan'gharad wieherte, schüttelte seine wilde rote Mähne, stampfte mit den bloßen Füßen auf und versuchte zu steigen, nur um zu einem Gewirr nackter Glieder zusammenzusinken, nun, da sein Körper nicht mehr der des großen, starken, vierbeinigen Pferdes war, sondern der eines Menschen, der nicht mehr wusste, wie man läuft.

Der Khan'cohban-Krieger lächelte und beugte sich hinab, um seinen Dolch aufzuheben. Als er ihn drehte, schimmerte er im Licht. Isabeau schrie auf und versuchte, ihn seinem Griff zu entwinden, aber er hielt ihn zu fest. Er wandte sich ruhig um, schleuderte den *Reil* auf sie, beugte sich dann vor, ergriff Khan'gharads Haar und zwang seinen Kopf zurück, um seine Kehle dem Dolch zu offenbaren.

Isabeau konnte es nur knapp verhindern, dass ihre eigene Kehle von dem achtspitzigen Stern durchtrennt wurde, der sehr schnell flog. Sie fiel rückwärts zu Boden, und dann war der Mesmerd über ihr, wobei seine großen, glänzenden Facettenaugen und der ausgestreckte Rüssel ihr Gesichtsfeld ausfüllten. Der Gestank des Sumpfes drang in ihre Kehle, und ein seltsam leichtes Gefühl wie von Liebe oder Begierde oder Trunkenheit strömte durch ihre Venen. Mit hämmerndem Puls und schwindenden Sinnen verkrampfte sie die Hände ineinander, und blaues Feuer entsprang ihren Fäusten, das sich durch eines der Facettenaugen des Mesmerd bohrte. Sein Kopf brach in eine Staubwolke auf, und sie wurde von seinen weichen grauen Behängen umhüllt.

Würgend und hustend kämpfte sie sich frei, während sich auch der Körper des Mesmerd in feinen grauen Staub auflöste, der nach Schlamm stank. Sie bemühte sich sehr, den Geruch nicht einzuatmen, sondern eilte durch den Raum, stellte sich an eine Säule, hustete weiterhin und versuchte, ihr Haar und ihre Kleidung von dem alles durchdringenden Staub zu befreien. Ihre Sicht war durch tanzende Lichter verschwommen, und ihre Ohren dröhnten. Sie versuchte verzweifelt, die Dunkelheit abzuschütteln, die sie zu überwältigen drohte, spähte den Gang hinab und erwartete, ihren Vater in einer Blutlache und den Khan'cohban-Krieger mit einem blutigen Messer auf sie zukommen zu sehen.

Stattdessen sah sie ihren Vater auf allen vieren kriechen, die Augen blau und wie wahnsinnig durch sein rotes, wirres Haar und den Bart schimmernd, wie er zu steigen und zu buckeln versuchte, während seltsam wiehernde Laute aus seinem verzerrten Mund drangen. Der Dolch lag auf dem Boden.

Immer noch hustend, die Hände auf die schmerzende Brust gepresst, sah Isabeau hin, ohne zu begreifen. Es war keine Spur des Khan'cohban-Kriegers zu sehen. Sie hörte ein lautes Quaken und sah zu Boden. Eine Kröte kauerte an der Säule, deren glänzende schwarze Augen sie unerschrocken ansahen. Sie schaute unwillkürlich zu Maya.

Die Fairge lächelte. Sie kam den Gang hinuter, bückte sich und hob die Kröte auf. »So sieht er wesentlich netter aus, oder?«, bemerkte sie. Sie hob sie ans Gesicht und blickte in die glänzenden, edelsteinartigen Augen. »Wenn deine schreckliche Herrin nur auch hier gewesen wäre«, sagte sie, »hättet ihr beide den Rest eures Lebens glücklich und zufrieden im Moor verbringen können. Es hätte mich ebenso sehr befriedigt, sie in eine Kröte zu verwandeln, wie mich deine Verwandlung befriedigt hat.« Sie setzte die Kröte wieder auf den Boden, und sie hüpfte einige Schritte fort, während sie ihren kantigen, hässlichen Kopf zwischen die Schultern zog.

»Bronwen!«, schrie Isabeau und lief auf die Treppe zu. Dann sah sie den alten Zauberer auf den Stufen liegen, seine Hände über der Wunde in seinem Bauch verschränkt. »Feld!«, rief sie. »Oh, nein, Feld!«

Seine Augen waren geschlossen, aber er öffnete sie beim Klang ihrer Stimme und lächelte schwach. »Ishbel?«, fragte er mit dünner Stimme. »Ist Ishbel in Sicherheit?«

Isabeau warf Maya einen flehentlichen Blick zu, aber die Fairge eilte bereits die Treppe hinauf. Isabeau kniete sich neben Feld und fühlte nach seinem Puls. Tränen verengten ihre Kehle. Sie konnte vor Kummer und Schuldgefühlen und durch den Geschmack des Moores in ihrem Mund kaum atmen.

»Oh, lieber Feld, seid Ihr in Ordnung?«

»Ja, Kind, nicht so schlimm«, antwortete er und hob ihr seine blutbefleckten Hände entgegen. Beim Anblick seiner blau verfärbten Eingeweide, die aus der Wunde hervordrangen und mit jedem seiner rauen Atemzüge pulsierten, biss sie sich auf die Lippen. Sie riss einen Streifen von ihrem Hemd ab und stopfte ihn in die Wunde, während sie ungewohnte Hilflosigkeit verspürte. »Ishbel und die Kleine?«, fragte er, und sie antwortete beschwichtigend: »Maya ist zu ihnen gegangen.«

Sein entsetzter Blick und die unruhigen Bewegungen seiner Finger ließen Isabeau jäh erkennen, dass Feld Maya immer noch als den Feind ansah, während sie unmerklich zu der Ansicht gelangt war, dass die Fairge eher eine Freundin und Verbündete war.

»Rette sie«, flüsterte Feld und ergriff mit unerwarteter Kraft ihren Arm. »Du musst sie retten.«

»Aber …«

»Nein, Isabeau, geh! Mach dir um mich keine Sorgen, ich bitte dich! Rette Ishbel und die Kleine!«

Isabeau widersprach nicht mehr, nickte nur und wankte benommen und verwirrt die Treppe hinauf. Sie konnte spüren, dass ihre Mutter und Bronwen oben im Turm waren, und sie lief weiter, ohne sich die Mühe zu machen, jedes Stockwerk zu durchsuchen. Sie sah Maya verzweifelt die Gänge des dritten Stocks durchsuchen und rief ihr zu, sie solle ihr folgen.

Isabeau erreichte den Raum oben im Turm und stolperte durch den Eingang, während schwarze Flecke ihre Sicht trübten. Sie sah, dass Ishbel zu den hohen Buntglasfenstern hinaufgeflogen war, welche die Wände säumten, und darum kämpfte, durch eine abgeteilte Scheibe zu entkommen. Durch das weinende Kind behindert, hatte sie dem Mesmerd nicht schnell genug entkommen können, der unmittelbar hinter ihr schwebte und mit seinen Klauen ihren Rock ergriff. Ishbel versuchte, den Mesmerd ins Gesicht zu treten, aber er entging dem mühelos, während seine durchscheinenden Schwingen sirrten. Er spürte Isabeaus Eintreffen und beugte sich vor, beugte den Kopf über Ishbel und atmete ihr direkt ins Gesicht. Sie schwankte, und ihr Griff um das strampelnde Kind wurde schwächer. Bronwen fiel schreiend hinab.

Der Mesmerd fing sie mit seinen Klauen auf. Isabeau wagte aus Angst, das kleine Mädchen zu verletzen, nicht, ihn mit Hexenfeuer herabzuschießen. Sie konnte nur hilflos zusehen, wie der Mesmerd wie eine riesige Libelle davonschoss und Bronwen in seinem Griff um sich trat und kämpfte. Dieses Bild brachte sie plötzlich auf eine Idee. Sie schloss die Augen und konzentrierte sich auf die schweren Schlingen staubiger Spinnweben, die die hohe, gewölbte Decke überzogen. Sie empfand großes Vergnügen, als sich die Spinnweben wie ein klebriges, schmutziges Netz über den Mesmerd legten und seine Schwingen verwickelten, sodass er nicht mehr fliegen konnte.

Er stürzte mit einem seltsam heiseren Schrei, und Isabeau

presste entsetzt die Fäuste an den Mund. Ishbel vollführte einen Salto von dem Fenstersims hinab, an den sie sich geklammert hatte, ergriff eine Hand voll Spinnweben und konnte den steilen Absturz so verlangsamen, dass der Mesmerd nicht auf dem Boden aufschlug. Er fiel dennoch hart, und Isabeau zog panisch die klebrige Masse von ihm fort.

Glücklicherweise war das kleine Mädchen von seinem harten unterteilten Körper abgefedert worden, und obwohl sie sich mit beiden Händen weinend an Isabeau klammerte, schien sie unverletzt. Isabeau tröstete sie und beobachtete besorgt, wie sich der Mesmerd bemühte aufzustehen. Sie wusste, dass sie ihn zu Staub zerfallen lassen konnte, solange er hilflos zu ihren Füßen lag, aber sie konnte sich nicht überwinden, ihn so herzlos zu vernichten.

Dann trat Maya neben sie und betrachtete das Wesen neugierig. Sie beugte sich über es und sagte kühl: »Verstehst du mich?«

Es erwiderte ihren Blick ausdruckslos. Sie sagte: »Wenn wir dich von deinen Fesseln befreien – wirst du dann versprechen, nicht wieder zu versuchen, meine Tochter zu stehlen? Wir möchten, dass du die abscheuliche Kröte zu deiner Herrin zurückbringst und ihr folgende Botschaft ausrichtest. Sag ihr, dass man vielleicht in den Fuß gestochen wird, wenn man auf eine Distel tritt, dass man aber qualvoll stirbt, wenn man auf einen giftigen Seeigel tritt. Kannst du ihr das ausrichten?«

Er beugte langsam und nur einmal den Kopf. Maya nickte Isabeau zu, aber die junge Hexe weigerte sich, Bronwen loszulassen, um der Aufforderung der Fairge zu folgen. Maya sah sich, sehr widerwillig, gezwungen, die restlichen Spinnweben selbst vom Körper des Mesmerd abzustreifen.

»Du findest die Kröte unten«, sagte Maya, während sie sich die Hände angewidert am Rock abwischte. »Geh jetzt, sonst wird dich diese Hexe zu Staub zerfallen lassen, wie sie deine Verwandten hat zu Staub zerfallen lassen. Verstehst du?«

Er betrachtete sie mit glänzenden Augen und flog dann mit einigen Schwierigkeiten aus der Tür und die Wendeltreppe hinab. Maya wandte sich zu Isabeau um und streckte die Hände aus. »Gib mir meine Tochter.«

Isabeau drückte Bronwen fester an sich. »Ihr könnt sie nicht haben!«, rief sie.

In diesem Moment stürzte Ishbel vorwärts und rief: »Ihr seid es! Abscheuliche Hexe! Ihr habt meinen Geliebten verhext.«

Sie flog mit gespreizten Fingernägeln auf Maya los. Die Fairge trat zurück und hob die Hände, als wollte sie einen Verwandlungszauber heraufbeschwören. Isabeau warf sich zwischen sie, hielt ihre Mutter zurück und schirmte sie mit ihrem Körper vor Maya ab.

»Hört auf!«, schrie sie. »Mam, es ist in Ordnung. Sie hat *Daidein* zurückverwandelt. Er ist wieder ein Mensch. Er denkt, er sei noch immer ein Pferd, aber wir können es ihn wieder lehren, ich weiß es.«

»Khan'gharad? Ein Mensch?« Ishbel schwankte. Isabeau nickte, und ihre Mutter wandte sich um und flog wortlos und flink wie eine Schneegans die Treppe hinab.

Isabeau wandte sich wieder zu Maya um, während Bronwen sich noch immer an sie klammerte, das Gesicht an ihrem Hals verborgen. »Ihr könnt Eure Tochter nicht nehmen«, sagte sie fest. »Ihr könnt mit mir hier bleiben und sie wieder kennen lernen, aber Ihr dürft sie nicht fortbringen. Dies ist das einzige Zuhause, das sie kennt, und ich bin so etwas wie eine Mutter für sie. Außerdem würdet Ihr beide im Schnee sterben. Der Winter kommt, und Ihr kennt die Eigenheiten der Berge nicht und wisst nicht, wo die heißen Mineralteiche sind. Also denkt nicht, Ihr könntet sie rauben und davonlaufen, indem Ihr mich in irgendein abscheuliches kleines Tier verwandelt, denn wenn Ihr das tut, werdet Ihr beide sterben. Versteht Ihr?«

Maya lächelte sie herzlich an. »Natürlich verstehe ich, und es gibt nichts, was ich lieber täte, als bei dir und meiner Tocher zu bleiben und euch beide wieder kennen und lieben zu lernen. Denn wir sind Freunde, oder?«

»Nein«, sagte Isabeau ruhig. »Ihr seid die Feindin meines Volkes und habt mehr Böses getan als irgendjemand sonst, den ich kenne. Wir sind absolut keine Freunde.«

Mayas Lächeln schwand, und sie wandte nachdenklich den Blick ab. »Dennoch kann ich mir nichts vorstellen, was mich glücklicher machen würde«, sagte sie sanft. »Ich danke dir. Darf ich jetzt bitte meine Tochter haben? Ich hab mich so danach gesehnt, sie wieder in meinen Armen zu halten.«

Isabeau löste widerwillig Bronwens Arme von ihrem Hals und reichte sie sanft und mit leisen, beruhigenden Worten Maya. Die Fairge drückte sie an sich, summte ihr etwas vor, und Eifersucht traf Isabeau wie ein Dolch. Sie sagte jäh: »Ich muss nachsehen, was ich für Feld tun kann, der schwer verletzt ist, und für meinen Vater. Ihr könnt in dem Raum gegenüber von meinem schlafen. Denkt an das, was ich gesagt habe. Ihr kennt den Weg durch die Berge nicht, und es gibt viele Gefahren wie Eisriesen und Wollbären, Lawinen und böse Scheusale. Ihr würdet beide sterben, wenn Ihr zu entkommen versuchtet.«

»Aber ich will nicht fliehen«, sagte Maya mit ihrer heiseren Stimme lächelnd. Sie legte eine Wange an Bronwens dunklen, seidigen Kopf. »Ich habe gefunden, was ich gesucht habe.«

Das Weberschiffchen fliegt

Im Spiegel

Khan'gharad warf sein wirres rotes Haar zurück und kroch auf allen vieren durch den Raum. Sein ganzes Gesicht war mit Brei beschmiert und verklumpte auch seinen wirren roten Bart. Er war barfuß und nur in ein altes Gewand von Feld gehüllt, das nicht richtig zugeknöpft war, sodass es an einigen Stellen aufklaffte.

Isabeau stand am Tisch und hielt einen Löffel in der Hand, während Brei ihr Hemd hinablief. Zu ihren Füßen lag eine zerbrochene Schale. Bronwen sprang auf ihrem Stuhl auf und ab und warf ihren Brei ebenfalls umher, während Ishbel ihr Gesicht mit den Händen bedeckte und weinte.

»Es hat keinen Zweck!«, rief sie. »Er wird niemals wieder lernen, wie ein Mensch zu sein! Sieh ihn dir an.«

Isabeau achtete nicht auf sie. Sie sagte sanft, aber fest: »Komm, *Dai-dein*, ich werde nicht zulassen, dass du auf allen vieren isst wie ein Tier. Ich weiß, dass du Hunger hast, aber du musst lernen, dich wieder wie ein Mensch zu verhalten. Sieh zu, was ich tue.«

Sie wandte sich um und setzte sich an den Tisch, als sie ein Kügelchen von Bronwens Brei mitten ins Gesicht traf. »Das reicht, Bronwen!«, fauchte sie. »Dies ist kein Spiel. Nur weil mein Vater sich nicht an seine Manieren erinnert, bedeutet das noch lange nicht, dass du deine vergessen darfst!« Sie wischte sich das Gesicht sauber, atmete tief durch und versuchte, ihren Zorn zu zügeln. »Nun sieh zu, *Dai-dein.*« Isabeau aß langsam aus ihrer Schale, übertrieb ihre Bewegungen. Ihr Vater wieherte, warf den Kopf zurück und galoppierte durch den Raum, wobei er sein Gesicht in den auf dem Boden verstreuten Haferbrei drückte.

»Es hat keinen Zweck«, sagte Ishbel erneut mit tränennassem Gesicht. »Er war zu lange ein Pferd. Er wird niemals …«

»Doch, er wird«, fauchte Isabeau. Sie stand auf und kniete sich neben Khan'gharad, während sie beruhigend wieherte, als er vor ihrer Hand zurückscheute. Sie zog ihn sanft in eine aufrechte Haltung hoch. »Versuch dich zu erinnern, *Dai-dein.*«

Er stand da, schwankte leicht, seine blauen Augen waren vor Angst und Verwirrung so geweitet, dass das Blau fast schwarz wirkte. Sie ermutigte ihn, einen Schritt zu tun und dann noch einen, aber dann verließ ihn der Mut wieder, und er sank auf die Knie. Ishbel bedeckte erneut weinend ihr Gesicht, und Isabeau wandte sich ärgerlich zu ihr um. »Mam, willst du nicht kommen und mir helfen? Komm und stütze ihn, und zeig ihm, wie man es macht.«

»Ich kann es einfach nicht ertragen, ihn so zu sehen«, jammerte Ishbel.

»Es wird niemandem von uns nützen, wenn wir klagen!«, rief Isabeau. »Er war so lange Zeit ein Pferd, dass er sich nicht daran erinnert, wie sich ein Mensch verhalten sollte. Wir müssen es ihm wieder beibringen.«

Ishbel trocknete sich mit ihrer Serviette das Gesicht, trat an Khan'gharads Seite und half ihm, wieder aufzustehen. Sie führten ihn gemeinsam durch den Raum, während er sich auf die Lippen biss und die Schultern hochzog.

»Gerade, *Dai-dein*!« Isabeau ergriff seine Schultern und zog sie zurück. »Erinnere dich daran, dass du ein Narbiger Krieger bist, und schreite stolz einher!«

Es schien, als würden ihre Worte zum ersten Mal zu ihm durchdringen, denn er blieb aufrecht stehen, schüttelte sein Haar zurück und schritt aus wie ein Mensch. »Gut, gut!«, rief Isabeau, und Bronwen klatschte in die Hände. Isabeau führte ihn zum Tisch, half ihm, sich hinzusetzen, und gab ihm den Löffel in die Hand. Er entfiel seinen Fingern, und sie gab ihn ihm erneut. Dieses Mal konnte er ihn festhalten, und sie reichte ihm ihre Schale mit Haferbrei hinüber, der inzwischen kalt und erstarrt war. Seine Finger mit ihren umfassend, versuchte sie, einen Löffel voll aufzunehmen, aber es gelang nicht. Schließlich schleuderte er den Löffel enttäuscht von sich, ergriff eine Hand voll Brei, führte sie zum Mund und stopfte den Brei hinein, bevor Isabeau ihn aufhalten konnte.

Als sie ihn erneut zu zwingen versuchte, den Löffel zu benutzen, sprang ihr Vater zornig auf, sodass der Stuhl umstürzte, stolperte und fiel auf die Knie. Dort kauerte er und stöhnte, die Schultern starr vor Enttäuschung.

Ishbel kniete sich neben ihn, streichelte sein Haar und sagte: »Schon gut, Lieber, schon gut.«

Isabeau beugte sich zu ihm und zog ihn wieder hoch. »Versuch es erneut, *Dai-dein*!«

»Siehst du nicht, dass er es nicht kann? Lass ihn in Ruhe.«

»Wenn ich ihn in Ruhe lasse, wird er ewig so bleiben.« Isabeau wandte sich zutiefst verärgert zu ihrer Mutter um. »Du bist vielleicht zufrieden mit einem Ehemann, der sein Gesicht in eine Schale hält, um zu essen, und auf allen vieren läuft wie ein Tier, aber ich nicht! Ich will meinen Vater so, wie er sein sollte.«

Khan'gharad versuchte etwas zu sagen, aber sein Mund verzog sich nur auf seltsame Art, und ein ersticktes Wiehern drang statt Worten daraus hervor. Er streckte jäh eine Hand aus, hob sie an und legte sie dann auf seine Brust.

Isabeau erstarrte einen Moment überrascht und sagte dann

vorsichtig und mit sorgfältig ausgeführten Gesten in der Sprache der Khan'cohbans: »Versuch es, mein Vater, versuch es. Ich schwöre, dass wir dich lehren können, wieder ein Mensch zu sein, aber du musst es versuchen.«

»Das tue ich!«, erwiderte er mit nachdrücklicher Geste.

Isabeaus Augen begannen zu leuchten, denn es war ihr bisher nicht in den Sinn gekommen, zu versuchen, in seiner Muttersprache mit ihm zu reden. Sie schalt sich eine Närrin, lächelte und streckte eine Hand aus, und er erhob sich erneut mühsam.

Der Morgen war schon weit vorangeschritten, als es Isabeau schließlich gelungen war, ihren Vater dazu zu überreden, ein wenig Brei mit dem Löffel zu essen, den er verkrampft in seiner großen Hand hielt. Es erinnerte sie an Bronwen als Baby, und sie schaute mit einem leisen Lächeln der Erinnerung zu dem kleinen Mädchen hinüber. Bronwen sah sofort von ihrem Spielzeug auf und erwiderte das Lächeln. Isabeau beugte sich zu ihr und zauste ihr Haar, das so gerade und glänzend wie ein schwarzer Seidenvorhang hinabhing und an der linken Seite eine weiße Strähne aufwies.

»Will schwimmen«, sagte das kleine Mädchen. »Wann gehen wir schwimmen?«

Isabeau nickte erschöpft. »Ich weiß, Liebling. Bald, das versprech ich dir. Ich muss erst ein wenig aufräumen und meinen Vater säubern und mich versichern, dass die Ziegen genug zu fressen haben. Warum packst du nicht schon einmal ein, was du mit ins Tal nehmen willst, während ich meine Arbeiten beende?«

Sie nickte eifrig und begann, ihr Lieblingsspielzeug einzusammeln, während Isabeau sich bemühte, das Gesicht ihres Vaters zu säubern und das Gewand wieder zuzuknöpfen.

»Mam, wirst du es schaffen? Ich muss Bronwen jetzt ins Tal hinüberbringen. Sie muss schwimmen, und Maya ebenfalls …«

»Nein, ich schaff es nicht!«, rief Ishbel. Sie hatte Isabeau und

Bronwen eifersüchtig beobachtet und verzog nun eigensinnig den Mund. »Sieh ihn dir an! Er ist mehr Pferd als Mensch, und ich hab mich nie viel in den Ställen aufgehalten. Dafür hatten wir Stallknechte. Du solltest hier bleiben, wo wir dich brauchen, und nicht davonlaufen, um dich um diese bösartige Fairgefrau zu kümmern! Was soll ich mit ihm anfangen?«

»Füttere ihn, und wasch ihn, und kümmere dich um ihn«, sagte Isabeau sanft, während sie mit einer Hand über seine großartige Mähne kräftigen roten Haars strich. »Er ist jetzt wie ein Kind, das noch nicht zu laufen oder zu sprechen oder mit einem Löffel zu essen gelernt hat. Du musst für ihn wie eine Mutter sein.«

»Aber ich weiß nicht wie«, rief Ishbel und ergriff Isabeaus Ärmel.

Ihre Tochter machte sich frei und bemühte sich sehr, nicht die Geduld zu verlieren. »Nun, du solltest wissen, wie man es macht«, antwortete sie streng. »Ich weiß, dass du gerade erst achtzehn warst, als du uns geboren hast, und du hast seitdem geschlafen, aber du bist jetzt eine erwachsene Frau. Ich war noch jünger, als ich die Obhut über Bronwen übernahm, und ich hatte niemanden, der mich angeleitet oder mir geholfen hätte – außer Feld, der noch weniger wusste als ich.« Ihre Augen füllten sich bei dem Gedanken an den alten Zauberer, der tot auf den Stufen gelegen hatte, als sie zurückkam, mit Tränen. Obwohl seit dem Kampf mit dem Khan'cohban-Krieger und den Moorzauberwesen inzwischen sieben Monate vergangen waren, waren Isabeaus Kummer und Schuldgefühle noch immer sehr stark. Sie wischte sich mit dem Handrücken die Tränen ab und fuhr barsch fort: »Er ist dein Ehemann, und du sagst, du liebst ihn mehr als das Leben selbst. Nun, dann kümmere dich um ihn, und lehre ihn, wie du dich um Iseult und mich hättest kümmern und uns lehren sollen.«

Ishbel senkte den Blick, und Röte überzog Hals und Wangen. »Ich weiß … Es tut mir Leid …«, begann sie.

Isabeau sagte: »Du weißt, dass ich so bald wie möglich zurückkomme, aber Maya und Bronwen brauchen mich auch.«

Sie hatte das Falsche gesagt. Ishbel kniff den Mund zusammen und sagte verärgert: »Wenn ich bedenke, dass meine eigene Tochter unsere größte Feindin beherbergt und ihr hilft – die Zauberin, die deinem Vater und mir dies angetan hat! Verstehst du nicht, dass sie und ihre üble Liga gegen Hexen Hunderte unschuldiger Männer und Frauen ermordet haben?«

Nun war es an Isabeau, zu erröten und zu stottern. Sie konnte ihr seltsames Gefühl der Verbundenheit und der Empathie zu der Fairge nicht mit Worten erklären, sodass sie sich nur abwandte und müde sagte: »Ich muss gehen, Mam. Ich sagte bereits, dass ich so bald wie möglich zurückkomme.«

Maya lebte seit dem Kampf mit den Mesmerdean im vorigen Sommer allein im Baumhaus. Isabeau hatte sie nur wenige Tage nach Felds Tod zum geheimen Tal zurückgebracht, da weder Ishbel noch Khan´gharad es ertragen konnten, Maya in ihrer Nähe zu wissen. In ihren Augen war die Fairge ihre unerbittliche Feindin, diejenige, die ihr Leben genommen und in tausend irreparable Stücke zerschmettert hatte.

Ihre Verurteilung schmerzte Isabeau, und sie wünschte, sie wüsste einen Weg aus dem Wirrwarr. Sie konnte die Fairge nicht im Stich lassen, sosehr sie sich auch manchmal insgeheim danach sehnte, weil sie wusste, dass Maya in den Bergen nicht überleben konnte. Obwohl Maya ihre Feindin war, konnte sie nicht umhin, eine gewisse Sympathie für sie zu empfinden. Die Tatsache, dass diese Sympathie von heftiger Eifersucht durchsetzt war, machte es nur noch schwerer. Isabeau wäre vielleicht imstande gewesen, Maya zu einem grausamen Tod zu verdammen, um allen, die sie liebte, weitere Härten und weiteren Kummer zu ersparen. Aber dies zu tun, weil sie Bronwen ganz für sich allein wollte, wäre wahrhaft Mord. Obwohl Isabeau schon früher getötet hatte, war dies niemals leichtfertig geschehen. Es waren stets extreme Umstände gewesen, wenn sie die Wahl hatte treffen müssen, zu töten oder getötet zu werden. Maya dem Tod durch bittere Kälte oder durch wilde Bergtiere und Zauberwesen zu überlassen hieße, bereitwillig zu töten, und Isabeau konnte diesen letzten, unumkehrbaren Schritt nicht tun.

Also schloss sie einen Kompromiss. Sie ließ Maya als Gefangene im verborgenen Tal zurück und öffnete den Geheimgang von der Küche aus, sodass die Fairge beliebig hinein- und hinausgelangen konnte. Isabeau brachte alle Bücher und Tränke Meghans in eines der höheren Stockwerke und belegte es mit einem Wachzauber, sodass die Fairge nicht mehr über Meghans Geheimnisse erfahren konnte. Dann teilte sie ihre Zeit zwischen ihren Eltern in den Verfluchten Türmen und Maya im Verborgenen Tal auf, wobei sie Bronwen mitnahm, wo auch immer sie hinging.

Isabeau versorgte sie alle mit Nahrung, kochte ihre Mahlzeiten, lehrte Bronwen die Buchstaben und die Zahlen und Khan'gharad, sich wie ein Mensch zu verhalten. Sie brachte Maya und Bronwen zum Schwimmen durch die Höhlen zum unterirdischen See, spann Wolle, strickte und webte all ihre Kleidung, grub die Gemüsegärten um und befreite sie von Unkraut, molk die Ziegen und kümmerte sich um die Bienenstöcke. Manchmal fühlte sie sich eher wie eine Mutterhenne mit vier hilflosen Küken als wie eine junge Frau, die gerade erst zwanzig wurde und eher selbst bemuttert werden sollte.

Der Winter war gekommen und vergangen, und die Schneestürme hatten Isabeau ihre selbst auferlegte Aufgabe noch erschwert. Sie war nicht wie üblich zum Rückgrat der Welt gezogen, weil sie sich Sorgen darüber machte, wie ihre Schützlinge ohne sie zurechtkämen, und niemandem genug Vertrauen entgegenbrachte, sich um Bronwen zu kümmern, jetzt, wo Feld gegangen war. Ishbel war nicht stark genug, die Situation zu meistern. Als Tochter eines Lairds aus Blèssem war sie mit Dienstboten aufgewachsen, die sie von vorne bis hinten bedient hatten, und war es nicht gewohnt, selbst kochen oder aufräumen zu müssen, ganz zu schweigen davon, sich um Khan'gharads Bedürfnisse zu kümmern. Sie stützte sich schwer auf Isabeau und nahm es Maya übel, dass sie sie so häufig vom Verfluchten Tal fortführte. Selbst Asrohc war die Situation leid und reagierte nur noch selten auf Isabeaus Ruf, sodass sie verlassen und besorgt um denjenigen, der gerade auf sie wartete, dastand.

Isabeau verließ die Wärme der Küche und schlang ihr Plaid um sich, während sie in die Kälte hinausging, um die Ziegen zu füttern und zu melken. Es war ein frostiger grauer Tag mit einem drohenden Himmel und einem unangenehmen, bitterkalten Wind, der ihr in die Knöchel schnitt und an ihrem Plaid zog. Sie lehnte den Kopf an die warme Flanke der Mutterziege und molk sie rasch, ihre Augen waren heiß und brennend. Es war Lichtmess, ihr zwanzigster Geburtstag, und niemand hatte daran gedacht, ihr zu gratulieren. Sie hatte keine Zeit oder Neigung gehabt, die Frühjahrsriten auszuführen, und so war Lichtmess zum ersten Mal in ihrem Leben gekommen, ohne dass Isabeau das Ende des Winters und den Beginn der blühenden Jahreszeit gefeiert hatte. Sie entschuldigte sich im Stillen bei Eà, erfüllte müden Schrittes und schweren Herzens ihre Aufgaben und kehrte dann zum alten Turm zurück.

Einem plötzlichen Impuls folgend, wandte sie sich seitwärts und ging zum Kristallsehteich, der inmitten der Gärten lag. Der kleine, runde Aussichtsplatz, der ihn vor den Elementen schützte, war vollkommen von Rosen- und Brombeersträuchern überwachsen gewesen, als Isabeau ihn das erste Mal entdeckt hatte, aber jetzt war er von allem Gestrüpp befreit. Es war ein wundervoller kleiner Pavillon mit einer von Grünspan überzogenen Kuppel und ganz mit Rosen- und Dornenmustern verzierten Bögen, der einen Blick über den Garten bis zum See bot. Der See glänzte schwarz. Die Füße der Steinbänke an den Kompasspunkten waren wie Drachenklauen gestaltet, mit einem grausamen Drachenkopf an einem Ende, die Schwingen zum Sitz eingefaltet. Isabeau setzte sich auf eine der Bänke und blickte ins Wasser, das ihr Gesicht wie ein dunkler Spiegel reflektierte.

Sie dachte sehnsüchtig an ihre Schwester. Es war auch Iseults Geburtstag, und es war einige Zeit her, seit Isabeau zuletzt nachgesehen hatte, wie es ihrer Schwester ging. Es war solch ein geschäftiger Winter und das Wetter so kalt gewesen, dass sie sich einen Pfad durch den Schnee hätte bahnen müssen, um den Kristallsehteich auch nur erreichen zu können. Isabeau fragte sich, ob Iseult es geschafft hatte, wie geplant nach Arran zu marschieren, und ob sie den Fluch hatten brechen können, der den Rìgh in solch unnatürlichem Schlaf gefangen hielt.

Die ruhige Wasseroberfläche schien sich zu verdunkeln, und dann sah Isabeau das Gesicht ihrer Schwester so deutlich wie erst Augenblicke zuvor ihr eigenes. Nur die unterschiedliche Kleidung und Haltung zeigten, dass sie nicht ihr eigenes Gesicht betrachtete.

Iseult kauerte neben Lachlan, der still auf einem niedrigen Lager lag und kaum atmete, die Schwingen neben ihm eingefaltet. Er wirkte wie eine Statue in einer Gruft; ein weißes Tuch war über ihn gebreitet, sein adlerartiges Profil schien wie aus Stein gemeißelt. Iseult hielt seine Hand, wärmte sie zwischen ihren Fingern und sprach leise zu ihm. Ihr Gesicht war von Kummer gezeichnet. Isabeau empfand tiefes Mitleid, denn sie hatte ihre Schwester noch nie so betrübt gesehen, nicht einmal, als ihre kleine Tochter gestorben war.

Die Banrìgh trug ihre Lederreithose und den Brustharnisch,

und ihr Waffengurt hing über dem Stuhl hinter ihr. Während Isabeau zusah, stand sie auf, legte ihn sich um und trat vor einen Spiegel auf einem Ständer, um seinen Sitz zu prüfen. Als sie sich in dem Spiegel betrachtete, begegneten sich die Blicke der Zwillingsschwestern.

»Isabeau«, flüsterte sie.

»Iseult, Liebes.«

»Ich habe gerade an dich gedacht«, sagte Iseult. »Ich hab so lange nichts von dir gehört. Geht es dir gut?«

Isabeau nickte und fragte: »Und dir?«

Iseults Miene wirkte grimmig. »Ich hab schon glücklichere Zeiten erlebt.«

»Es ist unser Geburtstag.«

Iseult nickte. »Ja, und heute marschiere ich in den Krieg. Der Frost schmilzt bereits, und dennoch haben wir noch keinen Fuß nach Arran hineingesetzt. Mögen die Götter des Weiß diese törichten Lairds zu Staub zerfallen lassen!« Ihre Stimme und ihr Gesicht wirkten verbittert.

»Und Lachlan? Hält der Fluch noch an?«

Iseult nickte, obwohl ihre Miene kurzzeitig Überraschung zeigte. »Du weißt von dem Fluch?«

»Ich hab dich schon zuvor durch den Kristallsehteich beobachtet. Ich hab gesehen, was in Ardencaple geschehen ist.«

»Ich glaubte, dich damals gespürt zu haben, und auch zu anderen Zeiten. Ich hab dich einmal durch den Kristallsehteich am Turm der Zwei Monde zu erreichen versucht, aber du warst zu weit entfernt oder zu sehr in Anspruch genommen. Es war kalt, und es schneite, und du hast geweint. Ich dachte, ich könnte spüren, dass du im Haven warst, aber ich war nicht sicher …«

Isabeau nickte. »Ich hab die vergangenen beiden Winter dort verbracht. Sie schütteln den Kopf über mich und sagen, ich würde niemals eine Narbige Kriegerin wie du.«

Ein Lächeln zuckte über Iseults Gesicht. »Das glaube ich auch nicht!« Sie hielt inne, runzelte die Stirn und tastete nach ihrem Waffengurt. »Das Kind der Verhexerin?«

»Bronwen befindet sich bei mir in den Verfluchten Türmen in Sicherheit«, erwiderte Isabeau eher abwehrend.

Iseult richtete sich auf und lächelte erleichtert. »Ich wusste, dass du uns nicht verraten hast! Sie sagten, du hättest das Kind der Verhexerin Maya und der Liga gegen Hexen gegeben, aber ich wusste, dass du das nicht tun würdest.«

Isabeaus Lächeln schwand, aber Iseult bemerkte es nicht und sagte: »Ich kann nicht bleiben. Ich muss aufbrechen. Wir haben bereits zu lange gezögert. Ich bin wirklich froh, dich zu sehen und auf diesem Weg mit dir sprechen zu können, so seltsam es auch scheint. Ich dachte gerade, dass alle, die ich liebe, weit fort oder verloren oder verflucht sind, und das sind in der Tat traurige Gedanken.«

»Meghan?«, schrie Isabeau plötzlich entsetzt auf, aber Iseult lächelte beruhigend. »Die Alte Mutter ist hier und in Sicherheit. Ich weiß nicht, was ich während dieser düsteren Monate ohne sie getan hätte. Pass auf dich auf, Isabeau ...«

»Und du auf dich«, flüsterte Isabeau. »Ich hoffe, dass bei dir alles gut geht und dass wir diesen Krieg gewinnen und den Fluch brechen werden.«

Iseults Gesicht verdüsterte sich. »Die Alte Mutter sagt, der Fluch kann nur von der Person gebrochen werden, die ihn heraufbeschworen hat. Wenn es, wie wir vermuten, Margrit von Arran war, dann hoffe ich nur, dass wir siegreich zu ihr gelangen und sie unserem Willen unterwerfen können. Es scheint jedoch so unwahrscheinlich. Sie ist eine mächtige Zauberin und regiert die Moore.«

»Nimm dich vor den Mesmerdean in Acht«, flüsterte Isabeau furchtsam. Sie wollte so vieles sagen, fand aber die Worte nicht.

Iseult sagte leicht erschaudernd: »Das tue ich, glaube mir, das tue ich. Ich fürchte sie mehr als alles andere – fürchte, dass sie mich verhexen könnten …« Sie straffte die Schultern, die blauen Augen blickten düster. »Denken wir nicht an sie. Ich muss gehen.«

»Herzlichen Glückwunsch zum Geburtstag, Zwillingsschwester«, sagte Isabeau, deren Augen vor Tränen brannten. »Eà sei mit dir.«

»Und mit dir auch.«

Iseults Gesicht verschwamm, während Isabeaus Tränen in den Teich fielen und das Bild in kleine, dunkle Wellen aufbrachen. Sie setzte sich zurück und wischte sich mit den Händen übers Gesicht. »Möge Eàs heiteres Gesicht heute auf dich gerichtet sein«, flüsterte Isabeau und erhob sich, um zum Turm zurückzukehren.

Iseult stand im Eingang des königlichen Pavillons und schaute über das Heerlager hinweg zu dem Nebelschleier, der am entgegengesetzten Ende der Pferdekoppel hing. Sie musste dem Drang widerstehen, ins Zelt zurückzugehen, sich hinter ihren stillen, kalten Ehemann zu legen und sich die Decken über den Kopf zu ziehen. Es war neun Monate her, seit Lachlan gestürzt war und sich den Rücken und eine Schwinge gebrochen hatte, neun Monate, seit seine rastlose Lebenskraft unter diesem unnatürlichen Schlaf erstickt worden war.

Neun Monate, die sie im Streit mit den Lairds verbracht hatte sowie mit dem Versuch, Hilfe von den Händlern zu bekommen und ein Heer zum Marsch auf Arran zu versammeln. Sie hatten bei Lochsithe und Ardencaple solche Verluste erlitten, dass es lange gedauert hatte, neue Soldaten anzuwerben und sie auszubilden. Am schlimmsten von allem war, dass viele der Lairds nicht in die Moore ziehen wollten, da sie so viele Geschichten über Margrit von Arrans Zauberkräfte und die Gefahren der Moore gehört hatten. Da Lachlan noch immer schlief und auf all ihr Flehen und Schütteln nicht reagierte, waren die Lairds rasch mit Ausreden bei der Hand, um ihre Männer zurückzuziehen.

Obwohl die drei Divisionen des Heeres unter dem Kommando der Clans der MacSeinn, der MacCuinn und der MacThanach gestanden hatten, schuldete die Mehrheit der Fußsoldaten ihren Lairds unmittelbar die Treue. Das bedeutete, dass die Mehrheit der Fußsoldaten mit ihren Lairds gehen würden, wenn diese ihre Unterstützung zurückzögen und in ihre Länder zurückkehrten. Obwohl alle Lairds einräumten, dass Iseult eine geschickte Kriegerin und Hexe war, war es doch eine ganz andere Sache, sich und ihre Männer vollkommen ihrem Befehl zu unterwerfen.

»Mädchen, die pfeifen, und Hühnern, die krähen, soll man beizeiten die Hälse umdrehen«, sagten sie grinsend und achselzuckend zueinander.

Lachlan hatte sich von Anfang an geweigert, Zwangseinziehungen durchzuführen, da das eine der verhasstesten Taktiken Mayas und ihrer Rotgardisten gewesen war. Also hatten sie sich darauf verlassen, dass Freiwillige sowie die Unterstützung der Lairds ihre Ränge füllen würden, aber nach über drei Jahren beständiger Kriegsführung trockneten diese beiden Quellen aus.

Nur die Angst, dass weitere Tìrsoilleiraner durch die Moore heranschleichen würden, veranlasste die Lairds und Prionnsachan, Iseult und dem Hexensabbat treu zu bleiben, und daher war sich die junge Banrìgh der Tatsache bewusst, dass sie in Arran einen raschen Sieg erringen mussten, wenn sie das Heer zusammenhalten wollten. Glücklicherweise war Anghus MacRuraich mit annähernd dreitausend Mann zu ihrer Hilfe gekommen, und seine treue Unterstützung hatte die Entschlossenheit des MacSeinn und des MacAhern bestärkt.

Iain hatte ihnen geraten, die beste Zeit für einen Angriff auf Arran sei der Winter. Wenn es kalt genug war, würden Teile der Moore zufrieren, was es leichter machte, eine große Anzahl Männer über deren gewundene Pfade zu schleusen. Und das Wichtigste war, dass die goldene Göttin in den Wintermonaten ruhte und die Mesmerdean Winterschlaf hielten, womit zwei der größten Gefahren Arrans beseitigt waren.

Aber die Hirsche hatten bereits in den Wäldern zu röhren und die Schweine nach herabgefallenen Nüssen zu suchen begonnen, bevor neue Vereinbarungen zwischen der Krone und den Lairds getroffen wurden, und der Schnee begann bereits zu schmelzen, als das Heer des Rìgh die Grenzen Arrans erreichte.

Sie hatten ihr Lager am Rande der Moore errichtet, und niemand konnte umhin, beim Anblick der weißen Wand, welche die Sümpfe vor ihrer Sicht verbarg, einen vorahnungsvollen Schauder zu verspüren. Es war so unheimlich, wie der Nebel dort hing, sich niemals zerstreute, niemals nach Blèssem hinüberwehte und die Grenze der beiden Länder so genau kennzeichnete wie ein Vorhang zwei angrenzende Räume. Fantasiebegabte Soldaten merkten, dass der Nebel ständig an ihnen zerrte, als bilde er Geisterfinger aus, die sich nach ihnen ausstreckten. Selbst diejenigen mit eher pragmatischer Natur fragten sich unwillkürlich, was er verbarg.

Iseult hatte versucht, ihre Hexensinne in den Nebel auszusenden, aber er verwirrte ihre übersinnliche Wahrnehmung ebenso sehr wie ihre Sicht, und so hatte auch sie ungute Vorahnungen, als der Zeitpunkt nahte, sich hineinzuwagen. Die Tatsache, dass keine der Hexen, nicht einmal Meghan, spüren konnte, was dahinter lag, verstärkte ihre Befürchtungen noch. Sie wusste, da es ihr immer wieder gesagt worden war, dass in der Geschichte Eileanans eine Invasion nach Arran noch nie gelungen war. Das trügerische Terrain, die gefährlichen Bewohner der Moore und die Zauberkräfte des Clans der MacFòghnan ließen jeden Versuch unter vielen Verlusten scheitern. Iseult hatte auf die Befürchtungen ihrer Truppen nur wiederholt erwidert: »Wir werden erfolgreich sein, wo andere scheiterten. Führt uns nicht Iain von Arran persönlich an? Es ist unsere einzige Chance, Lachlan zu heilen und dauerhaften Frieden zu erreichen. Erzählt mir also nicht, warum wir scheitern werden. Erzählt mir stattdessen, wie wir siegen können.«

Iseult seufzte, nahm langsam ihre Armbrust auf und schlang sich den Köcher mit den Pfeilen über die Schulter. Dann trat sie ins Heerlager hinaus, während sie im Geiste wiederholte, was sie den Soldaten sagen musste. Diese brachen bei ihrem Anblick in halbherzige Hochrufe aus und schlugen mit ihren Dolchen gegen die Schilde. Sie nahm den Empfang mit einer erhobenen Hand zur Kenntnis, obwohl sie ihre strenge, kalte Miene nicht ablegte.

Dann trat sie ihnen gegenüber und sagte ruhig: »Heute werden wir Margrit von Arran für ihren Verrat bestrafen. Die NicFòghnan hat sich schon zu lange gegen die übrigen Länder Eileanans gestellt und geplant, die Krone zu schwächen und Macht für sich selbst zu erringen. Es ist an der Zeit, dass Eileanan ein vereinigtes Land wird, in dem alle in Frieden und Freundschaft frei leben können. Margrit von Arran hat unseren tìrsoilleiranischen Feinden geholfen, in unser Land einzudringen und großes Leid über unser Volk zu bringen. Sie hat unsere Kinder entführt, Aufruhr ermutigt und auf unseren rechtmäßigen Laird und Rìgh einen Fluch heraufbeschworen. Wir können und werden solche treulosen und verräterischen Handlungen nicht dulden! Also ziehen wir mit Schwert und Lanze voran, und ich bete in Eàs Namen, dass ihr mutig und kraftvoll kämpfen werdet, damit wir zukünftig alle in Frieden und Barmherzigkeit leben können. Möge Eà mit euch allen sein.«

»Und mit Euch«, murmelten die Soldaten als Antwort.

Iseult nickte und erteilte den Befehl zum Aufbruch. Dillon brachte Iseult ihren Schild, und sie nahm ihn und sagte ernst: »Ich möchte, dass du zurückbleibst, Dillon, hörst du? Und lass dein schreckliches Schwert in der Scheide. Zu viele der Liga der Heilenden Hand sind bereits gestorben. Es ist deine Aufgabe, zu bleiben und Tòmas und Johanna und die übrigen Heiler zu schützen. Hast du verstanden?«

Er nickte stumm, während er Jeds schwarz gefleckten Kopf streichelte. Obwohl die vergangenen neun Monate dazu beigetragen hatten, das Entsetzen und den Kummer jenes Tages in Ardencaple zu dämpfen, hatte Dillon seine übliche spitzbübische Energie noch nicht wieder zurückerlangt. Er gab sich, trotz allem, was Meghan und Johanna sagten, die Schuld am Tod von Parlan, Artair und Anntoin und vermisste ihre Gesellschaft sehr.

Iseult trat zu Duncan und Iain an die Spitze der Doppelkolonne. Meghan und Gwilym warteten dort ebenfalls auf sie, beide auf ihre Stäbe gestützt, beide mit sehr grimmigen Mienen. Sie nahmen ihre Plätze hinter Iseult ein, während sie den Aufbruch in die Moore anführte und der junge Prionnsa von Arran den Weg wies. Dahinter kamen Dide und Niall und die Leibgardisten, die meisten neu ernannt und bestrebt, sich würdig zu erweisen. Hinter ihnen marschierten die übrigen Lairds und Prionnsachan, deren jeder seine eigene Kompanie Männer anführte. Ihre Stander hingen in der stillen Luft schlaff herab.

Nach langen Streitereien hatten alle Lairds und Prionnsachan zugestimmt, ihre Pferde zurückzulassen, denn die Wege waren schmal und trügerisch. Dies war bei den Lairds ein wunder Punkt gewesen, denn nur einfache Soldaten zogen zu Fuß in die Schlacht. Es war ein Zeichen von Reichtum und Stellung, in den Krieg zu reiten. Die Rüstung und Pferde eines Kavalleristen zu erwerben und zu unterhalten kostete ebenso viel wie die Pfluggespanne für ein Dutzend Kleinpächterfamilien. Es gab viele Lairds, die ihre Familien praktisch ruiniert hatten, um ihre Pferde zu bezahlen, und keiner der Kavalleristen nahm es gelassen auf, solche Werte zurücklassen zu sollen. Letztendlich hatte jedoch der gesunde Menschenverstand gesiegt, und so zogen die Lairds und Prionnsachan mit ihren bewaffneten Kriegern und mit gezogenen Schwertern zu Fuß los.

Zunächst blieb alles ruhig, und der treibende Nebel verbarg nur Wälle mit Riedgras und großen Binsen. Da sie durch das dichte Unterholz und sumpfige Stellen gezwungen waren, auf dem Weg zu bleiben, schritt das Heer in langen Reihen voran, jeweils vier Mann nebeneinander. Alle waren dankbar für ihre langen grauen Umhänge. Nicht nur war die Luft feucht und frostig, sondern die magisch gewobenen Umhänge verbargen sie hier auch noch besser als auf den grünen, sonnenbeschienenen Feldern Blèssems. Der Nebel drängte sich dicht um sie, sodass sie nur die wenige Schritte vor ihnen Gehenden sehen konnten und die Übrigen einfach mit der wintergrauen Landschaft verschwammen.

Sie waren bereits mehrere Stunden marschiert, als Gwilym plötzlich innehielt, lauschte und in die Luft schnupperte. Iain hielt ebenfalls jäh inne, seine Knöchel um das Schwertheft waren weiß vor Anspannung.

»Kannst du sie riechen?«, fragte Gwilym recht rau.

Iain nickte. »Ich hoffe jedoch, dass mich mein Geruchssinn t-t-trügt«, flüsterte er zurück. »Es ist v-v-viel zu früh, als dass die Nymphen ihre W-W-Winterhülle bereits abgelegt haben könnten. Es sei denn …«

»Könnte deine Mutter die letzte Verwandlungsphase irgendwie beschleunigt haben?«

Iain zuckte die Achseln. »Wenn sie eine Art Brutkasten errichtet hätte, dann wäre es vermutlich möglich. Sie brauchen nur anfängliche Wärme.«

Iseult sah sich besorgt um. Der Nebel roch dumpfig und schwer, wie ein frisch ausgehobenes Grab. Sie sagte leise: »Mesmerdean?«

»Ich fürchte ja«, erwiderte Iain grimmig. »Tun wir unser Bestes, um freie Sicht zu bekommen.« Er schloss die Augen und konzentrierte sich, die Hände zu Fäusten geballt. Der Nebel wirbelte langsam davon. Der Himmel über ihnen zeigte sich fahlblau, die Büsche und Bäume wirkten in der schwachen Wärme grau und farblos. Vor ihnen lag eine offene Fläche übel riechenden Sumpfes. In dem Schlamm trieben Hunderte blasser, knolliger Augen, die unverwandt blickten. Jene Wesen, die dem Rand des Sumpfes am nächsten waren, streckten lange, häutige, schlammverschmierte Hände aus. Eines war nur wenige Zentimeter von Iseults Stiefelspitze entfernt, und sie trat mit einem unfreiwilligen Aufschrei zurück.

»Schlammgeister«, sagte Gwilym düster und fügte dann verdrossen hinzu: »Und Mesmerdean, Eà verfluche sie.«

Hunderte der großen Moorzauberwesen schwebten über dem Sumpf, ihre geäderten, durchscheinenden Schwingen schwirrten, während ihre großen Facettenaugen in unerbittlicher Absicht auf die kleine Gruppe von Soldaten und Hexen gerichtet waren, die gerade aus dem Unterholz gedrungen waren. Das leise Summen ihrer Schwingen war das einzige Geräusch, und ihr reines Schweigen war weitaus einschüchternder als das übliche laute, herausfordernde Verhalten, das von einem gegnerischen Heer ausging.

»Nur noch wenige Schritte, und wir wären im Sumpf versunken!«, rief Dide mit bleichem Gesicht aus.

Iseult zog sich noch einige weitere Schritte zurück, als die knochige, schlammige Hand weiter aus dem Sumpf hervorkroch. »Seht nur, dort sind auch Menschen und Hexen«, rief sie, als ihre sehr plötzlich einsetzende übernatürliche Sicht die Dunkelheit auf der anderen Seite des Sumpfes durchdrang. »Sie liegen dort und warten auf uns. Wir können hier nirgends einen Kampf bestreiten, Iain. Wir werden von diesen schrecklichen Geistern ertränkt werden, bevor wir auch nur das Heer deiner Mutter erreichen. Gibt es einen besseren Platz, an den wir uns zurückziehen könnten? Festen Boden, fern von diesen gruseligen Wesen?«

Iain öffnete den Mund zu einer Antwort, als die angespannte Stille vom Stoß eines Kriegshorns erschüttert wurde. Anscheinend hatten die Moorwesen nur auf dieses Zeichen gewartet. Sie stürmten augenblicklich voran, und der Kampf begann.

Iseult, die Hexen und die Leibgarde nahmen die Hauptlast des Angriffs auf sich, die meisten ihrer Soldaten standen noch auf dem Pfad hinter ihnen. Mit dem Sumpf vor und dem dichten, morastigen Unterholz hinter sich konnte die Leibgarde nirgendwohin ausweichen. Also hielten sie stand und kämpften wie wahnsinnig, hackten den Schlammgeistern, die sie in den Sumpf ziehen wollten, Hände und Köpfe ab und versuchten, die Mesmerdean zu durchbohren, die wie riesige, bösartig dreinblickende Libellen vorüberschossen. So rasch die Zauberwesen der Moore fielen, so rasch erhoben sich an ihrer Stelle weitere, und dann griff von den Seiten auch noch das Heer der Distel in den Kampf ein. Es waren große Männer mit mürrischen Gesichtern, die mit Pfählen und Sensen bewaffnet waren. Zwar besaßen sie nicht die Waffen oder das Können von Iseults Truppen, aber sie kannten das Gelände weitaus besser. Wo viele der Blaugardisten im Schlamm ausrutschten und fielen, standen sie fest auf ihren genagelten Stiefeln oder sprangen mühelos von einem Grasfleck zum anderen. Rund um sie herum waren Schreie und Gurgeln und das Stöhnen sterbender Männer zu hören.

Iseult, von Zorn und Verzweiflung erfüllt, beschwor einen großen, zischenden Feuerball herauf und schleuderte ihn quer durch den Sumpf. Zu ihrer Verwunderung fing die Luft selbst

Feuer. Mesmerdean, die über sie hinwegschossen, wurden im Handumdrehen zu Asche verbrannt, und die Schlammgeister schrien und tauchten unter. Die Feuerkugel brach in die Horden der Männer ein, die sich am anderen Ende des Sumpfes verbargen, und sie hörten gequälte Schreie und sahen einige brennende Gestalten aufspringen und davonlaufen.

»Sumpfgas!«, schrie Gwilym. »Natürlich brennt das!« Er hob seinen Stab, beschwor eine weitere Flammenkugel herauf und schleuderte sie zu der Stelle, wo die Mesmerdean dicht wie ein Schwarm Mücken summten. Meghan folgte seinem Beispiel, und innerhalb von Sekunden waren jene Mesmerdean, die nicht zu Asche verbrannt wurden, geflohen.

Sie konnten jedoch nicht die Männer der Distel entflammen, denn das hätte bedeutet, dass sie auch ihre eigenen Soldaten zu Asche verbrannt hätten. Während Iseult und Duncan Seite an Seite weiterkämpften, keuchte der große Hauptmann: »Wir brauchen Platz, ... um uns bewegen zu können, Eure Hoheit. Könnt ... Ihr wieder ... Eis heraufbeschwören?«

Iseult schluckte. Sie war so erschöpft, dass nur ihre jahrelange Übung sie noch aufrecht hielt und sie sich ducken, springen, zustoßen und ausweichen konnte. Die Handhabung der Magie ermattete sie weitaus mehr als ein Nahkampf, und das Heraufbeschwören der gewaltigen Feuerkugel hatte sie bereits vollkommen ausgelaugt. Sie sagte jäh: »Ich werde es versuchen. Gebt Ihr mir Schutz?«

Duncan nickte. »Natürlich, Eure Hoheit«, erwiderte er mit großem Respekt und Zuneigung in der Stimme.

Sie lächelte ihn eher grimmig an, beugte den Kopf und konzentrierte ihren ganzen Willen auf den Sumpf. Langsam, langsam erstarrte der Schlamm des Sumpfes und gefror zu Eis, hart wie Diamanten. Die Blaugardisten konnten nun zurückspringen, um einem Stoß auszuweichen, ohne Angst haben zu müssen, in den Schlamm zu fallen und zu ertrinken. Die Kampfhandlungen breiteten sich aus, und jene Soldaten, die noch aufgereiht auf dem Pfad standen, schwärmten aus, um einzugreifen.

»Feuer und Eis«, sagte Duncan respektvoll. »Ihr besitzt wirklich ein ungewöhnliches *Talent,* Eure Hoheit.«

Der Nebel wirbelte erneut aufwärts, und es war bitterkalt geworden. Margrits Soldaten wandten sich schreiend um und flohen in die Moore zurück, verschwanden im dichten Nebel. Duncan rief rasch Befehle, und die Blaugardisten machten sich an die Verfolgung, während die Nachhut Tragen organisierte, um die Verwundeten zum Lager zurückzubringen. Innerhalb von Minuten war in dem Chaos auf dem Schlachtfeld wieder Ordnung eingekehrt, und das Heer der Banrìgh marschierte weiter in den Sumpf hinein.

Plötzlich erklang ein schwacher, zischender Laut, und Männer stürzten schreiend. Sie schlugen auf dem Boden gequält um sich, ihre Gesichter waren purpurfarben gefleckt, verfärbter Schaum stand auf den Lippen. Ein dünner schwarzer Dorn ragte aus ihrem Hals hervor.

Das zischende Geräusch erklang erneut, und Iain schrie: »Runter! Runter!« Den ganzen Pfad entlang suchten Männer Schutz, wobei einige die noch immer um sich schlagenden Körper ihrer Kameraden als Deckung benutzten. Dann rief Iain: »Aaiiieeeeee!«

Sofort herrschte Stille, und dann hörten sie ein zögerndes: »Aaaaiiieeee?«

»Aaaaiiieeee«, rief Iain beruhigend zurück.

»Ee-ann?«

»Ja, ich bin's, Iain. Wer ist da?«

Überall um sie herum tauchten dunkle, runde Köpfe aus dem Sumpf auf und zeigten breit grinsend ihre Fänge. Sie kletterten auf den Pfad, versammelten sich um Iain und schlangen ihre Arme um seine Taille, denn höher reichten sie nicht. Sie trugen Blasrohre aus Schilf in ihren vierfingrigen Händen und hatten winzige Köcher voller schwarzer Dornen über den Schultern.

Sie waren in eine seltsame Ansammlung von abgelegten Kleidern gehüllt, ihre Haut war von der dunklen Purpurfarbe von Seetrauben und ganz mit kurzem, plüschartigem Fell bedeckt. Ihre bangen Gesichter wurden von großen schwarzen, glänzenden Augen beherrscht. Sie plapperten in ihrer schrillen Sprache alle durcheinander, und Iain tätschelte und streichelte sie, während er in derselben klagenden Sprache antwortete.

Die Soldaten warteten wachsam ab und hielten die Waffen bereit, während diejenigen, die von den vergifteten Pfeilen getroffen worden waren, unter Zuckungen langsam still wurden.

»Entspannt euch, Männer«, sagte Gwilym, der sich auf seinen Stab lehnte. »Es sind Zauberwesen der Moore, die niemals etwas tun würden, das Iain nicht guthieße. Sie hätten uns niemals angegriffen, wenn sie gewusst hätten, dass Iain bei uns ist.«

Iain schaute lächelnd auf. »Sie erzählen mir, dass meine M-M-Mutter n-n-nicht weit von hier einen Hinterhalt errichtet hat. Sie werden uns einen anderen W-W-Weg durch den S-S-Sumpf zeigen. Und noch m-m-mehr gute Neuigkeiten. Der schreckliche Haushofmeister meiner M-M-Mutter, dessentwegen ich mir solche G-G-Gedanken gemacht habe, wurde von M-M-Maya in eine Kröte verwandelt! Ein p-p-passendes Ende, oder, Gwilym?«

Der Zauberer lächelte grimmig. »Eines, das ich auch selbst erdacht hätte. Wer hätte vermutet, dass die Verhexerin zu so viel Einsicht in der Lage wäre?«

Bei Sonnenuntergang befanden sie sich tief in den Mooren. Obwohl einige unbedeutende Zusammenstöße sowohl mit Soldaten als auch mit Zauberwesen der Sümpfe stattgefunden hatten, bestand der Hauptkonflikt doch zwischen den Wettermächten. Margrit von Arran kämpfte darum, die Luftströme warm, feucht und ruhig zu halten, damit Nebel über dem Sumpf stand. Iseult und die Hexen hatten alle ihre Fähigkeiten konzentriert, damit ein kalter Wind den Nebel vertrieb und die Erde härtete. Sie waren eine Weile erfolgreich, und die Mesmerdean flogen nicht mehr umher, da sie die Kälte hassten und sich zu wärmeren Gewässern zurückgezogen hatten. Je tiefer die Hexen jedoch in die Moore vordrangen, desto schwieriger wurde es für sie, den Nebel zurückzudrängen. Dies war Margrits Terrain und ihre größte Fertigkeit, und sie hatte eine Gruppe geübter Hexen zu Hilfe.

Als die Sonne unterging, erstarb der Wind, und die stickige Luft der Moore stieg überall um sie herum auf. Der Geruch verursachte Iseult Übelkeit, ließ Besorgnis aufkommen, und sie kam nicht zur Ruhe, sondern starrte mit starkem Stirnrunzeln in die Dunkelheit hinaus. Sie war so müde, dass sie über den Schlaf hinausgelangt war und sich sehr angespannt fühlte. Meghan brachte ihr einen Becher Baldriantee und hieß sie ihn trinken.

»Glaubst du, wir werden hier in diesem schrecklichen Sumpf einen Weg finden, den Fluch zu brechen?«, fragte Iseult, während sie gehorsam den wohlriechenden Tee trank.

»Das hoffe ich«, sagte Meghan. »Ich hab ihn zu brechen versucht, aber er ist fest gebunden, und ich kann seinen Ursprung nicht feststellen. Ich spüre, dass Margrit von Arran dahinter steckt, obwohl nicht sie ihn heraufbeschworen hat, dessen bin ich mir sicher. Margrit hat einen scharfen, verschlagenen Verstand, und obwohl dieser Fluch schlau gestaltet wurde, trägt er doch nicht den Stempel der Ausbildung in den Türmen. Er ist eher das Werk einer Fluchhexe oder vielleicht einer weisen Frau mit großer Macht. Wer auch immer ihn heraufbeschworen hat, besaß jedoch etwas von Lachlan, etwas, das stark von seiner Lebenskraft durchdrungen war.«

»Wieder Finlay?«, fragte Iseult bedrückt.

»Er schwor, nichts über den Fluch zu wissen und Maya niemals etwas von Lachlan gegeben zu haben, das ihr beim Heraufbeschwören eines Fluches hätte helfen können. So seltsam es vielleicht auch scheint, halte ich ihn doch für einen ehrenhaften Mann, der nicht lügen würde …«

»So ehrenhaft wie eine Sumpfratte«, erwiderte Iseult barsch. »Er steht so unter Mayas Bann, dass er sogar noch durch den geschlossenen Mund lügen würde, diese grünbäuchige Schlange.«

»Du bringst deine Metaphern durcheinander«, erwiderte Meghan lächelnd. »Komm, versuch zu schlafen, Iseult. Uns steht morgen ein weiterer harter Tag bevor. Du wirst deine Kraft brauchen.«

Iseult stützte den Kopf auf die Hand. »Lass mich, Meghan. Ich bin zu müde zum Schlafen.«

Meghan beugte sich vor und berührte sie zwischen den Augenbrauen. Iseults Augenlider flatterten und schlossen sich, und ihr Kopf sank auf ihre Knie. Meghan legte sie sehr sanft hin, nahm dann das Plaid von ihren Schultern und steckte es um die Banrìgh fest. »Schlaf, Liebes«, sagte sie weich.

Der Sonnenaufgang am nächsten Morgen brachte eine Horde frisch geschlüpfter mesmerdischer Nymphen mit sich. Ihre Schwingen, die noch feucht waren und glänzten, rollten sich an den Enden. Sie schwebten überall um die Lichtung, auf der die Soldaten ihr Lager errichtet hatten, und summten leise. Nebel hing tief über dem Sumpf, aber der Himmel war klar, sodass ihre großen Facettenaugen grün schillerten und ihre durchscheinenden Schwingen glänzten. Die Soldaten standen nur da und sahen sie an, von Angst und Ehrfurcht überwältigt. Iseult und Meghan standen bei ihnen und konnten kaum glauben, wie viele es waren.

»M-M-Meine M-M-Mutter hat die Aufzucht irgendwie b-b-beschleunigt«, sagte Iain. Sein Stottern wurde weitaus deutlicher wie stets, wenn er von seiner Mutter sprach. »Dies ist n-n-nichts N-N-Natürliches, dieses frühe Auft-t-tauchen.«

»Was können wir tun?«, fragte Iseult tonlos. »Wir können nicht gegen so viele kämpfen, nicht hier. Es gibt kein Sumpfgas, das wir entzünden könnten, und keinen Platz für taktische Bewegungen. Wir werden niedergemetzelt werden.«

»Genug ist g-g-genug!«, rief Iain. »Ich denke, es ist an der Zeit. Ich werde hingehen und mit ihnen r-r-reden.«

»Nein, das ist zu gefährlich!«, rief Iseult.

Er lächelte sie an. »Ich habe schon mit Mesmerdean gesprochen, als ich ein Junge war«, antwortete er. »Fürchtet nicht um mich.«

Er bedeutete den Soldaten mit einer Geste zurückzutreten und schritt zur ersten geschlossenen Front der geflügelten Wesen. Er streckte die Hände aus, die Handflächen nach außen gekehrt, und blieb still stehen. Die Mesmerdean sahen ihn an, und das summende Geräusch ihrer Schwingen verklang zu Stille, während sie einfach dort schwebten und ihn mit ihren großen Facettenaugen beobachteten.

»Was macht er?«, flüsterte Duncan nach einer langen Zeit des Schweigens. »Er hat doch gesagt, er wollte mit ihnen reden.«

»Das tut er«, sagte Gwilym, der genau hinsah, die Hände um seinen Stab geklammert. »Mesmerdean haben keine gesprochene Sprache. Sie haben keine Ohren und keine Zunge.«

»Aber Iain sagte, er würde mit ihnen reden – und er steht nur da und sieht sie an.«

»Sie lesen seine Gedanken, oder vielleicht sollte man genauer sagen, dass sie seine Energieschwingungen lesen. Iain weiß, dass die Ältesten der Mesmerdean auch zusehen und lauschen. Mit ihnen möchte er kommunizieren. Diese frisch geschlüpften Nymphen sind noch unreif und können keine Entscheidungen über Zugehörigkeiten und Handlungen treffen. Die Älteren werden entscheiden, ob sie weiterhin Margrit unterstützen oder ihre Unterstützung einstellen oder sogar uns helfen.«

»Aber sind die Mesmerdean nicht Diener der Distel?«

»Die Mesmerdean dienen niemandem«, sagte Gwilym erzürnt. »Sie sind frei und mächtig und stellen Margrit ihre Dienste nur aufgrund jahrhundertealter Verträge zwischen ihrem Volk und dem Clan der MacFòghnan zur Verfügung. Sie haben ihr ihre Unterstützung schon viele Male entzogen, und Margrit bemüht sich sehr, sie bei Laune zu halten.«

»Wenn sie nicht reden können, wie kann Iain dann wissen, was sie beabsichtigen?«

»Sie werden es ihm vermitteln«, sagte Gwilym noch immer zornig. »Nur weil sie unsere Sprache nicht sprechen, bedeutet das noch lange nicht, dass sie nicht kommunizieren können. Wenn sie um einen weiblichen Mesmerd werben oder einen anderen männlichen Mesmerd aus ihrem Gebiet vertreiben wollen, reiben sie ihre Schwingen und Klauen aneinander, und so kommunizieren sie auch mit uns, wenn auch voller Verachtung. Sie halten Menschen für sehr ungehobelt und naiv.«

Plötzlich wurde das Summen wieder hörbar, und die Mesmerdean regten sich. Einige wichen mit ausgestreckten Klauen zurück, andere senkten die Köpfe und ließen ihre Schwingen sinken. Das Summen klang zeitweise so schrill, dass die Graujacken sich die Ohren zuhalten mussten.

»Nicht gut«, sagte Gwilym. »Einige weigern sich, ihre Blutrache aufzugeben.«

Iain stand weiterhin still und sah sie an, und das Summen vibrierte, wurde lauter. Lange Minuten vergingen, und dann verschmolzen die Mesmerdean mit dem Nebel. Der Prionnsa kehrte langsam zu ihnen zurück, mit nachdenklicher Miene und eher grimmig. Er setzte sich hin und rief einem der Soldaten zu, ihm etwas zu essen zu bringen.

»Also, was ist passiert?«, fragte Iseult, ungeduldig auf eine Antwort wartend. »Warum sind sie gegangen?«

»Wir haben eine Art Amnestie vereinbart«, erwiderte Iain. »Ich habe einfach dagesessen und über meine M-M-Mutter nachgedacht sowie darüber, wie v-v-verschlagen und heimtückisch sie sein kann. Das hat sie gewaltig beeindruckt. Dann dachte ich daran, wer in Wahrheit die M-M-Macht im Lande ist und über G-G-Grenzen und Gebiete entscheiden kann. Ihr wisst, dass meine M-M-Mutter ihnen seit Ewigkeiten versprochen hat sicherzustellen, dass sich die Moore wieder über das Land ausbreiten würden, wenn sie erst die Zügel der M-M-Macht in Händen hätte. Ich habe deutlich gemacht, dass nur der M-M-MacCuinn die Macht besitzt, das zu tun. Ich sagte, dass wir bereits mit der NicThanach gesprochen haben und dass sie zugestimmt hat, das L-L-Land aufzugeben, das der Clan der MacThanach als Farmland beanspruchte, und die M-M-Moore sich wieder ausb-b-breiten lassen würde.«

»Ich hoffe, du hast ihnen klargemacht, wie viele Zugeständnisse wir der NicThanach machen mussten, bevor sie zustimmen wollte«, sagte Iseult mit ausdrucksvollem Schnauben. »Wer hätte gedacht, dass eine solche Zimperliese so schlau verhandeln könnte?«

Meghan lächelte. »Die MacThanach sind stets schlau, wenn es darum geht, ihre Interessen zu vertreten. Sie sind wirklich ein praktisch veranlagter Clan.«

»Dennoch z-z-zahlen wir einen hohen Preis für Land, das nie sehr fruchtbar war«, sagte Iain. »Die Erde war stets sauer und ist es jetzt noch m-m-mehr, wo der Wall zerstört wurde und die Gezeiten frei strömen. Die NicThanach hat es ohnehin schwer gehabt, sie für den Anbau fruchtbar zu machen. Auf diese Weise bekommt sie ausgezeichnete Handelsbedingungen sowohl mit Arran als auch mit Rionnagan und Clachan.«

»Ganz zu schweigen von den üppigen Mitgiften für ihre fünf Schwestern«, sagte Meghan leise lachend. »Sie ist in der Tat eine gerissene Verhandlerin. Ich hege die Hoffnung, dass sie eine gute NicThanach abgeben wird.«

»Was haben die Mesmerdean also gesagt? Haben sie zugestimmt, uns im Gegenzug dafür, den Wall nicht wieder aufzubauen und das Wasser zurücklaufen zu lassen, ihre Unterstützung zu gewähren? Es ist ein bedeutendes Zugeständnis.«

Iain schüttelte müde den Kopf. »Sie sind interessiert, aber nicht überzeugt. Immerhin hat ihnen meine M-M-Mutter dasselbe Ergebnis versprochen, und sie k-k-kennen und respektieren sie zumindest. Ihr seid Fremde in ihrem L-L-Land, und das verübeln sie Euch. Der einzige F-F-Faktor zu unseren Gunsten ist die Tatsache, dass sie wütend auf meine M-M-Mutter sind, weil sie sie so früh erweckt hat. M-M-Mesmerdean mögen die Kälte nicht, und all dieses Eis, das Ihr heraufbeschworen habt, macht sie sehr ärgerlich.«

»Was müssen wir also tun, um sie zu überzeugen? Wir haben ohne ihre Hilfe nur wenig Hoffnung auf einen Sieg.« Iseult bemühte sich sehr, ihre Verzweiflung nicht zu zeigen. Sie hatte, allen Umständen zum Trotz, gehofft, dass sie zumindest um die Neutralität der Mesmerdean handeln könnten. Iain hatte erklärt, dass die Zauberwesen der Moore seine Mutter nur unterstützten, weil sie versprochen hatte, die Länder, die der Clan der MacThanach trockengelegt hatte, wieder in Sumpfland zu verwandeln. Es schien jedoch, als reiche die Treue der Mesmerdean gegenüber der Distel tiefer.

»Sie werden ihr Streben nach R-R-Rache n-n-nicht so leicht aufgeben«, sagte Iain grimmig. »Sie haben sich Euch und Lachlan als M-M-Mörder von ihresgleichen vorgemerkt, ganz zu schweigen von M-M-Meghan, Gwilym und Isabeau …«

»Isabeau?«

»Ja, ich glaube, sie haben sie gemeint. Es ist schwer, jede feine Nuance ihres Summens zu verstehen, aber sie haben mit Sicherheit jemanden erwähnt, der mit Euch verwandt ist, und mir fiel nur Isabeau ein.«

»Aber wie könnte Isabeau auf dem Rückgrat der Welt einen Mesmerd getötet haben?«, fragte Iseult, ohne nachzudenken, was augenblicklich einen strengen Blick von Meghan bewirkte. Die Zauberin schwieg jedoch und drehte nur nachdenklich die Ringe an ihren verkrümmten Fingern.

»Wenn wir ihre Hilfe w-w-wollen«, sagte Iain, »v-v-verlangen sie die Leben derer, die Mesmerdean getötet haben. Ich sagte, das sei n-n-nicht möglich. Sie überlassen es uns, d-d-darüber nachzudenken. Wenn wir n-n-nicht zustimmen, werden sie beim höchsten Stand der Sonne zurückkehren und uns alle töten.«

»Aber warum?«, rief Iseult. »Sie haben uns angegriffen. Wir haben uns nur verteidigt. Zählt das nicht?«

Iain schwieg einen Moment. »Ich werde versuchen, es Euch zu erklären«, sagte er schließlich. »Die Mesmerdean empfinden nicht denselben Respekt vor dem Leben wie wir. Sie leben ohnehin nur wenige Jahre, und der größte Teil ihrer Existenz wird vom Rad der Fortpflanzung bestimmt.« Er errötete, und sein hervorstehender Adamsapfel tanzte. Er vermied es, Iseult oder Meghan anzusehen, während er recht eilig fortfuhr: »Damit ist nicht nur der tatsächliche Akt der Paarung gemeint, wegen der Form, die sie bilden, das Rad genannt, sondern der ganze Geburts-, Lebens- und Todeszyklus. Nur die Nymphen besitzen die Freiheit, ihr Gebiet zu verlassen. Vollkommen ausgereift, leben die Älteren der Mesmerdean sehr nahe am Moor und ihrem eigenen Gewässer, wo sie sich vereinen und Eier ablegen und die Najaden bewachen. So leben die Älteren durch die Nymphen. Sie sehen, was sie sehen, und erfahren, was sie erfahren. Nymphen können recht weit reisen und erleben viele Abenteuer.«

Iain hielt inne, suchte nach Worten. »Es ist schwer zu erklären, aber Mesmerdean sind eher … geistige Schmarotzer. Wenn sie jemandem den Todeskuss verabreichen, saugen sie dessen Lebensessenz auf – alle seine Erinnerungen und sein Wissen. Mesmerdean töten nicht wegen Nahrung oder zum Vergnügen. Es ist eine Art intellektueller Hunger. Und was sie von jenen lernen, deren Leben sie nehmen, wird an alle Mesmerdean übermittelt. Was ein Mesmerd sieht, sehen alle Mesmerdean. Wenn ein Mesmerd jedoch stirbt, endet diese Übermittlung, und auch alles, was sie gelernt haben, ist verloren, es sei denn, sie hatten eine Gelegenheit zu zeugen. Die Erinnerungen eines Mesmerd werden an seine Kinder weitergegeben und so Generation um Generation bewahrt. Wenn ein Mesmerd jedoch stirbt, bevor er zeugen kann, ist alles, was er gelernt hat, für die ganze Rasse verloren – was natürlich geschieht, wenn sie noch als Nymphen sterben. Versteht Ihr?«

»Die Alten langweilen sich, leben durch die Jungen. Wenn ein Junger stirbt, verlieren sie die Verbindung, langweilen sich wieder und wollen Rache für das verlorene Wissen«, sagte Iseult rasch. »Ist das richtig?«

Gwilym lachte rau auf. »Ihr habt den Nagel auf den Kopf getroffen, Eure Hoheit.«

Iain lächelte gequält. »Die Älteren der Mesmerdean sind fasziniert von dem, was ihr wisst und getan habt. Sie wollen diese … Lebenserfahrung. Die mesmerdischen Nymphen, die ihr getötet habt, waren überallhin gereist und hatten viel über das Leben jenseits der Moore gelernt. Die Älteren waren erbost, dieses Wissen verloren zu haben. Da sie es einst besaßen, wollen sie es zurück. Wenn man das der sehr starken Verbundenheit hinzufügt, die sie für ihresgleichen empfinden … Nun, Tatsache ist, dass sie nur eure Leben im Gegenzug für die Leben ihrer toten Verwandten akzeptieren werden.« Er zögerte und wandte sich dann an Meghan. »Besonders Eures. Sie sind begierig auf Euer Leben. Es war sehr lang und sehr interessant. Sie werden die Chance nicht aufgeben, es zu erfahren. Außerdem wart Ihr für die Tode vieler Nymphen verantwortlich. Sie hassen Euch und sind gleichzeitig von Euch fasziniert, und das ist eine mächtige Kombination. Ich glaube nicht, dass das Sumpfland als Angebot genügt.«

»Ich verstehe«, sagte die Zauberin und erhob sich. »Ich sollte es vermutlich als Kompliment betrachten. Versuchen sie nur, um weitere Zugeständnisse zu handeln, oder sind sie völlig unnachgiebig?«

Iain zuckte die Achseln. »Wer weiß? Sie sind rätselhafte Wesen. Und sehr gefährlich. Mesmerdean vergeben niemals und vergessen niemals. Ich habe von Blutrachen gehört, die jahrhundertelang andauerten.«

»Ich verstehe«, sagte Meghan erneut. »Nun, lass mich darüber nachdenken. Ich glaube, ich weiß eine Lösung, die aber sorgfältig überdacht werden muss.« Sie begann, auf der Lichtung auf und ab zu gehen, die Stirn gefurcht, den Mund zusammengepresst. Der kleine Donbeag schmiegte sich unter ihr Ohr und keckerte aufgeregt. Meghan streichelte ihn beruhigend, obwohl ihre Miene noch düsterer wurde.

Die Übrigen beobachteten sie unglücklich, Iseult mit ebenfalls gerunzelter Stirn. »Was hat sie vor?«, fragte sie Gwilym unbehaglich.

Er wiegte den Kopf. »Ich kann mir keine Lösung vorstellen«, sagte er rau. »Die Mesmerdean sind rachsüchtig und kümmern sich nicht um Dinge, die Menschen vielleicht bewegen wie Land oder Gold oder wunderschöne Frauen. Ich kann mir nicht vorstellen, was sie ihnen anbieten will.«

Meghan winkte Iain zu sich, und er trat mit besorgter Miene zu ihr. Iseult beobachtete, wie er den Kopf schüttelte, beobachtete, wie Meghan leise und zwingend sprach, sah den Prionnsa erneut den Kopf schütteln. Meghan ergriff mit beiden Händen sein Wams und sprach ernst auf ihn ein. Iain schüttelte noch einmal den Kopf, sein Gesicht wirkte dabei elend. Schließlich machte er eine resignierte Geste und nickte. Sie deutete eindringlich mit dem Finger auf ihn, und er senkte den Blick und nickte erneut.

»Was hat sie vor?«, fragte Iseult erneut und spürte, wie ihr Mut sank. Gwilym schwieg, doch sie konnte an seinem Gesicht erkennen, dass er dasselbe befürchtete wie sie. Iseult krampfte mit elendem Gefühl die Hände zusammen. Sie lief an Meghans Seite und ergriff ihren Arm. Sie spürte selbst in ihrer Aufregung Entsetzen darüber, wie dünn der Arm der alten Zauberin war.

»Alte Mutter!«, rief sie. »Was habt Ihr vor? Ihr wollt doch nicht ...« Ihre Stimme erstarb.

Meghan nahm Iseults Hand in ihre, die verkrümmt, mit Leberflecken übersät und von knotigen Adern durchzogen war. Sie nickte.

»Ja, natürlich will ich das«, antwortete sie. »Weißt du eine andere Möglichkeit? Wir haben nicht so lange so hart gekämpft, um hier in diesem Sumpf zu sterben. Ich bin sehr alt, und ich bin müde. Ihr seid jung, und euer Leben liegt noch vor euch.«

Iseult merkte erstaunt, dass sie weinte. Narbige Krieger weinten niemals. Sie sagte heftig: »Nein!«

»Ich bin vierhundertunddreißig Jahre alt«, sagte die Zauberin sanft. »Ich hätte schon lange sterben sollen. Hätte ich nicht vor so vielen Jahren das Wasser des Teichs der Zwei Monde getrunken, als mein Vater den Leitstern gestaltete, wäre ich längst tot. Wir müssen alle irgendwann sterben. Ich hab mehr Glück als die meisten, weil ich den Zeitpunkt und die Art meines Todes erwählen kann. Es heißt, in den Armen des Mesmerd zu sterben bedeute, mit Wonne zu sterben.«

»Nein«, weinte Iseult. »Das könnt Ihr nicht tun! Wir können sie bekämpfen. Wir können sie alle töten. Wenn keine Mesmerdean mehr da sind, wird niemand diese törichte Blutrache mehr fortführen. Wir werden sie von der Oberfläche der Erde tilgen!«

»Eine ganze Rasse auslöschen, um eine alte Hexe zu retten?« Meghans Stimme klang ein wenig spöttisch. »Eine Hexe, die schon vor langer Zeit gestorben sein sollte? Nein, Iseult, dies ist die beste Lösung. Außerdem beabsichtige ich nicht, mich ihnen jetzt schon zu übergeben. Es gibt noch einige Dinge, die ich erledigen muss. Iain sagt, die Mesmerdean sind geduldig. Sie können eine Weile warten.«

Iseult schüttelte den Kopf, ihre Kehle war von Tränen so sehr zugeschnürt, dass sie nicht mehr sprechen konnte. Meghan lächelte und strich mit einem Finger über ihr tränennasses Gesicht. »Ich freue mich, dich weinen zu sehen, Liebes. Ich dachte, du wärst ohne Tränenkanäle geboren worden. Komm schon, du musst das doch am besten verstehen. Der Tod ist ebenso ein Teil unserer Existenz wie die Geburt oder das Leben. Es ist nichts am Tod, was man fürchten müsste.«

Iseult konnte sie nur ansehen. Meghan hob eine Hand und streichelte Gitâs weiches braunes Fell. Der Donbeag erwürgte sie fast, so eng wand er sich um ihren Hals, zitternd und vor Kummer klagend. »Wir müssen alle sterben«, wiederholte Meghan mit leichter Ungeduld in der Stimme. Sie schaute zu Gwilym und Duncan, die hinter Iseult herangekommen waren und mit bedrückten Mienen dastanden.

»Hat mein innig geliebter Jorge nicht sein Leben geopfert, um die Leben der von ihm geliebten Menschen zu retten? Warum sollte ich weniger tun? Wenn ich euch retten kann, dann ist es gut, dann werde ich froh in die Umarmung des Mesmerd schreiten.«

Sie protestierten, und Duncan streckte seine große Hand aus

und ergriff ihren Arm. Sie entwand sich ihm und fauchte: »Es besteht kein Grund, zu weinen und die Hände zu ringen. Warum sollten wir alle sterben, wenn einer von uns genügt? Iain gibt zu, dass sie uns bereitwillig ihre Unterstützung zusagen und euch alle aus der Blutrache entlassen, wenn sie mich bekommen. Nun, dann sollen sie mich haben! Ich bitte nur um Zeit. Zeit, damit Iseult und Isabeau ihr volles Potenzial entwickeln können. Zeit, damit ich Lachlan lehren kann, den Leitstern zu gebrauchen. Zeit, damit ich sicherstellen kann, dass der Hexensabbat in seiner ganzen Stärke und Weisheit wiederhergestellt ist.«

»Wie viel Zeit, Alte Mutter?«, rief Iseult.

»Bis der Rote Komet wieder auf- und untergegangen ist«, erwiderte Meghan recht schwermütig. »Vier Jahre. Jorge sagte, dass dann die Fairgean kommen, mit dem Aufstieg des Roten Kometen. Also werde ich bis dahin warten, um dafür zu sorgen, dass ihr alle in Sicherheit seid.«

Duncan protestierte erneut und bat sie, sich nicht zu opfern. Die alte Zauberin seufzte und verdrehte die Augen. »Es besteht kein Grund für all diese Dramatik. Wir müssen alle einmal sterben.« Sie umfasste Iseults Hand und hielt den Blick der Banrìgh mit ihrem fest. Ihr Blick war schwarz und pulsierte zwischen den runzeligen Lidern vor Lebenskraft. »Der Tod kommt zu uns allen«, wiederholte sie sanft. »Er ist, wie die Geburt, nur eine Tür zu einem anderen Ort, einem anderen Leben. Er ist nichts, wovor man sich fürchten müsste. Du weißt das, Iseult.«

Die Banrìgh nickte. »Ja, Alte Mutter. Ich weiß es.«

Schwäne über den Mooren

Isabeau saß in ihrem Sessel beim Feuer, das Kinn in die Hand gestützt, den Blick auf die im Kamin tanzenden Flammen gerichtet. Bronwen spielte zu ihren Füßen, während Maya am Tisch eher mürrisch Kräuter und Pilze für das Abendessen hackte. Sie war an der Reihe, das Essen zuzubereiten, aber die Fairge hatte niemals gelernt, sich damit abzufinden, dass sie Isabeau bei ihren täglichen Aufgaben helfen sollte. Der Hexenlehrling musste Maya stets daran erinnern, dass sie nicht mehr ihre Dienstbotin war, und sie musste sorgfältig darauf achten, auf die hochmütigen Befehle der Fairge nicht instinktiv zu reagieren.

Der Feuerschein flackerte über das Gewirr der Baumwurzeln, zwischen denen überall Gefäße und Blechbehälter standen und Kräuter zum Trocknen hingen. Isabeau war nach ihrer täglichen Arbeit sehr müde und recht niedergedrückt.

Sie blickte in die Flammen und erinnerte sich daran, wie sie hier als kleines Mädchen gesessen und Meghan dabei geholfen hatte, den Winter mit Spinnen zu verbringen, während sie Geschichten über die drei Schicksalsgöttinnen erzählt bekam. Meghan hatte erklärt, dass sie bei der Geburt eines Kindes drei Geschenke machten. Die Schicksalsgöttin Sniomhar, die Göttin der Geburt, schenkte Freude. Die Weberin Breabadair, die Göttin des Lebens, schenkte Mühsal und dadurch bedingte Zufriedenheit. Und die Fadenschneiderin Gearradh, die Göttin des Todes, schenkte Leid. Isabeau lächelte ein wenig wehmütig und sagte sich, dass sie nun nach Zufriedenheit streben sollte. Sie hatte in ihrer kurzen, glücklichen Kindheit Freude erlebt. Sie hatte Kummer erlebt. Nun war für sie die Zeit gekommen, sich zu mühen und zufrieden zu sein.

Isabeau wurde vom fröhlichen Klang von Musik aus ihrer Versunkenheit aufgeschreckt. Sie lächelte und schaute liebevoll auf Bronwens dunklen Kopf hinab, beständig erstaunt darüber, wie wunderbar das kleine Mädchen die Flöte spielte. Ihre Augen weiteten sich, als sie die Stoffpuppe des Kindes über den Boden tanzen sah, als sei sie lebendig geworden. Sie drehte sich und knickste in perfektem Einklang mit Bronwens Spiel, breitete ihren kleinen Rock aus und beugte den struppigen Kopf, als die Melodie endete.

Bronwen schaute beim Klang des eingezogenen Atems ihrer Mutter auf, und die Stoffpuppe fiel auf dem Boden in sich zusammen. Isabeau schaute ebenfalls auf und war entsetzt über den Ausdruck auf dem Gesicht der Fairge. Es war nicht Erstaunen oder auch Stolz auf die Geschicklichkeit ihrer Tochter, sondern eher Berechnung, fast Habgier. Isabeau runzelte besorgt die Stirn, während Maya sich Isabeaus forschenden Blickes bewusst wurde und ihre Züge glättete. »Wer ist denn dieses schlaue Mädchen«, sagte sie heiter, »das seine Puppe nach einer Melodie tanzen lassen kann?«

Bronwen lächelte und sagte: »Ich kann sie alle tanzen lassen, Mam, schau!«

Sie hob erneut die Flöte an ihre Lippen und spielte eine weitere mitreißende Melodie, und alle Spielzeuge, die verstreut auf dem Boden lagen, begannen sich zu drehen. Der Kreisel wirbelte immer schneller umher, der Drache wiegte sich vor und zurück, das Pferd auf Rädern rollte im Kreis, und die beiden Drosselrasseln sausten umher und berührten ihre Schwingen und ihre Schnäbel. Die Stoffpuppe und die kleinen Holzpuppen, die Isabeau gemacht hatte, tollten umher, sprangen auf und ab und hielten sich in perfekter Nachahmung eines Walzers an den Händen. Selbst die beiden kleinen Trommelschlegel tanzten auf der Trommel auf und ab und passten sich dem Rhythmus perfekt an.

Isabeau sah bezaubert zu und klatschte in die Hände, als die Melodie endete, sich alle Spielzeuge voreinander verbeugten und dann hinplumpsen ließen. Noch während sie beide Bronwens Geschicklichkeit lobten, fragte sich Isabeau recht unbehaglich, was sie mit einem Kind tun sollte, das so früh das Versprechen eines außergewöhnlichen *Talents* zeigte. Sie bemerkte ein Glitzern in Mayas Augen und ermahnte sich erneut, dass man der Fairge nicht trauen konnte. Isabeau war trotz all der herzlichen Koseworte Mayas und ihrer schmeichelnden Art nicht davon überzeugt, dass diese Bronwen ebenso tief und aufrichtig liebte wie sie selbst.

Früh am nächsten Morgen gingen die drei zu dem unterirdischen See, damit Maya und Bronwen schwimmen und sich verwandeln konnten. Obwohl es ein wunderschöner Frühlingstag war und Isabeau viel lieber draußen in der Sonne gewesen wäre, lehnte sie Mayas Vorschlag ab, Bronwen allein dorthin zu bringen, und erwiderte nur kurz angebunden, sie wolle nicht, dass sie sich dort unten verirrten.

»Ach, ich denke, ich kenne den Weg inzwischen«, erwiderte Maya mit seidenweicher Stimme, die Isabeau nur noch in ihrem Entschluss bestärkte, in ihrer Nähe zu bleiben.

Die beiden Fairgean ließen ihre Kleidung auf den Felsen zurück, tauchten ins Wasser und nahmen fast augenblicklich ihre Meergestalt an. Isabeau war von diesem Vorgang, wie immer, fasziniert, weil er so anders war als alle andere Magie, die sie jemals studiert hatte. Sie beobachtete genau und mit einer gewissen Eifersucht, wie sie sich gemeinsam in dem eiskalten See tummelten und einander mit den Schwänzen bespritzten. Dann tauchte Maya unter die Oberfläche, und Bronwen folgte ihr sofort, wobei ihr kleiner Schwanz keck aus dem Wasser ragte, bevor sie verschwand.

Isabeau wartete darauf, dass sie wieder auftauchen würden, und spürte, wie Unruhe ihre Brustmuskeln verkrampfte, als der See ruhig und leer blieb. Wasser tropfte, und gelegentlich regte sich das Spiegelbild des steinernen Wasserfalls. Sie schritt auf und ab und rief dann ihre Namen, wobei sie nicht wusste, ob sie um ihr Leben fürchten oder wütend auf Maya sein sollte, weil sie zu fliehen versuchte. Der Zorn überwog die Angst, denn sie wusste, dass Fairgean nur selten ertranken. Sie begann, das Ufer des Sees abzusuchen, lief stolpernd über die glitschigen Felsen. Schließlich stellte sie zu ihrer Bestürzung fest, dass das kleine Bündel Kleidung verschwunden war. Sie zögerte nur einen Moment, legte dann ihre Kleidung ab und tauchte ins Wasser.

Es war bitterkalt, aber seltsam tragend, sodass Isabeau Mühe hatte unterzutauchen. Es fiel ihr selbst mit ihrem unnatürlichen Sehvermögen schwer, unter Wasser zu sehen, so dunkel war es. Sie sandte ihre Hexensinne aus und suchte, aber das Wasser verzerrte alles, sodass sie nicht sicher sein konnte, in welche Richtung die beiden entschwunden waren. Sie spürte jedoch eine schwache Strömung an ihrer Haut und folgte ihr. Seltsame weiße Umrisse ragten über ihr auf, und hin und wieder schabte sie mit ihrer Haut an Fels entlang. Sie merkte, dass die Strömung rascher floss, und schwamm schneller, während ihre Brust durch die Anstrengung, den Atem anzuhalten, zu schmerzen begann. Sie spürte, wie der Fels über ihr wich, und schwamm zur Oberfläche, wo gerade genug Platz war, um mit dem Mund über Wasser zu atmen. Die Luft war dumpfig, schal und kalt, aber für ihre nach Luft hungernden Lungen schmeckte sie wie Wein. Sie atmete erneut tief ein und tauchte wieder unter.

Das nächste Mal tauchte sie in einer anderen Höhle auf, durch deren Mitte der Fluss verlief. Sie beschwor Hexenlicht herauf und sah sich um. Es war kein Zeichen von Maya oder Bronwen zu sehen, aber sie vertraute ihrer Intuition und schwamm weiter.

Der Fluss verlief weiterhin durch niedrige Höhlen und hohe Hallen und wurde manchmal so flach, dass sich Isabeau Ellenbogen und Knie abschabte. Schließlich führte er in eine schwach beleuchtete Höhle, und Isabeau bemerkte im Schlamm freudig erregt zwei Paar Fußabdrücke mit Schwimmflossen, die aufs Licht zuführten. Sie folgte ihnen eilig, während ihre Angst jetzt vollkommen vom Zorn verdrängt wurde. Dann hörte sie Bronwens helle Stimme fragen: »Aber Mam, warum? Wo ist Isabeau? Warum kann sie nicht auch mitkommen?«

Isabeau gelangte so lautlos hinter sie, dass Maya erschrak und unfreiwillig aufschrie, als Isabeau sagte: »Aber Bronny, natürlich komme ich auch mit! Welch ein Abenteuer, den Fluss zu erkunden!«

Isabeau lächelte Maya an und nahm Bronwens Hand mit den Worten: »Wir können jedoch nicht weit fortgehen, sonst verirren wir uns und finden niemals mehr den Weg zurück. Das wär kein solch schönes Abenteuer, oder?«

»Aber Mam sagte, du könntest nicht mitkommen«, wandte Bronwen ein.

»Vielleicht dachte sie, ich könnte nicht so weit schwimmen, da ich nicht zu einem Viertel Fairge bin wie du«, erwiderte Isabeau, »aber ich hab von Ottern schwimmen gelernt, und sie sind wirklich wundervolle Schwimmer.«

Sie standen im Eingang der Höhle und blickten über das darunter liegende Tal. Der unterirdische Fluss ergoss sich den steilen Felshang hinab und verband sich unten mit dem Rhyllster, wie Isabeau erkannte. Sie schaute zu Maya zurück und sah, dass die Nasenflügel der Fairge bebten und sie den Mund zu einer dünnen Linie zusammenpresste. Ihre Finger zuckten, und Isabeau sagte im Plauderton: »Habt Ihr vor, mich in einen Otter zu verwandeln? Oder vielleicht in eine Kröte? Jetzt wäre ein guter Zeitpunkt, es zu tun, denn ich warne Euch – ich werde nicht zulassen, dass Ihr Bronwen gegen Lachlan und meine Schwester benutzt. Darum hab ich sie nicht aus Lucescere fortgebracht.«

Die Finger der Fairge ballten sich zu Fäusten, und dann lachte sie ein wenig künstlich. »Nein, du weißt, dass ich dich nicht verhexen will, wenn ich es nicht tun muss. Ich meinte es ernst, als ich sagte, dass ich an dich als an eine Freundin denke. Tatsächlich bist du die Einzige, die mir jemals die Hand zur Freundschaft gereicht hat, und ich würde nur ungern auf diese Art darauf reagieren. Du machst mich jedoch sehr wütend. Warum bist du uns gefolgt? Du musst wissen, dass ich es nicht ertragen kann, in diesem schrecklichen kleinen Tal eingesperrt zu sein. Ich hab stets das Gefühl, als würden mich alle diese Tiere anstarren und mich verdammen …«

»Wahrscheinlich tun sie das«, erwiderte Isabeau rasch und wünschte dann, sie hätte den Mund gehalten, denn die Fairge presste erneut den Mund zusammen, und ihre beweglichen Nasenflügel bebten wie kleine weiße Schwingen. »Ihr sagtet, Ihr wolltet nur irgendwo bleiben, wo Ihr und Bronwen in Sicherheit wärt«, fuhr sie fort, bevor Maya der Versuchung nachgab, sie in etwas Kleines und Schleimiges zu verwandeln, wie sie es so eindeutig gerne täte. »Ich hab Euch diese Zuflucht verschafft. Warum wollt Ihr sie verlassen? Ihr wisst, dass Ihr und Bronwen in ernster Gefahr seid, wenn Ihr nach Rionnagan zurückkehrt.«

Die Fairge schwieg, obwohl das kleine Mädchen recht gereizt fragte: »Was meinst du? Warum streitet ihr?«

Isabeau lächelte ihr zu und strich ihr das nasse Haar aus dem

Gesicht, ohne zu antworten. Maya runzelte die Stirn und sagte: »Bronwen ist die rechtmäßige Banrìgh! Jaspar hat sie zu seiner Erbin ernannt.«

»Nur weil er nicht glaubte, dass Lachlan wirklich sein Bruder war«, erwiderte Isabeau rasch. »Und Ihr wisst, dass der Leitstern Lachlan erwählt hat. Er wusste, dass Eileanan einen starken Rìgh und Krieger brauchte. Dieses Land steht bereits im Chaos, Maya. Die Menschen brauchen keine weiteren Zweifel und Verwirrung in ihren Herzen, und Ihr wisst, dass Bronwen zu jung ist, um regieren zu können.«

»Sie ist die rechtmäßige Erbin«, sagte Maya eigensinnig.

»Gebt zu, dass Ihr wieder Banrìgh sein, von allen bewundert werden und jedermann befehligen wollt«, sagte Isabeau scharf. »Und wenn Ihr nicht Banrìgh sein könnt, dann würde auch Regentin genügen, nicht wahr? Nun, ich werde nicht zulassen, dass Ihr Eurem selbstsüchtigen Ehrgeiz meine Schwester oder den Hexensabbat oder das Volk opfert. Ihr könnt Bronwen nicht fortbringen.«

»Ich wollte nicht fortgehen«, sagte Bronwen und begann plötzlich zu weinen. »Will bei Isabeau bleiben. Will hier bleiben.«

»Ist schon gut, meine Kleine, du musst nirgendwo hingehen, wo du nicht hingehen willst«, sagte Isabeau, zog sie an sich und sah Maya herausfordernd in die Augen. Sie konnte nur hoffen, dass Maya ihre Tochter nicht aufregen wollte, indem sie Isabeau unmittelbar vor deren Augen in eine Kröte verwandelte. Als sie sah, dass die Fairge ihre Willenskraft zusammennahm, spannte sie sich an, bereit, eine Abwehr zu errichten oder zu versuchen, sich hinter die Felsen zu flüchten, so nutzlos beide Handlungsweisen wahrscheinlich auch wären. Bronwen drückte sich jedoch eng an sie, und Maya zögerte und entspannte sich dann, mochte es nicht riskieren, die beginnende Zuneigung ihrer Tochter zu verlieren.

Kurz darauf sagte sie weich: »Wirst du mir meine Tochter geben und uns gehen lassen, wenn ich den Fluch von Lachlan nehme?«

Isabeau erstarrte vollkommen. »*Ihr* habt Lachlan verflucht? Darum schläft er? Wie?«

Maya fragte erneut: »Wirst du mir Bronwen geben und uns nicht folgen oder versuchen, mich aufzuhalten? Wirst du uns gehen lassen, ohne uns zu folgen?«

Isabeau schüttelte den Kopf und widerstand dem Drang, ihren Willen Mayas zu unterwerfen. »Nein! Nein, ich kann nicht! Meghan würde mir das niemals verzeihen.«

»Du meinst, sie sieht Lachlan lieber mehr tot als lebendig daliegen?«, fragte Maya seidenweich. »Und was ist mit deiner Schwester? Er nutzt ihr in seinem Zustand nicht viel.«

Isabeaus Gefühle waren in Aufruhr. Sie klammerte sich an das kleine Mädchen und sagte: »Nein! Ihr könnt mir Bronny nicht nehmen!«

»Sie ist nicht deine Tochter!«, fauchte Maya. »Sie ist meine Tochter! Du fragst dich, warum ich nicht bei dir bleiben will, wenn du dich wie ihre Mutter verhältst und ich nur eine Art Eindringling bin. Wie soll sie mich lieben lernen, wenn du sie mir ständig entreißt?«

»Ihr wollt sie nicht, weil sie Eure Tochter ist und Ihr sie liebt, sondern Ihr wollt sie nur, um den Thron zurückzubekommen!«

»Sie ist meine Tochter! Wenn du sie nicht loslässt, werde ich dich in eine Kröte verwandeln, das schwör ich!«

»Ich glaube nicht, dass Ihr Lachlan wirklich verflucht habt!«, rief Isabeau, die Aufmerksamkeit der Fairge geschickt ablenkend. »Ihr sagt das nur, damit ich zustimme, Bronwen gehen zu lassen.«

Maya durchwühlte das Kleiderbündel, das sie hatte auf den Boden fallen lassen, und enthüllte die Holzkiste, die Isabeau auf dem Berg neben ihr gefunden hatte. Isabeau war bestürzt. Obwohl die Kiste so klein war, dass man sie tragen konnte, war sie doch schwer und unhandlich. Sie fragte sich, wie Maya es geschafft hatte, sie vor ihr zu verbergen, als sie heute Morgen durch das Tal gingen, und erkannte dann, dass Maya sie schon früher in der Nähe des unterirdischen Sees verborgen haben musste. Dies war also keine spontane Entscheidung gewesen – Maya hatte diese Flucht schon einige Zeit geplant.

Maya öffnete die Kiste und nahm einen kleinen schwarzen Beutel hervor, der aus einem Stück Stoff gefertigt und mit einer schwarzen Schnur zugebunden war. Isabeau betrachtete ihn, sich seiner pulsierenden, heimtückischen Macht bewusst. Nur mit den Fingerspitzen, einen angewiderten Ausdruck auf dem Gesicht, hielt Maya ihn Isabeau hin. »Eine Fluchhexe hat den Fluch für mich heraufbeschworen«, flüsterte sie. »Er ist durch mein eigenes Blut gebunden. Niemand außer mir kann ihn brechen.«

Obwohl nichts außer einem schwarzen Beutel zu sehen war, glaubte Isabeau ihr. Sie fragte leise: »Aber wohin würdet Ihr gehen? Wie wollt Ihr überleben?«

Maya erwiderte: »Alle Flüsse führen zum Meer. Das habe ich als Kind gelernt. Alle Flüsse führen zum Meer, und uns nehmen sie mit.«

»Aber der Rhyllster führt Süßwasser«, wandte Isabeau ein. »Ihr braucht Salz.«

Maya nickte. »Ich weiß. Wir werden schnell schwimmen müssen. Außerdem habe ich für Notfälle etwas Salz dabei.« Sie nahm einen kleinen Sack aus der Kiste, und Isabeau erkannte ihn verärgert. Sie hatte dieses Salz von den heißen Mineralteichen im Verfluchten Tal sorgfältig gesammelt und für Bronwen gelagert. Es erzürnte sie, es zu sehen.

»Was werdet Ihr essen?«, fragte sie angespannt. »Habt Ihr auch Proviant gestohlen?«

Maya sah sie seltsam unruhig an. »Ja. Ich hoffe, du hast nichts dagegen.«

Isabeau empfand die Unangemessenheit dieser Erklärung als Widerspruch. Sie runzelte die Stirn, tröstete wie abwesend das ängstliche, verunsicherte Kind und dachte über das nach, was Maya gesagt hatte.

»Aber wo werdet Ihr hingehen?«, fragte sie erneut. »Kehrt Ihr zu den Fairgean zurück?«

Maya schüttelte nachdrücklich den Kopf. »Wie kann ich dorthin zurückkehren? Sie würden mich an die Seeschlangen verfüttern. Nein, ich werde versuchen, zunächst einen sicheren Platz zu finden. Vielleicht auf einer der Inseln. Ich weiß nicht, was ich dann tun werde.«

»Aber hier seid Ihr sicher«, wandte Isabeau ein.

»Du verstehst das nicht«, sagte Maya. »In diesem See zu schwimmen ist, wie mit toten Dingen unterirdisch begraben zu sein. Ich möchte wieder im offenen Meer schwimmen, wo alles frei und lebendig ist. Ich möchte, dass Bronwen erfährt, was es heißt, im Meer zu schwimmen. Sie ist drei Jahre alt und hat das Meer noch nie gesehen!« Mayas Tonfall drückte deutlich aus, wie seltsam und entsetzlich das für die Fairge war.

»Aber es wird so gefährlich sein – wie könnt Ihr Bronwen solcher Gefahr aussetzen?« Isabeau zog das kleine Mädchen mit zitternden Händen noch enger an sich. Sie hatte sich während der letzten drei Jahre um die Banprionnsa gekümmert, als wäre sie ihr eigenes Kind, und der Gedanke, dass sie sie vielleicht bald verlieren könnte, eröffnete ihr die Zukunft als gähnende Leere. Isabeau suchte verzweifelt nach Möglichkeiten, Bronwen bei sich zu behalten, aber der schwarze Beutel war greifbar präsent zwischen ihnen, brennend und bedrohlich.

Isabeau hatte die Qual ihrer Schwester gesehen, während die Monate vergingen und Lachlan sich immer noch nicht erholte, und sie wusste, wie schwer es für Iseult war, das Land zu regieren, während ihr Ehemann unter solch einer seltsamen Heimsuchung stand. Isabeau wusste, dass sie Bronwen aufgeben musste, wenn der Fluch dadurch aufgehoben würde, aber die Entscheidung wurde zu plötzlich von ihr verlangt, und sie war zu gewichtig, um sie leichtfertig zu treffen.

»Ich werd gut für sie sorgen, das versprech ich«, sagte Maya.

»Nur weil Ihr durch sie wieder Macht erlangen wollt«, erwiderte Isabeau erbittert und presste ihre Wange an Bronwens.

»Nicht nur«, sagte Maya recht hochmütig. »Sie ist meine Tochter.«

Bronwen hatte der Unterhaltung aufmerksam zugehört, und nun warf sie sich schluchzend in Isabeaus Arme. »Nein, nein, bei Isabeau bleiben, bei Isabeau bleiben!«

Widerwillig und mit so tränenerstickter Kehle, dass sie kaum sprechen konnte, schob Isabeau Bronwen von sich. »Du musst mit deiner Mam gehen, Liebes. Ich wünschte, ich könnte auch mitkommen, aber ich kann nicht. Ich muss hier bei meiner Mam und meinem *Dai-dein* bleiben. Du musst lieb sein und auf deine Mam hören und dich an das erinnern, was ich dir beigebracht habe, dann werden die Schicksalsgöttinnen unsere Fäden hoffentlich sehr bald wieder zusammenführen.«

»Nein!«, jammerte das kleine Mädchen. »Ich will nicht gehen! Bei dir bleiben!«

Isabeau kauerte sich neben sie und sagte: »Denk daran, meine Bronny, dass ich dich sehr, sehr liebe und dass du immer zu mir zurückkommen kannst, wenn du mich brauchst. Aber jetzt musst du mit deiner Mam gehen. Sie liebt dich auch, und es ist an der Zeit, dass du bei ihr lebst. Verstehst du? Erinnere dich an das, was ich dir gesagt habe – alles zur richtigen Zeit und am richtigen Ort.«

Das kleine Mädchen nickte unter Tränen, obwohl sie sich weiterhin an Isabeau klammerte. Isabeau schaute durch ihre Tränen zu Maya hoch und sagte: »Ihr müsst den Fluch jetzt aufheben! Und Ihr müsst alles verbrennen, damit Ihr solch einen Zauber nicht noch einmal heraufbeschwören könnt. Versprecht Ihr das?«

Maya nickte. »Ich weiß jedoch nicht, wie man es macht«, sagte sie. »Shannagh von den Mooren hat den eigentlichen Fluch heraufbeschworen, mit meinem Blut. Ich weiß nicht, wie man ihn bricht. Ich bin keine Hexe.«

Obwohl Isabeau bei dem verächtlichen Tonfall der Fairge in Rage geriet, protestierte sie nicht, spielte mit den nassen Strähnen von Bronwens Haar und murmelte: »Wenn wir nur das *Buch der Schatten* hätten! Es würde uns erklären, wie wir den Fluch brechen könnten.« Sie schaute wieder zu Maya hoch und sagte: »Ihr müsst mit mir ins Tal zurückkehren. Ich kann den Fluch so nicht brechen. Ich muss Meghans Bücher zu Rate ziehen und den richtigen Zeitpunkt und die richtige Methode herausfinden. Ich muss die beste Mondphase wissen und einige Duftkerzen mit Brustwurz und Johanniskraut und vielleicht Klee oder Rosmarin herstellen. Und Meghan hat etwas Drachenblut, das für das Heraufbeschwören von Zaubern wirklich mächtig ist ...«

»Ich auch«, sagte Maya überraschenderweise. »Und auch andere Dinge, bei denen ich nicht sicher bin, was es ist.« Sie deutete auf die Kiste und sagte, während sich ihre Gesichtsfarbe jäh veränderte: »Sie gehörte einem Zauberer, den ich kannte ...«

»Bitte, wollt Ihr nicht mit mir nach Hause kommen? Ich versprech Euch, Euch wieder gehen zu lassen, wenn Ihr mich nur diesen Fluch richtig aufheben lasst. Ich gebe Euch mein Wort.«

Maya nickte. »Gut. Aber versuch nicht, mich zu täuschen, denn ich kenne den Weg aus dem Tal heraus inzwischen und werde dich verwandeln, wenn ich es tun muss – ich warne dich.«

Isabeau versagte sich bittere, zornige Worte und erwiderte nur: »Ich weiß.«

Nebel umwirbelte das rastende Heer und erweckte den Eindruck, als würden sich die kahlen Bäume nach vorne neigen und skelettartige Hände ausstrecken. Als die Zauberwesen der Moore aus dem Dunst hervorschwebten, stießen die Wächter erstickte Schreie aus, bevor sie sich so weit zusammenrissen, dass sie Warnrufe ausstoßen konnten. Die meisten der Soldaten sprangen auf, die Hände an den Waffen, aber Iain hielt sie mit grimmiger Miene zurück und ging voran, um den Mesmerdean allein gegenüberzutreten.

Es waren Hunderte, ihre unmenschlichen Gesichter schienen auf seltsame Art wunderschön. Ihr vielstimmiges Summen erfüllte die Luft, Tausende stark geäderter Schwingen schwirrten, Tausende von Klauen rieben über ihre harten Bäuche. Iain wirkte sehr klein und sehr allein, als er vor ihnen stand. Es herrschten lange, lange Minuten Schweigen, und dann veränderte sich das Summen. Es vertiefte sich, wurde weicher, harmonischer, klang sehr wie das zufriedene Schnurren einer Sahne schleckenden Katze. Die Mesmerdean senkten ihre Schwingen, falteten sie ein und ließen ihre Klauen sinken.

Gwilyms Gesicht erhellte sich ein wenig. »Die Mesmerdean haben Meghans Angebot angenommen und uns ihre Unterstützung zugesagt! Wer hätte das für möglich gehalten? Ihr müsst ihnen wirklich sehr wichtig sein, Bewahrerin des Schlüssels.«

Iseults Miene wurde nur noch düsterer, und sie legte eine Hand auf Meghans Schulter. Der kleine Donbeag Gitâ klammerte sich an den Kragen der alten Hexe, wobei sein ganzer Körper vor Qual zitterte. Meghan nickte mehrere Male mit ihrem weißen Kopf und verzog den grimmigen alten Mund, während sie Gitâ mit einer gleichfalls zitternden Hand tröstete.

Duncan erteilte rasch den Befehl, das Lager zu räumen und weiterzuziehen, und die starre Haltung der Soldaten rund um die Lichtung entspannte sich. Sie rollten flink ihre Decken ein und schulterten ihr Gepäck, während die Ränge der Mesmerdean langsam und bewusst ihre flatternden grauen Behänge abstreiften und sie in den Sumpf warfen. Sie wirkten ohne ihren Schutz fremdartiger denn je, mit einem langen, harten unterteilten Körper, der vorwärts gebeugt war und spitz endete. Sie hatten sechs Beine, wobei die obersten auch die längsten und höchst beweglich und die übrigen in den Körper eingerollt waren. Ihre starren Schwingen waren ständig in Bewegung, und sie schossen in unerwartete Richtungen umher und erschreckten viele der Soldaten.

Da die Zauberwesen der Moore nun auskundschafteten und die Mesmerdean überall umherflogen, konnten sie weitaus schneller in die Moore vordringen. Die Männer der Distel versuchten viele Male, sie in einen Hinterhalt zu locken, aber die Graujacken waren, trotz des dicht wabernden Nebels, der alles um sie herum erstickte, vorgewarnt und konnten sie abwehren. Die meisten Verluste im Laufe des Tages bewirkten die Schlammgeister, die ihre knochigen Hände aus dem Sumpf streckten und unaufmerksame Soldaten hineinzogen und ertränkten, bevor ihre in Panik geratenden Kameraden sie retten konnten. Einige wurden von Giftschlangen gebissen und starben, trotz der Versuche ihrer Kameraden, das Gift herauszusaugen, rasch, aber schmerzvoll.

Die meisten der Graujacken trugen ihre Seile nun an die Gürtel gebunden und nicht mehr zusammengerollt im Gepäck, da der Boden trügerisch war und viele in den Sumpf oder den Treibsand rutschten und wieder herausgezogen werden mussten, bevor sie untergingen.

Mit den Mesmerdean als Verbündete hatten Duncan und Iseult beschlossen, jeglichen Versuch der Heimlichkeit aufzugeben, und so hielten sie auf einen der wenigen Wege zu, die durch die Moore führten. Die Distel brauchte eine feste Straße für die

Wagen, welche die Ausfuhrwaren Arrans in die Welt trugen und die vielen Luxusartikel heranbrachten, welche die Banprionnsa verlangte. Die Banrìgh hatte nicht versucht, diese Straße zu benutzen, weil sie wusste, dass sie schwer bewacht war, sondern hatte stattdessen auf Iains und Gwilyms Wissen über die geheimen Pfade durch die Sümpfe vertraut.

In dieser Nacht lagerten sie voller Unbehagen und Unruhe, konnten aber dank der Mesmerdean, die wie Geister entlang der Reihe der Lagerfeuer schwebten und jeglichen Angriff durch Soldaten Arrans zunichte machten, mit nur wenigen Verlusten überleben. Sie legten sich in dichtem Nebel zum Schlafen hin und wachten in derselben undurchdringlichen Feuchtigkeit auf, die so dicht war, dass jeder kaum den Soldaten sehen konnte, der nur wenige Schritte vorausging.

Als sie sich der Straße näherten, wurden die Kämpfe heftiger, und viele Graujacken starben trotz der Hilfe der Zauberwesen der Moore. Verschwommene, flackernde Lichter führten die Soldaten in die Irre, sodass sie in Treibsand gerieten oder mit einem raschen Dolchstich von hinten getötet wurden. Die Männer aus den Mooren kannten das Terrain und konnten sich mühelos in den Flecken Binsen und Riedgras oder in den riesigen Wassereichen verbergen, die an vielen Stellen mit stehendem Wasser wuchsen. Oder plötzlich trafen Pfeilregen und vergiftete Wurfspeere die marschierende Kolonne der Männer und töteten oder verletzten viele, bevor die Soldaten ihre Schilde anheben oder Schutz suchen konnten.

Obwohl die Hexen den Geist der Verborgenen spüren konnten, marschierten sie an der Spitze der Kolonne, und so warteten die Männer der Distel einfach ab, bis sie vorübergelangt waren, und stakten dann in flachbödigen Booten lautlos durch die Wasserläufe oder krochen auf versteckten Wegen heran, um die hinten marschierenden Männer anzugreifen. Nach mehreren solcher lautlosen Angriffe schickte Iseult Gwilym, Iain, Niall und Dide zu den Prionnsachan, die keine Hexensinne besaßen, und bat die Mesmerdean, alle Männer der Distel außer Gefecht zu setzen, die sich in einiger Entfernung verbargen. Danach erlitten sie keine größeren Verluste mehr, obwohl die Angriffe mit zunehmend verzweifelten Überfällen fortgesetzt wurden.

Sie erreichten die Straße gerade bei Einbruch der Dunkelheit. Es war eine schmale, gewundene Straße, die auf einem festen Untergrund aus Steinen und Schiefer gebaut war, der beständig aufgeschüttet werden musste, damit die Straße nicht in den Sumpf zurücksank. Der Nebel hüllte weiterhin alles in bleiche Düsterkeit, und viele der Graujacken waren nervös und ängstlich, sodass Iseult anordnete, eine zusätzliche Ration Whiskey herumgehen zu lassen, um ihre frierenden Körper zu wärmen und ihre Nerven zu beruhigen. Sie lagerten direkt auf der Straße. Obwohl sie hart und steinig war, bot sie doch einen weitaus behaglicheren Platz, als es die Sümpfe gewesen waren. Sie konnten eng beieinander lagern und stellten Wachen auf, die nun am Rande des Lagers patrouillierten, anstatt über den Sumpf verstreut auf den seltenen Flecken festen Bodens zu stehen, mit der beständigen Angst, von einem Schlammgeist in den Treibsand gezogen zu werden.

Der Alarmruf erklang unmittelbar vor der Dämmerung. Iseult erwachte ruckartig aus unruhigen Träumen, sprang auf und blickte in die neblige Dunkelheit hinaus. Duncan war neben ihr, das Langschwert gezogen, und sie lauschten erschreckt dem Geräusch marschierender Füße auf der Straße. Es klang, als kämen Hunderte von Legionen auf sie zu, deren genagelte Stiefel auf den Steinen klangen.

»Können wir Licht haben?«, rief Iseult.

Mit der Glut aus den Feuern wurden Fackeln angezündet, und Gwilym beschwor am Ende seines Stabes Hexenlicht herauf und hob es in die Höhe. Iain nahm all seine Kraft zusammen und blies den Nebel fort, der noch immer über ihnen hing, aber zu seiner Überraschung teilte er sich mühelos. Das rote Licht der Fackeln und der blaue Schein von Gwilyms Licht beleuchteten die Straße vor ihnen, und Seufzen und entsetztes Stöhnen entrangen sich den Graujacken.

Ein Heer ungeheurer Größe marschierte die Straße hinab auf sie zu; die Waffen glänzten im Fackelschein, die Gesichter unter den Stahlhelmen wirkten grimmig und entschlossen. Das Heer der Distel erstreckte sich in Reihen von einem Dutzend Männern, so weit das Auge reichte, alle mit Lanzen und großen zweihändigen Schwertern bewaffnet. Viele weitere näherten sich von beiden Seiten durch die Moore, ohne zu versuchen, sich zu verbergen.

Duncan rief Befehle, und die Graujacken sprangen rasch auf und sammelten ihre Waffen zusammen. Iain runzelte die Stirn und fuhr sich mit den Händen durch sein weiches braunes Haar. »Wo könnte meine M-M-Mutter so viele M-M-Männer herbekommen haben?«, fragte er sich. »Arran besitzt k-k-kein stehendes Heer …«

Auch Gwilym runzelte die Stirn. »Irgendetwas kommt mir nicht richtig vor«, murrte er. Er wandte sich an Meghan und sagte leise: »Bewahrerin des Schlüssels?«

Meghan war still und unruhig, seit der Pakt mit den Mesmerdean geschlossen worden war, aber jetzt erwachte sie aus ihrer tiefen Versunkenheit und betrachtete das herannahende Heer, das fast nahe genug war, dass die Bogenschützen zu schießen beginnen konnten. Der Nebel schwebte und waberte über die Straße und erschwerte es, mehr als nur undeutliche Umrisse zu sehen. Als die Bogenschützen vorwärts liefen, um in der ersten Reihe Position zu beziehen, die Pfeile in die Bogen eingelegt, strich sie über Gitâs weiches Fell und lächelte dann sonderbar.

»Die Meisterin der Illusionen webt ihre Zauber«, sagte sie leise.

Gwilym lachte rau. »Natürlich! Sie webt sie so geschickt, dass ich mir nicht sicher war.« Selbst ein Meister der Illusionen, winkte er nachlässig, und die Legionen von Männern verschwanden plötzlich wie Rauch. Die Graujacken stießen Triumphschreie aus und liefen ins Gefecht, während Margrits Männer – die nun offensichtlich nicht mehr als wenige hundert waren – gequält aufstöhnten. Sie kämpften jedoch heftig, wohl wissend, dass es weitaus besser war, hier auf der Straße zu sterben, als mit den Graujacken auf den Fersen zur Distel zurückzulaufen.

Meile um Meile erkämpfte sich das eindringende Heer langsam die Straße hinab seinen Weg, während die Mesmerdean in den Sümpfen auf beiden Seiten patrouillierten. Die Sonne stieg auf, aber der Nebel hatte sich wieder herabgesenkt und war erneut so dicht, dass es so war, als versuchte man, durch Baumwolle zu atmen. Sie hörten rund um sich herum Stöhnen und Seufzen, und seltsame Gestalten schwebten aus dem Nebel auf sie zu – Geister von schrecklich verstümmelten Kriegern, riesige, schleimige Scheusale mit gähnendem Kiefer und umhertastenden Fühlern, klagende Todesfeen, Riesen mit flammenden Augen. Die Soldaten zauderten, und einige schrien vor Angst und Entsetzen auf, aber Dide begann ein ermutigendes Schlachtlied zu singen:

»Seht nur, ich bin ein kühner Soldat,
der erst vierundzwanzig Jahre ward.
Ein tapferer Krieger ward niemals gesehen
von Loch Kilchurn bis Dùn Eidean.
Der Wind mag wehen, der Hahn mag krähen,
der Regen mag strömen und der Schnee schneien,

doch du kannst mich nicht erschrecken und
ängstigen und mehr,
denn ich bin der tapferste Bursche im ganzen
verdammten Heer!«

Auch die Soldaten begannen zu singen, zuerst rau, dann mit größerer Begeisterung und Lautstärke, während sie ihre Schwerter im Rhythmus schwangen. Das Lied in ihren Ohren klingend, sahen sie die fremdartigen Scheusale nicht, und so verklang das Klagen und Stöhnen allmählich, und nur noch das Zusammenklingen von Waffen und der Gesang der Soldaten waren zu hören.

Dann erklangen Stimmen aus dem Nebel, viele der Soldaten schauten auf, und frohes Erkennen zeigte sich in ihren Augen. Sie sahen hübsche junge Frauen mit ausgestreckten Händen, alte Frauen mit flehenden Gesichtern, Kinder, die darum bettelten, auf den Arm genommen zu werden. Viele der Graujacken hätten die Straße verlassen und wären den Täuschungen in die Moore gefolgt, wenn nicht die Hexen gewesen wären, die Warnungen riefen und die Illusionen wieder in den Nebel verschwinden ließen.

Schließlich sahen sie vor sich eine Wasserfläche, deren fernes Ufer im Nebel verborgen lag. Die Straße erweiterte sich zu einem großen Platz, der auf drei Seiten von niedrigen, mit Riedgras gedeckten Lagerhäusern umgeben war. Ein langer Landungssteg ragte in den See hinein, an dem Lastkähne und kleine Boote vertäut lagen.

Hier, am Ufer des Murkmyre, leisteten die zerschlagenen Überreste des Heers der Distel einen letzten, verzweifelten Widerstand. Es waren Hexen unter ihnen, in fließende purpurfarbene Gewänder gekleidet, die mit Flammen und Wind und Täuschung kämpften, aber Meghan, Dughall und Iain konnten sie mit ihren magischen Kräften mühelos besiegen. Einer nach dem anderen fielen sie, von Pfeilen durchbohrt oder mit klaffenden Wunden geschlagen, oder sie wurden von den Armen eines Mesmerd umfangen und erhielten den Todeskuss.

Da die Mesmerdean auf der Seite der Graujacken kämpften, hatten die Männer und Hexen der Moore wenig Hoffnung auf einen Sieg, aber sie verteidigten diese letzte Bastion noch mit ihrem Leben. Sie kämpften, trotz aller Angebote Iseults, sie zu verschonen, bis zum allerletzten Mann. Sogar die Banrìgh fühlte sich recht elend, als sie schließlich alle getötet hatten und nach Atem ringend und sich auf ihre Schwerter stützend auf dem Landungssteg standen.

Erst da begann sich der Nebel zu lichten, und die Graujacken sahen die perlmuttartigen Spitzen des Turms der Nebel aus dem ruhigen Wasser aufragen, auf einer Insel inmitten des Sees erbaut. Das Wasser war so ruhig, dass es ein perfektes Spiegelbild der Türme bot, das sich fast bis zu ihren Füßen erstreckte.

Iseult stand da und sah tief beeindruckt hin. Der Palast war schlichtweg das wunderschönste und fantastischste Gebäude, dass sie je gesehen hatte, seine Türme und Minarette leuchteten in der rötlichen Farbe der Dämmerung in Eisblau, Violett und in sanftestem Grün und waren mit Schnörkeln und Spitzen und Kuppeln verziert. Wie es so aus dem Wasser aufragte, erweckte es den Eindruck, aus Regenbogen gesponnen zu sein. Sie hörte rund um sich herum scharfe Atemzüge und sah, wie Iain die Hände verkrampfte und wie sein Adamsapfel auf und ab tanzte.

»Es ist hübsch«, flüsterte sie, und er nickte, während er Tränen fortblinzelte.

»Ich bin viel zu lange fort gewesen«, antwortete er leise. »Die Moore dringen einem ins Blut wie eine Krankheit. Ich habe sie wirklich vermisst.«

»Nun, dann sollten wir dich nach Hause bringen«, erwiderte

sie gefühlvoll seufzend, als sie an ihr eigenes lange nicht gesehenes, schneereiches Zuhause dachte. Sie nickte Duncan zu, der daraufhin den Befehl gab, in die Stakkähne zu steigen.

Während die langen, schmalen Boote über den Murkmyre glitten, hörte Iseult einen heiseren, lang gezogenen Schrei und schaute auf. »Seht nur!«, rief sie.

Ein von zwölf Schwänen mit karmesinrot gesäumten Schwingen gezogener, mit Schnitzereien verzierter Schlitten stieg in den Himmel hinauf. In dem Schlitten kauerte eine große, ganz in Schwarz gekleidete Frau, welche die Schwäne gnadenlos voranpeitschte. Sie wandte sich um, blickte hinab und schüttelte die Faust, und dann beschrieb der Schlitten einen Bogen, als die Schwanenschwingen heftig schlugen.

»Die NicFòghnan flüchtet«, sagte Meghan, deren Gesicht einen Moment den schwermütigen Ausdruck verlor. Gwilym erteilte rasch einen Befehl, und eine Herde Mesmerdnymphen nahm die Verfolgung auf. Sie besaßen jedoch nicht die Kraft und Schnelligkeit der Schwäne und blieben rasch weit zurück. Die Schwanenkutsche entschwebte in die Wolken und verschwand.

Ein Kreis hoher weißer Kerzen umschloss ein auf dem Felssims nahe der Krümmung des Wasserfalls entzündetes Feuer, dort, wo sich der See über den Rand eines Felsens ergoss. Es war die Zeit des Sonnenunter- und Mondaufgangs in der Nacht der Frühjahrs-Tagundnachtgleiche. Als eines der Schlüsselereignisse im Kalender der Hexen bezeichnete die Frühjahrs-Tagundnachtgleiche das Sterben des Winters und die Geburt des Sommers, den ersten Tag des Jahres, an dem die Stunden des Tages länger andauerten als die Stunden der Nacht. Eine günstige Zeit für das Brechen eines Fluchs.

Der wie blaue, wabernde Bänder in die Dämmerung aufsteigende Rauch roch süß. Maya saß nackt an der Spitze des Pentagramms. Der Feuerschein glänzte auf ihren Schuppen und ließ ihre Flossen seltsame Schatten werfen. Isabeau und Bronwen saßen, ebenfalls nackt, neben ihr, während Ishbel und Khan'gharad an den gegenüberliegenden Spitzen des Sterns saßen. Es fiel ihnen schwer, Maya anzusehen, sodass sie den Blick stattdessen auf ihre zusammengepressten Hände senkten.

Isabeau sagte sanft: »Die Sonne geht unter. Zeit, mit der Zerreißprobe zu beginnen.«

Alle schlossen gehorsam die Augen. Isabeau atmete tief die nach Wald duftende Luft ein und versuchte, Frieden zu finden. Sie fand jedoch, trotz der Stille, keine Ruhe, und während die langen Stunden dahingingen, merkte sie, dass sie weinte. Sie hörte gelegentlich ein unterdrücktes Keuchen oder Schluchzen von anderen Stellen des geweihten Kreises und erkannte, dass sie nicht als Einzige weinte.

Schließlich spürte sie die Gezeiten in sich wechseln, deutlicher, als sie es jemals zuvor gespürt hatte. Sie öffnete die Augen und sagte mit erstickter Stimme: »Es ist Mitternacht, und die Gezeiten wechseln. Lasst uns die Riten singen.«

Die heisere Stimme der Fairge, das liebliche, müde Haspeln des kleinen Mädchens, Ishbels helle Stimme und Khan'gharads tiefer Bariton sangen mit ihr:

»Finstere Nacht und strahlendes Licht,
offenbar dein Geheimnis unserer Sicht,
find in uns die Tiefen und Höhen,
find in uns Kampf und Versöhnen,
find in uns Pechschwarz und schneeweiße Pracht,
finsteres Licht und strahlende Nacht.«

Der vertraute Gesang tröstete sie so sehr, wie es die langen Stunden der Meditation nicht vermocht hatten, und ihre Stimme wurde kräftiger. Sie sagte in leisem Singsang: »Eà, ewig veränderliches Leben und Tod, verwandele uns in deiner Sicht, offenbare deine Geheimnisse, öffne die Tür. In dir werden wir befreit sein von Leibeigenschaft. In dir werden wir befreit sein von Schmerz. In dir werden wir befreit sein von Dunkelheit ohne Licht, und in dir werden wir befreit sein von Licht ohne Dunkelheit. Denn Schatten und Licht sind dein, wie auch Leben und Tod dein sind. Und da alle Jahreszeiten dein sind, so werden wir tanzen und feiern und uns erfreuen, denn die Gezeiten der Dunkelheit haben gewechselt, und die grünen Zeiten stehen uns bevor, die Zeit zu lieben und zu ernten, die Zeit der Umwandlung der Natur, die Zeit, Mann oder Frau zu sein, die Zeit, Kind und altes Weib zu sein, die Zeit der Gnade und der Erlösung, die Zeit von Verlust und Opfer …«

Obwohl erneut Tränen aufstiegen, war es nicht das heiße, erstickte, schmerzvolle Weinen wie zuvor, sondern eine Flut reinigender Tränen, die sie sich rein und leer fühlend zurückließen. Bronwen weinte auch, aus Mitleid und Müdigkeit und Angst vor der kommenden Trennung. Isabeau hatte ihr erklärt, dass sie am Morgen mit ihrer Mutter fortgehen müsse. Zunächst war das kleine Mädchen außer sich gewesen, aber alle ihre Tränen und Wutanfälle hatten Isabeau nicht dazu bewegen können, sich erweichen zu lassen und zu sagen, dass sie nicht gehen müsse. Also hatte die Banprionnsa geschmollt und sich geweigert, überhaupt noch mit Isabeau zu sprechen, und drückte sich eng an ihre Mutter. Ihr störrischer Zorn hatte Isabeau weitaus mehr verletzt als ihre Tränen, und sie hatte festgestellt, dass der vorherige Tag ein Tag beständigen Kummers war. Es bereitete ihr einen gewissen Trost, das Weinen des Kindes zu hören und zu wissen, dass Bronwen sie ebenso sehr vermissen würde, wie sie das kleine Mädchen vermissen würde.

Der Gesang endete, und Isabeau ließ Mayas und Ishbels Hände los, wischte sich übers Gesicht und strich ihre ungebärdigen Locken zurück. »Maya, es ist an der Zeit, den Fluch zu brechen.«

Die Fairge nahm langsam das schwarze Bündel hoch, das beim Feuer gelegen hatte. Ihre Augen glitzerten im Kerzenschein seltsam. Sie ergriff ihr juwelenbesetztes Speisemesser und trennte langsam und bewusst den Knoten auf, der das Tuch zusammenhielt.

»Finstere Nacht und strahlender Schein,
bei der Macht der beiden Monde so rein.
Worte der Gnade sollen gesprochen werden,
die Macht des Fluches soll gebrochen werden«,
sang sie.

Das Tuch öffnete sich und offenbarte eine kleine Puppe, die mit fleckigen, zerdrückten Bändern umwickelt war und nach Übel und Gift roch. Eine Woge solcher Feindseligkeit schwappte über Isabeau hinweg, dass sie fast würgen musste, und sowohl Bronwen als auch Ishbel stießen einen leisen Schrei aus und schraken zurück. Khan'gharads bärtiges Gesicht war starr und traurig, und er sah Maya mit kaltem Zorn in den Augen an.

Die Fairge wirkte recht elend, als sie die Puppe mit den Fingerspitzen hochnahm und die Bänder zerschnitt, sodass die zerbrochene Feder abfiel.

»Finstere Nacht und strahlender Schein,
bei der Macht der beiden Monde so rein.
Worte der Gnade sollen gesprochen werden,
die Macht des Fluches soll gebrochen werden«,
wiederholte sie.

Sie handhabte die Puppe so vorsichtig wie möglich, während sie auch das Stück Plaid der MacCuinn und die Locke dunklen Haars löste und den Gesang mit zitternder Stimme wiederholte.

»Im Namen Eàs, unser aller Mutter und Vater, lass dein weißes Licht auf Lachlan MacCuinn scheinen, und schütze ihn vor allen üblen, feindseligen und schädlichen Kräften«, sang Isabeau, während die Übrigen einfielen. »O heilige Macht der Monde und der Sterne, der Winde und der atmenden Luft, der milden Wasser und der fruchtbaren Erde, des Lebens, das dem ganzen Universum innewohnt, des Lebens, das uns allen innewohnt – segne Lachlan MacCuinn, umgib seinen Körper und seine Seele, und bringe ihm Frieden und Schutz vor Bösem. Beseitige die üblen Ketten, die ihn fesseln, beseitige die Dunkelheit, die ihn bedrängt, öffne seine Augen, damit er sehen kann, löse seine Stimme, damit er sprechen kann, lass Kraft und Wärme ihn durchströmen, lass das Leben vollkommen in ihn zurückkehren. Bei der Macht der so hellen Monde – so wie wir es sagen, soll es sein!«

Maya warf die Puppe und das Band und den Stoff und die Feder ins Feuer und rief laut:

»Feuer verbrennt, Asche verwandelt,
die bösen Geister zerstreuen sich.
Ich nehme diesen Fluch jetzt von dir.
Bei der Macht der beiden Monde so rein
segne ich dich, segne ich dich, segne ich dich!«

Die Flammen loderten grün und übel riechend auf, und sie beobachteten, wie die Puppe zu Asche verbrannte. Dann warf Isabeau eine Hand voll getrocknetes Drachenblut aufs Feuer, sodass die Flammen violett und blau und grün zischten, und reinigte den Kreis anschließend mit Salz und Erde, Wasser und Asche.

»So«, sagte sie weich. »Es ist vollbracht. Hoffen wir im Namen Eàs, dass es genügt!«

Iseult stützte den Kopf auf eine Hand und beobachtete, wie sich das frühe Morgenlicht über die Wand und durch die Bettvorhänge tastete. Obwohl sie müde war, wollte sie nicht von der Seite ihres Ehemannes weichen und ihr eigenes kaltes, einsames Bett aufsuchen. Iseult hatte sich auch nach fast einem Jahr des Alleinschlafens nicht daran gewöhnen können, Lachlan nicht neben sich zu haben. Obwohl sie die ersten sechzehn Jahre ihres Lebens allein geschlafen hatte und sie erst zweieinhalb Jahre verheiratet gewesen waren, bevor er stürzte, sehnte sich ihr Körper noch immer nach seinem, nach seinen Schwingen, die er über sie gelegt hatte, um sie im Schlaf zu beschützen. Sie senkte den Kopf auf seine schlaffe Hand und spürte ungewohnte Tränen durch ihre Lider dringen.

Der Sonnenschein kroch aufs Kissen hinab und dann über das Gesicht des schlafenden Mannes. Seine Lider flatterten, und er wandte das Gesicht vom Licht fort. Seine Augen öffneten sich. Ausdruckslos sah er sich um. Er befand sich in einem seltsamen Raum, kunstvoll mit Wandteppichen und seidenen Kissen eingerichtet. Die Doppeltüren trugen Schnitzereien in der Form blühender Disteln. Er fühlte sich sehr leicht und schwach. Er sah abwärts und bemerkte, dass Iseult ihren rotgoldenen Kopf auf die Decke drückte. Langsam, zögernd, wandte er seine Hand in ihrer und ergriff ihre Finger. Sie schaute bestürzt auf, und er sah, dass ihre Augen nass und gerötet waren.

»Warum, *Leannan*«, sagte Lachlan, überrascht über das raue Krächzen, das von seinen Lippen drang, »warum weinst du?«

Der Friedensvertrag

Die Sonne schien warm auf die Tänzer, die durch einen langen Bogengang erhobener Arme sprangen und wirbelten. Jongleure spielten und sangen an den Seitenlinien, und Kinder liefen laut lachend durch die Menge. Es war Lammas, und jedermann war gekommen, um zuzusehen, wie der Rìgh gegeißelt wurde und die Laibe vom Hexensabbat gesegnet wurden.

Plötzlich piepste eine dünne Stimme: »Sie kommen, sie kommen!« Die Musik hielt jäh inne, und die Tänzer drängten zur Seite, um für die fröhliche Prozession Platz zu machen, die den Hügel herabkam.

Der Rìgh saß auf seinem schwarzen Hengst, seine hübsche Banrìgh ritt neben ihm und die Prionnsachan dahinter. Alle trugen ihre Kilts und die Plaids, die von Spangen gehalten wurden. Der Stadtlaird war dort, in solch erhabener Gesellschaft recht nervös, während ein junger Jongleur mit einer karmesinroten Kappe sie alle mit Liedern und Späßen erfreute, wobei seine schwarzen Augen funkelten. Die Leibwache des Rìgh, in Blau gekleidet, ritt mit ihnen, und die Augen der Kinder weiteten sich, als sie einen großen Bären hinter einem der Leibwächter hertappen sowie eine magere schwarze Wölfin neben einem der Pferde des Prionnsachan einherspringen sahen.

Dann erfasste leichte Aufregung die Menge, denn in einer von zwei weißen Pferden gezogenen viersitzigen Kutsche befanden sich die drei ältlichen Mitglieder des Konzils der Zauberer und der kleine Prionnsa, dessen Schwingen flatterten, als er den Armen seines Kindermädchens zu entschweben versuchte. Die Menge warf ihm Blumen zu, und er erwiderte ihr Winken glücklich lächelnd.

Eine weitere viersitzige Kutsche folgte, und nun murmelte die Menge erstaunt, denn sie war von Zauberwesen besetzt. Da war ein Mädchen mit langem, laubartigem Haar, ein pelziger, ganz in Samt gekleideter Cluricaun, eine Celestine mit schneeweißem Haar, die ein kleines Kind auf dem Schoß hielt, und eine Corrigan, die eher wie ein moosbewachsener Felsblock mit einem seltsamen Auge aussah. Eine kleine Nisse mit bunten Flügeln schoss laut lachend über der offenen Kutsche hin und her. Zuerst zog sie eines der Pferde am Schwanz, dann hängte sie sich an die Peitsche des Kutschers, sodass sie herumgeschwungen wurde, als er die Peitsche knallen ließ. Die zusehenden Kinder quiekten vor Vergnügen, und sie schoss hinüber, zwickte sie in die Nase und zog sie an den Haaren, sodass sie noch lauter lachten.

Die Prozession erreichte den hohen weißen Grenzstein und kam zum Halt. Der Rìgh stieg ab und rief dem Laird fröhlich zu: »Kommt, Mann, schwingt die Peitsche! Lachlan MacCuinn soll niemals nachgesagt werden, er müsste an seine Verantwortlichkeiten erinnert werden!«

Er trug nur Kilt und Plaid, die Brust war bloß. Während er sprach, zog er das Plaid herab, sodass es um seine Taille lag. Seine Schultern und Arme waren überall von roten Wunden übersät.

Der Laird stieg eher unwillig ab. »Seid Ihr sicher, Eure Hoheit?«, fragte er besorgt. »Es ist viele Jahre her, seit wir die Allgemeinen Reiterspiele durchgeführt haben. Ich möchte nicht respektlos sein …«

»Schwingt die Peitsche, mein Laird«, erwiderte Lachlan heiter. »Wenn ich alle alten Riten und Gebräuche wieder einführen soll, kann ich nicht den Brauch wieder einführen, der mich schmerzt und nicht Eure Tasche. Meine Schultern sind breit. Ich kann es ertragen, das schwöre ich.«

Der Laird lächelte kläglich. »Wie Ihr wünscht, Eure Hoheit.« Er hob seine Reitpeitsche an, hieb dreimal auf den Grenzstein ein und ließ die Peitsche dann hart auf die bloßen Schultern des Rìgh sausen.

»Verflucht sei jedermann, der die Grenzen des Landes vergisst, sei er ein Leibeigener, ein Laird oder der Rìgh!«, rief Lachlan. »Ich schwöre bei meinem Blut, die Rechte der Menschen dieses Landes stets zu respektieren. Ich nehme ihren Lammaszehnten dankbar an und verspreche, sie zu schützen wie meine eigenen Kinder. Denn da ich euer Rìgh bin, bin ich wie euer Vater, pflichtgetreu gebunden, euch zu ehren und zu beschützen.«

Die Menge applaudierte laut, während Lachlan von dem Grenzstein zurücktrat. Dann kamen drei der hübschesten jungen Mädchen des Landes schüchtern und stolz durch die Menge heran, deren Haar mit Korn und Blumen aufgesteckt war. Eine trug Wasser und ein Tuch, um sich um seinen aufgerissenen Rücken zu kümmern, eine weitere eine Flasche Whiskey, damit er etwas trinken konnte, und die dritte eine kleine Puppe aus mit Blumen gebundenen Getreidegarben. Der Rìgh trank zwinkernd und mit einem Scherz den Whiskey, nahm dann feierlich das Kornkind entgegen und salbte dessen Stirn mit einem kleinen, mit seinem eigenen Blut gezogenen Kreis. Sie wuschen seine Striemen, und er zog eher behutsam das Plaid wieder um seine Schultern.

Dann stieg Meghan aus der Kutsche und segnete feierlich das Brot und die Äpfel und den Winterweizen, die ihr von den Kindern des Landes gebracht wurden, indem sie mit traurigem Lächeln das Zeichen Eàs über ihren Köpfen vollführte. Gitâ ließ sie sein seidiges braunes Fell streicheln, und dann stieg die alte Zauberin wieder steif in die viersitzige Kutsche, wobei sie sich schwer auf ihren Stab stützen musste.

»Auf zum nächsten Dorf!«, rief Lachlan. »Ich wünschte wirklich, die Ländereien der MacCuinn lägen nicht so weit verstreut. Wenn ich nicht von den Peitschungen von meinem Pferd falle, dann von all den kleinen Schlucken Whiskey, die ich stets gereicht bekomme!«

Die Prionnsachan lachten.

»Solange Eure Hand nur ruhig genug ist, heute Abend den Friedensvertrag zu unterzeichnen, bin ich sicher, dass es uns nicht kümmern sollte«, rief Madelon NicAislin.

»Euch vielleicht nicht, aber mich«, sagte Iseult lächelnd. »Zu viel vom Wasser des Lebens, und er wird nicht mehr in der Lage sein, seine Pflicht seiner Frau gegenüber zu erfüllen.«

Alle lachten erneut, und Anghus MacRuraich sagte: »Eurem Aussehen nach zu urteilen, Eure Hoheit, habt Ihr keinen Grund zur Beschwerde!« Die neben seinem Pferd sitzende schwarze Wölfin bleckte breit grinsend die Zähne, als hätte sie den Scherz auch verstanden und genösse ihn.

Iseult rieb verträumt lächelnd mit einer Hand über ihren anschwellenden Bauch. Während sie weiterritten, rollte ein Wagen hinter ihnen her, auf dem sich hoch die Zehnten des Rìgh stapelten, denn der Lammastag war nicht nur der Feiertag der ersten Ernte, sondern auch der Tag, an dem Pacht und Steuern bezahlt wurden. Es war Lachlans Land, durch das sie ritten, die Hügel und Wiesen rund um Lucescere, und er war gekommen, um die Abgaben einzusammeln.

Dide verbeugte sich vor der Menge, die Kappe in der Hand, und sang:

»Die Ernte ist eingebracht! Die Ernte ist eingebracht!
Wir haben gepflügt und gesät,
wir haben geschnitten und gemäht,
Eàs Segen auf Heim und Herd.
Die Ernte ist eingebracht! Die Ernte ist eingebracht!«

Die Schatten des Nachmittags wurden bereits länger, als sie schließlich nach Hause, nach Lucescere, ritten, alle vom Whiskey, den die Kleinpächter und Grundpächter ihnen aufgedrängt hatten, recht fröhlich. In den Palastgärten waren Laternen aufgereiht, und als die Gesellschaft des Rìgh die lange, von Bäumen gesäumte Prachtstraße hinaufritt, zündete Meghan sie mit einem Fingerschnippen an.

Rund um den großen Platz waren gestreifte Stände aufgebaut worden, die Lammaskuchen und Lammasale austeilten. Es gab Glockenfruchtmarmelade und gedörrte Früchte für die Kinder der Theurgia, und Wildschweine wurden auf Spießen für jene gebraten, die sich nicht der vegetarischen Lebensweise des Hexensabbats verschrieben hatten. Lachlan lächelte, als die Kinder neben den Pferden herliefen und ihm und Iseult zuriefen. Er steckte eine Hand in seine Felltasche und warf den Kindern eine Hand voll Goldmünzen zu, die sie lachend auffingen.

Tòmas wartete auf der Vordertreppe auf den Rìgh, Johanna neben ihm, aber Lachlan winkte sie fort und sagte: »Was nützt es, wenn ich mich geißeln lasse, wenn ich in dem Moment, wo ich nach Hause komme, zu euch laufe, um mich heilen zu lassen? Nein, es sind ehrenvolle Wunden. Lasst sie mich in Frieden ertragen.«

Er stieg ab, wobei er leicht zusammenzuckte, und sagte zu Iseult: »Ich möchte nur von dir umsorgt werden, *Leannan*. Komm und hilf mir, mich umzuziehen, denn diese Schnitte brennen!«

Iseult wartete nur noch, bis die viersitzige Kutsche der Hexen hinter ihnen herankam. »Donncan, Liebling!«, rief sie. »Komm zu Mam. Ich werd dich heute Abend füttern und baden. Lass die arme Sukey gehen und das Fest genießen.«

»Ach, danke, Eure Hoheit!«, rief Sukey. »Seid Ihr sicher? Es macht mir nichts aus, mich zuerst um Donncan zu kümmern …«

»Nein, du gehst«, sagte Iseult. Sie fing den kleinen Jungen ein und zauste seine rotgoldenen Locken. »Komm mit, du kleiner Raufbold! Du denkst, ich hätte nicht gesehen, wie du wieder versucht hast, Sukey davonzufliegen. Du bist wirklich ein böser Junge!«

Die Lammasversammlung sollte vor dem Fest abgehalten werden, und so gingen Iseult und Lachlan, nachdem sie gebadet und sich umgezogen hatten, in die große Halle, wo sich die Prionnsachan versammelt hatten. Entspanntes Stimmengewirr war zu hören, das verstummte, als der Rìgh und die Banrìgh eintraten, und dann hallte der in Silber und Blau gehaltene Raum von Hochrufen und Beifall wider.

»Lang lebe der Rìgh! Lang lebe die Banrìgh!«

»*Slàinte mhath!*«

»Auf Frieden und Glück!«

Die Lammasversammlung in jenem Jahr war die ruhigste und harmonischste seit langem und, auf vielerlei Arten, auch die seltsamste. Ebenso wie Prionnsachan und höhere Lairds waren auch Repräsentanten von allen größeren Zauberwesenvölkern außer den Fairgean dabei.

Wolkenschatten war da und ihr Großvater, der Sterngucker. Sann die Corrigan war als Repräsentantin ihres Volkes dabei und ein Hain Baumwandler, welche die Dienstboten dadurch in Atem hielten, dass diese all die Zweige und Blätter auffegen mussten, die sie in den Gängen verloren. Eine mesmerdische Nymphe schwebte in einer Ecke, deren Facettenaugen alles, was geschah, an die Älteren in den Mooren übermittelten.

Der Seelie war auf dem Pferdeaal zu den Palasttoren geritten und hatte darauf bestanden, das Wesen mit hereinzubringen, trotz der schleimigen Pfützen, die es hinterließ. Kobolde, Zauberwesen der Moore und Brownies spielten zwischen den Möbeln Verstecken, und Cluricauns unterhielten die Menge mit einer improvisierten musikalischen Vorführung.

Die Nissen waren nach draußen verbannt worden, nachdem sie mit ihren Streichen einen Tumult ausgelöst hatten. Sie richteten jetzt überall bei den in den Gärten aufgestellten Volksfestständen Verwüstungen an, kippten Krüge mit Glockenfruchtsaft um, rissen Lammaskuchen an sich und stahlen Blumen aus den Haaren der Ladys. Nur Elala blieb, schwang an Lilanthes Haar und gab spöttische Kommentare über den Geruch, die Behaartheit und die Hässlichkeit der im Inneren versammelten Männer und Frauen ab. Obwohl niemand außer Lilanthe und Niall die kleine Nisse verstehen konnte, errötete die Baumtauscherin dennoch und versuchte, sie zum Schweigen zu bringen.

Sogar die Anführerin der Satyricorns war da, eine Frau mit wirrem Haar, einem einzigen rapierscharfen Horn und einer dicken Halskette aus Zähnen und Knochen, die zwischen ihren drei Paar Brüsten herabhing. Sie war gut mit blutigem Fleisch versorgt worden und hatte die Soldaten früher am Tag dadurch verwirrt, dass sie mühelos den alljährlichen Ringerwettbewerb gewonnen hatte.

Monate waren für die Verhandlung des Friedensvertrages aufgewendet worden, weshalb die Versammlung heute Abend nur eine reine Formalität war. Dennoch verlas der Herold laut die lange Schriftrolle der Bedingungen und Voraussetzungen, wobei die Menge einige bejubelte und bei anderen bissige Kommentare abgab. Die Grenzen zwischen allen Ländern waren neu verhandelt und Brangaine NicSian, Gwyneths Nichte, zur absoluten Herrscherin von Siantan erklärt worden. Der Doppelthron wurde mit Anghus MacRuraichs Segen aufgelöst. Melisse NicThanach ließ es widerwillig zu, dass ihre Tante, Madelon NicAislin, erneut Verantwortung für Aslinn übernahm, da sie zugeben musste, dass ihr Großvater nicht wirklich das Recht gehabt hatte, das Land der Wälder zu regieren, nur weil er eine NicAislin geheiratet und seinen Sohn mit einer weiteren *ver*heiratet hatte. Da dies innerhalb der Familie lange Zeit ein Streitpunkt gewesen war, wurde ihr Entschluss mit großer Freude und Erleichterung begrüßt.

Elfrida NicHilde sollte für ihr Volk unterzeichnen, obwohl sie eine Banprionnsa im Exil war und Tìrsoilleir noch immer von der Fealde und dem Konzil der Älteren regiert wurde. Sowohl ihr als auch Linley MacSeinn war Hilfe bei der Wiedererlangung ihrer Länder und Throne versprochen worden, sobald die Ordnung im übrigen Eileanan wieder vollständig hergestellt war. Daher waren sie froh, ebenso viel Liebenswürdigkeit und Respekt zu erfahren wie die Prionnsachan, die ihre Throne noch innehatten.

Iain MacFòghnan wurde als Herrscher Arrans bestätigt, obwohl seine Mutter noch lebte. Sie war, wie verlautete, zu den Fernen Inseln geflohen, nachdem sie der Invasion der Moore entkommen war. Dort versuchte sie Unterstützung dafür zu bekommen, ihrem Sohn den Thron wieder zu entreißen.

Kenneth MacAhern unterzeichnete gerade den Vertrag, als sie von draußen Schreie hörten. Die Atmosphäre im Raum änderte sich augenblicklich. Iseults Hände zuckten zu ihrem Gürtel, nur um zu ihrem Verdruss zu erkennen, dass sie ihre Waffen nicht trug, und die Blaugardisten zogen ihre Langschwerter. Lilanthe stand nahe der Fenster, halb von den Brokatvorhängen verborgen.

»Ein Drache kommt herab!«, rief sie verwundert. Ausrufe des Entsetzens und Erstaunens erklangen. Zu viele erinnerten sich an die Verbrennung von Ardencaple, um beim Anblick eines Drachen keine Angst zu empfinden. Dann rief Lilanthe: »Isabeau! Isabeau reitet den Drachen! Und auch andere. Isabeau ist gekommen!«

Iseult sprang mit einem frohen Aufschrei auf. Sie machte sich nicht die Mühe, aus der Tür und die Treppe hinabzugehen. Leichtfüßig lief sie durch den Gang, sprang mit einem raschen Schritt aus dem Fenster und sank die fünf Stockwerke bis zum Boden leicht wie eine Feder hinab.

Asrohc landete im Garten, wobei sie ihre goldenen Schwingen weit ausgebreitet hatte, ungeachtet zerstörter Stände und schreiender, davonlaufender Zuschauer. Auf ihrem Rücken kauerten Isabeau, Ishbel, Khan'gharad und die Feuermacherin, alle gegen die Kälte dick eingehüllt.

Iseults Schritte stockten. Sie lächelte unter Tränen und streckte die Hände aus, während Isabeau vom Rücken des Drachen hinabsprang und ihr entgegenlief. Die Zwillinge umarmten sich fest, während Isabeau Grüße und Erklärungen vermittelte und Iseult kein Wort sagte, sondern ihren Zwilling nur so fest drückte, dass Isabeau befürchtete, ihre Rippen würden brechen.

»... nachdem wir also durch den Kristallsehteich erkannten, was du vorhattest, dachten wir alle, wir sollten kommen und daran teilhaben. Tatsächlich ist die Unterzeichnung eines Friedensvertrages durch alle Länder und alle Zauberwesenrassen ein historischer Moment ...«

»Alle außer die Fairgean«, erwiderte Iseult recht grimmig.

Isabeaus Lächeln erstarb. »Ich muss euch etwas wegen Bronwen und Maya erklären«, sagte sie rasch.

Iseult nickte. »Dafür ist noch Zeit genug. Lass mich zuerst die Feuermacherin und unsere Mam begrüßen. Was tun sie hier?

Und wer ist der Khan'cohban mit den sieben Narben? Ich kenn ihn nicht, und das sollte ich, denn ein Krieger mit sieben Narben ist wahrhaftig selten genug.«

Isabeau lächelte strahlend. »Es ist unser *Dai-dein*! Ich hatte tatsächlich vergessen, dass du es nicht weißt. Er wurde verhext … Ach, ich hab dir so vieles zu erzählen!«

Iseult blickte erstaunt an ihr vorbei. Ein großer Mann mit kräftigen, überheblichen Gesichtszügen und mit drei Schnitten auf jeder Wange und einem weiteren, der zwischen seinen Augenbrauen abwärts verlief, schritt auf sie zu. Seine Augen unter den gesenkten Brauen waren strahlend blau, und sein dichtes rotes Haar war mit einem Lederband zurückgenommen. Auf beiden Seiten seiner Stirn befanden sich zwei gebogene Hörner.

Er führte zwei Finger zu seiner Stirn, dann zu seinem Herzen und dann zum Garten hinaus. Iseult beugte den Kopf und bedeckte mit einer Hand die Augen, während sie die andere Hand demütig auswärts wandte. Dies war die angemessene Art, einen Narbigen Krieger zu begrüßen. Er brummte, und sie ließ die Hände sinken, obwohl ihr Blick gesenkt blieb. Dann streckte er die Arme aus, umfing sie und drückte sie fest. Iseult war einen Moment vor Überraschung wie erstarrt, denn Khan'cohbans umarmten sich nicht. Aber dann warf sie die Arme um ihn und drückte ihn ebenso.

Eine freudige Wiedervereinigung fand auch mit Ishbel und der Feuermacherin statt, die Iseult seit ihrer Heirat vor vier Jahren beide nicht mehr gesehen hatte, und dann verbeugte sie sich vor der Drachenprinzessin und tauschte Grüße mit ihr aus. Isabeau wandte sich auf der Suche nach Meghan um, und ihr Lächeln schwand, als sie Lachlan vor sich stehen sah, die Schwingen ausgebreitet, das Gesicht starr.

»Also ist die Schurkin zurückgekehrt«, sagte er. Scharfe Worte kamen ihr in den Sinn, aber sie schluckte sie hinunter und vollführte stattdessen mit gesenktem Blick respektvoll einen Hofknicks.

»Was hast du mit meiner Nichte gemacht?«, fragte er.

»Ich hab sie Maya gegeben, damit sie den Fluch von Euch nahm, Eure Hoheit«, erwiderte Isabeau gelassen.

Ein Ausdruck der Überraschung überzog sein Gesicht. Dann lachte er. »Bei allem, was ich von dir zu hören erwartet hätte, war das nicht dabei! Du erstaunst mich immer wieder, Isabeau. Du und deine Schwester, ihr beide. Erzähl mir, wer ist dieser Mann, den meine Frau gerade so herzlich umarmt hat?«

Isabeau verkniff sich ein Grinsen. »Das, Eure Hoheit, ist mein Hengst Lasair, den Ihr erschießen lassen wolltet. Er war in Wahrheit mein Vater Khan'gharad, den Maya am Tag des Verrats verhext hatte. Er war neunzehn Jahre lang ein Pferd, Eure Hoheit, und er hat das Leben als Mensch in der Tat zunächst als sehr schwierig empfunden.«

»Das kann ich mir vorstellen«, murmelte Lachlan mitfühlend. »Ich war nur knapp fünf Jahre eine Amsel, und ich finde es heute noch manchmal schwierig. Ich sehe schon, du hast uns eine Menge zu erzählen! Wollt ihr nicht alle in die Versammlungshalle kommen? Wir waren gerade auf halbem Wege, ein historisch äußerst wichtiges Dokument zu unterzeichnen, als ihr uns so rüde unterbracht. Ihr könnt uns später alles erzählen und eure Entschuldigungen anbringen.«

Isabeau war zwischen einem Lächeln und zorniger Widerlegung hin und her gerissen, aber sie sah das klägliche Zwinkern in Lachlans Augen und musste dann doch eher lächeln. »Ja, Eure Hoheit. Ihr wisst, dass mir Euer Wort Befehl ist«, antwortete sie, und er lachte.

Isabeau hakte sich bei Iseult ein und folgte dem Rìgh durch den Palast und in die Versammlungshalle. Sie wurde von so vielen so herzlich begrüßt, dass sie zutiefst errötete. Sie hatte sich davor gefürchtet, nach Lucescere zurückzukehren, in der Meinung, dass sie nicht herzlich willkommen geheißen würde. Aber anscheinend wollte niemand die Hochstimmung des Tages durch alte Spannungen verderben.

Meghan wartete ungeduldig in der langen Versammlungshalle, und Isabeau war entsetzt darüber, wie alt und abgezehrt sie aussah; der lange Zopf war ganz weiß und ihre schmale Gestalt hagerer denn je. Die schwarzen Augen sprühten jedoch noch immer vor Lebenskraft, und sie zog Isabeau in eine feste Umarmung.

»Was hast du dir dabei gedacht – einfach in der Nacht davonzuschleichen und dich drei lange Jahre nicht zu melden?«, rief sie. »Ich hab mich um dich zu Tode gesorgt.«

»Es tut mir Leid«, sagte Isabeau reuevoll. »Es schien damals wirklich das Beste zu sein, was ich tun konnte, und ich hatte dort, wo ich war, keine Möglichkeit, dir eine Nachricht zukommen zu lassen.«

»Du warst schon immer ein törichtes, ungestümes Mädchen, aber ich hatte geglaubt, du wärst allmählich zur Vernunft gekommen«, fauchte Meghan. »Warum hast du nicht darauf vertraut, dass ich mich um das kleine Mädchen kümmern würde?«

»Es war nicht nur Bronwen, es war auch *Dai-dein*«, sagte Isabeau abwehrend. »Und zumindest das ist bestmöglich ausgegangen.«

»Was meinst du?«, fragte Meghan, aber in dem Moment trat Iseult ein, Arm in Arm mit der Feuermacherin. Ihnen folgten, ebenfalls Arm in Arm, Ishbel und Khan'gharad.

Meghans Kinn sank vor Erstaunen herab. »Bei Eàs grünem Blut! Es ist Khan'gharad«, rief sie. »Wie …? Wo …?«

Isabeau spannte sich an. Trotz all ihrer Versuche, Meghans Handlungsweise am Tag des Verrats zu erklären und zu rechtfertigen, beharrte Khan'gharad darauf, nur das Schlechteste über die alte Zauberin zu denken.

»Sie hat mich nie akzeptiert und viele Male versucht, Ishbel und mich zu trennen«, hatte er zornig gesagt. »Sie wollte Ishbel für sich allein – sie war eine eifersüchtige, Besitz ergreifende alte Frau, die es nicht ertragen konnte, dass Ishbel mich am meisten liebte. Sie versuchte mich an jenem Tag absichtlich zu töten, damit sie Ishbel für sich haben könnte – sie erkannte die Gelegenheit und ergriff sie.«

»Meghan ist nicht so, wirklich«, hatte Isabeau protestiert.

Sogar Ishbel sprach für Meghan, indem sie sagte: »Es hat ihr wirklich Leid getan, Lieber. Sie hat diese schreckliche Verhexerin zu töten versucht, nicht dich.«

Khan'gharad war nicht überzeugt gewesen, und so fürchtete Isabeau diese Begegnung zwischen ihrem Vater und ihrer geliebten Hüterin.

Meghans Gesicht leuchtete jedoch auf, und sie hinkte hastig und mit ausgestreckten Händen durch den Raum. »Die Drachenkönigin hat die Wahrheit gesagt. Du lebst! Ach, Khan'gharad, kannst du mir jemals verzeihen? Ich wollte nicht, dass auch du in den Abgrund fielst. Ich war zornig und eröffnete die Erde zu weit. Der Rand zerbröckelte genau unter deinen Füßen und hat dich hineinstürzen lassen. Ich schwöre bei Eàs geweihtem Namen, dass ich dir niemals Schaden zufügen wollte. Wo warst du all diese langen Jahre? Ich verstehe. Es sind viele Geschichten zu erzählen. Willst du dich nicht zu uns setzen?«

Khan'gharad war starr und stolz, nahm ihre Entschuldigung aber mit einem kurzen Kopfnicken an und ließ sich, Ishbel und der Feuermacherin von Dillon Stühle heranziehen und etwas Wein einschenken.

Dann wurden die unterbrochenen Formalitäten wieder aufgenommen, der MacBrann unterzeichnete nach dem MacAhern, gefolgt von der NicThanach und der gerade wieder eingesetzten NicAislin. Isabeau gab Meghan und dem königlichen Paar einen sehr knappen Bericht über ihre Jahre bei den Verfluchten Türmen und erklärte, warum Khan'gharad von Maya verhext wurde.

Dann erfreute Lachlan sie sehr damit, dass er aufsprang und sagte: »Wir haben unseren Unterschriften noch eine neue hinzuzufügen, von der ich gerade erst erfahren habe. Meine Frau Iseult NicFaghan wollte für ihren Clan unterzeichnen, aber nun sind wir wirklich froh, ihren lange vermissten Vater willkommen heißen zu können, Khan'gharad MacFaghan, Prionnsa von Tìrlethan, der direkte Abkömmling von Faodhagan dem Roten!«

Überraschtes Murmeln erklang, und Khan'gharad verbeugte sich, während sich sein Gesicht zu einem ungewohnten Lächeln verzog. Man reichte ihm Feder und Tinte, und er unterzeichnete unbeholfen, noch immer nicht daran gewöhnt, wieder Finger zu haben.

Nachdem alle Prionnsachan unterzeichnet hatten, traten die Vertreter der verschiedenen Zauberwesenrassen vor, um ihr Zeichen zu setzen. Die Feuermacherin unterzeichnete für die Khan'cohban, der Sterngucker für die Celestine und Brun für die Cluricauns. Elala tauchte ihre winzigen Hände in die Tinte und drückte sie auf das Papier, der älteste der Baumwandler unterschrieb mit einem zweigähnlichen Zeichen, und der Seelie zog seine eigene, einfache Rune. Asrohc brachte man ein Tintenfass, in das sie ihre Klaue tauchen und damit einen seltsamen, kunstvollen Schnörkel malen konnte, der ein großes Stück der Schriftrolle einnahm. Asrohc war von ihrer Mutter gesandt worden, um die Versprechen zu erneuern, welche die Drachenkönigin bei der Unterzeichnung des Ersten Friedensvertrages vor über vierhundert Jahren Aedan MacCuinn gegenüber abgegeben hatte. Dann trug Tòmas die große Papierrolle in die Kloaken hinab, damit Ceit Anna, die Letzte der Nyx, ihr Zeichen machen konnte, ohne sich dem Licht stellen zu müssen.

Der Palast füllte sich erneut mit Musik und Tanz, und die

Jongleure und Troubadoure wetteiferten darum, wer die größte Menschenmenge dazu bringen konnte, ihren Liedern und Geschichten zu lauschen, ihr Feuerschlucken zu beobachten, ihr Jonglieren, ihre Akrobatik und ihr Stelzenlaufen, und zu ihren Volksweisen und Gigues zu tanzen. Dide war in seinem Element und spielte die Gitarre, während er in der Menge umherging. Seine Augen leuchteten auf, als er Isabeau und Lilanthe, tief im Gespräch versunken, zusammen unter den Bäumen sitzen sah, und er wandte sich in diese Richtung.

»Mylady Isabeau«, sagte er mit einer tiefen Verbeugung. »Wie ich sehe, seid Ihr von dort zurückgekehrt, wo immer Ihr wart. Darf ich um diesen Tanz bitten?«

Isabeau sah lächelnd zu ihm auf. »Ich fürchte, mir ist nicht sehr nach Tanzen zumute. Aber Lilanthe würde gewiss gerne tanzen. Ich hab ihre Füße tappen sehen.«

Der Jongleur ließ sich auf dem Gras neben ihnen nieder. »Wenn ich darüber nachdenke, ist mir auch nicht sehr nach Tanzen zumute«, erwiderte er. »Willst du mir nicht erzählen, wo du gewesen bist und warum du so davongegangen bist? Dreieinhalb Jahre ohne ein Wort!«

»Ich überlasse euch beide eurem Gespräch«, sagte Lilanthe und erhob sich, während Röte ihre Wangen überzog. Sie hatte den Ausdruck auf Dides Gesicht gesehen, als Isabeau in die Versammlungshalle kam, und sie erkannte nun, dass er für niemanden sonst Augen hatte. Er nickte und winkte, während sie in den Garten ging, wobei die Nisse über ihr schwebte.

Isabeau sah ihn stirnrunzelnd an. »Arme Lilanthe! Warum bist du immer so gemein zu ihr?«

»Gemein? Zu Lilanthe? Wann bin ich jemals gemein zu ihr?«, rief er. »Wir sind gute Freunde, dachte ich, obwohl ich sie in letzter Zeit nicht oft gesehen habe. Sie verbringt die meiste Zeit im Turm der Zwei Monde, wo sie Vorträge über die Art der Waldzauberwesen hält. Du weißt vermutlich, was ich von Theurgias halte! Ich wär lieber in einer gemütlichen Schenke, um dort zu singen und auf meiner Gitarre zu spielen. Aber genug von mir. Wo, bei Eàs grünem Blut, bist du gewesen?!«

Sie erzählte recht umständlich einiges von dem, was während ihrer Zeit bei den Verfluchten Türmen geschehen war. Als sie sich dem Ende ihres Berichts näherte, erklang plötzlich ein Piepsen, und ein runder, federartiger Kopf drang aus Isabeaus Ärmel und betrachtete Dide mit großen goldenen Augen. Er rief überrascht aus: »Was, in Eàs Namen, ist das?«

»Das ist Buba«, erklärte Isabeau lachend. »Ich hab sie vor ein paar Monaten gefunden, bald nachdem Maya und Bronwen gegangen waren. Sie war aus dem Nest gefallen und zu jung, um fliegen zu können. Ich hab ihren gebrochenen Flügel geschient und sie mit mir herumgetragen, während er heilte, und nun will sie mich nicht verlassen, obwohl sie inzwischen gut fliegen kann. Ich glaube, sie hält mich für ihre Mutter.«

»Aber was ist sie? Sie sieht wie eine Eule aus, ist aber nicht viel größer als ein Spatz!«

»Sie ist eine Elfeneule. Das ist die kleinste aller Eulenarten. Bei den Verfluchten Türmen gibt es recht viele davon. Sie fressen Spinnen und Grillen. Es war eine schreckliche Zeit für mich, als ich versuchen musste, Nahrung für sie zu finden, bis sie alt genug war, selbst zu jagen!«

Die kleine Eule kroch weiter aus Isabeaus Ärmel. Von ihren Pinselohren bis zu den befiederten Krallen war sie nur sechs Zoll lang. Das Gefieder war von fast rein weißer Farbe mit einigen grauen Sprenkeln auf den Flügeln. Ihre riesigen Augen blieben unverwandt auf Dides Gesicht gerichtet.

Er erwiderte den Blick recht unbehaglich und sagte: »Ach, dein kleiner Vogel betrachtet mich mit unheimlichem Blick. Es ist fast so, als würde sie meine Gedanken lesen.«

»Nun, deine Gedanken sind nicht so schwer zu lesen«, erwiderte Isabeau lachend. »Du hast ein höchst ausdrucksvolles Gesicht, Dide.«

Er ergriff ihre Hand, während Röte seine hageren braunen Wangen überzog. »Wenn du also weißt, was ich denke …«

Isabeau drückte seine Finger und zog ihre Hand dann zurück. »Ich möchte eine Zauberin sein«, sagte sie sanft. »Hexen heiraten nicht, das weißt du. Oder zumindest nur selten und dann gewöhnlich andere Hexen. Du weißt, dass du das Leben eines Jongleurs nicht für den Hexensabbat aufgeben willst. Du hast selbst gesagt, dass du Theurgias hasst! Nun, und ich möcht nicht gern in einem Wohnwagen umherreisen und zum Lebensunterhalt mit Orangen jonglieren. Du weißt, dass ich nicht singen oder tanzen oder Feuer schlucken oder Saltos ausführen kann wie du und Nina. Ich wär dir überhaupt nicht von Nutzen.«

Dide schwieg einen Moment, und dann brach sich sein unvermeidliches Lächeln wieder Bahn. Er beugte sich vor und schmiegte seine Nase unter ihr Ohr. »Wer hat etwas von Heirat gesagt?«, flüsterte er. »Morgen ist weit weg, aber heute Nacht ist hier und jetzt.«

Isabeau lachte und schob ihn fort. »Ja, aber wenn ich eine Zauberin sein will, darf ich mich nicht von den Bedürfnissen meines Körpers ablenken lassen, zumindest noch nicht. Vielleicht eines Tages, wenn ich meinen Stab und die Zauberinnenringe erworben habe …«

Dide küsste ihr Ohr und dann ihre Wange. »Also hat dein Körper Bedürfnisse? Ich kann nicht zulassen, dass diese Bedürfnisse nicht befriedigt werden. Würde ich einem Verdurstenden nicht einen kleinen Schluck gewähren?« Er küsste erneut ihre Wange und dann ihren Mund. Plötzlich sprang er mit einem Schmerzensschrei zurück. »Dein grässlicher Vogel hat mich gerade gehackt!«, rief er.

Isabeau lachte perlend. »Buba!«, rief sie. »Böser Vogel!«

Dide sah die kleine Eule finster an, während er seine Hand barg. »Kannst du ihr nicht sagen, sie soll ein paar Spinnen jagen?«

Isabeau lächelte ihn liebevoll an. »Nein, ich glaub, ich brauche Buba zu meinem Schutz hier«, erwiderte sie. »Für meine Keuschheit, wenn nicht für meine Gesundheit. Nein, komm schon, Dide, ich habe ernst gemeint, was ich gesagt habe. Ich bin ohnehin nur für kurze Zeit hier. Ich muss mit meiner Mam und meinem *Dai-dein* zu den Verfluchten Türmen zurückkehren. Sie brauchen mich dort, und ich hab von der Seelen-Weisen und der Feuermacherin noch viel zu lernen. Ich möchte mich meiner Einweihung unterziehen und meinen Namen und meine Narben erwerben. Die Drachenkönigin sagte, ich müsste meine Vergangenheit erkennen, wenn ich meine Zukunft erkennen will. Und ich denke zu viel an dich, um nur mit dir zu tändeln …«

Dide lachte eher verbittert auf. »Das ist eine sanfte Abfuhr, wenn ich jemals eine erlebt hab«, sagte er. »Bist du sicher, dass ich dir nicht etwas Wein holen soll? Wenn nur Silvester wäre, könnte ich es wieder mit dem Het Pint versuchen.«

Isabeau lachte kläglich und erhob sich, wobei sie Blätter von ihrem Rock schüttelte. »Geh und spiel für die Gesellschaft, Dide«, sagte sie. »Ich hab nur noch wenige Stunden Zeit, und ich will ein wenig davon mit Meghan verbringen. Ich hab sie schon lange nicht mehr gesehen, und sie wirkt wirklich alt und verhärmt.«

Dide sprang auf und zupfte seine Gitarre. »Ach, meine Liebe ist grausam und kalt, grausam und kalt ist sie zu mir«, sang er und verbeugte sich mit vor Spott funkelnden schwarzen Augen vor ihr. »Aus Eis und Schnee besteht sie, grausam und kalt ist sie zu mir.«

Er wanderte singend in die Menge hinein, und Isabeau hob die kleine Eule so weit an, dass sie mit dem Kinn an ihren samtartigen Federn entlangstreichen konnte. »Komm, Buba«, sagte sie. »Ich möchte, dass du Meghan kennen lernst, die ebenso meine Pflegemutter war, wie ich deine bin.«

Die kleine Eule schrie als Antwort leise. *Weise alte Mutter wartet,* sagte sie.

Lilanthe stand in der Dunkelheit unter den Bäumen und beobachtete, wie Dide Isabeau küsste, einen seltsamen, leisen Schmerz im Herzen. Dann wandte sie sich bewusst ab und ging davon.

Auf der Wiese vor dem Palast wurde im Kreis getanzt, während lange Reihen Männer und Frauen auch unter den mit Laternen behangenen Bäumen tanzten. Lilanthe nahm sich einen Becher Glühwein und nippte daran, während sie mit tappendem Fuß neidisch zusah.

»Du tanzt nicht, Lilanthe?« Niall trat neben sie, während Ursa der Bär hinter ihm hertrottete.

»Niemand will mit einer Baumtauscherin tanzen – sie haben Angst, sie würden über meine Füße stolpern«, sagte sie mit selbstironischem Lächeln und hob ihre Röcke an, sodass er ihre breiten, knorrigen Wurzeln sehen konnte.

»Aber ich hab dich schon tanzen sehen, und du bist wirklich eine anmutige Tänzerin.«

Sie lächelte dankbar, sagte aber: »Das stimmte nur im Vergleich zu den Baumwandlern. Jeder wirkt im Vergleich zu Baumwandlern anmutig.«

»Oder im Vergleich zu mir«, sagte er kläglich. »Mit mir will niemand tanzen, weil sie Angst haben, ich könnte ihnen den Fuß brechen, wenn ich darauf trete!«

Lilanthe lachte. »Sie haben wahrscheinlich mehr Angst, dass Ursa eifersüchtig wird. Ich wette mit Euch, dass Euch Horden von Mädchen umlagern werden, um mit Euch zu tanzen, wenn

Ihr die Bärin mit etwas Honig zu Bett schickt. Ihr seid schließlich ein Held.«

Er errötete und sagte unbeholfen: »Ich würde lieber wieder mit dir tanzen.«

»Nun«, rief Lilanthe, »ich würde auch sehr gerne tanzen! Meint Ihr es ernst?«

Er verbeugte sich. »Madam, wollt Ihr mir die Freude machen, diesen Tanz mit mir zu bestreiten?«

»Nun, ich danke Euch, Sir.« Lilanthe legte ihre zweigdünnen Finger in seine große, harte Hand. Dann keuchte sie leicht, als er einen Arm um ihre Taille legte, sie durch die Luft schwang und umherwirbelte. »Siehst du, deine Füße brauchen den Boden nicht einmal zu berühren«, sagte er. »So kann ich sicher sein, sie dir nicht zu brechen.«

»Meine Füße brechen nicht so leicht«, erwiderte Lilanthe, als sie wieder zu Atem gekommen war. »Sie sind hart wie Holz, fürchte ich.«

Die Bäume schlossen sich über ihren Köpfen, als er sie aus der Menge fortführte. »Was ist mit deinem Herz?«, fragte er sehr rau.

»Mit meinem Herz?«

»Bricht es denn leicht?«

Sie errötete und wusste nicht, was sie antworten sollte. »Ich weiß es nicht«, sagte sie schließlich. »Es wurde noch niemals gebrochen – aber ich glaub nicht, dass das bedeutet, es wäre hart.«

Er sagte sehr leise: »Ich hab gesehen, wie du deinen Jongleurfreund beobachtet hast. Er schien sehr an dem hübschen Mädchen mit dem roten Haar wie die Banrìgh interessiert. Hat … hat dich das sehr verletzt?«

Sie tanzten schweigend weiter. Dann schüttelte sie ihr laubähnliches Haar. »Nein. Ich wusste schon immer, dass Dide nicht für mich bestimmt ist. Wir sind sehr verschieden. Er liebt Menschenmengen und Feiern und verrauchte Schenken. Ich bin ein Geschöpf des Waldes, fürchte ich.«

»Ich auch«, sagte Niall leise. Lilanthe schaute auf und versuchte, in seinem Gesicht zu lesen, aber es war unter den Bäumen zu dunkel. Dann überraschte er sie, indem er sie auf den Mund küsste.

Als er sie schließlich wieder losließ, stand Lilanthe sehr still, an seine Schulter gelehnt. Sie fühlte sich in seiner Umarmung sicher. Sie schwieg, benommen und zitternd.

»Erinnerst du dich, wie du mich einmal gefragt hast, was ich gerne tun würde, wenn der Krieg erst vorüber wäre?«, fragte Niall. Sie nickte. »Würde dir das auch gefallen? Ein kleines Häuschen irgendwo in den Wäldern, mit einem Garten, einigen Bienenstöcken und einem Teich, in dem du baden könntest, sowie frischer Erde, in die du deine Wurzeln graben könntest? Denn ich will dich, Lilanthe. Dich erträum ich mir in dieser Hütte an meiner Seite. Denkst du, das würde dir auch gefallen?«

Lilanthe nickte erneut und lehnte ihren Kopf an seine breite Schulter. »Ja, das würde es«, flüsterte sie. »Das würde mir sehr gefallen.«

Isabeau fand ihre Hüterin am Teich der Zwei Monde in der Mitte des Labyrinths. Es war dort sehr still, die Sterne standen dicht wie Gänseblümchen am dunklen Himmel. Sie setzte sich neben Meghan und lehnte ihren Kopf an das Knie der Zauberin. Meghan strich dem Mädchen die ungebärdigen Locken aus dem Gesicht.

»Du hast viel gelernt, seit du fortgegangen bist.«

»Ja.«

»Du hast alle Schleier über deinem dritten Auge verloren. Du siehst jetzt klar.«

»Ja.«

»Es war ein steiniger Weg für dich, mein Kind.«

Isabeau nickte. »Ja, das war es.«

»Erzählst du es mir?«

Die kleine Eule in ihren Händen bergend, erzählte Isabeau Meghan alles, was sie erlebt und gelernt hatte. Meghan gegenüber gab es keine wohl überlegten Formulierungen oder ein Beschönigen der Wahrheit. Die Zauberin stellte gelegentlich eine Frage oder rief, manchmal entsetzt, manchmal verärgert, auf. Einmal sagte sie: »Ach, du warst schon immer ein impulsives Kind! Man sollte meinen, du wärst inzwischen etwas klüger geworden!«

Isabeau endete mit dem Aufheben des Fluchs und Mayas und Bronwens Weggang aus dem verborgenen Tal. »Ich hab sie durch den Kristallsehteich beobachtet. Sie haben das Meer sicher erreicht. Ich hab sie in den Wogen schwimmen sehen.« Tränen erstickten ihre Stimme, und dann fuhr sie bedrückt fort: »Danach konnte ich sie jedoch nicht mehr sehen. Ich weiß nicht, wohin sie gegangen sind.«

»Das Meer verzerrt den Weitblick«, sagte Meghan. »Wie die Berge. Aber du hast deine Sache gut gemacht.«

»Ich hoffe, ich hab keinen Fehler begangen«, sagte Isabeau mit recht unsicherer Stimme. »Sie hätte mich in eine Kröte verwandeln und Bronwen einfach nehmen können, aber sie hat es nicht getan. Ich weiß nicht, warum.«

Meghan zuckte die Achseln. »Wer versteht schon das Herz einer Fairge? Ich nicht.« Sie dachte eine Weile nach und sagte dann: »Und wer ist diese kleine weiße Eule?«

»Das ist Buba«, erwiderte Isabeau mit sanftem Lächeln. »Ist sie nicht hübsch?«

Meghan schrie leise und sanft, und die Elfeneule erwiderte den Ruf.

»Ich weiß nicht, was ich jetzt ohne sie tun sollte«, sagte Isabeau. »Es war einsam bei den Verfluchten Türmen. Obwohl ich weiß, dass sie bei den anderen Eulen leben sollte, hoff ich doch, dass sie nicht davonfliegt, zumindest noch eine Weile nicht.«

»Sie wird nicht davonfliegen«, sagte Meghan.

Isabeau lächelte und rieb ihr Kinn an Bubas büscheligem Kopf. »Das mit Jorge hat mir wirklich Leid getan«, brach es aus ihr heraus. »Ach, das war eine schreckliche Woche! Ich hab durch den Kristallsehteich gesehen ...«

Meghan schwieg, obwohl ihre Hand zitterte. Isabeau schaute auf und sah auf dem gefurchten Gesicht ihrer Hüterin Tränen schimmern. »Ich glaub nicht, dass es einen größeren Kummer gibt«, sagte Meghan, »als all jene zu überleben, die man am meisten liebt.«

Lange Zeit herrschte Schweigen, und dann fuhr sie fort: »Darum habe ich den Hexensabbat vor so vielen Jahren verlassen, mit kummervollem Herzen, weil ich noch lebte, obwohl ich in angemessen hohem Alter wie mein Vater und meine Schwester und all meine Freunde und geliebten Menschen hätte sterben sollen. Dann erkannte ich, dass die Weberin in ihrem Muster noch immer einen Platz für mich hatte. Ich hab dich gefunden – ein hübsches, ungebärdiges Mädchen warst du –, und ich hab Lachlan, so gut ich konnte, beschützt. Ich erkannte, dass ich weiterleben musste, und so kämpfte ich mich voran und tat, was getan werden musste. Dass Jorge jedoch so sterben musste, unter Qualen in den Flammen, wo er doch die sanfteste lebende Seele war ...« Ihre Stimme zitterte, und ihr kleiner Donbeag wimmerte und klammerte sich fester an ihren Hals. Sie hob eine dünne, zitternde Hand und tröstete ihn.

Dann sagte sie sehr leise: »Es ist seltsam, dass ich mein ganzes Leben lang Eà vertraut habe und mein Vertrauen erst jetzt schwankt, nachdem wir über unsere Feinde triumphiert und die Ehrfurcht vor Eà wiederhergestellt haben.«

»Nein!«, rief Isabeau. »Meghan!«

Die alte Zauberin nickte. »Ich weiß, dass es schwach und töricht ist, das Universum für die Übel der Menschheit verantwortlich zu machen. Ich weiß von allen Menschen am besten, dass Eà ebenso Dunkelheit wie Licht ist, ebenso Tod wie Leben. Dennoch kann ich, seit Jorge gestorben ist, anscheinend nur noch ihr dunkles Gesicht sehen.«

Isabeau flüsterte den rituellen Satz: »Möge Eà ihr helles Gesicht auf dich scheinen lassen.«

Meghan streichelte ihr Haar. »Es tröstet mich wirklich sehr, dein strahlendes Gesicht wieder bei mir zu haben«, sagte sie. »Ich bin froh, dass du zur Unterzeichnung des Friedensvertrages gekommen bist.«

»Es ist wirklich eine wunderbare Sache«, sagte Isabeau.

Meghan nickte. »Ich glaub, mein Vater hätte sich gefreut. Selbst er konnte nicht so viele Zauberwesen dazu bringen, zu unterzeichnen, und Arran oder Tìrsoilleir auch nicht. Es ist keine geringe Leistung.«

»Es ist schon seltsam, wie alles gekommen ist«, sagte Isabeau verträumt. »Sich vorzustellen, dass ich mich einst nach Abenteuern gesehnt hab und jetzt nur eine Weile Ruhe haben und den Frieden genießen möchte, den wir errungen haben.«

»Bestenfalls ein unsicherer Friede«, sagte Meghan trocken. »Vergiss die Fairgean nicht. Sie werden mit jedem Jahr stärker und kühner, und bald wird keiner der Flüsse oder Seen mehr sicher sein. Und sie sind eine blutdürstige Rasse – sie werden nicht damit zufrieden sein, über die Wogen zu herrschen, sondern werden sich erheben und uns aus unserem Land zu vertreiben versuchen. Jorge hatte beunruhigende Visionen von Wogen, die sich so hoch wie Berge erhoben, über das Land fegten und Dörfer und Städte gleichermaßen ertränkten. Er hatte diese Gabe tatsächlich, denn so vieles von dem, was er sah, ist geschehen.«

Isabeau erschauderte leicht. »Die Fairgean hassen uns«, sagte sie leise. »Sie wollen Rache für all das Leid, das wir ihrem Volk angetan haben.«

Meghan warf ihr einen seltsamen Blick zu, aber in dem Moment hörte Isabeau ein leises Rascheln in den Hecken, spannte sich an und wandte ruckartig den Kopf. Als sich der Wind drehte, nahm sie einen moderigen Geruch wahr, wie stehendes Wasser in einem frisch ausgehobenen Grab. Sie ballte die Fäuste, ihr Puls beschleunigte sich und wäre noch weiter angestiegen, aber Meghan zog sie zurück. »Kein Grund zur Angst, Liebes«, sagte sie.

»Aber es ist ein Mesmerd«, flüsterte Isabeau. »Ich kann es riechen – und sieh nur! Dort in der Hecke. Ich kann seine Augen uns beobachten sehen.«

»Ich weiß«, erwiderte Meghan. »Er folgt mir überallhin. Ich kam durchs Labyrinth, weil ich dachte, ich könnte ihn eine Weile loswerden, aber ich hätte es besser wissen sollen.«

»Ich hab oben bei den Verfluchten Türmen einen Mesmerd getötet«, sagte Isabeau besorgt. »Werden seine Eibrüder für seinen Tod nicht Rache suchen? Und du? Haben sie dich nicht als Mörderin ihrer Verwandten erkannt? Mesmerdean haben dich schon einmal verfolgt.«

Meghan lächelte. »Inzwischen viele Male. Sie sind in der Tat eine unnachgiebige, rachsüchtige Rasse.«

»Dann sollten wir nicht …« Isabeau wollte sich erneut erheben, aber Meghan beruhigte sie.

»Kein Grund zur Sorge, Kind. Die Mesmerdean haben den Friedensvertrag unterzeichnet. Alle Kriege und Rachefeldzüge wurden beigelegt. Sie werden weder an dir noch an Iseult noch an Lachlan Rache üben.«

Isabeau entspannte sich. »Wirklich? Dann danke ich Eà wahrhaftig, denn dann kann ich aufhören, bei jedem Schatten zusammenzuzucken.«

Meghan schwieg, und der Donbeag legte eine Pfote an ihr Ohr.

Isabeau setzte sich ein wenig auf. »Was ist los?«, fragte sie und rief dann rasch aus: »Du sagtest, Lachlan, Iseult und ich wären sicher. Was ist mit dir?« Bevor Meghan antworten konnte, schrie Isabeau: »Nein, Meghan! Das hast du doch nicht getan?« Heiße und bittere Tränen traten in ihre Augen und strömten über ihr Gesicht.

Buba die Eule schrie traurig und rieb ihren büscheligen Kopf an Isabeaus Hand. Dieses eine Mal achtete Isabeau nicht auf sie, sondern griff nach Meghans schmaler Hand. »Nein, nein, du kannst das nicht tun«, sagte sie mitleidsvoll.

Meghan strich ihre ungebärdigen Locken zurück. »Ich will es so«, erwiderte sie sanft. »Der Tod ist nur eine Tür zu einem anderen Ort, einem anderen Leben. Ich hab keine Angst davor, diese Tür zu durchschreiten.«

»Eà, ewig veränderliches Leben und Tod, verwandle uns in deiner Sicht, offenbare deine Geheimnisse, öffne die Tür. In dir werden wir befreit sein von Dunkelheit ohne Licht, und in dir werden wir befreit sein von Licht ohne Dunkelheit. Denn Schatten und Licht sind dein, wie auch Leben und Tod dein sind. Denn du bist die Felsen und die Bäume und die Sterne und die tiefe, tiefe Dünung des Meeres, du bist die Spinnerin und die Weberin und die Fadenschneiderin, du bist Geburt und Leben und Tod, du bist Schatten und Licht, du bist Nacht und Tag, Abend- und Morgendämmerung, du bist ewig veränderliches Leben und Tod …«, zitierte Isabeau, wobei sie die Worte nur stockend hervorbrachte, als sich ihr Atem in leisem Schluchzen fing, das sie nicht kontrollieren konnte.

Meghan lächelte. »Ich wusste, dass du es verstehen würdest.« Sie saßen einen Moment schweigend da, beobachteten die Sterne am dunklen Himmel und atmeten die frische grüne Dunkelheit. Tränen liefen Isabeaus Gesicht hinab, aber sie brach das Schweigen nicht.

Dann sagte Meghan sehr leise: »Sie haben mir Zeit bis zum Aufstieg des Roten Kometen gegeben, genug Zeit, dich zu voller Macht erblühen zu sehen. Ich würde gerne wissen, dass dein Weg klar vor dir liegt.«

Isabeau sagte mit zitternder Stimme: »Vier Jahre, alles kann in vier Jahren geschehen.«

Meghan blickte nur in die Schatten der Hecke, wo der Mesmerd kauerte, während seine großen Facettenaugen im Mondlicht glitzerten.

Isabeau seufzte und legte ihre nasse Wange wieder an Meghans Knie. Die kleine Eule schrie, und sie erwiderte den Ruf leise und schwermütig.

Der Mesmerd blieb ganz in der Nähe, beobachtete und lauschte und schnupperte. Sein wunderschönes Gesicht war ausdruckslos und wurde von schillernden grünen Facettenaugen beherrscht. Er rieb seine Klauen ganz leicht an seinen Schwingen. Bald würde er in die Moore zurückkehren müssen, um im Schlamm zu liegen und sich in seiner harten Schale langsam zu verwandeln. Wenn der Frühling käme, würde er als ein Älterer aus seiner Winterhülle hervorkommen. Dann gäbe es kein Fliegen und keine Abenteuer mehr. Dann würde er um ein Territorium und eine Gefährtin kämpfen, und das Rad der Paarung würde erneut beginnen. Seine Gefährtin würde ihre Eier ins Wasser legen, und er würde darüber wachen und sie beschützen. Und jede einzelne seines Gezüchts kleiner Najaden würde in sich das Gesicht, die Gestalt, den Geruch und die Aura von Meghan, der Bewahrerin des Schlüssels, tragen. Mesmerdean vergessen nie.

Glossar

Aedan MacCuinn: der erste Rìgh, Hochlord von Eileanan. Er wurde Aedan Weißlocke genannt und stammte direkt von Cuinn Löwenherz ab (siehe Erster Hexensabbat). Im Jahre 710 vereinte er die sich bekriegenden Gebiete Eileanans bis auf Tìrsoilleir und Arran, die unabhängig blieben, zu einem Land.
Aedans Pakt: Aedan MacCuinn, erster Rìgh von Eileanan, begründete einen Pakt zwischen allen Einwohnern der Insel, die übereinkamen, in Eintracht miteinander zu leben und sich nicht in die Kultur des jeweils anderen einzumischen, sondern für Frieden und Gedeihen zusammenzuarbeiten. Die Fairgean weigerten sich, diesen Pakt zu unterzeichnen, und wurden deshalb ausgeschlossen, was die Zweiten Fairgeankriege zur Folge hatte.
Ahdayeh: Kampfkunst.
Ahearn Pferde-Laird: eines der Mitglieder des Ersten Hexensabbats.
Aislinna die Träumerin: eines der Mitglieder des Ersten Hexensabbats.
Alasdair MacThanach: der Prionnsa von Blèssem und Aslinn.
Alba: die »mythische« Heimat, das Land, aus dem der Erste Hexensabbat entkam.
Alte Mutter: ein Begriff der Khan'cohbans für eine weise Frau der Gemeinschaft.

Anghus MacRuraich: Prionnsa von Rurach und Siantan. Verwendet hellseherische Fähigkeiten, um Dinge und Menschen zu suchen und zu finden.
Arkening die Traumwandlerin: Zauberin, die vor dem Feuertod in den Sgàileanbergen gerettet wurde. Ist nun eines der Mitglieder des neuen Hexenrates.
Arran: südöstliches Land Eileanans im Besitz des Clans der NicFóghnan.
Aslinn: stark bewaldetes Land, einst im Besitz der MacAislins, nun unter der Kontrolle des MacThanach-Clans.

Bacaiche der Bucklige: Meghans Großneffe.
Ban-Bharrach: der südlichste Fluss Lucesceres, der zusammen mit dem Muileach die Schimmernden Wasser bildet.
Banprionnsa: Prinzessin oder Herzogin.
Banrìgh: Königin.
Baumwandler: Zauberwesen des Waldes. Kann die Gestalt eines Baumes gegen die eines menschenähnlichen Wesens eintauschen. Ein Mischling wird als *Baumtauscher* bezeichnet und kann manchmal beinahe wie ein Mensch aussehen.
Beltane: der 1. Mai, erster Tag des Sommers.
Berhtfane: See in Clachan.
Berhtilde die Glorreiche Kriegerin: eines der Mitglieder des Ersten Hexensabbats.
Berhtilden: die weiblichen Krieger Tìrsoilleirs, benannt nach der Gründerin des Landes (siehe Erster Hexensabbat). Amputierte linke Brust, um das Handhaben des Bogens zu erleichtern.
Bhanaisvogel: einheimischer Vogel, der für seinen sehr langen, farbenprächtigen Schwanz bekannt ist.
Blaugardisten: die Leibwächter der Garde, die persönliche Elitekompanie des Rìgh.
Blèssem: Die Gesegneten Felder. Fruchtbares Ackerland südlich

von Rionnagan im Besitz des Clans der MacThanach, den Abkömmlingen von Tuathanach dem Farmer (siehe *Erster Hexensabbat*).

Brangaine NicSian: Tochter von Gwyneth NicSians Schwester; wurde im Zweiten Friedenspakt zur Banprionnsa von Siantan ernannt.

Brann der Rabe: eines der Mitglieder des Ersten Hexensabbats. Bekannt für seine Erforschung der dunklen Geheimnisse der Magie und für seine Maschinen- und Technikbegeisterung.

Brun: ein Cluricaun.

Buch der Schatten: ein uraltes, magisches Buch, das am Tag der Abrechnung vernichtet werden sollte.

Caeryla: die Hauptstadt der Highlands von Rionnagan. An den Ufern des Tuathansees erbaut, für seine Seeschlange berühmt. Regiert vom Clan der MacHamell.

Carraig: Land der Meerhexen. Nördlichstes Land Eileanans im Besitz des Clans der MacSeinn, die von den Fairgean vertrieben wurden und in Rionnagan Zuflucht nahmen.

Celestine: Rasse von Zauberwesen, berühmt für ihre empathischen Fähigkeiten und für die Kenntnis der Sterne und Prophezeiungen.

Clachan: südlichstes Land Eileanans, eine Provinz Rionnagans, regiert vom Clan der MacCuinn.

Clàrsach: Saiteninstrument, ähnlich einer kleinen Harfe.

Cluricaun: kleines Waldzauberwesen.

Corissa: eine Baumtauscherin.

Corrigan: Bergzauberwesen, das die Macht besitzt, das Aussehen eines Felsblocks anzunehmen. Die Mächtigsten können andere Formen vortäuschen.

Cuinn Löwenherz: Führer des Ersten Hexensabbats. Nachfahren gehören zum Clan der MacCuinn.

Dai-dein: Vater.
Deus Vult: Schlachtruf der Berhtilden. Bedeutet »Gottes Wille geschehe«.
Dide: ein Jongleur und Mitglied des Untergrunds.
Dillon der Kühne: Anführer der Liga der Heilenden Hand.
Donbeag: kleines braunes, spitzmausartiges Wesen, das durch die Hautsegel zwischen seinen Beinen über kurze Entfernungen fliegen kann.
Donncan MacCuinn: Sohn von Iseult und Lachlan. Hat Schwingen wie ein Vogel und kann fliegen.
Dougal MacBrann: Sohn des Prionnsa von Ravenshaw und Cousin des Rìgh.
Drachen: große, Feuer speiende Flugwesen mit glatter Schuppenhaut und Klauen. Vom Ersten Hexensabbat als mythisches Wesen aus der Anderswelt bezeichnet. Da sie unfähig sind, ihre Körpertemperatur anzupassen, leben sie in Vulkanen, nahe Geysiren oder anderen Hitzequellen. Sie besitzen eine hoch entwickelte Sprache und Kultur und können in beiden Richtungen am Faden der Zeit entlangsehen.
Drachenfluch: ein seltenes und tödliches Gift, das einen Drachen töten kann.
Drachenklaue: ein hoher, spitzer Berg im nordwestlichen Teil der Sithicheberge. Von den Khan'cohbans die *Verfluchten Gipfel* genannt.
Drachenstern: Komet, der alle acht Jahre vorüberzieht. Auch Roter Wanderer genannt.
Dughall MacBrann: Sohn des Prionnsa von Ravenshaw und Cousin des Rìgh.
Dùn Eidean: Hauptstadt von Blèssem.
Dùn Gorm: die Rhyssmadill umgebende Stadt.
Dùn: Bergfestung, Stadt.
Dunceleste: Stadt am Ufer des Tuathansees in Rionnagan.

Düsterwaid: ein seltenes Kraut, das nur im Murkmyre vorkommt. Wächst auf Bäumen und heilt alles.

Eà: die Große Erd-Gottheit, Mutter und Vater aller Wesen.
Eileanan: größte Insel im die Fernen Inseln genannten Archipel.
Eine Macht: die Lebensenergie, die allem innewohnt. Hexen beschwören die Eine Macht herauf, um ihre magischen Handlungen zu vollziehen. Die Eine Macht enthält alle elementaren Mächte der Luft, der Erde, des Wassers, des Feuers und des Geistes. Hexen haben meist ein besonderes Talent für ein bestimmtes Element.
Eisriese: großes, im Schnee wohnendes Zauberwesen, das auf dem Rückgrat der Welt lebt.
Elementare Mächte: die Kräfte der Luft, der Erde, des Feuers, des Wassers und des Geistes; bilden zusammen die Eine Macht.
Elementenprüfung: Sobald eine Hexe im Alter von vierundzwanzig Jahren im Hexensabbat vollkommen anerkannt ist, erlernt sie Fertigkeiten in dem Element, in dem sie am stärksten ist. Bei der Ersten Prüfung in jeglichem Element erlangen die Hexen einen Ring, der an der rechten Hand getragen wird. Wenn sie die Dritte Prüfung in einem der Elemente bestehen, werden die Hexen zu Zauberern oder Zauberinnen und tragen einen Ring an der linken Hand. Sehr selten erlangt eine Hexe einen Zauberinnenring in mehr als einem Element.
Elfenkatze: kleine Wildkatze, die in Höhlen und hohlen Baumstämmen lebt.
Enit: eine Jongleurin, Großmutter von Dide und Nina.
Erlass gegen Hexen: königlicher Erlass, der Hexerei und jegliche magische Handlungen bannte. Ein zweiter Erlass wurde zehn Jahre nach dem ersten verkündet und resultierte in einer erneuten Welle von Hexenjagden.
Erlass gegen Zauberwesen: königlicher Erlass, der kurz nach der

Hochzeit Jaspars und Mayas der Unbekannten bekannt gegeben wurde. Die darin aufgeführten Zauberwesen galten als Scheusale und mussten vernichtet werden.
Erster Hexensabbat: dreizehn Hexen, die vor Verfolgung und Hexenjagden in ihrem Land flohen und einen großen Zauber heraufbeschworen, der die Struktur des Universums faltete und sie und ihre Angehörigen nach Eileanan brachte. Die elf großen Familien Eileanans stammen alle vom Ersten Hexensabbat ab, wobei der Clan der MacCuinns der größte der elf ist. Die dreizehn Hexen waren Cuinn Löwenherz, sein Sohn Owein vom Langbogen, Aislinna die Träumerin, Ahearn der Pferde-Laird, Berhtilde die glorreiche Kriegerin, Fóghnan die Distel, Rùraich der Sucher, Seinneadair die Sängerin, Sian die Sturmreiterin, Tuathanach der Farmer, Brann der Rabe, Faodhagan der Rote und seine Zwillingsschwester Sorcha die Rote (nun »die Mörderin« genannt).

Fairge, Fairgean (Pl.): Zauberwesen, die sowohl das Meer als auch das Land zum Leben brauchen und deren Magie seltsam und grausam ist. Die Fairgean wurden schließlich 710 von Aedan Weißlocke aus Eileanan vertrieben, als sie sich weigerten, seine Autorität anzuerkennen. Während der nächsten vierhundertzwanzig Jahre lebten sie auf Flößen, auf Felsen, die aus dem eisigen Meer aufragten, und auf den kleinen Inseln, die noch unbewohnt waren. Der König der Fairgean schwor Rache und dass er die Küsten Eileanans zurückerobern würde.
Fang: der höchste Berg Eileanans, ein erloschener Vulkan, der von den Khan'cohbans »Schädel der Welt« genannt wird.
Faodhagan der Rote: einer der Zwillingszauberer vom Ersten Hexensabbat. Besonders bekannt als Steinmetz. Entwarf und baute viele der Hexentürme wie auch den Palast der Drachen und die Große Treppe.
Feargus MacCuinn: zweiter Sohn Partetas des Tapferen.

Feich mit den Rabenflügeln: Zauberer, der einen Unsichtbarkeitsumhang gewebt hat; Nachfahre von Brann, einem Mitglied des Ersten Hexensabbats.
Feld: studiert Drachenkunde im Turm der Zwei Monde. Mentor Khan'gharads, lebt jetzt in den Türmen der Dornen und Rosen.
Feuermacherin: Ehrenname für einen Abkömmling Faodhagans (siehe *Erster Hexensabbat*) und eine Khan'cohban.
Fiadhaich: wütend, ärgerlich.
Finn: Bettlermädchen in Lucescere.
Fluchhexen: böse Zauberwesenrasse, die zu Flüchen und üblen Zaubern neigt. Für ihre scheußlichen persönlichen Gewohnheiten bekannt.
Fóghnan die Distel: ein Mitglied des Ersten Hexensabbats. Für ihre prophetischen und hellseherischen Fähigkeiten bekannt. Fóghnan die Distel wurde von Balfour MacCuinn, dem ältesten Sohn Oweins des Langbogens, getötet.
Frühjahrs-Tagundnachtgleiche: wenn Tag und Nacht gleich lang sind.

Geal'teas: langhörnige, im Schnee lebende Wesen, welche die Khan'cohbans mit Nahrung, Milch und Kleidung versorgen. Ihr sehr dichtes weißes Fell ist hoch geschätzt.
Geas: eine Verpflichtung aufgrund einer Ehrenschuld.
Gehörnte: eine Rasse wilder, gehörnter Zauberwesen, auch Satyricorns genannt.
Gemeinschaften: die soziale Einheit der Khan'cohbans, die in nomadischen Familienverbänden leben. Es gibt insgesamt sieben Gemeinschaften: die Gemeinschaft der Feuerdrachen, die Gemeinschaft des Schneelöwen, die Gemeinschaft des Säbelzahnpanters, die Gemeinschaft des Eisriesen, die Gemeinschaft des Grauen Wolfs, die Gemeinschaft der Kämpfenden Katze und die Gemeinschaft des Wollbären.

Generalstab: die Gruppe von Offizieren der Leibgarde der Wache, die den Rìgh bei der Formulierung und Verbreitung seiner Taktiken und Methoden berät, seine Befehle weitergibt und ihre Ausführung überwacht. Angeführt von den Offizieren: Duncan Eisenfaust, Hamish der Heißblütige, Hamish der Gelassene, Gwilym der Hässliche, Dide der Jongleur, Cathmor der Gewandte, Bald Deaglan, Niall der Bär, Finlay Fürchtenichts und Barnard der Adler.
Geweihte Hölzer: Esche, Haselnuss, Eiche, Schlehdorn, Fichte, Hagedorn und Eibe.
Ghleanna NicSian: Mutter von Anghus MacRuraich und letzte Banprionnsa von Siantan. Nach Ghleannas Heirat mit Duncan MacRuraich (Anghus' Vater) wurden die Throne von Rurach und Siantan vereint; Anghus erbte den Doppelthron.
Gitâ: ein Donbeag; Meghans Vertrauter.
Gladrielle die Blaue: der kleinere der beiden Monde, von lavendelblauer Farbe.
Glorreiche Soldaten: Bezeichnung für Angehörige des Heers von Tìrsoilleir.
Glynelda: ehemalige Großsucherin der Liga gegen Hexen.
Goldschlehdorn: ein dichter Busch, der gelbe Pflaumen trägt.
Grablinge: raubgierige Wesen, die gemeinsam nisten und schwärmen, Farmern Lämmer und Hühner stehlen und bekannt dafür waren, Babys und kleine Kinder zu stehlen. Fressen alles, was sie in ihren Klauen forttragen können.
Große Durchquerung: als Cuinn den Ersten Hexensabbat nach Eileanan führte.
Große Treppe: der Weg, der die Drachenklaue hinauf zum Palast der Drachen und dann auf der anderen Seite des Gebirges nach Tìrlethan hinabführt.
Gwyneth NicSian: Tochter von Patricia, der Schwester Ghleanna NicSians, mit Anghus verheiratet.

Hakenbüchse: ein Gewehr mit Luntenschloss mit einem langen Kolben, das von einem großen Stock abgeschossen wird.
Haven: große Höhle, in der die Gemeinschaft des Roten Drachen den Sommer verbringt.
Herbst-Tagundnachtgleiche: wenn die Nacht genauso lang ist wie der Tag.
Hogmanay: Fest der Jahreswende, letzte Nacht des Jahres.

Irrlicht: Zauberwesen der Moore.
Isabeau das Findelkind: Lehrling von Meghan von den Tieren.
Iseult vom Schnee: Zwillingsschwester Isabeaus, auch Khan'derin genannt.
Ishbel die Geflügelte: Windhexe, die fliegen kann. Mutter von Iseult und Isabeau.

Jaspar MacCuinn: ältester Sohn von Parteta dem Tapferen, ehemaliger Rìgh von Eileanan, oft Jaspar der Verhexte genannt. War vor seinem Tod mit Maya der Verhexerin verheiratet.
Jay der Fiedler: ein Bettlerjunge aus Lucescere.
Jesyah: Jorges Vertrauter, ein Rabe.
Johannisnacht: Sommersonnenwende, Mittsommernacht; Zeit starker Magie.
Jongleur: ein fahrender Spielmann, Zauberkünstler, Spaßmacher.
Jor: Meeresgott.
Jorge der Seher: ein blinder Zauberer, der die Zukunft sehen kann.

Karavelle: ein kleines Kriegsschiff, schnell und beweglich, mit breitem Bug und hohem, schmalem Poopdeck. Sie wurde mit drei oder vier Masten ausgerüstet, von denen nur der Fockmast ein Rahsegel trug. Die übrigen Masten trugen dreieckige Lateinersegel, die das Segeln bei unbeständigen Winden erleichterten.

Karracke: stabil gebautes Schiff mit drei Masten, das zwei Hauptsegel am Fock- und am Großmast trug, sowie ein Lateinersegel am kurzen Besanmast. Solche Schiffe waren nur begrenzt bestückt und hauptsächlich als Frachtschiffe konzipiert.

Khan'cohbans: Kinder der Götter des Weiß; Zauberwesenrasse. Auf dem Schnee gleitende Nomaden, die auf dem Rückgrat der Welt leben. Eng verwandt mit den Celestinen, aber sehr kriegerisch. Khan'cohbans leben in Familiengruppen, den so genannten Gemeinschaften. Sie umfassen meist 15 bis 50 Personen.

Khan'derin: Zwillingsschwester Isabeaus. Auch Iseult genannt.

Khan'fella: Schwester von Khan'lysa, der Feuermacherin.

Khan'gharad der Drachen-Laird: Narbiger Krieger der Gemeinschaft der Feuerdrachen, Geliebter Ishbels der Geflügelten, Vater von Isabeau und Iseult.

Kreis der Sieben: regierendes Konzil der Drachen, aus den ältesten und weisesten weiblichen Drachen gebildet.

Kristallsehen: Wahrnehmung durch einen Kristall oder ein anderes Medium. Die meisten Hexen können kristallsehen, wenn ihnen das wahrzunehmende Objekt wohl bekannt ist.

Krüppel: Anführer der Rebellion gegen den Rìgh und die Banrìgh.

Lachlan der Geflügelte: jüngster Sohn von Parteta dem Tapferen. Neu gekrönter Rìgh von Eileanan.

Laird: Gutsherr (Titel).

Lammas: erster Herbsttag, Erntedankfest.

Langschwert: schweres, zweischneidiges Schwert, oft in Mannesgröße.

Latifa die Köchin: Feuerhexe, Köchin und Haushälterin in Rhyssmadill.

Lavinya: Partetas Ehefrau, Jaspars Mutter.

Leannan: Liebste(r).

Leibgarde der Wache: auch als Blaugardisten bekannt. Die persönliche Leibgarde des Rìgh, verantwortlich für seine Sicherheit auf Reisen im Land und außerhalb sowie auf dem Schlachtfeld. Im Bereich des Palastes bewachen sie die Eingänge und kosten die Nahrung des Rìgh vor.

Leitstern: das Erbe aller MacCuinns, Erbschaft Aedans. Wenn sie geboren werden, legt man ihre Hände auf ihn, und es wird eine Verbindung hergestellt. Wen auch immer der magische Stein anerkennt, ist Rìgh oder Banrìgh von Eileanan.

Lichtmess: Winterende und Frühlingsanfang.

Liga der Heilenden Hand: von einer Bande Bettlerkinder gebildet, die mit Jorge dem Seher und Tòmas dem Heiler aus Lucescere flohen.

Liga gegen Hexen: von der Banrìgh Maya eingeführt.

Lilanthe vom Walde: eine Baumtauscherin.

Linley MacSeinn: der Prionnsa von Carraig.

Lochbane: der achte See der Juwelen von Rionnagan (Seenkette).

Loch Gillieslain: der vierte See der Juwelen von Rionnagan (Seenkette).

Loch Muirdarroch: der dritte See der Juwelen von Rionnagan (Seenkette).

Loch Strathgordon: der zweite See der Juwelen von Rionnagan (Seenkette).

Lucescere: alte Stadt, über den Schimmernden Wassern erbaut. Heimat der MacCuinns und des Turms der Zwei Monde.

Mac: Sohn von (vgl. Nic).

MacAhearn: eine der elf großen Familien. Abkömmlinge von Ahearn dem Pferde-Laird.

MacAislin: eine der elf großen Familien. Abkömmlinge von Aislinna der Träumerin.

MacBrann: eine der elf großen Familien; Abkömmlinge von Brann dem Raben.
MacCuinn: eine der elf großen Familien; Abkömmlinge von Cuinn Löwenherz.
MacFaghan: Abkömmlinge von Faodhagan; eine der elf großen Familien, die erst kürzlich wieder gefunden wurde.
MacFóghnan: eine der elf großen Familien; Abkömmlinge von Fóghnan der Distel.
MacHamell-Clan: Lairds von Caeryla.
MacHilde: eine der elf großen Familien; Abkömmlinge von Berhtilde der Glorreichen.
MacRuraich: eine der elf großen Familien; Abkömmlinge von Rùraich dem Sucher.
MacSeinn: eine der elf großen Familien; Abkömmlinge von Seinneadair dem Sänger.
MacSian: eine der elf großen Familien; Abkömmlinge von Sian der Sturmreiterin.
MacThanach: eine der elf großen Familien; Abkömmlinge von Tuathanach dem Farmer.
Magnysson der Rote: der größere der beiden Monde, karmesinrot, allgemein als Symbol des Krieges und des Konflikts angesehen. In alten Erzählungen ist er der verschmähte Liebhaber, der seine einstige Geliebte Gladrielle über den Himmel jagt.
Mairead die Schöne: jüngere Tochter von Aedan MacCuinn, erste Banrìgh von Eileanan und die zweite Person, die den Leitstern führte. Meghans jüngere Schwester.
Malcolm MacBrann: entwarf und baute die Flusstore und das Schleusensystem zur Zeit von Aedan Weißlocke nach dem Ende der Zweiten Fairgeankriege. Die Schleusen, ein Meisterwerk der Ingenieurskunst, ermöglichten die Anhebung und Senkung von Schiffen und sperrten gleichzeitig die Fairgean aus.
Manissia: eine weise Frau.

Margrit NicFóghnan: Banprionnsa von Arran.
Maya die Verhexerin: ehemalige Banrìgh von Eileanan und Ehefrau von Jaspar; auch Majasma die Geheimnisvolle genannt.
Meghan von den Tieren: Waldhexe, Zauberin der sieben Ringe; kann mit Tieren sprechen. Bewahrerin des Schlüssels des Hexensabbats vor und nach der Verbannung Tabithas'.
Melisse NicThanach: neu gekrönte Banprionnsa von Blèssem.
Mesmerd; Mesmerdean (Pl.): ein geflügelter Geist oder Grauer; Zauberwesen aus dem Murkmyre, das seine Beute mit dem Blick hypnotisiert und ihr dann den Todeskuss verabreicht.
Mithuan: ein Heiltrank, der den Puls beschleunigen und Schmerz lindern soll.
Mittsommernacht: Sommersonnenwende, Zeit hoher Magie.
Mondfluch: eine halluzinogene Droge, aus der Mondblume destilliert. Wächst nur auf den Montroseinseln.
Morrell der Feuerschlucker: ein Jongleur; Sohn von Enit Silberkehle und Vater von Dide und Nina.
Muileach: der nördlichste Fluss Lucesceres, der zusammen mit dem Ban-Bharrach die Schimmernden Wasser bildet.
Murkfane: See im Zentrum Arrans.
Murkmyre: die Sümpfe und Moore Arrans; größter See Arrans rund um den Turm der Nebel.

Narbige Krieger: Khan'cohban-Krieger, die als Symbol ihrer Leistungen Narben tragen. Ein Krieger mit sieben Narben hat die höchste Stufe erreicht.
Netzspinne, dunkle: eine tödliche Giftspinne, die in ganz Eileanan zu finden ist. Baut ihre Netze an dunklen, verborgenen Plätzen.
Nic: Tochter von (vgl. Mac).
Nisse: kleines Waldzauberwesen.
Nyx: Nachtgeist. Düster und mysteriös, besitzt Kräfte der Täuschung und der Verbergung.

Owein vom Langbogen: erstgeborener Sohn von Cuinn Löwenherz. Er gestaltete den Schlüssel des Hexensabbats und war der erste Bewahrer des Schlüssels.

Parlan: ein Bettlerjunge in Lucescere.
Parteta der Tapfere: früherer Rìgh von Eileanan, starb bei der Strandschlacht, bei der im Zweiten Fairgeankrieg die Invasion der Fairgean abgewehrt wurde.
Pferdeaal: Zauberwesen der Meere und Seen; überlistet Menschen, es zu besteigen, und trägt sie davon.
Prionnsa; Prionnsachan (Pl.): Prinz, Herzog.
Prüfung der Macht: eine Hexe wird zunächst an seinem oder ihrem achten Geburtstag geprüft. Wenn irgendwelche magischen Kräfte entdeckt werden, wird er oder sie ein Akoluth. Am sechzehnten Geburtstag werden die Hexen erneut geprüft, und wenn sie die Prüfung bestehen, dürfen sie Lehrlinge werden. Die Dritte Prüfung der Macht findet an ihrem vierundzwanzigsten Geburtstag statt. Wenn sie erfolgreich bestanden wird, wird der Lehrling im Hexensabbat vollkommen anerkannt.

Ravenscraig: Besitz des Clans der MacBrann; einst ihr Jagdschloss. Haben ihr Zuhause dorthin verlegt, nachdem das Schloss von Berhtfane zerstört worden war.
Ravenshaw: stark bewaldete Region westlich Rionnagans, im Besitz des Clans der MacBrann.
Reil: achtspitzige, sternförmige Waffe, die von Narbigen Kriegern getragen wird.
Renshaw: ein Sucher der Liga gegen Hexen.
Rhyllster: der Hauptfluss in Rionnagan.
Rhyssmadill: das Schloss des Rìgh am Meer.
Rieseneulen: große weiße Eulen, die in verschneiten Bergregio-

nen leben; als stille, ausgesprochen geschickte Jäger bekannt. Sorcha die Mörderin hatte eine Rieseneule als Vertrauten.

Rìgh; Rìghrean (Pl.): König.

Rionnagan: zusammen mit Clachan und Blèssem die reichsten Länder Eileanans. Im Besitz der MacCuinns, Abkömmlinge von Cuinn Löwenherz, Anführer des Ersten Hexensabbats.

Rote Garden: Soldaten im Dienste Mayas, als sie noch Banrìgh war. Sie trugen rote Umhänge und waren für ihre Unbarmherzigkeit bekannt.

Roter Wanderer: Komet, der alle acht Jahre erscheint. Auch Drachenstern genannt.

Rückgrat der Welt: Bezeichnung des Khan'cohbans für die schneebedeckte Bergkette, die Eileanan teilt. Auch Tìrlethan genannt.

Rurach: urwüchsiges Bergland zwischen Tìreich und Siantan. Regiert vom Clan der MacRuraich, den Abkömmlingen Rùraichs, einem Mitglied des Ersten Hexensabbats.

Säbelzahnpanter: wilde Raubkatze mit gekrümmten Reißzähnen, die in entlegenen Bergregionen lebt.

Samhain: erster Wintertag. Fest für die Seelen der Toten. Die beste Zeit des Jahres, um in die Zukunft zu blicken. Wird mit Feuerfesten, Masken und Feuerwerk begangen.

Sani: Dienerin von Maya der Verhexerin.

Satyricorns: eine Rasse gehörnter Zauberwesen, die von den meisten Zauberwesen des Waldes die Gehörnten genannt werden. Die Frauen nehmen oft männliche Gefangene zur Fortpflanzung, da männliche Satyricorns selten sind.

Schattenhunde: sehr große schwarze Hunde, die sich wie ein einziges Wesen bewegen. Sind hochintelligent und haben sehr scharfe Sinne.

Schicksalsgöttinnen: Die Spinnerin Sniomhar, die Göttin der Geburt; die Weberin Breabadair, die Göttin des Lebens; und die Fadenschneiderin Gearradh, Göttin des Todes.
Schimmernde Wasser: der große Wasserfall, der über den Felsen in den Lucesceresee stürzt.
Schlüssel: das heilige Symbol des Hexensabbats, ein mächtiger Talisman, den die Bewahrerin des Schlüssels, die Anführerin des Hexensabbats, trägt.
Schwarzknospenbaum: in Südeileanan wachsende Pflanze; kleiner Baum mit dunkelblauen Blüten, die eine dichte schwarze Knospe bilden. Trägt im Herbst viele orange Beeren. Hauptnahrung der Weberwürmer.
Scruffy: Bettlerjunge in Lucescere. Auch bekannt als Dillon der Kühne.
Seanalair: Heerführer.
Seekühe: Wassersäugetiere, die eher wie Seeelefanten aussehen.
Seelie: große, scheue Zauberwesenrasse, bekannt für ihre körperliche Schönheit und ihre magischen Fähigkeiten.
Seeschlange: Zauberwesen, das in Seen lebt.
Seinneadair die Sängerin: eines der Mitglieder des Ersten Hexensabbats, bekannt für ihre Fähigkeit, durch ihren Gesang zu verzaubern.
Seychella: Windhexe. Von einem Mesmerd getötet.
Sgàileanberge: Bergkette im Nordwesten, trennt Siantan und Rurach. Reiche Metall- und Marmorvorkommen. Bedeutet »Schattige Berge«.
Sgian Dubh: kleiner Dolch, den man im Stiefel trägt.
Sian die Sturmreiterin: eines der Mitglieder des Ersten Hexensabbats. Eine berühmte Wetterhexe, die Wirbelstürme herbeipfeifen konnte.
Siantan: nordwestliches Land Eileanans, zwischen Rurach und Carraig. Berühmt für seine Wetterhexen. Einst vom Clan der

MacSian regiert, Abkömmlinge Sians, aber jetzt Teil des Doppelten Thrones von Rurach.
Sithicheberge: nördlichstes Gebirge Rionnagans mit der Drachenklaue als höchstem Gipfel. Der Name bedeutet »Zauberwesenberge«.
Sommerbaum: Wappenbild des Clans der MacAislin, ein Baum, der vermutlich in den legendären Gärten der Celestine wächst. Von allen Zauberwesen des Waldlandes verehrt.
Sommersonnenwende: wenn die Sonne im nördlichen Wendepunkt steht. Johannisnacht, Mittsommernacht.
Sonnenwende: einer der Zeitpunkte, zu dem die Sonne am weitesten von der Erde entfernt ist.
Sorcha die Rote: eine der Zwillingszauberinnen des Ersten Hexensabbats. Auch Sorcha die Mörderin genannt, infolge ihres blutrünstigen Angriffs auf die Menschen des Turms der Rosen und Dornen nach der Entdeckung der Liebesaffäre zwischen ihrem Bruder und einer Khan'cohbanfrau.
Spiegel von Lela: magischer Spiegel, der von Maya und Sani benutzt wird; ein uraltes Relikt der Fairgean.
Stechginster: eine süß duftende Pflanze mit grauen Blättern und scharfen Dornen.
Sterngucker: ein anderer Name für die Celestine.

Tabithas die Wolfsläuferin: Bewahrerin des Schlüssels des Hexensabbats, bevor sie nach dem Tag des Verrats aus Eileanan verschwand. Wurde in einen Wolf verwandelt.
Tag des Verrats: Der Tag, an dem sich der Rìgh gegen die Hexen wandte, sie verbannte oder hinrichtete und die Hexentürme verbrannte. Von der Liga gegen Hexen Tag der Abrechnung genannt.
Tagundnachtgleiche: wenn die Sonne den Himmelsäquator kreuzt; eine Zeit, zu der Tag und Nacht gleich lang sind, was zweimal im Jahr der Fall ist.

Talent: Hexen verbinden ihre Kräfte in den verschiedenen Elementen häufig zu einem mächtigen *Talent*, z. B. die Fähigkeit, Tiere zu bezaubern (wie Meghan), zu fliegen (wie Ishbel) oder in die Zukunft zu sehen (wie Jorge).
Theurgia: eine Schule für Akoluthen und Lehrlinge.
Thigearn: Pferde-Lairds; leben auf dem Pferderücken und können ohne Ehrverlust nicht absteigen. Zähmen und reiten oft fliegende Pferde.
Tìreich: Land der Pferde-Lairds – westlichstes Land Eileanans, bewohnt von Nomadenstämmen, die für ihre Pferde berühmt sind, und regiert vom Clan der MacAhern.
Tìrlethan: Land der Zwillinge; einst von Faodhagan und Sorcha, den Zwillingszauberern, regiert. Von den Khan'cohbans »Rückgrat der Welt« genannt.
Tìrsoilleir: das Glorreiche Land. Nordöstliches Land Eileanans, bewohnt von einer Rasse wilder Krieger. Wurde einst vom Clan der MacHilde, den Abkömmlingen der Berhtilden, Mitgliedern des Ersten Hexensabbats, regiert. Die Bewohner Tìrsoilleirs haben der Zauberei und der herrschenden Familie jedoch zugunsten einer kriegerischen Religion abgeschworen. Träumen davon, Eileanan zu kontrollieren.
Tòmas der Heiler: siebenjähriger Junge, Akoluth Jorges des Sehers.
Traumwandler: Bezeichnung für die Hexen vom Turm der Träumer in Aslinn. Manche von ihnen können in ihren Träumen die Zukunft und die Vergangenheit sehen.
Triath nan Eileanan Fada: Laird der Fernen Inseln – einer der vielen Titel des Rìgh.
Tuathansee: der See in der Nähe von Caeryla, der erste der Juwelen Rionnagans.
Tulachna Celeste: ein heiliger Ort der Celestine. Im Verschleierten Wald, nahe dem Tuathansee, Rionnagan.

Türme: Die Türme der Hexen. Dreizehn Türme, die in den zwölf Ländern Eileanans als Zentren des Lernens und der Hexerei erbaut wurden. Die Türme sind:

Tùr de Aisling in Aslinn (Turm der Träumer)
Tùr de Ceò in Arran (Turm der Nebel)
Tùr na Fitheach in Ravenshaw (Turm der Raben)
Tùr na Gealaich dhà in Rionnagan (Turm der Zwei Monde)
Tùir de Ròsan is Snathad in Tìrlethan (Türme der Rosen und Dornen)
Tùr na Raoin Beannachadh in Blèssem (Turm der Gesegneten Felder)
Tùr na cheud Ruigsinn in Clachan (Turm der Ersten Landung)
Tùr na Rùraich in Rurach (Turm der Sucher)
Tùr na Sabaidean in Tìrsoilleir (Turm der Krieger)
Tùr na Seinnadairean Mhuir in Carraig (Turm der Meersinger)
Tùr de Stoirmean in Siantan (Turm der Stürme)
Tùr na Thigearnean in Tìreich (Turm der Pferde-Lairds).

Tùr: Turm.

Uile-Bheist; Uile-Bheistean (Pl.): Scheusal.
Uisge-beatha: »Wasser des Lebens«, Whiskey.
Ulez: ein gehörntes Wesen des Rückgrats der Welt mit wolligem Fell.

Verbrennung: Das ist eine andere Bezeichnung für den Tag des Verrats.
Verfluchte Gipfel: Bezeichnung der Khan'cohbans für die Drachenklaue.
Vermisste Prionnsachan von Eileanan: die drei Brüder des ehemaligen Rìgh Jaspar – Feargus, Donncan und Lachlan. Verschwanden eines Nachts alle aus ihren Betten. Feargus und

Donncan wurden von Maya getötet, doch Lachlan entkam und wurde nach Jaspars Tod zum Rìgh gekrönt.
Verschleierter Wald: dichter Wald am Westufer des Tuathansees in Rionnagan. Umgibt Tulachna Celeste und ist von Schattenhunden und anderen magischen Wesen heimgesucht.

Weberwurm: Raupe, die einen Seidenkokon spinnt. Die Celestine verwenden die Seide für ihre Gewänder.
Tricktrack: eine Art Backgammon.
Weißlockenberge: nach der weißen Locke im Haar aller MacCuinns benannt.
Whitehartwälder: Waldgebiet in Rionnagan.
Wintersonnenwende: die Zeit, wenn die Sonne am südlichsten Punkt des Äquators steht; Mittwinternacht.
Wulfrum: Fluss, der durch Rurach fließt.

Yedda: Meerhexen.
Yutta: Großinquisitor der Liga gegen Hexen.s